Amy Baxter

Always with you – Riley & Tess

Die Autorin

Amy Baxter ist das Pseudonym der erfolgreichen Liebesroman- und Fantasyautorin Andrea Bielfeldt. Mit einer Fantasy-Saga begann sie 2012 ihre Karriere als Selfpublisherin und hat sich, dank ihres Erfolgs, mittlerweile ganz dem Schreiben gewidmet. Zusammen mit ihrer Familie lebt und arbeitet sie in einem kleinen Ort in Schleswig-Holstein.

Weitere Infos findest du unter http://amybaxter.de/, http://andrea-bielfeldt.de/ und über Facebook.

Amy Baxter

Always with you

Riley & Tess

be HEARTBEAT

beHEARTBEAT

Vollständige ePub-to-Print-Ausgabe des in der Bastei Lübbe AG
erschienenen eBooks »Always with you« von Amy Baxter
Copyright © 2018 by Bastei Lübbe AG, Köln

Textredaktion: Clarissa Czöppan
Covergestaltung: Manuela Städele-Monverde unter Verwendung von
Motiven © Kiselev Andrey Valerevich/shutterstock
eBook-Erstellung: 3w+p GmbH, Rimpar

ISBN 978-3-7413-0109-4

www.be-ebooks.de
www.lesejury.de

You think I'm crazy
but you don't know my life.
Just see the man, I'm not.
The one I pretend to be.
The one with music in the blood
Which flows out
And nobody there who stops it.

Riley Edwards

Playlist

Walk – Foo Fighters
Final Masquerade – Linkin Park
Blurry – Puddle of Mudd
The Monster – Eminem ft. Rihanna
Use Somebody – Kings of Leon
Great Balls of Fire – Jerry Lee Lewis
Perfect – Ed Sheeran
Higher – Creed
True Colors – Cindy Lauper
Diamonds – Rihanna
Last Resort – Papa Roach
Cause you know me – Riley Edwards
I Knew I Loved You – Savage Garden

Zur Playlist auf YouTube geht es hier:
https://www.youtube.com/playlist?list=PLp0AExZP6bV
GOzRQ1BsnVp-yOAUVUCTVF

Tess

»Die Mona Lisa ist nichts gegen dich.« Mit einem aufmunternden Lächeln stupste ich Riley, dem Leadsänger der Band Obsidian, mit dem Pinsel gegen die Nase und entlockte ihm damit wenigstens ein kleines Schmunzeln. Er wirkte angespannt. Kein Wunder! Es waren nur noch knappe zwanzig Minuten bis zum Showdown. Im Hintergrund lief Rileys Lieblingsmusik von Linkin Park, aber auch die konnte ihn anscheinend an diesem Abend nicht beruhigen.

»Ich bin nur konzentriert«, gab er verhalten zurück und warf mir aus seinen unverschämt dunklen Augen einen kurzen Blick zu.

»Du bist nervös«, stellte ich fest.

Er grinste gequält. »Nicht mehr als sonst auch. Es ist eher der Abschiedsschmerz ...«

Seit einem guten Jahr tourte die Band nun schon quer durch die Staaten, und ich war als Make-up Artist fast seit Anfang an dabei. Wir alle waren in den letzten Monaten zu einem festen Team zusammengewachsen, es fühlte sich an wie eine Familie. Die ganze USA-Tour war so gut gelaufen, dass die Plattenfirma kurzerhand noch etliche weitere Konzerte anberaumt hatte. Also war ich mit der Band das letzte halbe Jahr auch noch durch Länder wie Italien, Deutschland, Brasilien, Spanien und Schweden getourt. Sie hatten Interviews gegeben, unzählige Fernsehauftritte hinter sich gebracht und unzählige Fans mit ihrer Musik und den zahlreichen Auftritten glücklich gemacht. Heute Abend gaben sie nun das wirklich allerletzte Konzert in New York im weltberühmten Madison Square Garden. Und obwohl ich einerseits froh war, dass in wenigen Tagen der Alltag wieder in mein Leben einziehen würde, war ich traurig, diese Familie verlassen zu müssen.

»Ja, das kann ich nachvollziehen«, sagte ich also und legte die letzte Puderschicht über sein zugegeben wunderhübsches, markantes Gesicht, das ich mittlerweile so gut kannte, aber noch immer nicht jede Mimik darin deuten konnte.

»Geht's dir auch so?«, fragte er und schloss die Augen, als ich meinen Quast darüber streichen ließ.

»Ja, schon«, gab ich zu. Nach einem letzten prüfenden Blick legte ich den Pinsel zurück auf die Ablage und sah Riley über den Spiegel hinweg an. Ich konnte mich kaum sattsehen an ihm und bedauerte es tatsächlich, dass es heute das letzte Mal sein würde, dass ich ihm so nahe war. Auch wenn diese Nähe nur eine berufliche war, aber das waren die Momente, die mir für immer in Erinnerung bleiben würden.

»Danke, Cookie«, bedankte er sich wie immer artig und warf mir dieses jungenhafte Grinsen zu, das ich so sehr mochte. »Und? Was wirst du am meisten vermissen?«

»Dass du mich Cookie nennst«, meinte ich lachend. Das würde ich wirklich vermissen. Riley hatte mir diesen Spitznamen gleich nach unserer ersten Begegnung verpasst, als ich mit einer großen Schale Cookies bewaffnet in seine Garderobe gekommen war. Ich war damals so nervös gewesen, auf den Leadsänger der angesagtesten Band der USA zu treffen, dass ich tatsächlich versucht hatte, ihn damit zu beeindrucken. Seitdem nannte er mich hin und wieder so, was ich nervig und süß zugleich fand.

»Und was noch?«

Ich verkniff mir die Antwort, die mir als Erstes durch den Kopf schoss, und tat stattdessen so, als müsste ich angestrengt überlegen. »Du verlangst ernsthaft, dass ich mich zwischen dem leckeren Essen, den durchgelegenen Hotelbetten und der immerwährenden Geräuschkulisse entscheide? Das kann ich nicht. Aber was ist mit dir? Was wirst du vermissen? Und jetzt sag nicht, die Groupies«, versuchte ich zu witzeln. Eigentlich hätte es sich originell anhören sollen, aber noch während ich die Worte aussprach, merkte ich, dass nicht nur das Urteil, das ich mir damit über ihn erlaubte, sondern auch mein Tonfall völlig daneben war. Ich sprach wie eine eifersüchtige Freundin und begriff im selben Moment, dass ihn dies ebenso wenig amüsierte wie mich. Er kniff die Augen fester zusammen und runzelte die Stirn.

»Oh, Mist ... Sorry. Das war blöd«, entschuldigte ich mich daher schnell. Was gab mir das Recht, ihm seine Affären vorzuwerfen? Nichts. Es ging mich überhaupt nichts an.

»Ja, das war es.« Er sah zu mir hoch. Seine braunen Augen funkelten dunkler als sonst. Ich hatte ihn verärgert.

»Ich sagte doch, es war nicht so gemeint.«

»Schon gut. Das ist eben dein Eindruck von mir. Riley Edwards, der Groupies-vögelnde Rockstar«, brachte er mit einem trockenen Lachen heraus.

»Nein. Nein, so ist das nicht. Ich ...« Ich trat einen Schritt zurück und hob hilflos die Arme. Wie kam ich aus der Nummer nur wieder raus? Ich spürte, wie mir das Blut in die Wangen schoss. Ich kramte nach Worten, die das Gesagte Lügen straften, aber ich fand keine.

Er stand auf, streckte sich und ließ die Halswirbel knacken. Dann atmete er geräuschvoll aus. »Doch, genauso ist es, Tess. Und glaub mir – ich verstehe das. Alle Welt sieht in mir nur den launischen Rockstar, der macht, was er will. Mit wem er will. Warum auch mal hinter die Fassade blicken? Die Dinge hinterfragen?« Er wirkte seltsam ernst.

Ich sah ihn an, sah auf seinen Rücken, den er mir zugedreht hatte, über den sich das enge T-Shirt spannte. Erkannte die Anspannung in seinen Schultern. Sollten wir wirklich so auseinandergehen?

»Hinter die Fassade? Jetzt mal ehrlich, Riley. Gerade das machst du einem nicht leicht.«

»Was meinst du damit?«, knurrte er jetzt.

Ich suchte nach den richtigen Worten. »Ich will dir wirklich nicht zu nahe treten, und ich mag dich wirklich, Riley, aber … Manchmal, wenn ich denke, dass ich gerade eine andere Seite an dir entdecke, machst du diesen Eindruck mit einem blöden Spruch oder mit … was auch immer wieder kaputt. Ich habe dann für einen kurzen Moment das Gefühl, dass du den Vorhang fallen lässt, hinter dem du dich verschanzt, und ihn dann sofort wieder zuziehst, weil du gar nicht willst, dass man dich kennenlernt. Richtig kennenlernt.« Puh, jetzt war es raus. Und ich wartete mit angehaltenem Atem auf seine Reaktion.

»Ist das so?«, fragte er nach einigen Sekunden der Stille.

Ich nickte langsam. »Zumindest empfinde ich es so. Ich kenne doch nur den Rockstar Riley Edwards. Den mit den Groupies und Partys und so … Ich habe doch keine Ahnung, wer du wirklich bist. Aber eigentlich geht es mich ja auch überhaupt nichts an … Ach verdammt!«, nuschelte ich leise. Gott, das hörte sich so bescheuert an. Ich hob vorsichtig den Blick, als ich ihn leise lachen hörte. Na super, jetzt lachte er mich also aus. Warum hatte ich mich überhaupt auf dieses Gespräch eingelassen? Es interessierte ihn doch gar nicht, was ich über ihn dachte.

»Würdest du das denn ändern wollen?«, fragte er mich wider Erwarten und kam wie in Zeitlupe immer näher.

Mist! Mist! Mist!

Ich konnte ja wohl kaum ehrlich sein und damit zugeben, dass ich nichts lieber wollte, als hinter seine Fassade zu blicken. Denn das würde heißen, dass ich ihn interessant fand. Und dann war ich nicht besser als die anderen Frauen, die Schlange standen, um Riley Edwards näherzukommen. Zudem glaubte ich auch nicht, dass jemals etwas Ernstes mit ihm möglich wäre. Riley war ein Rockstar, wie er im Buche stand. Er ließ keine Party aus, trank Alkohol wie Wasser und vögelte Groupies. Wollte ich mich wirklich mit denen auf eine Stufe stellen? Mit Sicherheit nicht!

Und trotzdem – ab und an hatte er mich einen Blick hinter seine Mauer werfen lassen. Hatte mir von seinen Freunden in San Francisco erzählt, seinen Vertrauten Peg und Eric. Dann blitzte ein wenig der wahre Riley zwischen den Steinen der Mauer durch, die er um sich gezogen hatte. Aber so plötzlich wie diese Momente kamen, waren sie auch schon wieder vorüber. So schnell, dass ich mich jedes Mal fragte, ob ich nur geträumt hatte. Wie auch jetzt.

Ich zwang mich zu einem belanglosen Lächeln und trat einen Schritt zurück. »Glaub mir, Riley – nichts liegt mir ferner«, log ich, in der Hoffnung, dass er das Zittern in meiner Stimme nicht bemerkte. »Ich wollte mich auch überhaupt nicht einmischen, aber du hast gefragt und ...« Hilflos zuckte ich mit den Schultern.

Seine Augenbraue zuckte leicht, ebenso sein Mundwinkel. Ich wusste im selben Moment, dass er mir nicht glaubte, dass ich mich durch meinen abrupten Rückzug verraten hatte. Aber gut, das war jetzt nicht mehr zu ändern. Jetzt war ich ein totales Nervenbündel und wusste gar nicht mehr, wo mir der Kopf stand. So nahe waren wir uns in all den Monaten nicht gekommen. Ja, er hatte anfangs versucht, mich anzubaggern. Aber ich hatte ihn sofort spüren lassen, dass er mit der Tour vielleicht bei seinen Fans und Groupies Erfolg hatte – jedoch nicht bei mir. Ich war stolz auf diesen Job, und auf keinen Fall wollte ich ihn gefährden, indem ich mich mit einem der Bandmitglieder einließ. Never ever. Und trotzdem hatte mir die Zeit, die wir hier etliche Male in der Garderobe verbracht hatten, gezeigt, dass er mir wichtiger war, als ich mir eingestehen wollte. Riley hatte Charme. Verdammt viel Charme, den er auch bereitwillig verteilte. Durch seine lockere, fast kumpelhafte Art wusste ich nie genau, ob er diese Flirterei ernst meinte oder nicht. Also war ich nie darauf eingegangen, sondern hatte mich hinter meinen Pinseln und Farbpaletten verschanzt, war freundlich, aber nie zu freundlich gewesen. Doch jetzt war ich verunsichert. Und heute war der letzte Abend. So what? Sollte er doch von mir denken, was er wollte. Wir würden uns danach vermutlich nicht wiedersehen. Und als dieser Gedanke durch meinen Kopf schoss, spürte ich einen Stich, der mitten durch mein Herz ging.

Ich presste die Lippen zusammen, schüttelte den Kopf und wendete mich ab. Dann widmete ich mich wieder dem Zusammenpacken meiner Schminkutensilien. Am liebsten wäre ich im Boden versunken. Und plötzlich stand Riley so nah hinter mir, dass ich förmlich seine Körpernähe spürte. Seine Präsenz füllte nicht nur den ganzen Raum aus, sondern jetzt auch mein Innerstes. Mir wurde ganz heiß, und in meinem Bauch kribbelte es.

»Warum glaube ich dir das jetzt nicht?« Sein Atem streifte meinen Nacken, und ich erstarrte.

»Glaub doch, was du willst, Riley. Was macht das schon für einen Unterschied?« Jetzt zitterte meine Stimme so sehr, dass auch er es merken musste. Ich schämte mich dafür, ihm mein Gefühlschaos so offensichtlich auf einem Silbertablett zu servieren. Die Situation wurde immer absurder. Warum quälte er mich so? Musste er unbedingt noch mal austesten, wie weit er bei mir gehen konnte? Ich drehte mich um und versuchte, seinem durchdringenden Blick standzuhalten und das Zittern in meinen Knien zu unterdrücken.

»Das würde alles ändern, Tess.«

Ich erstarrte. Hatte ich das richtig verstanden? Kurz glaubte ich, dass sein Gesicht näher kam, dass er es nicht auf sich beruhen lassen würde, dass er sich heute, am letzten Abend, aus dem Fenster lehnen und mich jetzt küssen würde. Aber dann zog er sich jäh zurück.

Er drehte sich um und griff nach seiner Jacke, die über dem Stuhl hing.

»Lass uns heute Abend zusammen feiern, Tess«, bat er mich. Ich merkte, wie meine Kinnlade runterfiel. »Ich möchte dich gerne dabeihaben. Es ist unser letzter Abend«, sagte er seelenruhig.

Ich schluckte und presste erneut meine Lippen aufeinander. Ich sollte »Nein!« sagen, ihm zeigen, dass er mich kein bisschen interessierte und er sich gerne um seine Groupies kümmern konnte, was er sowieso machen würde. Und ich wollte auf keinen Fall erneut dabei zusehen, wie er eines dieser Püppchen abschleppte. Aber – ich konnte seine Einladung nicht ablehnen. Und er wusste das.

»Wir sehen uns dann backstage.« Er grinste, schnappte sich sein Handy, das zusammen mit seinen Kopfhörern auf dem Schminktisch lag, und setzte sich in Bewegung. Mein Blick fiel auf seinen knackigen Hintern, der in der engen Lederhose besonders gut zur Geltung kam. Als er schon fast an der Tür war, drehte er sich noch mal zu mir um und sah mich an. Ich fühlte mich ertappt und wurde prompt rot.

Was denn noch? Geh endlich und lass mich in Scham versinken!

Er sagte nichts, sah mich nur wieder mit diesem intensiven Blick an, der mir durch alle Hautschichten drang. Dieser Blick, der mehr sagte als Worte. Der mir zeigte, dass er das, was er gesagt hatte, ernst meinte. Der mir das Gefühl gab, dass mehr hinter diesem verrückten Gespräch steckte als … Ja, als was eigentlich? Gerade als ich kurz vor dem Kollabieren war, hob er noch mal die Hand, dann war er verschwunden. Ich blieb mit rasendem Herzklopfen zurück.

Verdammt!

Ja, es war der letzte Abend mit den Jungs der Band und der ganzen Crew. Ab morgen würden wir alle wieder getrennte Wege gehen. Und ich wusste, dass ich sie vermissen würde. Alle waren mir im Laufe der Zeit ans Herz gewachsen. Besonders Riley. Ich schluckte und versuchte, mich nicht allzu sehr in seinen letzten Worten und dem Blick, den er mir zugeworfen hatte, kurz bevor er aus der Tür gegangen war, zu verlieren. Ich durfte da nichts hineininterpretieren, was nicht da war. Er hatte einfach nur ein letztes Mal versucht, mich anzubaggern. Ich sollte mich deswegen geschmeichelt fühlen, anstatt hysterisch zu werden, und das Ganze ganz locker sehen. Aber das fiel mir verdammt schwer.

Ich räumte meinen Kram zusammen, verstaute alle Pinsel, Paletten, Stylingprodukte und alles Zubehör in meinem riesigen Koffer und schloss ihn ab. Dann verließ ich die Garderobe. Ich wollte – trotz dieses merkwürdigen Wortwechsels – wie jeden Abend, wenn die Jungs auf die Bühne kamen, hinten am seitlichen Bühneneingang stehen und die Show genießen. Das hatte sich im Laufe der Shows zu einem festen Ritual entwickelt und trotz oder gerade wegen der Sache eben würde ich mir das am letzten Abend nicht entgehen lassen. Und auch die Party danach würde ich natürlich besuchen, das hatte ich von vornherein geplant. Aber erstmal standen mindestens zwei Stunden Show an, und in der Zeit würde ich mich wohl hoffentlich so weit beruhigt haben, dass ich Riley ganz cool unter die Augen treten konnte.

Als ich durch die Katakomben Richtung Bühne lief, hörte ich Ian schon die Drums bearbeiten. Das Solo dauerte gut zwei Minuten, danach würden Zach und Wyatt mit ihren Gitarren und Morten mit seinem Bass das Intro anstimmen. Erst drei Minuten später würde Riley auf die Bühne springen und damit den Startschuss für die Melodie ihres ersten Songs *Time Comes Down* geben. Ich hatte also noch knapp vier Minuten Zeit, um Riley wie immer beim Einlaufen auf die Bühne zu beobachten.

Ich stieg die wenigen Stufen hoch, um zu dem Bühneneingang zu kommen. Und da sah ich Riley. Er hüpfte auf und ab und dehnte sich, um sich warm zu machen. Ich mochte es, dabei das Muskelspiel seines durchtrainierten Körpers zu beobachten. Diese Bewegungen sahen lässig aus, doch ich wusste, dass er angespannt war. Das würde sich erst geben, wenn er die ersten Zeilen gesungen hatte.

Ich trat näher, und kurz bevor sein Einsatz kam, drehte Riley sich um. Suchend blickte er in die Dunkelheit hinter der

Bühne. Ich ging weiter auf ihn zu, unsere Blicke trafen sich und er warf mir wieder diesen einen Blick zu, den ich nicht deuten konnte. Er ging mir durch Mark und Bein, ließ mich erzittern und frösteln, gleichzeitig wurde mir heiß und ich hatte das Gefühl, in Flammen zu stehen. Ich reckte aus Gewohnheit beide Daumen in die Luft und wünschte ihm auf diese Weise Glück. Seine Miene wurde weicher, der Jubel draußen war ohrenbetäubend. Doch anstatt jetzt den Weg auf die Bühne einzuschlagen, lief er in die entgegengesetzte Richtung. Zu mir. Und dann stand er auch schon vor mir und – küsste mich. Mitten auf den Mund. Ich war so überrumpelt, dass ich mich nicht wehrte und es einfach geschehen ließ. Doch so schnell dieser Überfall auch gekommen war – so schnell war er auch schon wieder vorbei. Und bevor ich wusste, was geschah, rannte er auch schon begleitet von dem gigantischen Applaus der Fans in der Halle auf die große Bühne.

Die letzte Show begann.

Riley

And now I can't live without it.
I just need to know:
Do you feel the same?
Will you be at my side?
Forever?!

But now I freed myself
of the hollow lump
that's been my life.
Because of you!
'cause you take my hand
and show me what life means.

Als die letzten Töne der allerletzten Zugabe *Freed myself* verklangen, die Lichter auf der Bühne nach und nach erloschen
und der Vorhang nach über zwei Stunden Show das letzte
Mal fiel, atmete ich tief durch und schloss die Augen. Da war
er, der Moment, vor dem ich mich am meisten gefürchtet hatte. Das Ende unserer Tour.

Dieser Moment, wenn der Jubel vor der Bühne nicht enden will, die Mädchen kreischend deinen Namen rufen und
dich feiern, als wärst du der einzige Mann auf Erden – der
war unbezahlbar. Und ich blieb sitzen, bis auch die letzten
Rufe verstummten.

Es war der letzte Moment dieser Art für die nächsten Wochen, vielleicht auch Monate oder Jahre. Wer wusste schon so
genau, wie es mit der Band weiterging? In dem Business war
man schneller weg vom Fenster, als ein neuer Song entstehen

konnte. Auch wenn wir schon am nächsten Album arbeiteten – es gab immer irgendwen, der besser war. Deswegen saugte ich diesen Moment noch mal tief in mich auf und speicherte ihn ab.

Als kurze Zeit darauf unser erster Hit *Time Comes Down* vom Band einsetzte und die Lichter in der Halle angingen, lockerte ich die Schultern, ließ mich vom Hocker gleiten, auf dem ich den letzten Song mit meiner Akustikgitarre performt hatte, und zog mir den Gitarrengurt über den Kopf. In der Halle herrschte Aufbruchstimmung, und die Roadies begannen auf der Bühne bereits mit dem Abbau des Equipments.

Ich steuerte auf den seitlichen Bühneneingang zu und hoffte irgendwie, Tess dort anzutreffen. Aber natürlich war sie nicht da. Sie war nie bis zum Ende der Show geblieben, bis auf das erste Mal nie auf einer Party danach erschienen. Warum also heute? Ich hoffte so sehr, sie auf der Aftershowparty zu treffen. Als sie vor dem Konzert am Bühneneingang gestanden hatte, war der Wunsch, zu ihr zu laufen und sie einfach zu küssen, so übermächtig gewesen, dass ich nicht anders gekonnt hatte, als diesem Drang nachzugeben. Und die anschließende Show hatte ich wie in einem Rausch erlebt.

»Boah, Alter! Wie die abgegangen sind! Das war mega!«, brüllte Morten mir entgegen, als ich am Bühnenausgang ankam. Unser Bassist war wie immer nach einem Gig völlig euphorisch und aufgedreht. Aber das war ich diesmal auch. Er hatte bereits zwei Becher mit Bier in der Hand und hielt mir einen davon entgegen. Ich nahm ihn, dann klatschten wir uns ab und gingen gemeinsam von der Bühne, um den Roadies nicht im Weg zu sein. Sie hatten nur wenige Stunden Zeit, um das ganze Bandequipment abzubauen und sicher in den Lkws zu verstauen. Jeder Handgriff saß, und obwohl noch keine fünf Minuten seit dem Ausklang des letzten Songs vergangen waren, hatten sie Ians Schlagzeug schon komplett auseinandergebaut. Ich zog meinen imaginären Hut vor den Jungs, denn ich wusste – ohne sie wären wir ziemlich aufgeschmissen.

»Ja, das war echt krass«, stimmte ich Morten mit einem fetten Grinsen im Gesicht zu. Mein Herz raste noch immer, und das Blut pumpte weiterhin Adrenalin durch meine Adern. Es würde noch einige Stunden dauern, bis mein Herzschlag sich wieder auf Normalniveau senkte und ich müde genug für eine Mütze Schlaf war. Und bis es so weit war, würden wir feiern. Und ich hoffte wirklich, dass Tess den Kuss richtig gedeutet hatte und heute Abend mit uns feiern würde.

Morten legte mir seinen tätowierten Arm um die Schultern, nahm mich freundschaftlich in den Schwitzkasten und zog mich lachend mit sich. »Mann, ich weiß nicht, ob ich lachen oder heulen soll. Fuck, das war das letzte Konzert«, sprach er meine Gedanken aus, als er mich wieder losließ.

»Geht mir auch so.«

»Ich werde es vermissen. Die ganzen kreischenden Mädels werden mir am meisten fehlen.« Er lachte und wischte sich die Haare aus dem verschwitzten Gesicht.

»Du hast doch Telefonnummern genug für jeden Tag des Jahres«, feixte ich und trank einen Schluck kaltes Bier. Ah, das tat gut.

»Ja, ja, ich weiß. Das ist Jammern auf hohem Niveau.«

»Du sagst es. Du wirst schon nicht in Abstinenz verfallen müssen.«

»Abstinenz? Was ist das? Das kommt in meinem Wortschatz gar nicht vor«, unkte er und schlug mir auf den Rücken. »Und? Bereit für die letzte Party der Tour?«, fragte er mit einem diabolischen Grinsen.

»Lassen wir es krachen!«, rief ich ausgelassen und folgte Morten und den anderen Jungs durch die Katakomben in den Greenroom, bis die Stimmen in der Halle immer leiser wurden und irgendwann gar nicht mehr zu hören waren.

»Hey, warte«, hielt Morten mich zurück, bevor wir die Tür zum Backstagebereich erreicht hatten.

»Was ist los?«

»Ich hab da zwei Mädels klargemacht für heute Abend. Die Dunkelhaarige gehört mir. Nur, dass du's weißt.«

Ich lachte auf. »Alter, ich will nichts von deinen Weibern. Ich bin dir noch nie in die Quere gekommen, das weißt du.« Wie zur Bestätigung hob ich die Hände hoch und trat einen Schritt zurück.

»Gut so. Die Blonde ist übrigens ganz scharf auf dich, hab ich gehört«, sagte er und zwinkerte mir zu.

»Gut zu wissen, vor wem ich mich in Acht nehmen muss«, gab ich zurück.

»Keinen Bock heute?«

»Mir steht nicht der Sinn nach blond.«

»Sorry, dunkel war aus.«

Ich grinste und schlug ihm auf die Schulter. »Jetzt rein da. Lass uns endlich feiern.«

Ich war begierig darauf, das Adrenalin loszuwerden, das mich immer noch oben hielt. Allerdings hatte ich eine ganz bestimmte Vorstellung davon, wie der Abend heute ablaufen sollte. Ich konnte es kaum erwarten, Tess zu sehen und ihr zu sagen, wie sehr ich sie wiedersehen wollte.

Morten stieß die Tür zum Backstagebereich auf, und als ich ihm in den Raum folgte, ließ ich meinen Blick sofort suchend über die Gäste schweifen. Auf dem Ecksofa hatte sich schon Ian, unser Streber und Gitarrist, langgemacht. Sein T-Shirt hatte er ausgezogen und ein Handtuch um seinen verschwitzten Nacken gelegt. Auf seinem Schoß saß eine langbeinige Blondine, ein Groupie, wie anhand ihres schmachtenden Blicks und ihrer knappen Kleidung unschwer zu erkennen war. Zach, er spielte ebenfalls Gitarre, hatte es sich auf einem Loungesessel bequem gemacht. In der Hand hielt er ein Bier. Sein erstes und letztes, wie ich wusste. Denn er blieb in der Regel nur eine halbe Stunde backstage, bevor er sich aufs Zimmer zurückzog, wo seine Freundin Lynn auf ihn wartete. Von Lynn wusste allerdings niemand außerhalb der Band etwas. Er war schon seit einigen Jahren mit ihr zusammen und wollte sie aus der Öffentlichkeit raushalten. Das konnte ich gut verstehen. Deshalb trafen sie sich nur hinter verschlossenen Türen – da, wo die Presse keinen Zutritt hatte und die Fans ihn nicht sahen.

Wyatt war unser gitarrespielender Kampfsportler, der sich – wie Morten und ich – gerne auf den Aftershow-Partys amüsierte, aber nichts von Groupies hielt.

Während Morten sich gleich auf die dunkelhaarige Schönheit stürzte, die er schon vor dem Konzert klargemacht hatte, und die mit einem weiteren Mädchen hier war, scannte ich weiter den Raum ab. Neben den Bandmitgliedern, den Leuten der Crew und Keith, unserem Manager, erkannte ich schon einige, mir unbekannte Frauen, die ganz offensichtlich nur auf uns warteten. Leute, die ich nicht kannte, drängten sich dicht an dicht, hielten Becher mit Getränken in den Händen und johlten und klatschten, als wir eintraten. Ich schüttelte unzählige Hände, ließ mir gefühlt hundertmal auf die Schulter klopfen und suchte dabei noch immer den Raum ab. Und dann sah ich sie.

Tess.

Sie stand mit Brenda, einer Stylistin der Band, zusammen am Büffet an der langen Wand des Raums, das auf zwei Tischen für uns aufgebaut worden war. Sie unterhielten sich, lachten, und es sah aus, als hätten sie Spaß. Tess strich sich ihre roten Locken nach hinten, und allein diese Geste ließ meinen Herzschlag für einen kurzen Moment aussetzen. Verdammt, diese Frau machte mich fertig. Niemals hätte ich das bei unserer ersten Begegnung für möglich gehalten.

Während des letzten Jahres hatten Tess und ich viel Zeit miteinander verbracht. Aber wir waren uns nicht wirklich nähergekommen. Zumindest nicht so nahe, wie ich es anfangs gerne gehabt hätte. Ich hatte gleich gemerkt, dass Tess anders war als die anderen Frauen, mit denen ich sonst ein so leichtes

Spiel hatte. Ja, ich hatte versucht, sie anzubaggern. Aber Tess hatte meine – vermutlich viel zu plumpen – Annäherungsversuche mit einem belustigten Lächeln abgetan. Sie hatte mir sofort den Wind aus den Segeln genommen, mir klargemacht, dass sie nicht auf mich reinfallen würde, wir nur beruflich miteinander verkehren würden und nicht im Bett. Obwohl sie immer kollegial geblieben war, hatte sie mich dabei stets spüren lassen, dass ich ihre Grenze ja nicht überschreiten sollte. Sie ließ sich nicht becircen, weder von mir noch von meinen Bandkollegen. Und obwohl mich das reizte, fickte ich weiterhin Groupies. Allein um Dampf abzulassen und den Druck abzubauen, der mit jedem Tag auf Tour wuchs. Und vielleicht auch, um dem Image eines Rockstars gerecht zu werden. Aber ich erwischte mich oft genug dabei, dass ich mit den Gedanken bei Tess war.

Ich hatte mir in den letzten Wochen mehr als einmal vorgestellt, wie es wohl wäre, mit den Fingern durch ihre langen Haare zu fahren. Oder ihre Lippen mit meinen zu berühren. Oder über ihr Gesicht zu streichen und herauszufinden, ob es wirklich so weich war, wie ich es mir vorstellte. Aber stattdessen hatte ich mir von ihr durch meine Haare wühlen lassen, wenn sie mich für die Bühne stylte. Hatte ihre Finger auf meinen Lippen gespürt, wenn sie mir ihre komischen Cremes auftrug, ihre Hände über meine Haut streichen gefühlt, wenn sie mein Gesicht abpuderte oder mir so ekliges Zeug wie Make-up draufschmierte. Und ich hatte es trotz ihrer Distanz irgendwie genossen.

Ich war von Tag zu Tag neugieriger auf sie geworden, hätte gerne alles über sie erfahren, doch sie trennte Job und Privates strikt. Ich hatte keine Ahnung, ob zu Hause ein Freund auf sie wartete oder ein Ehemann oder sonst wer, dem ihr Herz gehörte. Ich wusste überhaupt nicht, was sie über mich dachte, wie sie zu mir stand. Und trotzdem oder gerade deshalb ging sie mir nicht aus dem Kopf. Ich wusste nicht mehr von ihr als ihren Namen, dass sie fünfundzwanzig war, dazu wunderhübsch und clever, und in San Francisco lebte. Und dass ich sie verdammt noch mal nicht mehr aus meinen Gedanken bekam. Doch ich hatte nie den Mut gehabt herauszufinden, was sie wirklich über mich dachte. Bis jetzt. Und ihr Eindruck von mir schien echt mies zu sein. Vielleicht war es heute Nacht an der Zeit, ihr zu sagen, was ich empfand, Nägel mit Köpfen zu machen. Es war der letzte Abend, und ich würde es mir nie verzeihen, wenn ich sie ziehen lassen würde, ohne es wenigstens versucht zu haben. Der Kuss war ein Anfang.

In diesem Moment drehte Tess sich um, und unsere Blicke trafen sich. Ein schüchternes Lächeln umspielte ihre vollen Lippen und ich sah, wie sie rot wurde. So süß. Ich lächelte zurück, und ohne sie aus den Augen zu lassen, setzte ich mich in Bewegung, drängte mich durch die Leute und war schon kurz vor dem Büffet, kurz davor, Tess zu begrüßen, als Morten sich mir samt seinem Harem in den Weg stellte.

»Riley, das ist Zoe«, präsentierte er mir lautstark die bereits angekündigte Blondine. Ich warf ihm einen genervten Blick zu. Das Letzte, was ich jetzt wollte, war, mich von ihm aufhalten zu lassen, aber ich war höflich genug, das Mädchen wenigstens zu begrüßen, bevor ich ihr den Zahn ziehen würde, den Abend an meiner Seite verbringen zu können.

»Hey, Zoe. Alles klar?«, fragte ich daher ohne wirkliches Interesse, und mein Blick flog über ihre Schulter zu Tess. Doch die war wieder im Gespräch und drehte mir den Rücken zu.

»Riley …«, flötete Blondie mit einer so unnatürlich quietschenden Stimme, dass mir übel wurde. Sie stellte sich dicht vor mich, legte ihre Hände auf meine Taille und drückte ihre Silikontitten an meine Brust. Dann hauchte sie mir einen Kuss direkt auf den Mund.

Fuck! Ich war viel zu perplex, wehrte mich nicht, als ihre Lippen auf meine trafen. Und als sie ihre Arme um mich schlang und sich so eng an mich presste, als wäre es das Natürlichste von der Welt, über mich herzufallen, drehte Tess sich um. Mein Blick traf ihren, während ich die Tussi am Hals hatte, und sofort erkannte ich die Enttäuschung auf ihrem Gesicht. Oder war es Entsetzen? Ich zumindest war entsetzt über dieses Timing, das mir mal wieder in die Parade fuhr. Tess drehte sich abrupt von mir weg, und ich nutzte den Augenblick, um diese Klette an meinem Hals loszuwerden. Ich griff ihre Arme und löste sie grob von meinem Nacken, dann schob ich sie von mir.

»Verdammt, lass das! Verzieh dich!« Ich achtete nicht auf ihr Schmollen, nicht auf Mortens Protest, sondern schob mich hastig an ihr vorbei. Doch noch bevor ich bei Tess ankam, spürte ich ihre Abwehr.

»Hey, Tess ... Brenda ...«, begrüßte ich die beiden und versuchte, möglichst gelassen zu bleiben.

Während Brenda mich locker wie immer umarmte und mir noch mal zu unserem gelungenen Auftritt gratulierte, lächelte Tess stumm. Doch ihre Augen wirkten längst nicht so warm und verschmitzt wie sonst. Brenda verabschiedete sich, und Tess und ich standen allein da.

»Hast du schon gegessen?«, fragte ich, um das eisige Schweigen zu brechen.

»Ja.«

»Soll ich dir noch einen Drink holen?«

Sie warf mir einen spöttischen Blick zu. »Ich glaube, das schaffe ich auch allein, Riley.«

»Das eben ... das war nicht -«

»Wonach es aussah?«, fuhr sie mir ins Wort.

»Nein. Ich konnte -«

»Nichts dafür. Schon klar. Riley ...« Sie schüttelte den Kopf, und ihr Lächeln wirkte traurig. »Du bist eben der begehrte Rockstar, so what? Genieß es doch einfach, anstatt dir eine Erklärung für mich aus den Fingern zu saugen. Das

23

musst du nicht. Es ... geht mich im Grunde doch auch gar nichts an. Und jetzt entschuldige mich, ich muss noch packen.« Sie warf mir noch einen kurzen Blick aus ihren blauen Augen zu, dann drehte sie sich um und schlug den Weg zum Ausgang ein.

Nein, verdammt! Das war nicht der Plan. Ich zögerte nicht, sondern folgte ihr, und als wir den Backstagebereich verließen, holte ich sie ein.

»Tess, bitte warte!«

Sie blieb stehen, drehte sich aber nicht um. »Was?«

Ich stellte mich vor sie. Sie hatte ihren Kopf gesenkt, starrte auf ihre roten Chucks. »Ich möchte dich wiedersehen«, sagte ich direkt hinaus.

Sie hob den Kopf und sah mich mit einem prüfenden Blick an. »Riley, ich -«

»Was hast du empfunden, als ich dich geküsst habe?«

Tess blickte mich erschrocken an. Am liebsten hätte ich ihr die Zweifel von ihrem Gesicht geküsst, aber ich wusste, dass ich sie damit nur verschrecken würde. Also hielt ich mich zurück, wartete auf eine Antwort, doch sie kam nicht. Stattdessen verschränkte sie die Arme vor der Brust und starrte wieder auf ihre Chucks. Ich trat einen Schritt näher, und dass sie nicht zurückwich, war in meinen Augen ein gutes Zeichen. Langsam hob ich meine Hände und legte sie auf ihre Schultern. Dann wartete ich.

Nach einigen endlosen Sekunden hob sie den Kopf und sah zu mir auf. Sie war einen halben Kopf kleiner als ich, meine Lippen hätten ohne weiteres ihre Stirn berühren können.

»Und dann? Was soll das bringen, Riley? Wir ... das würde nicht funktionieren.« Ihr Blick wurde traurig, und sie löste sich aus meinem Griff. »Gute Nacht, Riley.« Dann ließ sie mich stehen.

In diesem Moment begriff ich, dass ich mich nicht mit einem Nein zufriedengeben konnte. Dafür war sie mir schon zu wichtig geworden. Diese Frau würde mich Nerven kosten, das war mir klar. Aber sie war es wert.

Riley

»Ja, okay. Ich ruf dich an. Nervensäge.« Tess sah mich aus ihren strahlend blauen Augen an, und ihre kleine Nase kräuselte sich, als sie verlegen lächelte. Auch wenn wir nicht mehr über den Kuss gesprochen hatten, den ich ihr vor ein paar Tagen hinter der Bühne des Madison Square Garden gegeben hatte, oder über das, was backstage vorgefallen war, hatte sich doch etwas zwischen uns verändert. Wir wussten beide, dass es weitergehen würde. Irgendwie.

»Aber nicht vergessen, klar?« Ich stand schon so nahe bei ihr, dass ein Schritt weiter erneut die imaginäre Grenze überschritten hätte. Also blieb ich, wo ich war. Auch wenn es mir verdammt schwerfiel. Ich wollte sie an mich ziehen und küssen, aber meine eigenen Bedürfnisse zählten hier nicht. Dieses Mal nicht. Es reichte schon, dass ich sie wiederholt bat, mich anzurufen.

»Werd ich schon nicht.« Ich hob die Augenbrauen. Sie hob die Hand wie zu einem Schwur. »Ich schwöre.«

Ich runzelte die Stirn. »Bei was?«

Sie blickte mich nachdenklich an. »Bei dem Leben des nächsten Cookies?«

»Der nicht lange überleben wird.« Ich hatte noch niemanden kennengelernt, der so viele Cookies essen konnte wie Tess. Deswegen war das auch ihr Spitzname geworden. Deswegen, und weil sie so unfassbar süß war.

»Ich lasse mir etwas länger Zeit. Okay?«

»Mit dem Anruf oder dem Cookie?«

Sie grinste nur, und dann, ganz ohne Vorwarnung, überwand sie die Distanz, trat einen Schritt näher und stellte sich auf die Zehenspitzen. Und einen Wimpernschlag später spürte ich ihre weichen Lippen auf meiner Wange – gefährlich nahe an meinem Mund. Aber bevor ich reagieren, diese Berührung auf einen Kuss ausweiten oder sie in meine Arme ziehen konnte, hatte sie sich schon wieder zurückgezogen. Leicht benommen blinzelte ich. Ihre Wangen färbten sich leicht rot. Süß.

»Wir sehen uns«, flüsterte sie. Dann drehte sie sich um und stieg in das Taxi, das bereits mit offener Tür und laufendem Motor auf sie wartete. Zehn Sekunden später war sie in der Autoschlange Richtung Ausfahrt verschwunden. Ich blieb zurück und sah ihr verdutzt nach.

»Ich hoffe es«, murmelte ich und setzte mich in Bewegung, um ebenfalls in ein Taxi zu steigen.

Tess würde mir fehlen. Ich wünschte mir wirklich, sie bald wiederzusehen.

Ich ging auf das nächste Taxi in der Schlange zu und zückte mein Handy, um Pegs Nummer zu wählen. Nach einem kurzen Klingeln nahm sie ab.

»Hey, Süße. Ich bin gerade gelandet und gleich auf dem Weg.«

»Yeah! Das Bier steht schon kalt. Du kommst doch in den Shop, oder?«, fragte Peg mich aufgeregt. Ich konnte mir bildlich vorstellen, wie sie wild zappelte – mit einem fetten Grinsen im Gesicht.

Ich ging um eine Gruppe Japaner herum, die eine Kofferburg um sich herum errichtet hatten und gerade die vorbeifahrenden Taxen fotografierten. Kopfschüttelnd hielt ich das Telefon näher ans Ohr, der Lärm hier draußen war die Hölle. Flugzeuge starteten und landeten in einer Tour, übertönten den Verkehr der –vor- und abfahrenden Autos vor dem Terminal. Es wurde Zeit, hier abzuhauen.

»Klar, Sugar. Bin in einer halben Stunde da«, versprach ich und gab dem Taxifahrer ein Zeichen, mein Gepäck einzuladen. Dann schmiss ich mich auf den Rücksitz und atmete tief durch.

Ich hatte gerade einen sechsstündigen Flug von New York nach San Francisco hinter mich gebracht und war völlig erledigt. Das Einzige, was mich den Heimflug über aufrecht gehalten hatte, war Tess gewesen, die den Platz neben mir besetzt hatte. Auch wenn wir nur belangloses Zeug gesprochen hatten, war es schön gewesen.

Während wir beide in San Francisco zu Hause waren, lebte der Rest der Band in Kalifornien verstreut. Morten und Ian hatten ihre Familien in L.A., Wyatt in San José und Zach wohnte bei seiner Freundin in Fresno.

Ich selbst hatte in San Francisco noch keine Wohnung, sondern schlief entweder im Hotel, wenn ich in der Stadt war, oder bei Jacob, neben Eric meinem engsten Freund, dem das Tonstudio in Japantown gehörte. Und wenn ich komponierte, dann war das Sofa bei ihm im Studio mein Zuhause. Aber die nächsten Wochen würde ich mich erstmal entspannen. Ich war sowas von erledigt und hatte die Schnauze von dem ganzen Rummel der letzten Monate echt voll.

Gestern hatten wir noch unseren letzten Gig im Irving Plaza in New York City vor nur knapp tausend geladenen Gästen hinter uns gebracht. Die Plattenfirma hatte diese Veranstaltung noch zusätzlich nach dem Konzert im Madison Square Garden einberufen und mich und die Band vor vollendete Tatsachen gestellt. Wir hatten dieses Konzert zu geben. Punkt. Dabei hatten wir nach gut einem Jahr Tournee, Fernsehauftritten, Fotoshootings und Interviews nur noch nach Hause gewollt. Aber die Launen des Managements waren unergründlich, und so hatten sie nach dem eigentlich letzten Konzert der Tour noch einen draufgesetzt. Nicht nur ich war angepisst deswegen. Auch die Jungs der Band. Aber Keith, unser Manager, hatte ein Event auf die Beine gestellt, das – O-Ton Keith – »unsere Beliebtheit bei allen Alkoholherstellern, Tabakkonzernen und Telefonanbietern der USA steigern wird.« Das Management versprach sich davon Werbeaufträge, die ihnen noch mehr Geld einbrachten. Ja, das Konzert war cool gewesen und hatte im Nachhinein betrachtet auch Spaß gemacht. Schließlich liebten wir es, auf der Bühne zu stehen und unsere Songs zu performen. Aber trotz alledem ging mir diese Profitgier der Plattenbosse allmählich auf den Sack. Auch wenn wir mittlerweile ganz gut von dem Geld lebten, hatte ich immer mehr die Befürchtung, dass unsere Musik unterging und wir nur noch als Werbefiguren für irgendwelche Deos und Sportschuhe interessant waren. Vielleicht war es an der Zeit, sich für das neue Album ein neues Label zu suchen. Aber Gedanken darüber wollte ich mir in diesem Augenblick nicht machen. Jetzt waren erstmal zwei Wochen Urlaub angesagt, in dem ich die Tour, den Druck und all den Ärger hinter mir lassen wollte. Und danach würde ich irgendwann an den Songs schreiben, die ich bereits im Kopf hatte. Für die Zeit nach dem Urlaub hatte Keith sicher schon genügend Termine eingetütet.

Das Taxi setzte sich in Bewegung, und ich zog mein Handy aus der Jackentasche, setzte die Kopfhörer auf und startete die Playlist. Als *Walk* von den Foo Fighters durch meine Ohren sauste, sank ich in das abgewetzte Polster der Rückbank und entspannte mich langsam. Ich lehnte den Kopf gegen die kühle Fensterscheibe und schloss die Augen.

Bis nach Haight-Ashbury brauchten wir etwa eine halbe Stunde, und ich streckte mich ausgiebig, als ich vor der Tür des *Skinneedles* aus dem Taxi stieg. Ich freute mich auf ein eiskaltes Bier und ein paar vertraute Gesichter. Deswegen hatte ich auch als Allererstes Peg angerufen, die um diese Uhrzeit im Tattoo-Shop zu finden war.

Wie immer bimmelte die kleine Glocke über der Tür, wenn sie geöffnet wurde. Ich verdrehte die Augen bei diesem Geräusch und grinste, weil ich genau wusste, dass Jake dieses nervige Teil niemals entfernen würde. Kaum eingetreten, schallte mir auch schon Musik entgegen. Dazu hörte ich das stete Summen der Tätowiermaschinen, sog den Geruch von Farbe und Kaffee ein und grinste noch breiter, als Peg mit einem quietschenden Aufschrei um die Ecke gestürzt kam. Ich konnte nur noch meinen Seesack fallen lassen und meine Gitarre auf das Sofa rechts von mir schmeißen, da lag sie auch schon in meinen Armen.

»Oh, Ry. Endlich. Ich hab dich so vermisst«, nuschelte sie an meiner Brust, und ich drückte sie fest an mich. Es tat gut, sie in den Arm zu nehmen und zu spüren. Als sie den Kopf hob und mich aus strahlend grünen Augen ansah, die wie immer mit schwarzem Eyeliner umrahmt waren, drückte ich ihr einen Kuss auf den Mund. Auch wenn zwischen uns nichts mehr lief – sie war schließlich fest mit Kyle zusammen –, würde ich diese Vertrautheit zwischen uns trotzdem niemals aufgeben.

»Hey, Süße«, begrüßte ich sie und schob sie dann ein kleines Stück von mir, um sie anzusehen. Ihre blonden langen Haare hatte sie wie so oft zu einem wirren Knoten auf dem Kopf zusammengebunden. Die bunten Tattoos auf ihren Armen leuchteten mit ihrem Grinsen um die Wette. Wie immer trug sie enge Jeans und ein buntes T-Shirt sowie hohe Schuhe, mit denen sie aber immer noch einen halben Kopf kleiner war als ich.

»Du siehst gut aus«, bemerkte ich. »Glücklich.«

»Das bin ich auch, Ry. Und jetzt, wo du endlich da bist, sowieso.« Sie drückte mir noch einen Kuss auf den Mund.

»Hey, hey, hey, wer knutscht da meine Frau?« Kyle trat in seiner ganzen Größe um die Ecke und grinste, als er auf uns zukam. Ich ließ Peg los und feixte.

»Lass die Ehe mit diesem Primaten annullieren. Na, Süße, wie wär's?«

»Du bist ein toter Mann«, erwiderte Kyle. Peg kicherte. Ich trat ein paar Schritte von ihr zurück und hob wie ein Boxer die Hände.

»Willst du dich mit mir anlegen? Dann komm her«, forderte ich Kyle heraus.

»Ich will dem Rocksternchen ja nicht die zarten Fingerchen brechen. Peg würde mich umbringen«, entgegnete er und nahm mich in den Schwitzkasten, bevor er mich freundschaftlich umarmte und mir kräftig auf die Schulter schlug. Ich unterdrückte einen Schmerzensschrei, ich wollte ja nicht als Weichei dastehen.

»Tat's weh?«, fragte Kyle auch gleich.

»Nee. Aber wenn ein abgehalfterter Footballstar kurz davor ist, einem die Knochen zu brechen, darf man ja wenigstens so tun als ob, oder?«, gab ich lachend zu. Kyle hatte nichts von seiner enormen Statur verloren.

»Ist ein Bier als Entschuldigung okay?«

»Mach zwei oder drei draus, dann passt es.«

Peg grinste und hakte mich unter. »Dann los. Im Hof steht schon alles bereit für deine Heimkehr. Willkommen zu Hause.«

Peg hatte recht – das *Skinneedles* war fast sowas wie mein Zuhause. Es tat gut, wieder hier zu sein.

Jake und Scott hatten noch Kundschaft und tätowierten nach einer kurzen Begrüßung weiter. Carrie hatte Tanztraining, und Joyce saß gemeinsam mit Eric, der gerade die Feuerschale befüllte, im Hof.

»Hey, Riley, welcome home!« Eric und ich waren alte Freunde und begrüßten uns dementsprechend. Wir kannten uns schon eine halbe Ewigkeit, waren vor meiner Zeit mit Obsidian gemeinsam mit einer kleinen Band durch die Clubs von L.A. getingelt und hatten haufenweise Weiber abgeschleppt. Jetzt war er als Tätowierer in San Francisco sesshaft geworden und hatte Joyce – sein Schneewittchen, wie er sie wegen ihrer hellen Haut und den schwarzen Haaren nannte.

»Wo ist deine Gitarre?« Er blickte sich suchend um.

»Vorne. Keine Sorge«, sagte ich. Wie es aussah, sollte das hier ein typischer *Skinneedles*-Hinterhof-Abend werden, und ich freute mich riesig, dass meine Freunde sich für mich die Zeit nahmen. Mit Peg hatte ich telefonisch Kontakt gehalten, während ich auf Tour gewesen war, und sie hatte mich auf dem Laufenden gehalten, was den Shop und alles Drumherum anging. Im letzten Frühjahr war ich auch zu ihrer Hochzeit mit Kyle gekommen, auch, wenn es Keith nicht gepasst hatte, dass ich ein Wochenende früher verschwunden war als geplant und zwei Termine hatte sausen lassen. Aber Peg war mir wichtiger als irgendein Reporter, der die x-te Reportage über uns drehen wollte. Danach hatten wir erstmal ein paar Wochen Tourpause gehabt, aber seitdem war ich schon wieder fast ein Jahr ununterbrochen durch die Staaten getingelt und hatte jetzt nur noch das Bedürfnis, für immer hierzubleiben.

»Wie geht's dir?«, fragte Kyle und drückte mir ein Bier in die Hand. Wir setzten uns auf eine der Bänke, und ich grinste schief.

»Ganz ehrlich? Es war mega, echt mega mega. Aber ich bin auch scheißfroh, dass jetzt alles vorbei ist und ich hier bin.«

»Wie? Du ziehst eine Hinterhof-Session einer gefüllten Halle mit halbnackten Mädels vor? Was bist du nur für ein Rockstar?« Kyle schüttelte den Kopf und fing sich dafür von Peg einen Seitenhieb ein.

Ich lachte auf. »Halbnackte Teenager, die von ihren Müttern begleitet werden.« Von den unwesentlich älteren Groupies sagte ich nichts.

»Und was ist mit den Kuscheltieren?« Jake stand in der Tür zum Shop und schmunzelte. Wie es aussah, hatte er gerade seinen Kunden verabschiedet.

»Langsam wird der Platz knapp«, gab ich zu.

»Dann brauchst du wohl eine größere Wohnung«, neckte Peg.

Ich nickte. Ich spielte schon länger mit dem Gedanken, hier sesshaft zu werden, und hatte deswegen bereits mit Kyle gesprochen, dessen Vater einer der größten Immobilienmakler der Stadt war. »Guter Einwand, Süße.« Dann wandte ich mich mit einem Grinsen an Kyle. »Hast du schon was wegen dem Haus erreicht?« Kyle war, bis er mit Peg zusammengekommen war, als Immobilienmakler in der Firma seines Vaters tätig gewesen. Jetzt trainierte er Kids im Football, aber Kontakte hatte er noch. Ich hatte schon vor Wochen mit ihm telefoniert und ihn gebeten, sich hier in der Stadt nach einer ganz bestimmten Immobilie für mich umzuhören. Als ich wegen Pegs Hochzeit hier gewesen war, hatte ich ein Haus gesehen, das zum Verkauf gestanden hatte. Es lag in der Nähe seines eigenen Hauses in Sea Cliff, verborgen hinter einer hohen Mauer und somit geschützt vor neugierigen Blicken. Ich hatte mich als Kind immer gefragt, warum die schönsten Häuser hinter den höchsten Mauern verborgen lagen. Mittlerweile kannte ich den Grund.

Das Haus war das kleinste in der Gegend, und ich hatte mich über das Internet über die Größe und Ausstattung schlau gemacht. Mit vier Zimmern war es locker groß genug für mich. Einen Raum würde ich als Studio nutzen können. Von dem Wohnzimmer aus hatte man laut Fotos eine irre Aussicht auf die Bucht.

Aufgrund der Größe war der Kaufpreis niedriger, als es für diese Gegend üblich war, aber trotzdem nicht mal eben aus der Portokasse zu zahlen. Aber laut Kyles letzter Aussage verhandelten die Makler schon miteinander. Nachdem ich mir dieses Haus angesehen hatte, wusste ich, dass ich kein anderes wollte. Und ich konnte es kaum erwarten, es vielleicht irgendwann Tess zu zeigen. Ich betete inständig, dass sie mich nicht für versnobt halten würde, aber nachdem sie selbst am eigenen Leib mitbekommen hatte, wie sehr einem durch die Öffentlichkeit die Privatsphäre genommen wurde, würde sie mich hoffentlich verstehen.

»Du willst wirklich hierbleiben? In San Francisco?« Peg sah mich aufgeregt an.

Wieder nickte ich. »Hier gefällt es mir, Peg. Was soll ich in L.A.? Da hält mich nichts mehr. Die meiste Zeit bin ich eh hier im Studio. Und außerdem sind meine Freunde hier. Es wird Zeit, sesshaft zu werden«, fügte ich hinzu. Seit ich denken konnte, hatte ich in L.A. gewohnt. Meine Eltern lebten dort, ich war in der Nähe von Hollywood aufgewachsen. Doch seit ich mit der Band so viel um die Ohren hatte, war ich meist nur noch zum Wäschewechseln in meinem Apartment. Wenn ich mal Freizeit hatte, dann zog es mich hierher, nach San Francisco.

Sie kam auf mich zu und nahm mich fest in den Arm. »Oh, Ry. Ich freu mich so.« Sie küsste mich kurz auf den Mund und wandte sich dann mit einem filmreifen Augenaufschlag an Kyle. »Vielleicht kannst du ja mal deine Fühler ausstrecken?«

»Damit du ihn weiter küssen kannst?«, fragte Kyle mit hochgezogenen Augenbrauen. Doch dann grinste er. Ich wusste, dass Kyle nicht eifersüchtig auf mich war. Brauchte er auch nicht. Peg und ich hatten eine Affäre gehabt, als sie noch kein Paar gewesen waren, aber seitdem war es vorbei. Eigentlich schon früher, wenn ich recht darüber nachdachte. Es war vorbei gewesen, als ich Tess begegnet war.

»Hab ich schon längst. Und wie es aussieht, sind die Verträge so gut wie unter Dach und Fach«, wandte er sich an mich.

»Das hört sich gut an.«

»Den Preis hat Dad sogar noch etwas drücken können. Du musst morgen nur noch ins Büro des Notars und alles unterschreiben. Dann ist es deins.«

»Danke, Kyle«, sagte ich, und die Freude darüber, schon so bald in meine eigenen vier Wände ziehen zu können, ließ mich breit grinsen.

»Wow! Warum hast du mir nichts davon erzählt?«, fragte Peg und zog einen Schmollmund.

Ich hob entschuldigend die Hände. »Ich wusste nicht, ob es wirklich klappt. Der Preis ist schon ziemlich hoch, aber das Haus ist es wert.«

»Ach, komm schon, Riley. Tu nicht so, als würdest du am Hungertuch nagen«, meinte sie grinsend.

Ich verzog das Gesicht. »Geld allein macht nicht glücklich.«

Kyle schmunzelte. »Aber es beruhigt ungemein.«

Seit ich sie kannte, hatte Peg immer Geldsorgen gehabt. Zuletzt hatte sie zwei Jobs gehabt, um über die Runden zu kommen und die Arztrechnungen für ihre mittlerweile verstorbene Mom zahlen zu können. Und als Kyle dann in ihr Leben getreten war, hatte sie sich lange geziert, seine Hilfe anzunehmen. Zumindest die finanzielle. Ich war, bis wir mit Obsidian den Durchbruch geschafft hatten, auch mehr blank als flüssig gewesen. Aber mittlerweile hatte mein Konto ein ordentliches Polster, und ich überlegte schon länger, das Geld in eine Immobile zu investieren. Warum also nicht hier, in der Stadt, wo ich mich mehr zu Hause fühlte als irgendwo anders auf der Welt.

»Lass uns darauf anstoßen«, meinte Peg und hob ihr Bier. »Willkommen in San Francisco, Ry.«

Tess

»Hey, little Sister. Ich bin wieder da!«

Ich stieß die Tür mit dem Fuß zu, und mit einem lauten Knall fiel sie hinter mir ins Schloss. Gott, war das schön, wieder zu Hause zu sein. Ich ließ meine Koffer im Flur einfach fallen, schmiss meine große Ledertasche dazu und machte mich auf die Suche nach meiner Schwester, mit der ich mir die Wohnung teilte. Unser Apartment war nicht so groß – drei winzige Zimmer, eine Küche, ausgestattet mit dem Nötigsten, und ein Bad mit Dusche und WC –, weswegen es auch nicht weiter schwer war, Yuna zu finden. Allerdings brachte mich dieser kurze Rundgang schon echt auf die Palme, und die Freude auf mein Zuhause war schon wieder verflogen.

Im Wohnzimmer lagen überall Klamotten verstreut. Saubere wie schmutzige. Platz auf dem Sofa, um sich auszuruhen? Fehlanzeige. In der Küche stapelte sich dreckiges Geschirr, in der Spüle war Wasser eingelassen. Der Schaum war abgestanden, ich fühlte hinein – es war kalt. Ich ging weiter in ihr Schlafzimmer. Und da fand ich sie: Sie lag mit dem Rücken zu mir im Bett, zusammengerollt wie ein Baby und schlief. Ich verschränkte meine Arme vor der Brust, lehnte mich gegen den Türrahmen und beobachtete sie kopfschüttelnd.

Yuna war mit ihren dreiundzwanzig Jahren zwei Jahre jünger als ich und schon immer die zierlichere von uns beiden gewesen. Sie hatte die schlankere Taille und die schmaleren Finger. Ihre blonden Haare fielen glatt und seidig über ihre Schultern, während meine rot, wellig und schwer waren und selbst, wenn ich sie stundenlang mit der Bürste bearbeitete, total strubbelig aussahen. Allerdings war ich größer als sie. Ganze fünf Zentimeter. Wenigstens etwas. Yuna war der totale Gegensatz zu mir, was nicht weiter verwunderlich war, wenn man bedachte, dass ich adoptiert worden war.

Ich schloss leise die Tür zu ihrem Zimmer, ging ins Wohnzimmer und begann die Klamotten aufzuräumen, die Yuna großzügig im Zimmer verteilt hatte. Ich sehnte mich nur danach, mich aufs Sofa zu hauen und mich auszuruhen. In einer solchen Drecksbude mochte ich aber auch nicht chillen. Ich wusste aus Erfahrung, dass Yuna unausstehlich war, wenn sie geweckt wurde. Deswegen versuchte ich es gar nicht erst. Ich hatte wenig Lust, mich nach Monaten der Abwesenheit als Erstes auf einen Streit einzulassen. Also räumte ich schweigend das Chaos auf, das sie hinterlassen hatte. Alles wie immer.

Mit einem stillen Seufzer begab ich mich in die Küche und ließ das abgestandene Wasser ablaufen. Derweil starrte ich aus dem Fenster hinunter in den grauen, tristen Hinterhof, der mit lauter Müll vollgestopft war. Unsere Wohnung lag in Tenderloin, einem Viertel nahe des Union Square, welches geprägt war von Obdachlosigkeit und Kriminalität. Ob Straßenraub, Prostitution, offener Drogenhandel oder Bandenkriege – hier gab es alles. Und niemanden interessierte es wirklich. Die Sirenen der Cops hörte ich schon gar nicht mehr, so sehr hatte ich mich daran gewöhnt. Aber es gab zwischen Nachtclubs und Bars, Drogendealern und Zuhältern, abbruchreifen Häusern und dreckigen Hinterhöfen auch schöne Ecken, gutes Essen und hilfsbereite Nachbarn. Und wenn man schon so viele Jahre hier lebte und die Regeln befolgte, dann passierte einem auch nichts. Außerdem waren die Mieten hier bezahlbar. Auch wenn Yuna lieber gestern als heute woanders hingezogen wäre. Aber sie wusste auch, dass wir uns einen Umzug unmöglich leisten konnten. San Francisco war überfüllt, und bezahlbare Wohnungen gab es kaum mehr. Und wenn, dann nur noch in Vierteln wie diesem. Und so predigte ich schon seit Jahren, dass wir uns einfach glücklich schätzen sollten, überhaupt ein Dach über dem Kopf zu haben.

Aber die ungewohnte Stille in der Wohnung machte mich plötzlich wahnsinnig. Die letzten Monate war ich ständig von Musik und Menschen umgeben gewesen, irgendwo gab es immer jemanden, der Gitarre spielte, sang oder einfach nur eine Playlist ablaufen ließ. Ich hatte gedacht, ich würde die Ruhe jetzt genießen, aber – Pustekuchen. Sie machte mich fast aggressiv. In meinem nächsten Job, den ich erst in einer Woche antreten sollte, würde es nicht so musikalisch zugehen. Das würde mir fehlen. Ich ging zurück in den Flur und kramte in meiner Tasche nach meinem Handy und dem tragbaren Lautsprecher. Dann suchte ich mir eine der vielen Playlisten aus, die ich im Laufe der Zeit zusammengestellt hatte und startete sie. Als die ersten Töne von *Final Masquerade* von Linkin Park durch die Küche schallten, ging es mir besser. Allerdings erinnerte mich dieser Song auch an jemanden, den ich in den letzten Monaten kennengelernt hatte.

Riley.

Riley war totaler Linkin-Park-Fan, und wenn ich vor einem Auftritt zu ihm gekommen war, um ihn zu stylen, dann hatte er eigentlich immer seine Kopfhörer aufgehabt oder die Anlage laufen lassen. Als ich ihn das erste Mal fragte, was er da immer vor seinen Auftritten hörte, hatte er mir die Kopfhörer gereicht. Er hatte gesagt, dieser Song sei sein Lieblingslied. Und da hatte ich mich in genau diesem Song verloren. Und ich liebte dieses Lied, obwohl es mich an ihn und damit auch an diese Knutscherei mit dem Groupie am Abend nach dem letzten Auftritt erinnerte. Dieses Bild bekam ich nur schwer aus meinem Kopf.

Riley hatte mir seine Nummer gegeben und mich gebeten, ihn anzurufen. Aber ich war mir noch nicht sicher, ob ich das tun würde. Ja, ich mochte ihn. Sehr sogar. Was auch der

Grund war, warum ich seinen Kuss vor der Show im Madison Square Garden bis heute unkommentiert gelassen hatte. Und warum ich ihn zum Abschied auf die Wange geküsst hatte. Es war mir schwergefallen, ihn zu verlassen, nachdem wir so lange so eng zusammengearbeitet hatten. Aber mir war auch klar – wir kamen aus völlig verschiedenen Welten. Er war der Superstar, ich lebte in Tenderloin. Machten wir uns nichts vor.

Ich war gerade dabei, das Geschirr zu spülen, als Yuna verschlafen in die Küche schlurfte.

»Hey, Tess … Mist, ich muss eingeschlafen sein. Wann bist du angekommen?« Sie trat hinter mich und schlang ihre Arme um meinen Bauch. Dann küsste sie mich auf die Wange. »Willkommen zu Hause.«

»Danke«, grummelte ich.

»Scheiße, tut mir leid. Ich wollte aufräumen, aber …«

Ich löste mich aus ihren Armen und drehte mich zu ihr um. Gerade wollte ich mit meiner Standpauke loslegen, da blieb mein Blick an ihrem blassen Gesicht hängen. »Was ist los? Geht's dir nicht gut?«

Sie schüttelte den Kopf und sah nach unten. Ich folgte ihrem Blick, und da sah ich es. »Was ist … Nein!« Fassungslos starrte ich ihren Bauch an, der sich ein ganzes Stück wölbte. Das konnte nicht sein, oder? »Shit! Du bist schwanger?«

»Im fünften Monat«, gab sie niedergeschlagen zu. Ich hob den Kopf und sah in ihre müden Augen. Kein Wunder, dass sie geschlafen hatte. Waren Schwangere nicht ständig müde?

»Schon mal was von Verhütung gehört?«, entfuhr es mir.

»Ja, streu noch mehr Salz in die Wunde. Danke.« Sie warf mir einen genervten Blick zu. Ich zuckte nur hilflos mit den Schultern. Als ich während der Tourpause für ein paar Wochen zu Hause gewesen war, hatte es noch keinen Kerl in ihrem Leben gegeben. Zumindest keinen, von dem ich etwas gewusst hatte. Und danach war ich lange weg gewesen. Wie es schien, hatten sie keine Zeit verloren.

»Soll ich gratulieren oder …« Ich ließ den Rest des Satzes unter den Tisch fallen, aber Yuna wusste auch so, was ich meinte. Sie schüttelte den Kopf, aus ihrem Dutt fielen ein paar Strähnen. Dann winkte sie ab, zog sich einen der zwei Stühle in der kleinen Küche ran und setzte sich an den Tisch.

»Und wo ist der glückliche Daddy?«, wollte ich wissen. Ihr Blick ließ meine Vorahnung Gewissheit werden.

»Alec ist abgehauen. Ich habe keine Ahnung, wo er steckt.«

»Na, Glückwunsch …«, presste ich hervor. Scheiße!

Warum war ich eigentlich zurückgekommen? Ich hatte mich auf ein paar relaxte Wochen gefreut, aber danach sah das hier wirklich nicht aus. Ich seufzte still und setzte mich zu Yuna an den klapprigen Küchentisch. Das Holz der Platte war schon so abgescheuert, dass ich mich jedes Mal aufs Neue wunderte, warum noch kein Loch drin war. Aber für mehr hatte das Geld bisher nicht gereicht. Wenn ich mal etwas mehr verdiente, dann lebten wir eine Zeit gut davon. Ein neuer Küchentisch stand nicht auf meiner Prioritätenliste. Und auf Yunas schon gar nicht.

»Aber er weiß, dass er Vater wird?«

»Ja.«

»Aber er war nicht begeistert«, vermutete ich.

»Nicht wirklich.«

Ich seufzte tief, dann beugte ich mich zu ihr rüber. »Ich mache uns jetzt einen Kaffee … darfst du noch Kaffee trinken?«

Sie verdrehte die Augen. »Ich bin schwanger, nicht herzkrank.«

»Ja, ja, schon gut. Ich mache Kaffee, du machst dich frisch, und dann reden wir. Und zwar Klartext.«

»Du klingst wie Mom.« Das saß!

»Und du wie ein kleines, naives Mädchen. Sieh zu, dass du ins Bad kommst«, fuhr ich sie an. Der Vergleich mit unserer

Mutter brachte mich aus dem Gleichgewicht. Ich hatte nie so werden wollen wie sie, und jetzt ließ ich genau die gleichen Tiraden ab, die ich so an ihr gehasst hatte. Das war auch einer der Gründe, warum ich von zu Hause ausgezogen bin, kaum dass ich volljährig war. Mom hatte mich mit ihren Bevormundungen einfach genervt und meine Schwester mit Fürsorge erstickt. Und kaum war Yuna achtzehn geworden, war sie zu mir nach San Francisco gezogen. Mit ihrer Tasche hatte sie eines Tages vor meiner Tür gestanden. Seitdem wohnten wir zusammen. Zu Mom hatten wir nur sporadisch Kontakt. Das tat mir schon irgendwie leid, aber Yuna war alt genug, um das selbst zu entscheiden.

Yuna streckte mir die Zunge raus, aber erhob sich dann und ging ins Bad. Als ich das Wasser der Dusche rauschen hörte, setzte ich Kaffee auf und kümmerte mich um das restliche Geschirr. Dabei fragte ich mich die ganze Zeit, womit ich das eigentlich verdient hatte. Dass sie in der Zeit nicht nur die Wohnung hatte verkommen lassen, sondern auch noch schwanger geworden war, musste ich erstmal verdauen. Denn Yuna war eigentlich alles andere als ein Sozialfall. Sie war hübsch und klug. Und verdiente ihr Geld als Croupier beim Black Jack in einem Casino in der Stadt.

Als die Küche endlich sauber war, kam Yuna aus der Dusche. Perfektes Timing ... Ich holte zwei saubere Tassen aus dem Schrank und goss uns Kaffee ein. Dann setzte ich mich an den Tisch, und Yuna tat es mir gleich.

»Besser?«, fragte ich. Sie sah etwas frischer aus als noch vor einer halben Stunde.

»Ja, danke. Aber erzähl – wie war die Tour?«

»Vergiss es«, wehrte ich ab. »Erstmal reden wir über dich. Und den Bauch da. Und – wer zum Teufel ist dieser Alec?« Ich hörte mich tatsächlich an wie Mom. Verdammt!

Wieder rollte sie mit den Augen und strich sich ihre nassen Haare aus dem Gesicht. »Ich habe ihn bei einem Job kennengelernt. Er war Stammkunde, saß immer an meinem Tisch. Irgendwann hat er mich nach Feierabend auf einen Drink eingeladen, und dann haben wir uns regelmäßig getroffen und …«

Ich stöhnte auf und ließ meinen Kopf auf den Tisch sinken. »Ein Kunde? Wie blöd kann man sein?«, nuschelte ich in die Tischplatte. In den Casinos hingen doch nur Touristen und kaputte, spielsüchtige Gestalten rum. Natürlich hatte er sofort, als er von dem Baby erfahren hatte, die Biege gemacht.

»Wenn du mir so kommst, brauchen wir gar nicht weiterzureden«, erwiderte Yuna patzig.

Ich hob den Kopf und funkelte sie an. »Jetzt hör mal zu, Fräulein. Ich bin es nicht, die hier mit einem dicken Bauch sitzt. Ohne Kerl und ohne Zukunft.«

»Ich hab sehr wohl eine Zukunft«, giftete sie.

Ich lachte rau auf. »Ja, als alleinerziehende Mutter ohne Job.«

»Ohne Job? Ich arbeite im Casino, schon vergessen?«

»Und wie lange wirst du mit dem Bauch noch am Tisch sitzen können?«

Sie öffnete den Mund, schloss ihn wieder, nippte am Kaffee und sah mich dann an. »Mein Chef konnte mir wegen der Schwangerschaft nicht kündigen und hat mir deswegen das Leben schwer gemacht. Ich lasse mich nicht wie Dreck behandeln und habe freiwillig die Segel gestrichen«, gab sie dann kleinlaut zu. Fassungslos starrte ich meine Schwester an. Jetzt war ich es, die nach Luft schnappte. *Scheiße!* »Aber das ist nicht das einzige Casino. Ich -«

»Sag mal, spinnst du? Du willst dir weiter die Nächte um die Ohren schlagen, vorausgesetzt, dich stellt so überhaupt jemand ein? Hallo? Du bist schwanger, verdammt. Du bekommst ein Baby. Das bedeutet Verantwortung! Soll ich es dir buchstabieren?« Ich konnte nicht begreifen, dass sie so naiv war.

Sie sah mich aus ihren blauen Augen an, als hätten meine Worte ihr erst jetzt klargemacht, was es bedeutet, ein Kind zu haben. »Ich schaff das schon irgendwie«, murmelte sie betreten.

»Ja, klar.« Ich seufzte tief.

»Ich habe noch ein paar Rücklagen.«

»Weißt du, was ein Kind kostet?« Ich hatte mal gehört, dass es bis zur Volljährigkeit die Unsumme von einer halben Million verschlingen würde. Das war doch krank, oder? Ich meine, ich habe nichts gegen Kinder, aber wie sollten wir das finanzieren? Yuna war süße dreiundzwanzig, hatte ihr ganzes Leben noch vor sich. Und nun sollte alles vorbei sein?

Yuna sprang auf und schlug mit der Hand auf die Tischplatte. »Verdammt, Tess! Hör auf damit! Dass ich schwanger geworden bin, war nicht geplant …«

»Hey, ich kann nichts dafür, dass du dich von irgendeinem beliebigen Typen hast schwängern lassen«, schnauzte ich sie an.

»Und was kann ich dafür, dass er einfach abgehauen ist?«, brüllte sie los.

Ich schnappte nach Luft. »Tu nicht so hilflos. Du hättest verhüten können. Du bist doch überhaupt nicht reif für ein Kind, verdammt. Wie stellst du dir das nur vor?« Jetzt packte mich so allmählich die Verzweiflung. Mir wurde bewusst, was es hieß, noch ein Maul – wenn auch ein kleines – mehr zu stopfen. Zudem würde es verdammt eng in unserer Wohnung werden. Und das Geld würde hinten und vorne nicht reichen. Ich musste mir etwas einfallen lassen. Und das schnell.

»Dafür ist es jetzt wohl ein bisschen zu spät …« Sie sah runter auf ihren kleinen Bauch, dann mir in die Augen. »Es tut mir leid, Tess. Ich wollte das nicht, aber … Ich kann es doch nicht einfach wegmachen lassen, als würde es nicht leben.« Ihr traten die Tränen in die Augen.

»Nein, natürlich nicht«, gab ich versöhnlicher zurück. Sowas würde ich nie von ihr verlangen. »Wir schaffen das schon. Irgendwie.«

Sie presste ihre Lippen aufeinander und krallte sich so an der Tischkante fest, dass ihre Fingerknöchel weiß hervortraten. »Ich weiß, dass ich Mist gebaut habe, aber …«

»Aber was?« Mein Blick wurde weicher. »Yuna … Vielleicht ist dieses Baby eine Chance.«

»Wozu?« Skeptisch sah sie zu mir runter.

»Zu einem neuen, besseren Leben?«

Yuna sagte darauf nichts. Sie setzte sich wieder und nahm ihren Becher in die Hand. Es dauerte eine ganze Weile, bis sie mich ansah. Sie wirkte verzweifelt, die Maske war gefallen, Tränen glitzerten in ihren Augen.

»Hey, nicht weinen. Wir schaffen das. Ich bin da und helfe dir.«

Yuna schluckte. »Das würdest du für mich tun?«

Ich stand auf und ging um den Tisch herum. Dann hockte ich mich vor sie und legte meine Hand auf ihren Bauch. »Hey, du bist meine Schwester. Und ich werde Tante. Ich liebe dich, Yuna.«

Jetzt liefen die Tränen, die sie zurückgehalten hatte. »Ich liebe dich auch, Tess.«

Damit war für den Moment alles gesagt, und als wir uns in den Armen lagen, wünschte ich mir nichts mehr, als dass ich stark genug für uns drei sein konnte. Denn Yuna – das war mir klar – war es nicht.

Tess

Unschlüssig hielt ich mein Handy in der Hand und starrte die Nummer an, die Riley eingespeichert hatte. Seit fast einer Stunde erstellte ich dabei eine Art Pro-und-Contra-Liste in meinem Kopf. Unter Pro fielen Punkte wie:

Er ist zuckersüß.

Er sieht unglaublich toll aus.

Er ist charmant.

Er ist witzig.

Er riecht gut.

Er hat dich geküsst.

Er hat dich gebeten, ihn anzurufen.

Unter Contra fiel:

Er ist ein Superstar und kommt aus einer anderen Welt.

Und er fickt Groupies.

Mir war klar, dass die Punkte, die für ihn sprachen, in der Überzahl waren. Aber die auf der Contraliste wogen schwerer.

Während ich weiter darüber nachgrübelte, ob ich seiner Bitte nachkommen sollte, kam Yuna vom Einkaufen zurück. Nachdem ich die ganzen leeren Pizzaschachteln in der Wohnung weggeschmissen und gesehen hatte, dass der Kühlschrank ebenfalls nur mit Fertiggerichten vollgestopft war, hatte ich sie zum Einkaufen beim Gemüsehändler um die Ecke geschickt. Was sie brauchte, waren Vitamine und kein Glutamat. Und was ich jetzt brauchte, war ein klarer Kopf. Deswegen legte ich das Handy beiseite und ging zu ihr in die Küche.

»Hey. Sammy hat mir noch ein paar Sachen extra eingepackt. Sieh mal.« Sie zog lächelnd Mangos, Ananas, Physalis, Äpfel und Bananen aus der Tüte. Danach noch Lauch, Salat, Tomaten und Gurken.

»Das sieht gut aus«, erkannte ich an und half ihr, den Rest auszupacken.

»Ist alles in Ordnung?«, fragte sie mich und hielt inne. Mir entging nicht, wie sie mich musterte.

»Ja, wieso fragst du?«

»Du siehst irgendwie durch den Wind aus.«

Ich winkte ab. »Nur die Nachwehen der Tour.«

»Dann erzähl doch endlich mal ausführlich. In deinen SMS hast du dich ja ziemlich bedeckt gehalten. Wie war es so mit Obsidian? Ich hab sie mir im Internet angesehen, heilige Scheiße. Die sind echt klasse. Und der Sänger, dieser …«

»Riley«, half ich ihr aus.

»Ja, richtig. Riley. Wow … Er sieht heiß aus und hat eine verdammt geile Stimme.« Dem konnte ich nur zustimmen. »Hast du viel mit ihnen zu tun gehabt?«

»Jeden Tag.«

»Und?«

»Was und?«

»Nun lass dir doch nicht alles auf der Nase ziehen.« Sie verdrehte die Augen. »Wie waren sie so?«

Wenn wir während der Tour telefoniert oder getextet hatten, dann hatte ich es weitgehend vermieden, über meinen Job und die Jungs zu sprechen. Erstens, weil der Kontakt mit Yuna meine private Welt war, und zweitens, weil ich nicht wollte, dass meine Schwester womöglich mit Insiderinfos hausieren ging, um sich interessant zu machen. Denn das hätte mächtig Ärger gegeben. Ich hatte anfangs gleich eine Verschwiegenheitserklärung unterschreiben müssen. Nichts, was ich auf der Tour hinter den Kulissen von den Jungs mitbekam, durfte ich nach außen tragen. Und das galt auch jetzt noch, daher musste ich aufpassen, was ich erzählte. »Gut. Nett. Ein bisschen schräg, aber ganz in Ordnung.«

Yuna zog die Augenbrauen hoch. »Ganz in Ordnung? Hallo? Du bist mit den heißesten Jungs der zurzeit begehrtesten

Band monatelang auf Tour gewesen. Hast täglich an ihnen rumgefummelt und sie kennengelernt. Und dein einziger Kommentar ist: ganz in Ordnung?« Jetzt lachte sie auf und schüttelte den Kopf. »Entweder bist du frigide oder lesbisch. Anders kann ich mir deine Nüchternheit nicht erklären.«

Ich drehte mich zu ihr um. „Aber nichts, was ich dir erzähle, darf diese vier Wände verlassen, klar?" Mahnend sah ich sie an. Sie nickte verständnisvoll. »Okay, was willst du hören?«

»Alles, Baby. Ich will alles hören. Lass ja nichts aus, besonders nicht die schmutzigen Details.« Sie grinste und schnippte sich eine Weintraube in den Mund.

»Zach. Gitarrist. Absolut heißes Fahrgestell. Allerdings – so die Gerüchteküche – hat er eine Freundin. Und es stimmt, er hat mir im Vertrauen erzählt, dass er schon, seitdem er zwanzig ist, mit seiner Jugendliebe Sarah zusammen ist. Aber das darf nicht an die Öffentlichkeit, weil dann Millionen Teenieträume zerplatzen. Verrückt, oder?«

»Ja, absolut«, gab Yuna mir recht. »Und weiter?«

»Dann ist da Morten. Er ist der Bassist der Band, hat die größte Klappe von allen. Und fickt alles, was nicht bei drei auf dem Baum ist. So richtig klischeehaft.«

Yuna kicherte. »Ein Mann ganz nach meinem Geschmack.«

Ich seufzte und warf ihr einen scharfen Blick zu, worauf sie nur mit den Schultern zuckte. »Dann ist da noch Wyatt. Er ist der Leiseste der Jungs. Ich habe eine Weile gebraucht, um mit ihm warm zu werden, weil er so … so weich ist. Aber ein herzensguter Mensch, echt süß. Mehr der Bruder, der die Truppe zusammenhält. Er spielt die Drums.«

»Ein Weichei am Schlagzeug? Damit hätte ich nicht gerechnet.«

»Nein, kein Weichei. Nur zurückhaltend und besonnen. Du würdest ihn mögen. Allerdings hält er nichts von Groupies«, warf ich hinterher und zuckte entschuldigend mit den Schultern.

»Ich sag ja – Weichei«, murmelte sie und schob sich die nächste Weintraube in den Mund.

»Ian spielt Gitarre und ist der Belesene. Ich habe ihn erwischt, wie er heimlich seine Nase in irgendwelche Fachbücher gesteckt hat. Als ich um die Ecke kam, waren die aber ganz schnell verschwunden. Er ist witzig, hat Humor und ist echt süß. Na ja, und dann ist da noch Riley. Der Sänger. Er ist … anders. Er sieht gut aus, hat eine super Stimme, ist charmant, hat immer einen witzigen Spruch auf den Lippen und bringt dich zum Lachen, auch wenn dir gar nicht danach ist. Er bringt Sonne in deinen Tag, selbst wenn es draußen dunkel ist. Er lacht ständig, hat immer gute Laune und kann total albern sein. Seine Haare hängen ihm ständig in der Stirn, und immer wieder wischt er sie sich aus dem Gesicht. Seine Augen sind braun und warm, aufmerksam sieht er dich an, und du glaubst, er weiß alles von dir. Er hat einen Wahnsinnsbody und eine irre Kondition. Er … er ist toll«, schloss ich lahm, als ich merkte, wie viele seiner Vorzüge ich gerade aufgezählt hatte. Yuna starrte mich mit offenem Mund an. »Was?«, fragte ich unwirsch.

»Toll? Hört sich eher an, als wäre er *the hottest man alive* und als hättest du dich total in ihn verknallt«, stellte sie fest.

Ich schnaubte. »Er fickt Groupies.«

»Arschloch.«

»Nein«, dementierte ich jedoch gleich. Yuna sah mich erstaunt an, dann grinste sie und kicherte verlegen. »Doch verknallt.« Ich holte Luft, wollte widersprechen, aber konnte nur ermattet den Kopf schütteln. Yuna legte mir die Hand auf den Arm. »Scheiße. Dich hat's aber ordentlich erwischt, was?«

Ich zuckte hilflos mit den Schultern. »Ich weiß es nicht, Yuna. Ich meine, er bringt mich echt durcheinander. Ich hätte nicht gedacht, dass ich sowas …« *Mal erleben würde*, wollte ich sagen, aber hielt mich zurück. »Er hat mich gebeten, ihn anzurufen«, sagte ich stattdessen.

»Du hast seine Nummer?«

Ich nickte, sie stieß ein »Wow« aus. »Er hat sie mir gegeben. Gestern, nachdem wir gelandet sind. Er sagte, er möchte mich gerne wiedersehen.«

»Worauf wartest du dann noch?«

»Yuna, das geht doch nicht.«

»Wieso nicht?«

»Es würde nicht funktionieren.«

»Ach, scheiß aufs Funktionieren. Er ist ein Star, und du hast seine Nummer.«

»Eben. Er ist ein Star«, gab ich zurück. Das war nicht der einzige Grund, aber die anderen musste ich Yuna nicht unbedingt auf die Nase binden. Sie wusste nicht, was ich damals wirklich durchgemacht hatte, und dabei sollte es auch bleiben. Die Nummer mit dem Er-ist-ein-Star-ich-bin-ein-Nichts war eine super Ausrede. Auch für mich. Ich wollte gar nicht weiter darüber nachdenken, was passieren würde, wenn ich mich auf einen Mann, auf Riley, einlassen würde. Es ging nicht. Punkt.

»Da liegt also der Hase im Pfeffer. Schon klar. Du glaubst, er würde dich nicht ernst nehmen und so'n Scheiß, oder?«

»Er singt vor Tausenden von Fans, die Mädchen liegen ihm zu Füßen, er hat einen Haufen Kohle und reist um die Welt. Ich wohne in Tenderloin, bin Dauersingle, und mein Portemonnaie ist ständig leer«, redete ich mich raus.

»Weiß er das?«

»Ich habe ihm nichts erzählt.«

Yuna seufzte theatralisch. »Schätzchen, wenn du ihn nicht willst, dann nehme ich ihn.«

»Soll ich dir seine Nummer geben?«

»Nein, verdammt! Du sollst deinen kleinen süßen Arsch zu deinem Telefon schwingen und ihn anrufen. Was hast du zu verlieren, Tess?«

»Mein Herz.«

Ich sah auf die Uhr. Es war kurz nach ein Uhr in der Nacht. Seit über einer Stunde wälzte ich mich von einer auf die andere Seite, aber ich konnte einfach nicht schlafen, nicht runterfahren. Jedes Mal, wenn ich die Augen schloss, sah ich Riley vor mir. Immer wieder ging ich das Gespräch mit Yuna durch. Sie hatte mir auf den Kopf zugesagt, dass ich verknallt war. Aber das stimmte so nicht. Ich war nicht verknallt. Ich war … durcheinander. Ich war panisch. Ich hatte schon seit Jahren verdammten Schiss davor, einen Mann an mich ranzulassen. Ich war mit der Zeit abgestumpft, hatte meine Gefühlswelt ganz gut unter Kontrolle und wusste, was ich zulassen durfte und was nicht. Und Mr Superstar Riley durfte ich auf keinen Fall in mein Leben lassen. Denn irgendwann würde sich das Spotlight unwillkürlich auf mich richten. Dann würden sie nach schmutziger Wäsche suchen. Und sie finden. Und das würde ich nicht überleben.

Dennoch standen meine Gedanken nicht still. Ich konnte einfach nicht aufhören, an ihn zu denken, ihn vor mir zu sehen, seine Stimme in meinem Kopf zu hören.

Riley hatte gesagt, dass er mich gerne wiedersehen würde, sich dann nach dem Flug – frech, wie er war – einfach mein Handy geschnappt und seine Nummer darin eingespeichert. Ich war zu verblüfft gewesen, um mich zu wehren. Hatte völlig überrumpelt einfach zugesagt, mich zu melden. Aber hatte ich das auch ernst gemeint? Was, wenn er … wenn er das doch nur getan hatte, um mich ins Bett zu kriegen?

Aber obwohl ich mir darüber klar war, dass aus uns niemals etwas werden würde, vermisste ich ihn. Ich hatte nicht gelogen, als ich Yuna gesagt hatte, dass er die Sonne war, die Licht in die dunklen Tage brachte. Er hatte mich aufgeheitert, wenn ich down gewesen war, weil Lizzy, die rechte Hand von Keith, dem Manager, mich mal wieder angemotzt hatte. Die blöde Kuh war einfach nicht zufriedenzustellen gewesen. Er hatte mich vor den Roadies in Schutz genommen, wenn sie mich angebaggert hatten, obwohl ich das ganz gut wegsteckte. Er hatte mir etwas zu essen gebracht, wenn ich es vor lauter Arbeit nicht zum Buffet geschafft hatte, mich mit Cookies versorgt, wenn es irgendwo welche gegeben hatte. Das war so süß gewesen. Und er hatte immer einen Platz für mich am Seitenausgang der Bühne reserviert, damit ich zusehen konnte, wenn ich wollte. Und ich hatte das oft gewollt. Fast bei jedem Konzert hatte ich wenigstens eine halbe Stunde dort gestanden und ihn beobachtet. Hatte seine heftige Nervosität wahrgenommen, bevor er auf die Bühne gelaufen war, seinen unsicheren Blick aufgefangen und mich gefragt, wie jemand, der so genial war und so sehr von der Welt da draußen geliebt wurde, so unsicher sein konnte? Ich hatte gesehen, wie seine Muskeln sich anspannten, sein ganzer Körper bebte, wenn er vor seine Fans trat. Hatte, vermutlich als Einzige, das leichte Zittern in seiner Stimme gehört, mich dann aber darin verloren, wenn er begonnen hatte, den ersten Song zu singen. Kraftvoll und sanft zugleich. Und dann, wenn die Menge getobt hatte, hatte er sich kurz umgedreht und mich angesehen. Mir zugezwinkert. Dann hatte ich den Daumen nach oben gereckt und ihm signalisiert, dass er einfach großartig war. Und das war er wirklich.

Von dem Moment an war er dann auf der Bühne abgegangen. Das hatte sich im Laufe der Zeit zu einem festen Ritual zwischen uns entwickelt. Und das war wirklich schön gewesen. Es hatte sowas wie Normalität in unseren Touralltag gebracht.

Mein Herz begann zu rasen, als ich mir in Erinnerung rief, wie er mich angesehen hatte. Am Flughafen, beim Abschied. Ich schloss die Augen und sah ihn wieder direkt vor mir. Wie immer waren ihm seine dunkelblonden Haare in die Stirn gefallen. Sie waren mittlerweile zu lang geworden und nur noch schwer zu bändigen. Er schob sie sich immer mit einer lässigen Geste aus dem Gesicht. Seine Mundwinkel hatten sich angehoben, ganz leicht nur, aber eigentlich lachte er mit den Augen. Ich bekam Gänsehaut, wenn ich nur daran dachte. An den intensiven Blick aus seinen dunklen Augen, in dem sowas wie eine stumme Bitte gelegen hatte.

Hätte er mich so angesehen, wenn es ihm nur um Sex ging?

Ich seufzte auf. Dann griff ich nach meinem Handy.

Ich rief seine Nummer auf und schickte ihm eine Nachricht.

Zum Anrufen zu spät, aber jetzt hast du meine Nummer. Meld dich, wenn du magst. Cu, Tess

Bevor ich weiter darüber nachdenken konnte, ob das richtig war, schickte ich die Nachricht ab. Ich rechnete nicht damit, dass er sich zurückmelden würde, und schon gar nicht damit, dass er es so schnell tat. Doch im nächsten Moment klingelte mein Handy, und Rileys Name erschien auf dem Display.

»Hey«, raunte ich ins Telefon. Ich wollte nicht, dass Yuna wach wurde, die bereits schlief. Sie war schwanger, ich nur durcheinander.

»Hey, Cookie«, begrüßte er mich mit meinem Kosenamen. Seine Stimme jagte mir einen Schauer über den Rücken. Ich schloss die Augen und versuchte, mich zu beruhigen. Mein Puls raste, und an meinen Magenwänden kitzelte es wie blöd.

»Ich wollte dich nicht wecken«, sagte ich leise.

Ein leises Lachen erklang am anderen Ende. »Ich hab nicht geschlafen. Mein Biorhythmus ist noch völlig durcheinander.«

»Oh, okay. Ich glaube, meiner auch.«

»Kein Wunder. Wie geht's dir?«, wollte er wissen.

»Gut. Gut, ja, alles bestens«, stammelte ich. Ich war unglaublich nervös, meine Hand, die das Telefon hielt, zitterte. Ich presste es fester ans Ohr.

»Das ist schön.«

»Und dir?«

»Jetzt wieder gut.«

»Hat der Tourblues zugeschlagen?«

»So in etwa.«

»Oh, okay«, wiederholte ich mich.

»Ich bin froh, dass du dich gemeldet hast«, sagte er unvermittelt.

»Hab ich doch versprochen.« Ich hatte einen Kloß im Hals, der wirklich schmerzhaft feststeckte. Ich räusperte mich.

»Und gehalten.«

»Ich halte meine Versprechen immer.« *Lügnerin.*

»Gut zu wissen. Würdest du mit mir ausgehen?«

Diese Frage kam so unvermittelt, dass mein Herz auf der Stelle kurz stehenblieb.

»Meinst du das ernst?«

»Absolut ernst. Bitte geh mit mir aus, Tess.« Seine Worte klangen aufrichtig, was es mir umso schwerer machte.

Ich setzte mich auf und versuchte, meinen rasenden Puls unter Kontrolle zu bringen. Aber das war hoffnungslos. »Ich ... ich weiß nicht, ob das so eine gute Idee ist, Riley«, versuchte ich auszuweichen. *Es ist eine beschissene Idee!*

»Es ist die beste Idee, die ich in letzter Zeit hatte, Tess.«

Gib dir einen Ruck, Tess! Du kannst ja immer noch absagen.

Ich holte Luft. »Okay.«

»Okay?« Fragezeichen schwebten zwischen uns in der Luft.

Ich grinste. »Ja. Okay.«

»Das heißt, du gehst mit mir aus?«

»Das heißt es wohl. Ja.« *Nein!*

Ich hörte einen kleinen Freudenschrei am anderen Ende der Leitung, der mich auflachen ließ. Ob er gerade seine Siegerfaust machte?

»Wie sieht es Freitag aus. Ist Freitag okay?«

Ich musste nicht nachdenken. »Freitag ist perfekt.«

»Okay. Ich hol dich um sieben Uhr ab. Sag mir -«

»Nein, lass uns … Ich hab noch einen Job und weiß noch nicht, wie lange es dauert und ob ich es nach Hause schaffe«, log ich. »Sag mir einfach, wo wir uns treffen.«

»Ich kann dich auch von deiner Arbeit abholen«, bot er an.

»Nein, das ist … nicht nötig«, brachte ich heraus und schüttelte traurig den Kopf.

»Okay, wenn du das sagst.« Ich hörte die Skepsis in seiner Stimme. »Ich melde mich dann bei dir, ja?«

»Ja, klasse«, erwiderte ich lahm und wusste in eben diesem Moment, dass die Nachricht an ihn eine ganz beschissene Idee gewesen war und ich auf keinen Fall mit ihm ausgehen würde.

Riley

»Wow, ich hätte nicht gedacht, dass eure Ärsche so sexy sind. Außer deiner natürlich.« Peg wollte sich wegschmeißen vor Lachen, als sie das Foto von meinem Bandkollegen und mir sah, wie wir mit heruntergelassenen Hosen unsere nackten Rückseiten in die Kamera hielten. Das war in irgendeinem Hotelzimmer ziemlich am Anfang der Tour gewesen und eigentlich nur für unsere Augen bestimmt. Das Konzert hatte uns euphorisch gemacht, und wir hatten danach einiges getrunken. Ziemlich viel sogar, wenn ich ehrlich war. Jedenfalls genug, um am nächsten Tag im Hotelzimmer mit einem nackten Groupie im Arm aufzuwachen. Aber das würde ich Peg nicht erzählen. Ich hatte ihr all meine zahllosen Abenteuer verheimlicht, die ich während der letzten Monate gehabt hatte. Sie sollte sich ihren Teil denken, was sie mit Sicherheit auch tat. Sie wusste, dass ich kein Kind von Traurigkeit war und was Einsamkeit mit einem Menschen machen konnte. Aber sie hielt mir keine Vorträge oder versuchte, mich zu bekehren.

Ich nahm einen Schluck von meinem Kaffee, während ich Peg dabei zusah, wie sie sich durch die Bilder auf meinem Smartphone wischte. Ich hatte so einige gemacht. Von mir, von den Jungs, vom gesamten Team. Im letzten Jahr waren wir zu einer Art Familie geworden, es hatte Spaß gemacht, war anstrengend gewesen. Aber um nichts in der Welt hätte ich die Zeit mit ihnen missen wollen.

»Ist sie das?« Pegs Stimme holte mich aus den Erinnerungen an die letzten Monate, und ich sah auf das Bild, das sie gerade entdeckt hatte. Mein Herz schlug schneller. Ich hielt die Luft an, stieß sie wieder aus, starrte auf ihr Gesicht, das lachend in die Kamera guckte. Das Foto war entstanden, als sie bei einem Licht- und Soundcheck einmal quer über die Bühne gerannt war, weil sie irgendetwas holen musste. Als sie auf meiner Höhe war, hatte ich ihren Namen gerufen und abgedrückt. Ihre Sommersprossen sah man in dem Licht der Scheinwerfer noch deutlicher, ihre Haare flogen, und das Rot leuchtete. Aber mehr noch strahlten ihre blauen Augen. Das war mein Lieblingsbild von ihr.

»Ja, das ist sie.«

Peg pfiff anerkennend durch die Zähne. »Sie ist wunderhübsch.« Ich nickte nur stumm. Peg wandte sich zu mir um. »Läuft jetzt was zwischen euch?«, wollte sie wissen. Ich erinnerte mich gut an den Abend, an dem ich Peg von Tess erzählt hatte. Es war in der Zeit gewesen, in der ihre Mom im Sterben gelegen und sie Trost gebraucht hatte. Und normalerweise wären wir auch miteinander im Bett gelandet, um uns gegenseitig zu trösten, aber sie hatte Kyle wiedergetroffen und ich Tess. Und ab dem Zeitpunkt war die zwanglose Geschichte mit uns vorbei gewesen. Aber das war okay. Für sie und für mich. Ich liebte Peg trotzdem und würde es immer tun. Auf eine andere Art.

»Nein«, gab ich schließlich zurück.

Peg stutzte bei meinem gepressten Tonfall. »Was ist passiert?«

Ich stellte meinen Kaffee auf dem Tisch ab und stand auf. »Nichts.«

Peg stand nun ebenfalls auf und hielt mich am Arm fest, als ich mich abwenden wollte. »Ist klar. Und warum setzt du dann so eine Trauermiene auf?«

Sie kannte mich einfach zu gut. Ich seufzte und sah sie an. »Weil sie nicht mit mir ausgehen will.« Heute wäre unser Date gewesen, aber sie hatte mir im letzten Moment eine Nachricht mit einer banalen Absage geschickt, etwas von zu viel Arbeit geschrieben. Ich glaubte ihr kein Wort.

»Sie hat dir eine Abfuhr erteilt?« Ich nickte. Peg lachte auf. »Sorry, aber sie ist mir jetzt schon sympathisch.«

Ich sah Peg an. »Sie schiebt ihre Arbeit vor.«

»Du glaubst ihr nicht?«

»Am Montagabend hat sie mich angeschrieben. Ich habe sie angerufen und gebeten mit mir auszugehen, sie hat sich erst geziert, aber dann doch zugestimmt. Als ich nach ihrer Adresse fragte, hat sie abgeblockt. Sie wollte nicht, dass ich sie von zu Hause abhole. Und jetzt sagt sie im letzten Moment ab? Scheiße, Peg! Da ist doch was faul.« Peg runzelte die Stirn. »Ich hab keine Ahnung, was ich falsch gemacht habe.«

»Vielleicht ist sie nur schüchtern?«

Ich schnaubte. »Wenn du wüsstest, wie groß ihre Klappe ist, hättest du das nicht mal ansatzweise in Erwägung gezogen. Sie hat sich von den Jungs nicht die Butter vom Brot nehmen lassen.«

»Nur weil sie im Beisein von anderen eine große Klappe hat, heißt das ja nicht, dass sie keine Angst davor hat, mit dir allein zu sein.«

»Ich tu ihr doch nichts.«

»Weiß sie das?«

»Peg! Bitte. Du kennst mich!«, rief ich empört aus.

»Sie dich auch? Ry, überleg doch mal. Du bist der Superstar, um den sich alles dreht. Was du machst und mit wem du dich triffst, das bleibt nie ohne Konsequenzen. Die Paparazzi lauern überall. Das haben wir ja schon einmal mitgemacht.«

Ich seufzte hörbar aus. Mir war klar, dass die Presse jeden, mit dem ich zusammen war, genauestens unter die Lupe nehmen würde. Das hatte sie bereits bei Joyce getan. Und mit ihr ist nicht mal was gelaufen, aber das war diesen scheiß Reportern egal gewesen. Mein Leben reichte ihnen nicht mehr, sie hatten Joyce' Leben auch noch gewollt und allen Dreck herausgekramt, den sie finden konnten. Ich hatte gar nicht so schnell mitbekommen, was passiert war, und nur noch Schadensbegrenzung betreiben können. Es tat mir immer noch unheimlich leid, dass sie wegen mir Probleme bekommen hatte. Und ich wollte auf keinen Fall, dass Tess das Gleiche durchmachen musste. Schuldbewusst sah ich Peg an. »Meinst du, es ist deswegen?«

Peg zuckte mit den Schultern. »Könnte sein. Hast du ihr während der Tour jemals gezeigt, wer du wirklich bist? Oder hast du wie immer den Clown und Entertainer raushängen und ... sie womöglich zusehen lassen, wie du ein Groupie nach dem anderen abschleppst? Hm?« Aufmerksam sah sie mich an. Ich senkte den Kopf, um ihrem durchdringenden Blick zu entgehen. Genau das hatte Tess mir auch an den Kopf geworfen. Weil sie nicht wusste, wer ich wirklich war. Peg war die Einzige, die mich wirklich kannte. Die Einzige, die genau wusste, wer sich hinter dem Namen Riley Edwards verbarg. Dass ich nicht nur der Rockstar war, den alle in mir sahen, sondern auch eine andere, menschliche und auch einsame Seite dahinter versteckte. Ich hatte seit meinem Durchbruch mit der Band kaum mehr ein Privatleben, stand mit allem, was ich tat oder sagte, in der Öffentlichkeit. Ich wollte nicht, dass man mir den letzten Rest meines Ichs auch noch nahm.

Peg legte ihre Arme um meinen Hals und stupste mit der Stirn gegen mein Kinn. »Hey.« Zögernd hob ich meinen Kopf und sah sie an. Sie lächelte sanft. »Dir ist es diesmal wirklich ernst oder?«

»Ich glaube schon, ja.«

»Dann gib ihr Zeit, dich richtig kennenzulernen. Vielleicht hat sie einfach Angst. Zeig ihr den Riley, der du bist. Nicht den, der du vorgibst zu sein. Und lass die Finger von den anderen Mädels, wenn es dir wirklich ernst mit ihr ist.«

Ich ließ ihre Worte kurz sacken, verstand, dass Peg und auch Tess recht hatten. »Die Groupies sind doch schon längst Geschichte.«

»Du weißt das. Ich auch. Aber sie? Du musst es ihr schon zeigen, Ry. Worte allein ...« Sie schüttelte den Kopf. »Das reicht nicht aus.«

»Ja, vielleicht hast du recht.«

»Ganz sicher sogar.«

»Danke, Süße.«

»Jederzeit wieder.«

Ich hob den Kopf ein Stück höher, küsste sie auf die Stirn und zog sie an meine Brust. »Und was soll ich deiner Meinung nach tun?« Gott, dass ich sowas mal in Bezug auf Frauen fragen würde, hätte ich nie gedacht. Ich fühlte mich wie der erste Mensch – keine Ahnung von nichts.

Sie schlang ihre Arme fester um mich. »Zeig ihr, dass es dir ernst ist.«

»Das wollte ich ja, aber -«

Peg schüttelte den Kopf. »Umwirb sie. Frauen mögen das. Ehrlich«, bestätigte sie lachend, als ich sie stirnrunzelnd ansah. »Ich würde Ja sagen, schick ihr Blumen und so, aber ohne eine Adresse ist das natürlich schlecht. Also musst du dir was anderes einfallen lassen. Schick ihr Nachrichten. Unverfängliche Nachrichten. Polter nicht mit schweren Stiefeln in ihr Haus, sondern klopf leise an. Bis sie dir die Tür von ganz alleine aufmacht.«

»Seit wann bist du so poetisch?«

Sie wackelte mit den Augenbrauen und grinste. »Hey, du hast gefragt. Ry, du weißt, ich liebe dich. Aber du stehst dir gerade echt selbst im Weg. Wenn es dir mit Tess ernst ist – und davon gehe ich aus, denn sonst hättest du sie schon längst vergessen –, dann kannst du sie nicht behandeln, wie du die Frauen vor ihr behandelt hast. Klar, oder?«

Meinte sie das wirklich ernst? Glaubte sie wirklich, das wüsste ich nicht? Ich seufzte. »Ich denk mal drüber nach.«

»Mach das. Und jetzt ...« Sie zog sich von mir zurück und rieb sich die Hände. Dabei grinste sie wie ein kleines Kind unterm Weihnachtsbaum. »Kommen wir zum Geschäftlichen.«

Ich seufzte theatralisch auf. »Du bist echt ein kleiner Sadist.«

»Nur weil ich mich darauf freue, dich zu quälen? Ach, komm schon Ry, lass mir doch den Spaß.« Sie kicherte und streckte mir die Zunge raus. Jetzt musste ich auch lachen.

»Ich frag mich gerade, warum ich dich eigentlich vermisst habe.«

»Weil ich die bin, die dir gleich dein neues, megageiles Tattoo stechen wird. Warum sonst?«

Ich klatschte mir mit der Hand gegen die Stirn. »Klar. Ich Depp!«

Peg lachte und zog mich mit sich. »Komm schon, du Hasenfuß. Lass uns loslegen, sonst wird das nie was.«

Sie hatte in ihrem Abteil bereits alles für mein neues Tattoo vorbereitet. Ich zog den Ärmel meines Sweaters bis über den Ellenbogen hoch, um den Unterarm freizulegen, auf dem heute das zweite Bild auf meine Haut gebracht werden sollte.

Eric hatte mich vor meinem ersten Tattoo im letzten Jahr gewarnt, dass es süchtig machen würde. Ich hatte abgewunken und mir keine Gedanken darüber gemacht. Aber er hatte recht. Ich hatte die ganzen letzten Monate ein bestimmtes Bild im Kopf und hatte Peg dann gefragt, ob sie es mir stechen würde. Ich wusste ja, wie scharf sie darauf war, mich zu quälen.

Peg zog das übliche Prozedere durch. Sie desinfizierte die Haut auf der Innenseite des Arms, rasierte sie und beschmierte sie mit diesem Zeug, damit die Vorlage sich auf meine Haut übertrug. Als sie das Blatt abzog und ich mir die Position des Bilds ansah, nickte ich.

»Sieht gut aus.«

Ich hatte mich für eine Art Schattenbild am Wasser entschieden. Das Ufer war klar definiert, erinnerte an die Linie einer Herzfrequenz, an der sich Silhouetten entlangzogen. Die Spiegelungen von Bäumen und Häusern im Wasser ergaben den Umriss einer Gitarre. Das Schallloch wurde durch einen leuchtenden Mond dargestellt, der sich ebenfalls im Wasser spiegelte. Das Bild zog sich über meinen kompletten Unterarm, begann unter meiner Ellenbeuge und endete direkt über meiner Pulsader.

»Okay. Also dann los.«

Ich setzte mich so auf den Stuhl, dass ich den Arm auf der dafür vorgesehenen Vorrichtung ablegen konnte. Peg schmiss ihre kleine Rotary an, und das Surren der Maschine erfüllte das Abteil. Als sie ansetzte und begann, die ersten Linien auf meine Haut zu bringen, biss ich die Zähne zusammen. Shit, der Unterarm war scheiße empfindlich. Nun gut – für einen Rückzieher war es zu spät, und ich versuchte, mich schon jetzt auf das Ende, das fertige Bild zu konzentrieren.

Nach einer Weile setzte Peg die Maschine ab und sah mich aufmerksam an. »Alles klar?«

Ich runzelte die Stirn. »Ja, wieso?«

»Du machst komische Geräusche mit deinen Zähnen.«

»Ich denke nach.«

»Über Tess?« Als ich nickte, legte sie den Kopf schief und sah mich eindringlich an. »Dich hat's echt schwer erwischt! Wie wäre es damit: Lade sie zu deiner Willkommensparty hier ins *Skinneedles* ein, ganz unverbindlich. Ein Abend unter Freunden …«

»Eine Willkommensparty?«

»Nun tu nicht so, als hättest du das nicht geahnt«, feixte sie. »Die steigt nächsten Samstag. Überleg's dir. So, und nun … was war jetzt mit den komischen Geräuschen, die du gemacht hast?« Ich lachte auf. Beim ersten Kontakt ihrer Maschine mit meiner Haut hatte ich wohl tatsächlich lauter mit den Zähnen geknirscht als beabsichtigt.

»Setz deine Kopfhörer auf, dann hörst du mich nicht.«

»Stört dich das nicht?«

»Ich weiß, dass du damit besser arbeiten kannst.«

»Da hast du recht …« Peg stellte die Maschine kurz ab, zog sich ihre Kopfhörer über und startete dann mit der nächsten Linie auf meinem Unterarm. Ich legte den Kopf zurück und schloss die Augen. Und dachte darüber nach, ob ich Tess mit einer Einladung zur Willkommensparty in irgendeiner Form beeindrucken konnte.

Tess

Hey, Cookie :-) Heute, 21.00 Uhr im Skinneedles. Nur ein Abend unter Freunden. Kommst du? Miss U. R.

Riley hatte mir vor zehn Minuten diese Nachricht geschickt, mit der ich wenig anfangen konnte. Die Worte flogen in meinem Kopf in einer Endlosschleife hin und her, während ich sie dabei beobachtete und nicht begriff, was sie bedeuteten. Abend unter Freunden? *Skinneedles?* Das war doch der Tattoo-Shop, in dem seine beste Freundin Peg und sein Freund Eric arbeiteten. Aber warum wollte er mich einladen, obwohl ich ihm vor einer Woche eine Absage erteilt hatte?

Auf meine fadenscheinige Ausrede hatte er mit einem kurzen Bedauern reagiert und nicht weiter nachgehakt. Und jetzt lud er mich erneut ein? Ich schüttelte den Kopf und nahm mir vor, die Nachricht einfach zu ignorieren. Doch nachdem ich eine Stunde damit zugebracht hatte, die Wohnung zu putzen, um auf andere Gedanken zu kommen, fand ich mich wieder auf meinem Bett wieder. In der Hand das Handy, mit den Augen das Display fixierend.

Soll ich oder soll ich nicht? Verdammt! Warum war ich nur so unsicher? Warum konnte ich nicht einfach unbefangen an die ganze Sache rangehen und alles auf mich zukommen lassen? Ich kannte den Grund. Ich hatte schlicht und ergreifend Schiss.

»Hey, was ist los?« Yuna stand mit fragendem Blick in der Tür, die Hände auf ihren kleinen Bauch gelegt. Ich winkte ab, aber meine Schwester ließ sich nicht abwimmeln. »Riley?«

Ich verdrehte die Augen und fragte mich, warum ich eigentlich zugestimmt hatte, dass sie ohne zu klopfen in mein Zimmer stürmen durfte. Sie nervte. Zumindest im Moment. »Hast du keine eigenen Probleme?«

Sie lachte und zog eine Grimasse. »Oh, wie du weißt genügend. Aber die kenne ich doch alle schon.« Mit einem Grinsen setzte sie sich zu mir aufs Bett. »Also?«

Ich schnaubte, dann zeigte ich ihr die neue Nachricht von Riley. »Eine neue Einladung. Für heute Abend. Genaugenommen in einer knappen Stunde.«

»Cookie?«, prustete sie.

»Sweet like chocolate«, erwiderte ich lahm.

»Süß. Er lässt nicht locker. Gefällt mir, der Junge. Und? Gehst du diesmal mit?«

»Yuna – du nervst.«

»Und du bist feige. Du bist letzte Woche nicht mit Mr Superstar ausgegangen, also gehst du heute.« Ihr Blick war so durchdringend, dass ich ihm nicht lange standhalten konnte. Genervt, weil sie mich ertappt hatte, senkte ich den Kopf und begutachtete die Teppichflusen. »Du Schisser. Ich habe dir schon mal gesagt – wenn du ihn nicht willst, nehme ich ihn. Willst du das wirklich?«

»Glaubst du wirklich, er würde sich in die Reihe deiner Superlover einreihen? Der Vater deines Kindes werden wollen?«, spottete ich.

Sie zuckte nicht mal zusammen unter meinem zugegeben gehässigen Kommentar. »Nein. Denn *mich* hat er nicht zu einem Date eingeladen. Mann, Tess! Es ist nur ein Date. Du sollst ihn ja nicht gleich heiraten.«

»Hatte ich auch nicht vor.«

»Sicher?«

»Ja.«

»Er nennt dich Cookie …«, unkte sie grinsend.

»Ich hab nichts anzuziehen«, wehrte ich mich kraftlos.

»Aber ich. Genügend Zeug, in das ich zurzeit eh nicht reinpasse.« Sie strich sich über ihren unübersehbaren Bauch. »Komm, wir suchen dir was aus. Etwas, das Riley Edwards Superstar den Kopf verdrehen wird.« Sie sprang in heller Vorfreude auf, mich in etwas zu verwandeln, das ich nicht war. Ich schüttelte ihre Hand ab, als sie meinen Arm greifen wollte, um mich hochzuziehen.

»Yuna, nein. Ich will keines von diesen Glitzer-Groupies werden.«

Jetzt war sie es, die ihre blauen Augen verdrehte. »Nur weil ich modebewusster bin, als du es je sein wirst, heißt das nicht, dass ich aus dir eine Glitzer-Barbie mache. Vertrau mir. Also los jetzt, hoch mit dir.« Sie zog mich vom Bett auf die Beine und mit in ihr Zimmer und riss ihren Kleiderschrank auf.

Meine Schwester ging mit Vorliebe shoppen, somit hatte sie tatsächlich die größere Auswahl in ihrem Schrank, der fast aus allen Nähten platzte. Das Geld, das sie im Casino verdient hatte, hatte sie – nach Abzug der Miete und dem alltäglichen Kram – gleich in neue Garderobe investiert. Das würde sich mit Einzug eines Babys in ihr Leben vermutlich schlagartig ändern.

»Also, wohin geht es?«, fragte Yuna mich, während ihr Kopf bereits im Schrank verschwunden war.

»Ins *Skinneedles.*«

Sie sah mich neugierig an. »Ein neuer Club?«

»Ein Tattoo-Studio.«

»Ein Tattoo-Studio?« Sie brach in schallendes Gelächter aus.

»Was amüsiert dich so?«, wollte ich wissen.

»Bist du sicher, dass du ihn richtig verstanden hast?«

Ich runzelte die Stirn, verschwand kurz in mein Zimmer, schaute auf Rileys Nachricht und zeigte sie ihr dann. »Hier. *Skinneedles.* Eindeutig. Da arbeitet eine Freundin von ihm, soweit ich weiß.«

»*Eine* Freundin oder *seine* Freundin?«

»Seine beste Freundin. Sie hat erst vor Kurzem geheiratet.«

»Ah, okay. Keine Gefahr also.« Ich streckte ihr die Zunge raus. »Und das Klischee vom tätowierten Rockstar bestätigt sich. Hat er Tattoos?«

»Er hat eins. Auf dem Schulterblatt.«

»Mehr nicht?«

»Nichts Sichtbares.«

»Na, du hast hoffentlich vor, bald in die nicht sichtbaren Bereiche vorzudringen«, witzelte Yuna. Ich verdrehte zur Antwort wieder mal nur die Augen. Das nahm überhand, ich sollte mir das nicht angewöhnen, das war albern und kindisch.

»Warum zum Teufel lädt er mich in diesen Tattoo-Shop ein?«, fragte ich.

»Du wirst es nicht herausfinden, wenn du nicht hingehst.« Und noch während sie sprach, zog sie eine enge schwarze Jeans aus ihrem Kleiderschrank, die an den Taschensäumen mit Nieten besetzt war und auf den Oberschenkeln eine leichte Auswaschung hatte. »Hier. Und dazu … Warte … Ah, hier ist es. Mein Lieblingsshirt.« Sie hielt mir ein verwaschenes schwarzes Pearl-Jam-Tour-Shirt entgegen. »Damit siehst du heiß aus, aber nicht overdressed, sondern lässig. Dazu deine schwarzen Boots, oder – wenn du willst, hätte ich auch noch ein paar High Heels«, setzte sie grinsend nach. Wohlwissend, dass ich mich niemals in solche Folterinstrumente zwängen würde.

Ich schnappte mir die Klamotten und zog sie an. Wider Erwarten hatte Yuna recht. Das Outfit war lässig, ohne überzogen zu wirken. Und da es wie angegossen passte, kam das fehlende Outfit nicht mehr für eine Ausrede infrage. Ich sah in den Spiegel und verzog das Gesicht. »Und was mache ich mit meinem Gesicht? Und mit meinen Haaren? Riley kennt mich so, wie ich jetzt hier stehe. Fast ungeschminkt mit einem Dutt.« Meine roten Wellen ließen sich nur schwer bändigen, weshalb ich sie meistens zu einem Zopf oder Knoten zusammengebunden hatte. Dass ich sie nach dem Duschen hatte luftrocknen lassen, machte es nicht besser. Aus dem Gewirr würde ich zwar mit etwas Mühe und gutem Willen eine anständige Frisur zaubern können – wofür war ich schließlich Stylistin? -, aber ich wollte mich auch nicht in jemanden verwandeln, der ich nicht war, nur um Riley zu gefallen. Plötzlich geriet ich in Panik, und der Gedanke, Riley wiederzusehen und seinen Vorstellungen nicht zu genügen, drehte mir den Magen um.

Yuna bemerkte das und schüttelte sogleich den Kopf. »Hey, alles ist gut. Er hat dich eingeladen, weil er dich wiedersehen will«, erinnerte sie mich mit einem sanften Lächeln und drückte mir die Schulter. »Und du wirst ihm gefallen. Ob nun mit Dutt und blass oder mit schicker Frisur und einem tollen Make-up. Mach dich nicht verrückt. Ja, du bist nervös, aber, hey – du musst dich nicht verstellen. Nur etwas zurechtmachen, so, dass es ihm die Schuhe auszieht, wenn er dich sieht.« Sie grinste und zwinkerte mir zu.

Ich sah nochmal in den Spiegel und begriff, dass Yuna recht hatte. Diesmal war es kein Job – es war ein Date. Und ja, natürlich wollte ich Riley gefallen. Ich warf einen Blick auf die Uhr, dann nickte ich meinem Spiegelbild entschlossen zu und drehte mich zur Tür. »Ich geh mich dann mal schnell aufbrezeln.« In meinem Zimmer schnappte ich mir den Schminkkoffer und suchte mir Make-up, verschiedene Lidschatten und Wimperntusche heraus und setzte mich damit vor meinen Schminktisch. Dann begann ich, mein Gesicht mit einer Foundation zu grundieren, die meinen Teint frischer aussehen ließ und die Sommersprossen nicht verdeckte. Nachdem ich darüber gepudert hatte, trug ich Lidschatten in verschiedenen Brauntönen auf, um meine Augen größer und strahlender aussehen zu lassen. Als ich meine Wimpern tuschte, tauchte Yuna im Türrahmen auf.

»Hast du ihm schon zugesagt?« Ich verneinte. »Warum lässt du den armen Kerl so zappeln?«

»Weil ich bis eben nicht mal wusste, dass ich hingehen würde.«

Jetzt war es Yuna wieder, die ihre Augen verdrehte. Ich ignorierte das und begann, meine Haare mit einer Bürste zu bearbeiten, bis sie glänzten. Danach griff ich nach meinem Handy und schickte Riley eine Nachricht.

»Was hast du ihm geschrieben?«

»Yuna, du kannst alles essen, musst aber nicht alles wissen.«

»Hey, ich habe doch nur gefragt.«

»Und ich habe nur geantwortet.«

Kurz darauf vibrierte mein Smartphone, und eine neue Nachricht von Riley ploppte auf.

Ich freu mich. Soll ich dich abholen?

Und was ist mit der Presse?, fragte ich nach. Ich wusste doch, dass Riley kaum einen Schritt machen konnte, ohne von Blitzlichtern umringt zu sein. Darauf hatte ich wenig Lust. Wenn ich ehrlich war, hatte ich davor, auf einem Schnappschuss in der Zeitung abgelichtet zu werden, sogar die meiste Panik. Ich durfte für diese Meute nicht interessant werden. Aber wenigstens würde ich dann gut aussehen, schoss es mir durch den Kopf, als ich in den Spiegel sah.

Ich komme allein. Vertrau mir. Also? Darf ich dich abholen?

Brauchst du nicht, tippte ich, doch bevor ich absenden konnte, sog Yuna hinter mir scharf die Luft ein.

»Was?«, fragte ich und sah sie über den Spiegel hinweg an.

»Warum willst du Geld fürs Taxi ausgeben, wenn er dich fahren könnte?«

»Weil ich nicht will, dass uns in den nächsten Tagen die Reporter umzingeln, nur weil er mich abgeholt hat.«

»Was sagt er dazu?« Yuna linste über meine Schulter, und ich zeigte ihr den Chatverlauf. »Na also, dann vertrau ihm doch einfach.«

»Nein. Ich nehm den Bus«, sagte ich.

Ihre Finger krallten sich in meine Schulter. »Nur über meine Leiche.«

»Yuna! Jetzt hörst du dich an wie Mom.«

»Na und? Aber ich habe recht! Es ist schlimm genug, dass wir immer noch hier in diesem beschissenen Viertel festsitzen, aber um diese Uhrzeit wirst du nicht alleine mit dem Bus fahren! Nur über meine Leiche!«, wiederholte sie aufgebracht. Ich seufzte. Sie hatte ja recht. Tenderloin war kein sicheres Viertel, und nachts allein als Frau …

»Aber wenn er sieht, wo wir wohnen, dann -« Er war Besseres gewohnt.

»Was dann? Glaubst du, er macht auf der Stelle kehrt? Oder kommt erst gar nicht? Wenn er das tut, dann hat er dich sowieso nicht verdient. Punkt.«

»Woher nimmst du nur immer diese Weisheiten?«, fragte ich genervt.

»Aus dem Leben, Schätzchen. Aus dem beschissenen Leben. Ich bin zwar jünger als du, aber glaub mir – ich weiß, wovon ich rede.« Das glaubte ich ihr aufs Wort. Durch ihren Job im Casino hatte sie weitaus mehr Erfahrung mit Menschen im Allgemeinen, als ich es in meinem ganzen Leben schaffen würde. Sie hatte so viele verschiedene Charaktere kennengelernt, dass sie mittlerweile genau einschätzen konnte, wer gut oder schlecht für sie war. Ich fragte mich nur, warum ihre Menschenkenntnis sie bei diesem Alec im Stich gelassen hatte. »Und außerdem: Seit wann bist du so unsicher? Du hast doch sonst immer so eine große Klappe.«

Das saß. Ich hatte selbst schon gemerkt, dass ich, sobald Riley im Spiel war, unsicher wurde. Während der Tour hatte ich mich hinter meiner Arbeit verstecken können, aber ohne diese geschäftliche Barriere fühlte ich mich irgendwie hilflos. Es war so … privat. Und das machte mir Angst. Riley war ein Superstar, ich nur eine Normalsterbliche. Was zum Teufel wollte er von mir?

»Ich weiß auch nicht …«, entgegnete ich lahm und zuckte mit den Schultern.

»Ich schätze mal, dass er dir mehr bedeutet, als du dir eingestehen willst. Und dass du dir Gedanken machst, ob er es ernst meint oder dich wie ein Groupie vernaschen will. Aber -«, sie machte eine abwehrende Geste, als ich widersprechen wollte, »du hast es doch in der Hand. Also, lass ihn dich hier abholen und dann warte ab, was passiert. Oder schämst du dich für uns? Hm?« Yuna fixierte mich mit ihren großen blauen Augen.

Ich dachte über ihre Worte nach. Ergeben nickte ich schließlich, löschte mein soeben Geschriebenes aus dem Chat und setzte neu an.

Wenn es keine Umstände macht gern.

Hätte ich sonst gefragt? ;—)

Ich grinste.

Vermutlich nicht.

Dann tippte ich mit zitternden Fingern meine Adresse ein und schickte die Nachricht ab. Mit angehaltenem Atem wartete ich, bis seine Antwort einging. Vielleicht überlegte er es sich nun doch noch anders?

Eingespeichert. Ich freu mich riesig! Ich hole dich um halb neun ab. Bis nachher Cookie!

Erst da stieß ich erleichtert einen kleinen Seufzer aus.

»Was hab ich gesagt? Cookie?« Sie warf mir diesen Hab-ich-doch-gleich-gesagt-Blick zu, den Mom draufhatte, bevor ich mich wieder meinen Haaren widmete. Ich hasste es, wenn sie recht hatte! Aber in diesem Fall war ich froh drum.

Tess

»Ist er da?« Yuna trat hinter mich und linste an mir vorbei aus dem Küchenfenster. Pünktlich um halb neun am Abend fuhr Riley in einem schwarzen Audi vor. Ich stand gerade seit drei Minuten fertig am Fenster und beobachtete die Straße, um sicherzugehen, dass ihm keine Paparazzi folgten. Aber außer seinem Wagen sah ich keinen anderen, das beruhigte mich etwas. Als er aber aus diesem Wagen stieg, bekam ich wieder Muffensausen und stellte meine Entscheidung, mit ihm auszugehen, erneut infrage.

»Ja, das ist Riley.«

»Wow! Ich wusste ja, dass er gut aussieht, aber …«« Sie grinste und drückte meine Schulter. »Jackpot, big Sis.«

Ich drehte mich zu ihr rum und versuchte mich an einem halbherzigen Lächeln. »Wir werden sehen.«

»Hör auf zu grübeln und genieß den Abend, Tess. Schalte einmal dein Hirn aus.«

»Ich versuch's.«

In dem Moment, in dem ich mich wieder zum Fenster drehte, klingelte es bereits an der Tür. Mein Herzschlag beschleunigte sich. Konnte man vor Nervosität sterben?

Bevor ich auch nur einen einzigen Schritt vom Fenster weggemacht hatte, war Yuna an der Tür und drückte den Öffner für die Eingangstür unten. Und dann hörte ich ihn auch schon die alte Holztreppe im Haus hochlaufen.

»Hey … Äh, ich wollte zu Tess. Bin ich hier -«

»Ja, du bist hier richtig«, unterbrach ihn Yuna lachend. »Ich bin Yuna, Tess' Schwester. Komm rein.«

Ich atmete noch einmal tief durch und besann mich auf die Zeit der Tour, in der Riley und ich so locker miteinander umgegangen waren. Das sollte doch jetzt auch möglich sein, oder?

Ich setzte mich in Bewegung und trat mit dem Vorsatz, mich nicht aus der Ruhe bringen zu lassen, in den Flur. Aber als ich Riley sah, verschlug es mir den Atem, und der gute Vorsatz war wie weggeblasen. Ich hatte schon fast vergessen, was er für eine Ausstrahlung besaß. Er wirkte nicht wie der Superstar, sondern eher wie der Junge von nebenan. Süß sah er aus in seinen Jeans und der abgegriffenen Lederjacke, die er eigentlich immer trug, wenn er keine offiziellen Termine hatte. Darunter schmiegte sich ein einfaches weißes T-Shirt an seine durchtrainierte Brust. Sein Kinn war von einem leichten Schatten überzogen, aber er war beim Friseur gewesen. Seine Augen leuchteten, als unsere Blicke sich fanden und er mich anlächelte.

»Hey …«

»Hey …«, echote ich. Wirklich sehr originell.

»Bist du startklar?«

»Ja, ich bin fertig.« Ich langte an die Garderobe rechts von mir und zog den dünnen Parka vom Haken. Ich konnte es kaum erwarten, aus der engen Wohnung rauszukommen. Ich wollte verhindern, dass Yuna ihn womöglich noch hineinzog und durch unsere schlichte Behausung führte. Es war mir schon peinlich genug, dass er jetzt wusste, in welchem Viertel wir wohnten.

»Super. War schön, dich kennenzulernen, Yuna«, verabschiedete Riley sich von meiner Schwester.

»Fand ich auch. Ich hoffe, wir sehen uns jetzt öfter«, antwortete sie und zwinkerte mir zu. Sie formte ein lautloses *Cookie* und grinste. »Wenn du Tess abholst, meine ich natürlich«, setzte sie noch hinterher. Ich warf ihr im Vorbeigehen einen bösen Blick zu. Es war ja nicht das erste Mal, dass sie mich mit ihrer vorlauten Klappe in Verlegenheit brachte.

»Das hoffe ich auch«, entgegnete Riley, winkte ihr noch mal zu und hüpfte leichtfüßig vor mir die Treppen runter. Unten angekommen hielt er mir die schwere Eingangstür auf, deren Farbe schon ziemlich abgeblättert war.

»Danke«, hauchte ich. Ich war verlegen, weil er mich dermaßen durcheinanderbrachte; ängstlich, weil ich nicht wusste, wie ich mich verhalten sollte; unsicher, weil die Begrüßung so steif ausgefallen war. Ich fürchtete immer mehr, dass der Abend in einer Katastrophe enden würde.

Als ich an ihm vorbei durch die Tür ging, war ich ihm so nahe, dass sein unverwechselbarer Geruch sofort in meine Nase stieg. Ich würde ihn unter tausenden von Männern mit verbundenen Augen am Duft erkennen. Wie betäubt schloss ich für einen kurzen Moment die Augen – und genau in diesem Augenblick legte sich seine Hand auf meine Schulter. Schwer und warm brannte sich diese Berührung durch den dünnen Stoff meines Parkas und ließ mich erschaudern. Abrupt stoppte ich, öffnete die Augen wieder und sah zu ihm auf. Seine braunen Augen wurden von diesen dunklen, unverschämt langen Wimpern umrahmt, und seine Mundwinkel waren zu einem leichten Schmunzeln verzogen.

»Hab ich dich erschreckt?« Ich schüttelte stumm den Kopf, obwohl das eine glatte Lüge war. »Hab ich dir schon gesagt, dass du toll aussiehst?«, fragte er dann.

»Und du hast unglaubliche Augen«, platzte es aus mir heraus. Erschrocken starrte ich ihn an. Doch er schien nicht so schockiert über dieses Geständnis wie ich. Vermutlich hatte er sowas schon tausendmal gehört. Ich wartete darauf, dass der Erdboden sich öffnete, um mich zu verschlucken, aber nichts dergleichen geschah. Stattdessen beugte Riley sich vor, und im nächsten Moment spürte ich seine warmen Lippen auf meiner Wange. In meinem Kopf wollten die wirren Gedanken explodieren, in meinem Körper rauschte das Blut mit Vollspeed durch meine Adern. Als er seinen Mund von meiner Wange löste und ihn dicht an mein Ohr brachte, wollte ich vor Aufregung sterben.

»Danke«, raunte er mir zu und zog sich wieder ein Stück zurück. Für mich blieb in dieser Sekunde die Zeit stehen.

Riley hatte mich geküsst. Hatte Yuna doch recht? War ich ihm wichtig? Lag ihm mehr an mir, als ich glaubte? Er hatte mich geküsst! Wenn auch nur auf die Wange, aber er hatte mich geküsst. Okay, er hatte mich schon mal geküsst, kurz vor seinem Auftritt. Und ich hatte ihn zum Abschied am Flughafen auch geküsst. Aber das hier ... das war etwas anderes. Oder? Verdammt! Meine Hormone kriegten sich kaum mehr ein, und als er wie selbstverständlich nach meiner Hand griff und mich zum Auto führte, schwebte ich wie auf Wolken. Vielleicht würde dieser Abend ja doch keine absolute Katastrophe werden.

Die Fahrt zum *Skinneedles* dauerte keine halbe Stunde. Während Riley uns durch den dichten Verkehr lenkte, erzählte er mir, wie sehr er es genoss, wieder in dieser Stadt zu sein.

»Ich dachte, du lebst in L.A.?« Ich hatte nicht gewusst, dass er San Francisco so verbunden war. Auch wenn er oft vom *Skinneedles* und von seiner Freundin Peg erzählt hatte, war ich davon ausgegangen, dass L.A. sein Zuhause war.

»Dort habe ich noch eine Wohnung, aber ich bin dort nicht zu Hause. Das bin ich hier. Kyle hat schon eine passende Bleibe für mich gefunden. Ich will hier nicht mehr weg. Hier sind meine Freunde.« Er sah mich an. »Und du.«

»Oh ...« Ich stockte, was hätte ich auch darauf erwidern sollen? Riley machte keinen Hehl daraus, dass er an mir interessiert war – und das verwirrte mich.

»Und hier hat die Presse mich nicht so auf dem Schirm. Deswegen kann ich auch unbesorgt mit dir durch die Gegend fahren.« Er lächelte noch mal, bevor er seine Aufmerksamkeit wieder auf die Straße lenkte.

»Das ist beruhigend«, erwiderte ich. Ich hatte wirklich Schiss davor, dass ein Foto von Riley und mir im Internet kursieren würde. Und wenn die Spürhunde Wind davon bekamen, dass er in der Stadt war und auch noch mit mir ausging ...

»Mach dir keine Sorgen, okay?«

Ich musste wohl laut aufgeseufzt haben, während ich darüber nachgedacht hatte.

»Okay.«

Wieder lächelte er. »Du bist übrigens die Erste, die mir sagt, dass ich schöne Augen habe.«

»Quatsch!« Das konnte ich mir beim besten Willen nicht vorstellen.

»Stimmt. Aber bei dir klang es ehrlich.«

»Es war auch ehrlich gemeint«, gab ich zu und warf ihm einen unsicheren Blick zu, den er lächelnd erwiderte. Und sofort stockte mir wieder der Atem. Wie konnte ein Mensch nur so unglaublich schön sein? Ich liebte Rileys markantes Kinn, liebte das Grübchen, dass sich in seine rechte Wange bohrte, wenn er lächelte, war fasziniert von seinen langen, dichten Wimpern, auf die mit Sicherheit jede Frau der Welt neidisch wäre. Ich bewunderte ihn für das warme Braun seiner Augen, seinen selbstbewussten Blick in die Welt, seine aufrechte Haltung … Einfach für alles. Und ich spürte in eben diesem Moment, dass das aufhören musste. Sonst wäre ich nicht besser als die unzähligen Groupies, die ihn auf ein Podest stellten und bewunderten. Ich sollte vielleicht besser seine Macken ins Visier nehmen, wenn ich diesen Abend in seiner unmittelbaren Nähe ohne zu sabbern überstehen wollte.

Riley hielt am Seitenstreifen und stellte den Motor ab. »Wir sind da.« Er zeigte an mir vorbei auf ein Gebäude zu meiner Rechten, auf dessen Fassade eine lebendig wirkende Szene aus einem Tattoo-Studio prangte. Kunden saßen auf den Stühlen und wurden tätowiert. Die Tätowierer, die von hinten oder von der Seite gezeichnet worden waren, wirkten echt, und man hatte den Eindruck, dass die Szene lebte. Alles wirkte, als würde man von draußen nach drinnen schauen. Irre!

Zwischen zwei großen Schaufenstern, die mit milchiger Folie beklebt waren und hinter denen Licht durchdrang, befand sich eine Tür, über der ein grün-schwarzes Schild hing. *Skin-needles* stand in großen Lettern darauf. Das war also der sagenumwobene Tattoo-Shop, die Location für den Abend unter Freunden. Ich war gespannt, was mich dort erwarten würde.

»Ah, okay. Und … was machen wir hier?«, fragte ich nach, als wir ausstiegen. Das hätte ich schon längst fragen sollen, aber hatte es total vergessen.

»Der Shop gehört einem Freund von mir, und heute Abend steigt eine kleine Willkommensparty. Für mich«, setzte er leise, fast peinlich berührt hinterher.

Ich zog die Augenbrauen hoch. »Für den heimgekehrten Rockstar?« Hatte ich wirklich Lust, danebenzustehen, wenn er gefeiert wurde? Verdammt, ich hätte mich nicht darauf einlassen dürfen. Wie kam ich aus der Nummer nur wieder raus?

Aber er schüttelte sofort den Kopf. »Nein. Für den heimgekehrten Freund.« Er presste die Lippen aufeinander und schloss für einen Moment die Augen. So, als würde er angestrengt darüber nachdenken, was er als Nächstes sagen sollte. Ich hielt den Atem an. »Ich meine es ernst, Tess. Hier bin ich kein Rockstar, kein Promi, kein besonderer Mensch mit irgendwelchen Staralüren. Ich bin nur Riley und besuche meine Freunde. Ja, wir machen Musik, deswegen auch die Gitarre auf dem Rücksitz, aber wir machen das hier nur zum Spaß. Okay?« Sein Blick ging mir durch alle Hautschichten, und Gänsehaut überzog meinen Körper, als er unerwartet nach meiner Hand griff und sie festhielt. »Und ich möchte dich dabeihaben. Ich möchte, dass du meine Freunde kennenlernst und siehst, wer ich wirklich bin. Ohne den ganzen falschen Glamour drum herum«, setzte er leise hinterher.

Ich schluckte stumm. Ich war nicht fähig, ihm zu antworten, viel zu sehr berührten mich seine Worte. Wie konnte ich mich diesen Worten entziehen? Wie konnte ich jetzt noch glauben, dass er mich nur in sein Bett zerren wollte, wie ein xbeliebiges Groupie? Selbst ich musste doch jetzt langsam begreifen, dass Riley all das hier nicht tun musste, sondern wollte. Weil er mich mochte. Ein Lächeln huschte über mein Gesicht, und Riley lächelte zurück. Dann drückte ich seine Hand. Riley verstand und zog mich kurz an sich. Wieder spürte ich seinen Atem nahe an meinem Gesicht und wünschte mir sehnlichst, dass er mich nie wieder loslassen würde. Aber natürlich konnten wir nicht ewig hier stehen bleiben, und kurz darauf schnappte er sich seine Gitarre von der Rückbank, und Hand in Hand gingen wir auf das *Skinneedles* zu.

Als wir eintraten, schallte uns *Blurry* von Puddle of Mudd entgegen, und meine Verkrampfung lockerte sich sogleich. Wo meine Musik gespielt wurde, konnte es nur gut sein, oder? Ich atmete verhalten durch und ließ meinen Blick durch den großen Raum schweifen. An der Wand zu meiner Rechten war ein großes Wandbild zu sehen. Eine Tätowiermaschine vor dem Hintergrund der San Francisco Skyline, davor stand eine Sofaecke. Wow, das Bild sah wirklich cool aus. An den Wänden hingen vereinzelte Regale, auf einem lag ein Baseball, und daneben stand ein Foto, das einen dunkelhaarigen Typ mit dem Ball vor einer Stadionkulisse zeigte. Viele weitere Fotos hingen in den verschiedensten Rahmen an der grün gestrichenen Wand, aber das Prunkstück des Raums war der große Tresen vor uns, hinter dem ebenfalls der Shopname in metallenen Lettern an der Wand hing und hinter dem in dieser Sekunde eine dunkelhaarige Frau den Kopf hob.

»Riley! Hey, wie schön, dich zu sehen.« Sie stand auf, kam mit einem breiten Lächeln auf den Lippen um den Tresen herum und auf uns zu. Wow, sah die gut aus! Ihre langen, dunklen Haare hingen wie Seide über ihre Schultern, ihr Gesicht war natürlich schön und kaum mit Make-up bedeckt, was mein fachmännisches Auge gleich erkannte. Sie schien zu tänzeln, als sie auf uns zukam.

»Hi, Carrie.« Sie umarmten sich freundschaftlich, und ich spürte die Herzlichkeit zwischen ihnen. »Carrie, das ist Tess«, stellte Riley mich ihr vor. Carrie lächelte noch breiter und nahm mich ebenfalls in den Arm.

»Herzlich willkommen, Tess. Es ist schön, dich endlich kennenzulernen.« Ich sah sie verwundert an, und sie lachte. »Na ja, es ist ja nicht so, dass Riley uns nicht schon von dir erzählt hätte.«

»Ach ...?«

»Nur Gutes«, wandte er sofort ein und ... wurde er etwa rot? »Sollte sie was anderes behaupten – glaub ihr kein Wort.«

»Ry!« Ein lautes Quieken ließ mich zusammenzucken, und bevor ich reagieren konnte, hing auch schon eine Blondine mit tätowierten Armen und mit endlos langen Beinen in Röhrenjeans in Rileys Arm und drückte ihn fest. Und dann – küsste sie ihn. Auf den Mund. Ich sah geschockt zu.

»Peg«, stieß er atemlos aus, als sie ihn endlich freigab. Erleichterung durchströmte mich. Alles klar. Das war dann wohl die hochgelobte beste Freundin Peg. Riley hatte mir während der Tour schon viel von ihr erzählt, ich wusste also, wie eng die beiden miteinander verbunden waren. Es aber live genau vor meiner Nase zu sehen, versetzte mir dennoch einen kleinen Stich. Völlig bescheuert, wenn man bedachte, dass Peg erst vor wenigen Monaten ihre große Liebe, einen ehemaligen Footballstar der San Francisco 49ers, geheiratet hatte und Riley mir erst vor ein paar Minuten die Angst, nur ein weiteres Groupie zu sein, genommen hatte. Es wurde wirklich Zeit, dass ich mich lockerer machte.

»Hey, und du musst Tess sein.« Peg hatte sich aus Rileys Arm gelöst und sich vor mich gestellt. Mit großen blauen Augen – oder Moment, waren sie eher grün? – sah sie mich an, und noch bevor ich wusste, wie mir geschah, fand ich mich schon in ihren Armen wieder. Hilflos warf ich Riley einen Blick über ihre Schulter zu, aber der wackelte nur grinsend mit den Augenbrauen.

Nachdem Peg mich wieder losgelassen hatte, strahlte sie mich an. »Es ist so schön, dich endlich kennenzulernen. Ich habe schon -«

»So viel von mir gehört«, beendete ich den Satz, der scheinbar zum Standardrepertoire von Rileys Freunden an diesem Abend gehörte.

Peg schmunzelte. »Na ja, eigentlich wollte ich sagen, ich habe schon ungeduldig auf euch gewartet. Aber klar! Ry hat schon hin und wieder von dir gesprochen.« Sie warf ihm einen Blick zu. »Eigentlich sogar ständig«, setzte sie lachend hinterher. »Aber jetzt lasst uns nach draußen gehen. Das Feuer ist an, das Bier steht kalt, und alle warten nur auf euch.« Sie schloss die Eingangstür ab und schob uns dann aufgeregt schnatternd durch den Shop. Ich folgte Riley am Tresen vorbei in den hinteren Bereich des Studios. Rechts und links waren kleine Kabinen, in denen vermutlich die Tätowierer arbeiteten. Geradeaus stand eine Glastür offen, hinter der ich den schwachen Schein eines Feuers erkannte. Kaum trat Riley durch die Tür, wurde er auch schon von einer Menge Leute in Empfang genommen. Nach und nach stellte er mir alle vor, und witzigerweise kam es mir durch Rileys Erzählungen so vor, als würde ich sie schon alle ewig kennen.

Da waren Eric, der blonde Musiker mit den vielen Tattoos, mit dem Riley vor seiner Zeit mit Obsidian durch die Clubs in L. A. getingelt war, und dessen Freundin Joyce, die die Wandbemalungen drinnen und draußen für das Studio gemacht hatte. Er nannte sie sein Schneewittchen, was ich anhand ihrer hellen Haut- und dunklen Haarfarbe sehr passend fand. Die beiden waren echt süß miteinander.

Die dunkelhaarige Olivia war Carries beste Freundin. Zu ihr gehörte Scott, der ebenfalls hier tätowierte und mit seinem gestutzten Vollbart ein bisschen wie ein Hipster aussah, aber gar keiner war. Die beiden waren erst seit Kurzem verheiratet und Eltern einer kleinen Tochter, auf die heute Abend Olivias Mutter aufpasste, damit sie hier sein konnten. Mein Blick fiel immer wieder auf Scotts Unterarm, auf dem eine Art Baum tätowiert war. Es sah wunderschön aus, und ich lächelte verlegen, als er meinen Blick auffing.

Kyle, Pegs frischgebackener Mann, war ein ehemaliger Footballspieler der San Francisco 49ers und wirkte aufgrund seiner Statur im ersten Moment echt furchteinflößend. Aber er war total charmant und witzig.

Dann war da noch Nolan, von dem ich bereits wusste, dass er schwul war, und mir deswegen keine Gedanken machte, als er mich innig drückte und herzte. Er lächelte mich offen an und war mir sofort sympathisch. Seine langen Haare waren zu einem Knoten im Nacken zusammengeschlungen, und seine aufrechte Haltung und sein federnder Gang verrieten sofort, dass er Tänzer war. Riley hatte mir wirklich alles erzählt: Nolan tanzte schon seit klein auf und hatte schon viele Jahre ein eigenes Tanzstudio in der Stadt. Carrie hatte ebenfalls schon als Kind angefangen zu tanzen und unterrichtete in Nolans Studio eine Gruppe Kids im Hip-Hop. Zudem war sie die Shop-Managerin des *Skinneedles* und mit Jake zusammen, dessen Arme ebenfalls mit Tattoos übersät waren. Jake war der Chef des Tattoo-Studios und – laut Riley – der einsilbigste Mann auf diesem Planeten. Jedenfalls sagte er nicht, dass er schon viel von mir gehört habe. Sehr sympathisch.

Nachdem Carrie uns mit Bier versorgt hatte, setzte ich mich neben Riley auf eine der vier Bänke im Hof, die um die Feuerschale in der Mitte verteilt standen, und stellte mich den Fragen, die auf mich einprasselten. Woher kommst du? Was machst du? Gehst du wieder mit auf die nächste Tour? Es war wirklich unglaublich erleichternd, dass Rileys Freunde mich miteinbezogen und echtes Interesse an mir zeigten. Das war so erfrischend ehrlich und fühlte sich so normal an. Und wenn ich Riley beobachtete, wie er mit ihnen umging, dann verstand ich, was er mir vorhin im Auto hatte sagen wollen.

Hier, zwischen seinen Freunden, stand er nicht im Mittelpunkt oder drängte sich ins Rampenlicht, sondern war nur einer von vielen. Der Junge von nebenan. Und er schien glücklich dabei zu sein. Mir wurde ganz warm ums Herz, als ich das Leuchten in seinen Augen sah und bemerkte, wie entspannt er sich in dieser Umgebung verhielt. Zwar war er backstage auch lustig gewesen und hatte Späße gemacht, selbst gute Gespräche über Gott und die Welt waren an manchen Tagen mit ihm drin gewesen, aber jetzt ... Hier schienen alle Anspannung, aller Ruhm und der letzte Rest der Glitzerwelt von ihm abzufallen.

Als Eric aufstand, um seine Gitarre zu holen, wandte Riley sich mir zu. »Hey, ist alles okay?«

»Ja«, sagte ich. »Ja, es ist alles okay. Deine Freunde sind echt toll.«

Riley rutschte näher zu mir, sodass sich unsere Schultern berührten, und sah mir in die Augen. Sein Blick war eindringlich, und obwohl ein sanftes Lächeln sein Gesicht überzog, wusste ich in der Sekunde, in der er es aussprach, dass er es ernst meinte. »Du bist toll.«

Ich spürte seine Finger, die meine berührten. Leicht und vorsichtig, als wüsste er nicht, ob es okay wäre. War es das denn? Ich horchte in mich hinein, hörte wieder Yunas Worte in meinem Kopf. *Ich schätze mal, dass er dir mehr bedeutet, als du dir eingestehen willst.* Wenn ich ehrlich war, dann hatte ich Riley schon vom ersten Moment an gemocht. Nur wollte ich einfach keines der Mädchen sein, die sich in die Schlange der Bewunderer einreihten, um den Rockstar Riley Edwards anzuschmachten. Ich hatte ja gesehen, was mit diesen Mädchen passierte. Sie waren für wenige Stunden an seiner Seite, manchmal tauchte sogar noch ein Bild von ihnen in irgendeiner Klatschspalte auf, aber dann wurden sie nie wieder gesehen. Nein, für sowas war ich mir zu schade und war deswegen auch immer ein wenig auf Distanz zu Riley gegangen. Außerdem durfte ich nicht riskieren, dass *er* mich erkannte.

Und aus eben diesen Gründen hätte ich niemals, wirklich niemals damit gerechnet, dass ich jemals hier, inmitten seiner kleinen privaten Welt sitzen und mir Gedanken darum machen würde, ob es okay wäre, seine Hand zu halten.

»Danke«, sagte ich schlicht. Und dann verschränkte ich vorsichtig meine Finger mit seinen.

Riley

Als Tess ihre Hand umdrehte und ihre Finger mit meinen verschränkte, schwor ich mir, ihre Hand den ganzen Abend nicht mehr loszulassen. Außer fürs Gitarrespielen.

Bisher hatte ich nie Probleme damit gehabt, ein Date klarzumachen oder eine Frau anzusprechen. Ich war kein unbeschriebenes Blatt mehr, war schon mit einigen Frauen in der Kiste gewesen. In dem letzten Jahr, in dem wir auf Tour gewesen waren, hatte ich mit so vielen Frauen geschlafen, dass ich völlig den Überblick verloren hatte. Und konnte mich an keine einzige von ihnen mehr erinnern. Zumindest nicht im Detail. In jeder Stadt ein anderer namenloser Groupie. Im Grunde lief es nach einem Konzert immer gleich ab. Backstage warteten die willigen Girls auf uns, die alle dazu bereit waren, mit einem von uns die Nacht zu verbringen. Egal mit wem. Auch mit zwei Mädchen gleichzeitig hatte ich mich schon vergnügt, und natürlich hatte mir das gefallen. Was Sex anging, war ich experimentierfreudig. Es gab nichts Besseres als einen Fick, bei dem alle auf ihre Kosten kamen, und dabei zu wissen, dass man sich danach nie wiedersah. So konnte man gleich viel hemmungsloser zur Sache kommen. Ich stand nicht auf SM oder so, aber ich mochte es, wenn man sich dabei bewegte und verschiedene Stellungen ausprobierte. Trotzdem machte mich das allein nicht glücklich.

Ich hatte mittlerweile genügend Mädchen gehabt, um zu wissen, wie es sich anfühlte, trotzdem allein zu sein. Namenlose Gesichter, die nicht in Erinnerung bleiben, können dir nicht das Gefühl zurückgeben, das du eigentlich brauchst. Aber auch wenn ich das wusste, habe ich es immer wieder versucht. Und dann war Tess in mein Leben getreten. Cookie.

Als sie das erste Mal meine Garderobe betreten – nach einem zaghaften Anklopfen und mit einer Packung Cookies in der Hand – und mich mit ihren großen blauen Augen angesehen hatte, wusste ich: Sie würde irgendwann in meinem Bett landen. Und wenn es nach mir gegangen wäre, auch möglichst schnell. Sie hatte absolut scharf ausgesehen in ihren Hot Pants, dem ausgewaschenen Shirt und mit ihren roten Locken, die im Nacken zu einem Zopf gebunden gewesen waren. So blauäugig wie ich war, hatte ich wirklich gedacht, dass ich, der Superstar, sie locker rumkriegen würde. Aber weit gefehlt.

An ihr waren meine Annäherungsversuche abgeprallt wie ein Squashball an der Courtwand. Sie hatte sich nicht dazu hinreißen lassen, auf einen Flirt einzugehen. Nicht ein Mal. Bis … bis ich aufgehört hatte, sie als heiße Braut zu sehen und sie als Mitglied der Crew wahrzunehmen. Und selbst da hatte es noch eine ganze Weile gebraucht, um sie davon zu überzeugen, dass ich in der Regel kein Idiot war.

Dass sie mir seit dem ersten Augenblick nicht mehr aus dem Kopf ging, war in meinen Augen ein Zeichen, dass sie keines der namenlosen Gesichter war. Sie war Tess. Und ich hatte über die Dauer der Tour Gefühle für sie entwickelt, die ich nicht leugnen konnte. Und auch nicht mehr wollte.

Und eben diese Gefühle durchströmten mich, als Tess meine Finger zwischen ihre nahm.

Ich war versucht, sie an mich zu ziehen, meine Nase in ihren roten Locken zu vergraben und ihren süßen Duft in mich aufzusaugen, sie nie wieder loszulassen, sondern zu küssen, bis ihr die Luft wegblieb. Oh ja, wie sehr ich mich danach sehnte, den Geschmack ihrer vollen Lippen zu kosten. Aber das würde warten müssen. Und ich konnte warten. So lange, bis Tess so weit war. Ich wollte das, was auch immer sich zwischen uns anbahnte, nicht durch meine Ungeduld kaputtmachen. Ich war mir sicher, dass Tess das Mädchen war, nach dem ich schon immer gesucht hatte. Und das erschreckte und beflügelte mich gleichzeitig.

Und als ich in ihren blauen Augen versank, die so voller Neugier funkelten und mich durchleuchteten, durchfuhr mich eine neue Textzeile wie ein Blitz: *Your light is brighter than a thousand stars, show me the way through the night. To the life I'm longing for.*

»Ähm, sorry, Cookie, ich muss kurz …« Obwohl ich mir noch vor wenigen Sekunden geschworen hatte, Tess' Finger nie wieder loszulassen, musste ich genau das jetzt tun. Der Drang aufzuschreiben, was ich gerade empfand, war zu groß, als dass ich mich dagegen hätte wehren können. Ich löste mich mit einem entschuldigenden Blick von ihr, stand auf und lief ins *Skinneedles*. Peg kam gerade mit der Pizzabestellung um die Ecke, fast hätte ich sie umgerissen.

»Hey, wohin so stürmisch, Rockstar?«

»Ich muss was notieren«, japste ich und versuchte krampfhaft, die Textzeilen nicht wieder zu verlieren. Peg grinste. Sie kannte das schon.

Also hastete ich zum Tresen, schnappte mir einen Zettel und einen Stift und begann, die Zeilen zu Papier zu bringen, zu denen Tess mich inspiriert hatte. Ich konnte kaum so schnell schreiben, wie die Worte aus mir herauswollten, und ich hoffte, dass ich meine Sauklaue morgen noch würde lesen können.

Nachdem ich alles aufgeschrieben hatte und sich dabei sogar schon eine Melodie in meinem Kopf formte, verstaute ich den Zettel in meinem Portemonnaie und kehrte mit einem fetten Grinsen zu Tess zurück. Aber mein Platz war besetzt. Joyce hatte sich zu ihr gesetzt, und die beiden unterhielten sich angeregt. Ich hörte Wortfetzen, offenbar ging es um die Tour. Ab und zu fielen die Namen der Bandmitglieder, gefolgt von Tess' hellem Lachen, in das Joyce mit einfiel. Sie schienen sich gut zu verstehen, aber nichts anderes hatte ich erwartet. Tess war unkompliziert, und ich war mir sicher gewesen, dass sie gut mit meinen Freunden zurechtkommen würde. Ich blieb in der Tür stehen und starrte sie einfach nur an. Ich liebte es, sie zu beobachten, zu sehen, wie sie ihr Haar aus dem Gesicht strich, wenn es ihr über die Schultern fiel; wie sie sich auf die Unterlippe biss, wenn sie nachdachte; wie sie an ihren Fingernägeln entlangfuhr, wenn sie konzentriert zuhörte. Und ich liebte es ganz besonders, wenn sie lachte. Denn dann strahlte ihr ganzes Gesicht, und egal wie schlecht ich gerade drauf gewesen war – damit hatte sie es immer geschafft, mich aufzumuntern.

»Sie ist echt süß.« Eric stand plötzlich neben mir und lehnte seine Schulter gegen meine.

»Oh ja, das ist sie.«

»Ihr passt gut zusammen.«

»Ich habe also deinen Segen?«, frotzelte ich.

»Sowieso. Und sie tut dir gut.«

Ich nickte langsam. »Ich hoffe, dass ich ihr auch guttue.«

»Du magst sie wirklich, oder?« Eric kannte mich gut.

Wieder nickte ich. »Sie hat einen Namen und gibt mir das, was ich vermisst habe.« Ich sah Eric an, er war seit Jahren mein bester Freund. Er wusste genau, was ich damit meinte. Wir waren uns sehr ähnlich – bis er Joyce gefunden hatte, hatte auch er keine namenlose Frau zweimal gevögelt.

Er legte mir die Hand auf die Schulter. »Halt sie fest, Riley.«

»Das werde ich.« Ich hoffte wirklich, dass es mir gelingen würde.

»Und? Wie geht es dir sonst so? Was macht die Band?«

»Alles okay.«

»Sicher?«

Ich zögerte einen Moment. »Lass uns ein andermal darüber sprechen, okay?«

Eric sah mich lange an, dann nickte er. »Ich bin da, wann immer du reden willst.«

»Danke, Eric.« Wir umarmten uns kurz, es tat gut zu wissen, dass ich Freunde hatte, auf die ich zählen konnte. Und vielleicht würde es auch guttun, bei Eric mal meinen ganzen Frust abzuladen. Er war neutral und hatte einen anderen Blick auf die ganze Sache.

Ich griff nach meiner Gitarre und setzte mich Eric gegenüber auf die Bank. Von dort aus warf ich Tess einen längeren Blick zu, den sie mit einem warmen Lächeln erwiderte. Gott, mein Herzschlag beschleunigte sich bei ihrem Anblick, und ich nahm mein Bier, um meine Stimme zu ölen, bevor ich mit Eric zusammen in die Saiten greifen und dazu singen würde. Ich wollte nicht, dass meine Stimme zitterte, weil ich aufgeregt war. Auch wenn Tess mich schon unzählige Male hatte singen hören. Es war etwas anderes, vor tausenden kreischenden Girls auf der Bühne zu stehen und seine Show abzuliefern, als hier vor dem Mädchen zu singen, das mir etwas bedeutete. Ja, ich war verdammt aufgeregt. Aber als Eric die ersten Takte von *The Monster* von Eminem – ft. Rihanna anstimmte, war es wie nach Hause zu kommen. Wie immer schien mein bester Freund meine Stimmung zu spüren und zog den passenden Song dazu aus dem Hut. Dieses Lied hatten wir schon unzählige Male zusammen gerappt. Und auch wie unzählige Male zuvor übernahm ich den harten Part von Eminem, während er anstelle Rihannas sang. Es machte unglaublichen Spaß, den Song auf unsere eigene Weise zu interpretieren, war es doch das Lied, das genau das ausdrückte, was gerade in mir vorging. Die Monster schliefen nie. »*... I wanted the fame, but not the cover of Newsweek. Oh well, guess beggars can't be choosey. Wanted to receive attention for my music, wanted to be left alone, public excuse me ...*«

Während ich durch die Worte des Rappers meine eigenen Empfindungen sprechen ließ, sah ich immer wieder zu Tess rüber. Und auch sie sah mich an. Ich hatte den Eindruck, als würde sie mich mit anderen Augen ansehen als sonst. Ich wusste nicht, ob es an dem Text lag oder daran, wie ich ihn sang. Vielleicht an beidem, aber ich spürte, dass sie mich verstand. Wir hatten nie darüber gesprochen, wie ich eigentlich mit dem ganzen Ruhm und damit, in der Öffentlichkeit zu stehen, klarkam, vermutlich war sie – wie jeder andere auch – davon ausgegangen, dass es mir gefiel. Dass ich es liebte, im Rampenlicht zu stehen. Das tat ich auch. Wenn ich auf der Bühne war, liebte ich es, unsere Songs zu performen, die Menge mitzureißen und zu begeistern. Ich liebte es, den Kontakt zu Fans zu haben, ihnen ihre Shirts zu signieren oder für Selfies bereitzustehen, mit ihnen zu quatschen und Späße zu machen. Ich versuchte immer, mir Zeit für jeden Einzelnen zu nehmen, es nicht als selbstverständlich anzusehen, dass wir Erfolg hatten. Denn ohne unsere Fans wäre Obsidian nichts. Ich war dankbar, dass sie uns eine Chance gegeben hatten, und ich wollte nie die Demut verlieren.

Das Leben mit der Band war eine völlig andere Welt, die ich wirklich, wirklich liebte. Ich hatte schon davon geträumt, als ich das erste Mal eine Gitarre in der Hand gehalten hatte. Aber dann war da noch die Kehrseite der Medaille. Die Öffentlichkeit, die dich nie in Ruhe lässt. Die dich auf Schritt und Tritt verfolgt und die absurdesten Geschichten über dich verbreitet, egal ob sie auch nur ein Fünkchen Wahrheit enthalten oder komplett aus den Fingern gesogen sind. Die dich ins Licht zerrt, obwohl du gerade lieber im Dunkeln bleiben würdest. Die dich auf ein Podest hebt, obwohl du dich gerade ganz klein fühlst. Die dich zerreißt, wenn du mal nicht die einhundert Prozent bringst, die von dir erwartet werden. Die dich auslaugt wie ein Vampir und dir auch noch das letzte Stück Persönlichkeit stiehlt, wenn du nicht aufpasst, wenn du nicht stark genug bist. Und wie lange kann ein Mensch stark sein, wenn er nichts hat, aus dem er seine Kraft schöpfen kann?

Aber vielleicht änderte sich das gerade? Ich beobachtete Tess. Es gefiel mir, wie sie sich mit meinen Freunden verstand. Dass sie in meinen Freundeskreis passte und dabei auch Spaß zu haben schien, ging mir runter wie Öl. Gerade hatte Eric mein Gefühl bestätigt, und Pegs Meinung war mir schon immer wichtig gewesen. Und wie sie Tess begegnete und mir mit versteckten Gesten zu verstehen gab, dass ich ihr Go hatte, war ungemein beruhigend. Und es gab mir das Gefühl, nicht völlig durchgeknallt zu sein, nur weil ich aufrichtige Gefühle für jemanden empfand.

Ich war in der Regel kein schwieriger Mensch, hatte keine großen Altlasten, die ich mit mir rumschleppte, und sah positiv in die Zukunft. Bisher hatte ich lockere Affären gehabt, nie was Ernstes, weil es mir einfach zu gut gefallen hatte, Auswahl zu haben, und ich generell kein Kostverächter war. Doch seit Tess war alles anders. Ich war anders.

Ich grinste, und als ich ihren Blick auffing, polterte mein Herzschlag los. Ich dachte nicht nach, griff in die Saiten und stimmte *Use Somebody* von Kings Of Leon an. Unsere Blicke verhakten sich ineinander, während ich sang …

»*You know that I could use somebody. You know that I could use somebody. Someone like you …*«

Während des ganzen Songs sahen wir uns an, die Welt um mich herum blendete sich aus, versank in einem undurchdringbaren Nebel und verschluckte alles um uns herum. Erst als der Song endete und meine Gitarre verstummte, begriff ich, dass wir nicht alleine waren. Als unsere Blicke sich voneinander lösten, fiel mir auf, dass alle uns anstarrten. Und grinsten.

»Holy Shit …« Nolan schlug sich mit einem verhaltenen Lächeln auf die Oberschenkel und sprang auf. Damit durchbrach er das Schweigen, das sich über uns alle gelegt hatte. Und als ich einen erneuten Blick zu Tess warf, hatte sie den Kopf gesenkt und knabberte auf ihrer Unterlippe herum. Ich hatte sie damit in Verlegenheit gebracht. Fuck, das hatte ich nicht gewollt.

Während Eric nun einen neuen Song anstimmte und sang, saß ich stumm da und sah Tess an. Nach einer gefühlten

Ewigkeit hob sie den Blick und – lächelte mich an. Und ich wusste in diesem Moment, dass sie verstanden hatte, was ich ihr mit dem Song sagen wollte. *Someone like you ...*

Tess

Ich fragte mich, warum ich eigentlich so viel Schiss davor gehabt hatte, mit Riley auszugehen. Seine Freunde waren alle so lieb zu mir, bezogen mich in ihre Gespräche mit ein und gaben mir das Gefühl dazuzugehören. Ich fühlte mich so wohl in dieser Runde. Die Mädels hatten mittlerweile eine Bank dazugeholt, und jetzt saß ich mit Joyce, Carrie, Peg und Olivia zusammen, und wir quatschten über Mädchenkram. Das war schräg, aber total schön. Sie waren alle – zumindest äußerlich – so verschieden und doch irgendwie gleich.

Peg hatte eine unglaublich quirlige, aber niedliche Art, der man sich nur schwer entziehen konnte. Joyce dagegen war ruhig und damit eher vom gleichen Schlag wie ich. Als ich sagte, wie sehr ich ihre Zeichnungen hier im Shop mochte, strahlte sie, und innerhalb der nächsten halben Stunde erfuhr ich alles über ihre Liebe zum Malen. Sie war wirklich süß und absolut verliebt in Eric. Das erkannte auch ein Blinder, denn die Blicke, die die beiden sich immer wieder zuwarfen, waren eindeutig. Aber Eric war auch ein absoluter Charmebolzen und zudem wirklich witzig. Olivia war die Mom in dieser Runde, sie erschien mir ein wenig besonnener als die anderen, war aber nicht weniger freundlich zu mir. Und während sie von ihrer kleinen Tochter erzählte, wie sie ihr Leben verändert hatte, musste ich an Yuna denken. Ich hoffte inständig, dass sich auch Yunas Leben durch die Geburt ihres Kindes positiv verändern und sie verantwortungsvoller werden würde.

Peg erzählte von ihrer Hochzeitsreise, die sie und Kyle irgendwann antreten wollten. Mittlerweile war ihre Hochzeit schon ein Jahr her, und sie hatten es immer noch nicht geschafft zu flittern. »Linda hat versucht, sich Urlaub zu nehmen, und wollte dann den Sommer über mit Doyle in Rhode Island bei einer alten Freundin verbringen, die einen Sohn in Doyles Alter hat.« Sie erklärte mir, dass Doyle der Sohn von Kyle war, den er gemeinsam mit ihrer Stiefschwester Linda hatte. Somit war sie Tante und Stiefmutter gleichzeitig. Das war echt schräg, aber sie schien gut damit klarzukommen. Dass sie und Riley so eng miteinander verbunden waren, hatte mir anfänglich einen Stich versetzt, aber mittlerweile verstand ich, dass ich vor ihr wirklich keine Angst haben musste. Sie war glücklich mit Kyle, und ich hoffte irgendwie sogar, dass sie auch mir eine gute Freundin werden würde. Peg schien echt eine starke Frau zu sein, und ich konnte nicht anders, als sie zu mögen.

»Aber?«, fragte Joyce und griff sich ein Stück kalte Pizza.

»So wie es aussieht, wird es nichts. Linda muss geschäftlich für ein paar Wochen verreisen und hat gefragt, ob Doyle die Zeit dann bei uns verbringen kann. Natürlich haben wir ja gesagt!« Peg wirkte etwas niedergeschlagen, aber einen Moment später lächelte sie schon wieder. »Schade, wir wollten so gerne mal nach Thailand. Aber gut, dann eben nächstes Jahr.«

»Ach Mensch, das tut mir leid«, meinte Olivia.

Peg winkte ab. »Aufgeschoben ist nicht aufgehoben, oder wie war dieser blöde Spruch?«

»Ja, irgendwie so«, meinte Carrie.

»Wann stellt Jake eigentlich endlich die Frage aller Fragen?«, wandte Peg sich an Carrie und lenkte von sich selbst ab.

Carrie seufzte leise auf, warf einen Blick zu den Jungs rüber, die aber in ihre eigenen Gespräche vertieft waren, und beugte sich vor. »Jake ist wie Luke Danes. Er braucht immer etwas länger ...«

»Luke wer?«, hakte ich nach.

»Luke Danes«, wiederholte Carrie und sah mich ziemlich schockiert an, als ich mit den Schultern zuckte. »*Gilmore Girls?*« Wieder hob ich die Achseln.

»Du kennst die Gilmores nicht?« Auch Joyce konnte es anscheinend nicht fassen.

»Sollte ich sie kennen?« Ich kramte in meinem Gedächtnis nach diesem Namen. Hatte Riley ihn schon mal erwähnt?

»Das ist die beste Serie ever!«, warf Olivia ein.

»Ach so ... sorry, ich gucke kaum Fernsehen«, entschuldigte ich mich. Wir hatten nicht mal einen Fernseher. Wenn wir uns einen Film ansehen wollten, schauten wir ihn uns bei einem Streamingdienst auf dem Laptop an. Am liebsten Top Gun. Ich liebte diesen Film und konnte ihn mir schmachtend immer wieder und wieder ansehen. Auch wenn das echt ein uralter Schinken war, ich stand einfach total auf den jungen und absolut heißen Tom Cruise.

»Das müssen wir nachholen. Mädels, es steht ein Serien-Abend an!« Carrie grinste. »Wir weihen Tess in die Geheimnisse von Stars Hollow ein. Und glaub mir, Süße, du wirst es lieben.«

»Nächsten Samstag? Bei mir?«, schlug Olivia vor. »Ich werfe Scott raus, und wir machen es uns so richtig gemütlich. Mit chinesischem Essen, einer Menge Chips und Popcorn und allem, was dazugehört. Wir haben massig Platz, und Lunea kann sich mit Scott einen bunten Abend machen.«

»Na, der wird sich freuen«, warf Joyce lachend ein.

»Auf jeden Fall. Er ist so süß mit ihr. Gott, ihr müsstet die beiden sehen, wenn sie schlafen. Sie in seinem Arm, das ist so ...« In Olivias Augen glitzerte es. Auch sie schien sehr glücklich zu sein.

»Hört, hört«, warf Carrie lachend ein. »Wer hätte das damals gedacht, was?«

»Ich wohl am allerwenigsten«, gab Olivia zu.

»Du musst wissen«, wandte Carrie sich jetzt verschwörerisch flüsternd an mich, »dass Liv vor Scott lieber einen Hund gehabt hätte als einen Mann. Ich sag nur: Coco Chanel …« Dafür fing sie sich von Olivia einen Stoß in die Rippen ein und prustete los. »Ach komm schon, Liv. Die Geschichte wird dir noch ewig nachhängen.«

»Ja, ja, wer den Schaden hat, braucht für den Spott nicht zu sorgen«, stöhnte Olivia auf. »Aber um beim Thema zu bleiben: Samstagabend. Alles klar?« Es folgte allgemeine Zustimmung, und ich grinste schief, als sie mich fragend ansah.

»Okay, gerne«, gab ich etwas überrumpelt zurück, freute mich aber insgeheim sehr, dass sie mich miteinbezogen, als würden wir uns schon ewig kennen. »Aber … was hat Jake mit diesem Luke zu tun?«, wollte ich wissen. Das beschäftigte mich nun doch.

Carrie winkte ab. »Das wirst du begreifen, wenn du die Serie gesehen hast. Und ich schwöre dir – du wirst dich in ihn verlieben.«

»Das halte ich für ein Gerücht«, meinte ich.

Joyce kicherte. »Ich auch. Es wird Logan sein, der dir den Kopf verdreht!«

»Genau!«, warf Peg ein und zwinkerte mir zu. »Ich finde ja, jeder sollte einen Logan Huntzberger haben. Und ich glaube wirklich …« Sie warf einen kurzen Blick rüber zu Riley, dessen Blick genau in dem Moment, in dem ich mich umdrehte, meinen fand. »… du hast ihn schon gefunden.«

Riley zwinkerte mir zu und lächelte mich an, bevor er sich wieder zu Eric umwandte. Mein Herz machte einen kleinen Hüpfer, und als ich mich auch wieder umdrehte, grinsten mich vier Gesichter an.

»Was?«, fragte ich leicht verlegen.

»Er mag dich wirklich«, sagte Peg schlicht.

Ich erwiderte nichts. Was auch? In mir herrschte ein solches Gefühlschaos, das mich kaum klar denken ließ. Aber ausgerechnet von Peg zu hören, dass Riley mich mochte, wirklich mochte, ging mir doch runter wie Öl. Sie war seine beste Freundin.

»Ich überlege echt, ihm selbst einen Antrag zu machen«, nahm Carrie den Faden wieder auf.

»Nein! Das darfst du nicht«, widersprach Olivia sofort.

»Mach ich auch nicht, aber es ist schon über ein Jahr her, dass ich den Brautstrauß auf Pegs Hochzeit gefangen habe. Wie lange soll ich noch warten?« Sie schien wirklich geknickt zu sein.

»So lange es eben nötig ist. Jake liebt dich. Und ich verspreche dir, er wird dir einen Antrag machen, wenn du es am wenigsten erwartest.«

Carrie seufzte erneut, und ihr Blick hing an Jake.

Er lachte und prostete den anderen Jungs mit seinem Bier zu. Ich sah auf das Schlangen-Tattoo, das seinen Arm bedeckte, und fragte mich unwillkürlich, wie viele Tattoos dieser Mann wohl hatte. Immerhin war er Tätowierer. Ebenso wie Eric, dessen Arme auch mit Tattoos übersät waren. Bei Kyle konnte ich nur den Ausläufer eines Tattoos auf seinem Oberarm unter dem Ärmel seines T-Shirts hervorblitzen sehen. Ob Peg das gestochen hatte? Auf Scotts Armen befanden sich auch eine Menge Tattoos. Ich mochte dieses Geäst auf seinem Arm, das aussah wie ein Baum, in dem verschiedene bunte Zeichnungen verborgen waren. Hm, gab es eigentlich irgendjemanden hier, der nicht tätowiert war? So wie ich? Ich hatte mich bisher nie mit dem Gedanken an ein Tattoo beschäftigt. Vielleicht auch weil ich wusste, dass es nicht gerade günstig war, sich ein Bild auf die Haut stechen zu lassen, und meine Prioritäten, was Geld ausgeben betraf, lagen definitiv woanders.

Ich sah zu Nolan rüber. Hatte er Tattoos? Wenn ich ihn mir so ansah in seinen Baggy-Jeans, den Chucks und dem engen Shirt, mit seinen langen zusammengebundenen dunklen Haaren und seinem schelmischen Grinsen, konnte ich mir kaum vorstellen, dass er tattoofrei war. Und Joyce hatte ebenfalls Tattoos, wie sie mir erzählt hatte. Und Carrie? Olivia? Bei

Peg war es offensichtlich, ihre Arme waren so bunt und fröhlich tätowiert, dass es gute Laune machte. Überhaupt waren hier alle gut gelaunt. Sie gingen alle so herzlich miteinander um, und man spürte die Verbundenheit und den Zusammenhalt zwischen ihnen. Das war wirklich toll, wenn es mir auch ein wenig Angst machte. Ich hatte kaum Freunde, war eher der Typ Einzelgänger und introvertiert. Aber hier fühlte ich mich wie ein Teil von einer Gemeinschaft und sehr wohl dabei.

Die Jungs waren mittlerweile aufgestanden und rüber zum Schuppen gegangen, der sich am Ende des kleinen Hofs befand. Als Jake die Türen öffnete, sah ich ein Motorrad in der Mitte stehen. Vermutlich fachsimpelten sie jetzt über Bikes.

Fuhr Riley eigentlich Motorrad? Mir fiel auf, wie wenig ich von ihm wusste. Und wie begierig ich darauf war, mehr über ihn zu erfahren. Mehr über den Riley, der er wirklich war. Ich beobachtete ihn, wie er mit seinen Freunden lachte und dabei über das ganze Gesicht strahlte. Mein Herz hüpfte, als unsere Blicke sich kurz trafen. Gott, dieser Mann würde mir noch einen Herzkasper bescheren, wenn ich mich nicht zusammenriss.

»Wie läuft's eigentlich mit deinen Aufträgen, Joyce?«, wollte Peg wissen und unterbrach damit meine Gedanken. Ich riss meine Augen von Riley los und wandte mich wieder der Runde zu.

»Oh gut! Ich kann echt nicht klagen. Das Cover für das neue Album von Obsidian ist ja schon lange fertig und liegt beim Label zur Abnahme. Ich kann nur hoffen, dass es ihnen gefällt.«

»Das wird es, ganz sicher! Wann erscheint es eigentlich?«, fragte Carrie.

»So wie es aussieht, im September«, warf ich ein. Bisher waren zwei Songs des neuen Albums veröffentlicht worden. Das Release des kompletten Albums sollte im Herbst gestartet werden. Und dann würde sicher die Planung für die nächste Tour beginnen. Kurzzeitig gab mir dieser Gedanke einen Stich, denn es war ja nicht gewiss, dass ich dann wieder mit der Band durch die Gegend ziehen würde. Ich hatte keine Ahnung, was in ein paar Monaten sein würde. Weder beruflich noch privat. Dann hätte Yuna bereits ihr Baby, und ob ich sie dann alleine lassen würde? Vermutlich nicht.

»Ich bin so gespannt auf die neuen Songs«, sagte Carrie und riss mich aus meinen Gedanken.

Ich grinste, denn ich kannte einige der Songs ja bereits, weil die Jungs sie backstage immer mal gespielt hatten. »Ich kann euch sagen, sie sind toll! Und dein Song ist auch drauf«, sagte ich an Joyce gewandt.

Sie wurde rot bis unter die Haarspitzen. »Ja, das hat Riley schon gesagt. Ich weiß gar nicht, was ich dazu sagen soll. Eric freut sich riesig, dass Riley seinen Text eingesungen hat.«

»Der ist aber auch zu schön«, meinte ich. *Freed myself* war so wundervoll, und wenn man die Entstehungsgeschichte des Songs kannte, war er gleich noch tausendmal schöner. Eric hatte ihn für Joyce geschrieben, als ihre Beziehung auf der Kippe gestanden hatte. Ich war dabei gewesen, als Riley das Lied auf der Tour zum ersten Mal performt hatte. Er hatte erwähnt, dass sein Kumpel den Song für seine Freundin geschrieben hatte, viel mehr hatte er nicht erzählt. Aber allein die Geste, dass Eric ein Lied für seine Freundin geschrieben hatte, hatte mich zu Tränen gerührt.

»Ich habe gehört, du tätowierst auch?«, fragte ich Joyce.

»Ja, genau. Allerdings nur kleine Tattoos, einfache Bilder.«

»Und welche Richtung?«

»Ich mag Black-and-Grey.«

»Echt? Ich hätte gedacht, dass du gerne Farben benutzt.«

»Beim Zeichnen ja, beim Tätowieren mag ich das Schlichte. Für mich ist es eine Herausforderung, die Tattoos ohne Farbe lebendig zu gestalten, als hätten sie Farbe. Äh ... verstehst du, was ich sage?« Joyce kratzte sich am Kopf und lachte.

»Ja, ich verstehe dich gut«, sagte ich lachend. »Mir geht es mit einigen Make-up-Looks ähnlich.«

»Stimmt, du bist ja Make-up-Artist. Mann, das stelle ich mir auch superspannend vor. Hast du schon viele Promis unter dem Pinsel gehabt?«, wollte Carrie wissen.

»Ja, einige. Vor allem Models. Ich werde vorwiegend für Fotoshootings gebucht.«

Die nächste halbe Stunde erzählte ich von meinem Job und gab den anderen Schminktipps.

»Hey, Sweeties. Na, amüsiert ihr euch?« Nolan kam zu uns und quetschte sich zu Carrie und Peg auf die Bank.

»Klar. Über Mädchenkram«, kicherte Joyce.

»Dann bin ich hier ja genau richtig«, feixte er.

»Stimmt. Dann wollen wir aber auch deine intimsten Geheimnisse wissen. Also?«

»Ihr offenbart euch eure intimsten Geheimnisse?« Er tat schockiert.

»Das macht man so unter Frauen. Wenn du wissen willst, wie man sich richtig schminkt, weihen wir dich gerne ein«, sagte ich mit einem Augenzwinkern.

Nolan lachte und winkte ab. »Stimmt, du machst ja was mit Make-up. Und was machst du jetzt, nach der Tour? Hast du schon die nächsten heißen Kerle, die du restaurieren kannst?«

»Ich hab für nächste Woche einen Job an Land gezogen für ein paar Fotoshootings. Wenn ich ihn gut mache, hoffe ich auf weitere. Mal sehen, wie es läuft.« Ich hoffte sehr, dass ich Folgeaufträge bekommen würde. Das Geld, was ich für die Tour bekommen hatte, sollte als Rücklage für schlechte Zeiten dienen – oder für Yunas Baby.

»Wie läuft's eigentlich mit dir und Taylor?« Carrie legte ihre Hand auf Nolans Oberschenkel und sah ihn sensationslustig an.

Nolan runzelte die Stirn. »Es läuft. Bergab mit Rückenwind, aber es läuft ...«

»Was ist passiert?«, mischte Olivia sich ein.

»Er will mit mir zusammenziehen.«

»Gratuliere. Ist doch super«, freute sie sich, aber Nolan verzog das Gesicht.

»Ach, ich weiß nicht«, entgegnete er. »Ich bin es nicht gewohnt, jemanden immer um mich zu haben. Klar übernachtet er oft bei mir, aber jeden Morgen neben ihm aufzuwachen? Weiß nicht …« Er schüttelte den Kopf so heftig, dass sein Haarknoten wackelte.

»Es gibt nichts Schöneres«, meinte Peg und sah in die Runde, worauf alle bestätigend nickten.

»Ja, aber … das hat so was Endgültiges. Ich weiß nicht, ob ich dafür schon bereit bin.«

»Hast du dich schon entschieden?«, wollte Olivia wissen.

»Noch nicht wirklich.«

»Oh Mann, Nolan.« Carrie wollte ihn umarmen, aber er blockte mit einem angestrengten Lächeln ab.

»Nicht, Süße. Sonst fange ich noch an zu heulen. Und das will keiner sehen. Es wird schon irgendwie weitergehen.«

Carrie drückte ihm die Schulter, und dann schwiegen alle eine Weile.

»Hey, so schweigsam?« Riley stand plötzlich hinter mir, ich hatte ihn gar nicht kommen hören.

»Eine Gedenkminute für Luke Danes«, sagte ich. Ich dachte mir, dass die Wahrheit jetzt nicht angebracht wäre.

»Luke wer?« Rileys Augenbrauen zogen sich in die Höhe. Peg kicherte. »Vergiss es, Ry. Das wirst du nie verstehen.«

»Hey, ich bin kein unterbelichteter Freak.«

»*Gilmore Girls?*«

»Ich bin ein unterbelichteter Freak … Okay, also Themawechsel. Wem soll ich noch ein Bier mitbringen?« Riley schaute in die Runde und nahm Bestellungen entgegen.

»Und du?«, fragte er mich. Seine Augen leuchteten.

»Ich hab noch, danke.«

Er nickte, lächelte mir noch einmal zu und verzog sich dann Richtung Shop. Kurz darauf hörte ich Flaschen aneinanderklirren, und als er den Mädels ihre Biere gereicht und sich wieder zu den Jungs gesellt hatte, hörte ich Peg neben mir aufseufzen.

»Was?«, fragte ich alarmiert.

»Ich kenne diesen Blick.«

»Welchen Blick?«

»Den Blick eines verliebten Mannes.«

Tess

»Fuck! Das darf doch nicht wahr sein!«

Riley war plötzlich stocksauer, seine Finger umklammerten das Lenkrad, und sein Blick ging ständig in den Rückspiegel. Seine Augenbrauen hatten sich wie dunkle Gewitterwolken zusammengezogen und ich wartete angespannt auf den lauten Knall.

»Was ist los?«, wollte ich wissen.

»Paparazzi«, gab er zerknirscht zu.

»Was?« Scheiße! War das sein Ernst? Ich sah in den Seitenspiegel und hinter uns die Lichter eines Autos.

»Woher weißt du, dass es Paparazzi sind?«

»Das Auto folgt uns schon seit dem *Skinneedles*. Ich glaube auch, ich weiß, wer es ist.« In seinem Gesicht spiegelte sich seine Anspannung wider. An der nächsten Kreuzung bog er rechts ab und fuhr auf den Seitenstreifen. Und siehe da – das Auto folgte uns und hielt nur mit wenig Abstand hinter uns.

»Warte hier. Und«, er sah mich an und deutete auf meinen Parka, »hab die Kapuze griffbereit.«

Bevor ich etwas erwidern konnte, hatte er schon in den Leerlauf geschaltet und war ausgestiegen. Ich war froh, dass der Audi getönte Scheiben besaß, so konnte man von außen nicht hineinsehen. Nur durch die Windschutzscheibe, aber der Kerl, wer immer es auch war, stand ja hinter uns. Also verfolgte ich Riley über den Seitenspiegel und sah, wie er zum Wagen hinter uns ging, die Schultern zurückgezogen, den Kopf gerade und die Fäuste geballt. Ich wollte nicht in der Haut des Paparazzo stecken. Seine ganze Körpersprache signalisierte, wie wütend Riley war.

Er schien mit dem Typ durch das offene Autofenster zu sprechen, zumindest gestikulierte er nach einer Weile wild und schüttelte ständig den Kopf. Zum Abschluss haute er mit der Faust aufs Autodach, bevor er wieder zurück zu mir kam, sich schweigend mit starrer Miene hinter das Steuer setzte und Gas gab. Der Paparazzo folgte uns nicht mehr. Ich traute mich kaum zu fragen, aber die Neugier überwog.

»Wie hast du …?«

»Patrick. Ein Reporter vom *Citylight*. Er verfolgt mich ständig. Ich habe keine Ahnung, wie er immer so schnell davon Wind bekommt, dass ich in der Stadt bin.«

»Und wie konntest du ihn abwimmeln?«

Riley lachte trocken auf. »Den kann man nicht abwimmeln, glaub mir. Ich habe ihm mal wieder eine Exklusivstory versprochen, wenn er uns jetzt in Ruhe lässt.«

»Mal wieder?«

Er presste seinen Kiefer fest aufeinander, schluckte und warf mir dann einen kurzen Blick zu. »Damals, als ich Joyce kennengelernt habe, waren wir mal miteinander essen. Nicht, was du jetzt denkst«, winkte er gleich ab. Ich schmunzelte über diesen Einwurf, fand es süß, dass er es sofort klarstellte. »Ich wusste, dass Eric auf sie stand, und sie auch auf ihn. Aber die beiden kamen nicht aus dem Quark, und da musste ich einfach nachhelfen. Hat ja auch geklappt …« Er grinste kurz, bevor er wieder ernst wurde. »Patrick hat Fotos von uns gemacht, ich war unvorsichtig und hab Joyce damit in die Öffentlichkeit gezerrt. Auch damals habe ich ihm eine Exklusivstory versprochen, damit er sie in Ruhe ließ. Es hat funktioniert.«

»Oh …«

Er warf mir einen langen Blick zu, bevor er wieder auf die Straße blickte. »Es tut mir leid, Cookie. Ich wollte nicht, dass du sowas miterleben musst. Aber ich werde nicht zulassen, dass sowas noch mal passiert.«

»Nein, schon okay. So … So ist das eben, wenn man berühmt ist.«

»Ja, leider«, presste er heraus und fuhr sich mit der Hand durch seine Haare, lächelte unsicher und zuckte dann mit den Schultern. »Aber es lässt sich nicht ändern …«

Ich erwiderte nichts, obwohl es in mir brodelte. Der Abend mit Riley hatte Spaß gemacht, mich aber auch verwirrt. Ich hatte so viele Fragen an ihn, die mir in den Sinn gekommen waren, als er begonnen hatte, *Someone like you* zu singen. Wie oft schon hatte ich ihn singen hören? Wie oft hatte ich ihn bei Konzerten aus dem Seitengang hinter der Bühne beobachtet, die Augen geschlossen und mir vorgestellt, er würde nur für mich singen? Unzählige Male. Und heute Abend hatte er gesungen. Für seine Freunde. Für sich. Und für mich. *Someone like you* … Ich bekam immer noch Herzrasen, wenn ich an diesen Moment dachte.

Ich hatte die Leidenschaft, aber auch den Frust gespürt, der in seiner Performance gelegen hatte, als er *Monster* gesungen hatte. Und mich erschrocken. Warum hatte ich ihn nie gefragt, wie er mit diesem Leben im Rampenlicht zurechtkam? Warum war ich wie selbstverständlich davon ausgegangen, dass er der Überflieger war, den nichts erschüttern konnte? Denn das war er nicht, das hatte er mir heute Abend ganz offen gezeigt. Die Maske von Riley Edwards war gefallen, und er hatte seine Seele entblößt. Es hatte mich tief berührt zu sehen, dass er im Grunde überfordert war mit allem. Auch wenn er das Problem mit diesem Reporter souverän gelöst hatte. Er hatte mich beschützt, nicht zugelassen, dass sich Typen wie dieser Patrick auf mich stürzten. Nur zu welchem Preis? Was hatte er ihm dafür bieten müssen? Aber die Frage, die mich am meisten beschäftigte: Würde ich es aushalten, ein Teil dieser Welt zu sein? Und obwohl ich die Antwort kannte, kamen mir meine Gefühle für Riley dabei in die Quere.

Schweigend fuhr Riley über ein paar Umwege nach Tenderloin, um mich nach Hause zu bringen. Die unbeschwerte Stimmung war durch den Zwischenfall mit diesem Patrick verloren gegangen, und ich trauerte ihr stumm hinterher.

»Danke für den schönen Abend«, sagte ich schließlich, als Riley eine Viertelstunde später vor dem Haus hielt, in dem Yuna und ich unsere Wohnung hatten.

»Der leider viel zu schnell vorbeiging«, merkte Riley an. Ein schiefes Lächeln umspielte seine Mundwinkel, und ich schmunzelte, denn genau dasselbe hatte ich auch eben gedacht. Ich blickte kurz hoch zu unserer Wohnung, aber hinter den Fenstern war es dunkel. Yuna schlief sicher schon, und ich war viel zu aufgekratzt, um jetzt schon ins Bett zu gehen.

»Er muss ja noch nicht enden«, hörte ich mich sagen, und noch bevor die Worte verklungen waren, fragte ich mich, was nur in mich gefahren war. Ich traute mich kaum, ihn anzusehen.

»Willst du mich noch auf einen Cookie reinbitten?«, fragte er mit einem sanften Lachen in der Stimme.

»Nein, ganz bestimmt nicht. Dein Wagen würde danach nicht mehr hier stehen. Zumindest nicht in diesem Zustand. Aber ... vielleicht könnten wir noch irgendwo einen Kaffee trinken. Ach nee ... dann einfach nur rumfahren oder ... Ach, keine Ahnung, war vielleicht auch eine bescheuerte Idee«, versuchte ich, meinen Vorschlag zurückzunehmen.

»Nein! Nein, das ist ... ja, lass uns noch irgendwo hinfahren.«

Ich sah ihn an. »Wirklich?« Mein Puls schoss in die Höhe, sofern das überhaupt noch möglich war. Das Herz schlug mir schon die ganze Zeit bis zum Hals. Mit Riley allein zu sein, in seiner unmittelbaren Nähe zu sein ... das brachte mich an meine Grenzen.

Seine Lippen, seine wundervollen Lippen, verzogen sich zu einem breiten Lächeln, und seine tiefbraunen Augen erinnerten an flüssige braune Schokolade und brachten meinen Magen zum Hüpfen. Ich traute mich nicht zu atmen und hörte seine Worte kaum, weil mir der Herzschlag in den Ohren pochte. »Ja, wirklich. Also – wohin fahren wir?«

Ich versuchte das Wirrwarr in meinem Kopf zu ordnen und nachzudenken. »Lass uns doch zum Embarcadero rüberfahren«, schlug ich dann vor, weil die Landungsbrücken das Einzige waren, was mir auf die Schnelle eingefallen war.

»Schlechte Idee. Die Landungsbrücken sind ein beliebter Ausflugsort, und ich glaube, dass da auch um diese Uhrzeit noch was los ist. Ich habe keine Lust, noch mehr Leuten wie Patrick zu begegnen. Warum fahren wir nicht an den Crissy Field East Beach? Da ist jetzt bestimmt nichts mehr los.« Der Strand lag ganz im Norden der Stadt, von hier vielleicht zwanzig Minuten mit dem Auto entfernt. Der weite Sandstrand war um diese Zeit sicher verlassen, vor allem, wenn der Wind vom Meer herüberwehte. Die Vorstellung, ganz allein mit Riley am Meer zu sein, war verlockend, ängstigte mich aber auch. Würden wir genügend Gesprächsstoff haben, oder würden wir uns irgendwann peinlich anschweigen? Schon wieder ließ ich mich verunsichern. Das musste aufhören, ich war doch kein Kind mehr!

»Gute Idee«, stimmte ich also zu und hoffte, dass er nicht merkte, wie sehr meine Stimme zitterte. »Schätze, ich bin es nicht gewöhnt, so kompliziert zu denken«, setzte ich entschuldigend hinterher.

»Ja, mit mir muss Spontaneität gut geplant werden«, erwiderte er mit einem schiefen Lächeln, als er den Wagen startete. Er drehte um und schlug den Weg Richtung Norden ein.

Trotz der nächtlichen Uhrzeit tobte hier in der Stadt noch das Leben. San Francisco war eine Stadt, die niemals schlief. Deshalb mochte ich sie. Und weil sie so viele unterschiedliche Menschen anzog. Ich lebte gerne hier, nur wünschte ich mir so manches Mal, endlich aus diesem Viertel herauszukommen. Aber seit der Digitalisierung schossen die Start-ups nur so aus dem Boden und der Wohnraum war knapp geworden. Und wenn etwas frei war, war es nicht bezahlbar. Zumindest nicht für mich. Als Make-up-Artist verdiente ich nicht die dicke Kohle, selbst dann nicht, wenn ich mit Bands wie Obsidian auf Tour gehen konnte. Und das bisschen, was ich verdiente, reichte gerade so, um meinen Anteil der Miete zu zahlen und meinen Lebensunterhalt zu finanzieren. Und jetzt, wo Yuna arbeitslos und schwanger war, musste ich das Geld zusammenhalten, wo es nur ging. Meine Schwester war mir wichtig und der kleine Stöpsel, der in ihrem Bauch heranwuchs, auch. Ich wurde Tante, und als mir bewusst wurde, was das hieß, biss ich mir auf die Innenseite meiner Wange, um nicht breit zu grinsen. Wir würden es schon irgendwie schaffen und dem Baby einen guten Start auf dieser Welt ermöglichen.

Nach einer knappen Viertelstunde lenkte Riley den Audi auf den schwach beleuchteten Parkplatz des Strands, und wie er vorausgesagt hatte, war unser Wagen der einzige, der dort parkte. Als ich die Wagentür aufmachte, spürte ich den Wind, der vom Meer rüberwehte, und nahm einen tiefen Atemzug. Es war schon krass, wie unterschiedlich die Welten innerhalb einer Stadt sein konnten. Ich liebte das Meer, war viel zu selten hier, aber wenn, dann konnte ich stundenlang einfach nur auf das Wasser starren und meinen Gedanken freien Lauf lassen. Das Meer machte den Kopf frei wie nichts anderes. Das Meer war die beste Therapie. Für alles.

Riley war ausgestiegen und kam zu mir herum. »Ist deine Jacke warm genug?«

Wie süß. Er machte sich wirklich Gedanken um mich. »Ja, sie ist okay.«

Er nickte und blickte dann in Richtung Strand. »Ich liebe das Meer. Nichts macht den Kopf freier als diese unendliche Weite und der Geruch und Geschmack von Salz auf deinen Lippen.«

Ich stutzte. »Kannst du Gedanken lesen?«

»Wieso?«

»Genau dasselbe habe ich eben auch gedacht.«

»Seelenverwandt?«

»Ja, vielleicht …«

Er blieb stehen und warf mir ein spitzbübisches Grinsen zu. »Lieblingsessen?«

»Pasta«, entgegnete ich ohne zu überlegen. In Pasta konnte ich mich reinlegen und hätte sie trotzdem nicht satt.

»Lieblingsgetränk?«

»Wasser.«

Er verzog lachend das Gesicht. »Lieblingsband?«

»Foo Fighters.«

»Linkin Park. Lieblingsfilm?«

»Top Gun.«

Jetzt grinste er breiter, trat einen Schritt zurück und begann, *Great Balls of Fire* von Jerry Lee Lewis in einer ähnlich hohen Tonlage zu singen: »You shake my nerves and you rattle my brain, too much love drives a man insane. You broke my will, but what a thrill. Goodness gracious, Great Balls Of Fire!« Er lachte. »Meine Lieblingsszene im ganzen Film. Welche ist deine?«

»Los, du toller Hengst, schaff mich ins Bett, oder ich wechsle das Revier«, zitierte ich meine Lieblingsszene aus dem Film, und noch während die Worte aus meinem Mund sprudelten, wurde mir bewusst, was ich da sagte. Ich spürte, wie ich rot anlief. »Oh, Mist … Ich …« Ich biss mir verlegen auf die Lippen.

Riley grinste nur und sagte nichts, aber er streckte mir mit einem Lächeln seine Hand hin, die ich ohne Zögern ergriff. »Doch seelenverwandt …«

Trotz meiner Ängste war es ein gutes Gefühl, seine Hand zu halten, seine Wärme zu spüren und zu wissen, dass er bei mir war. Ich hatte mir vorgenommen, nicht zu viel in diesen

Abend hineinzuinterpretieren, aber jetzt ... ich konnte mich einfach nicht dagegen wehren, dass in mir Gedanken hochkrochen, die ich mir noch vor ein paar Tagen niemals erlaubt hätte. Ich hatte gedacht, dieser Abend würde in einer Katastrophe enden. Stattdessen entwickelte er sich zu etwas, das ich nicht beschreiben konnte. Zwischen uns war etwas, das ich nicht greifen konnte. Aber es fühlte sich gut an. Zu gut, um weiter nach Argumenten zu suchen, warum ich mich nicht darauf einlassen sollte. Vielleicht sollte ich einfach mal auf mein Bauchgefühl vertrauen? Und das riet mir, *ihm* zu vertrauen. Darauf, dass ich mich nicht in ihm täuschte und er mein Herz nicht in Stücke reißen würde.

Unsere Schritte knirschten im Sand, und als ich kurz zurückblickte und unsere Fußspuren nebeneinander in der Dunkelheit erkannte, erfüllte mich eine Wärme, die ich so noch nie gespürt hatte. Der kalte Wind wehte uns um die Ohren, doch ich fror nicht. In meinem Inneren brannte ein Feuer, das noch unruhig flackerte, aber ich merkte immer mehr, dass es nicht mehr aufzuhalten war und sich unaufhaltsam zu einem Inferno entwickelte. Ja ... Ich war längst über den Punkt hinaus, an dem ich noch umkehren konnte.

Ich drückte Rileys Hand, was er mit einem Lächeln quittierte. Während wir durch den Sand wanderten, hing ich an seinen Lippen, als er mir von seinem San Francisco, von all seinen Lieblingsplätzen erzählte. Die Twin Peaks waren einer seiner Rückzugsorte, wenn er mit einem Blick über die Stadt den Kopf freikriegen wollte, mit dem Cable Car fuhr er gerne einfach so herum, ließ sich treiben, war mit Sonnenbrille und Cap ein Tourist unter vielen. Der Strand hier war seine Muse, hier sinnierte er über die Texte für neue Songs, die ihm im Kopf herumspukten. Es überraschte mich, dass er mich mit hierhernahm, aber es bestätigte mich auch darin, dass ich ihm vertrauen sollte.

Das Studio seines Freundes Jacob in Japantown war seine zweite Heimat, wenn er die Songs dann komponierte. »Du glaubst nicht, wie oft ich auf dem Sofa eingeschlafen bin, weil ich einfach nicht aufhören konnte, an den Songs zu arbeiten …«, gab er schmunzelnd zu. Ich konnte es mir bildlich vorstellen. Ich kannte Riley noch nicht lange und auch nicht wirklich gut, aber ich glaubte zu wissen, dass er die Musik sehr ernst nahm und alles um sich herum vergaß, wenn er sich damit beschäftigte. Mir war aufgefallen, wie sich sein Gesichtsausdruck veränderte, wenn er sang. Zuerst war es Konzentration auf seinem Gesicht, die seine Züge härter erschienen ließ. Er checkte die Lage, wenn er vor das Publikum trat. Doch wenn er dann sang, veränderte sich seine Miene und verriet die tiefe Verbundenheit mit seinen Songs. Riley war ein Vollblutmusiker. Die Musik stand in seinem Leben an erster Stelle.

Einem Impuls folgend blieb ich stehen und sah zu ihm auf. Er stoppte ebenfalls und blickte mich überrascht an.

»Glaubst du wirklich, dass das hier eine gute Idee ist?«, fragte ich, bevor mich der Mut verlassen konnte. Ich musste jetzt wissen, was er darüber dachte. Jetzt, bevor ich noch einen Schritt weiterging und den Weg in all dem Feuer nicht mehr unbeschadet finden konnte.

Er trat näher zu mir, drückte meine Finger und griff auch nach meiner anderen Hand. Als er ganz dicht vor mir stand und ich seinen Atem auf meiner Stirn spüren konnte, sprach er mit ernster Miene die Worte aus, die ich mir sehnlichst gewünscht hatte. »Ich glaube, dass das mit uns die beste Idee ist, die ich jemals hatte. Tess, ich -«

Ich fiel ihm ins Wort, bevor er irgendwelche Versprechungen machen konnte, die ich nicht hören wollte. »Nein, bitte, sag nichts. Ich … lass uns einfach sehen, wohin das führt«, bat ich.

Daraufhin wurde er noch ernster und schüttelte den Kopf. »Nein, Tess. Ich möchte nicht einfach nur sehen, wohin das führt. Ich möchte es erleben, mich darauf einlassen und mir sicher sein, dass du es auch willst. Das hier …« Er atmete tief durch und sah mir fest in die Augen. »Es ist mir ernst, Tess. Ich war lange genug auf der Suche, um zu wissen, wann ich gefunden habe, was ich schon so lange vermisst habe. Was ich wirklich will.«

Seine Stimme drang wie durch einen dichten Nebel zu mir durch. Voller Wärme waren die Worte, die mich tief in meinem Herzen berührten. Mein Blick war noch immer gefangen in seinem, wurde festgehalten, und es war unmöglich, sich daraus zu lösen. Gedankenfetzen schwirrten durch meinen Kopf, doch ich konnte sie nicht greifen, nicht richtig aneinanderreihen. Wusste nicht, ob ich ihn richtig verstanden hatte oder ob mein Unterbewusstsein mir einen Streich spielte. Vielleicht hatte ich mir diese Worte so stark gewünscht, dass ich sie jetzt wirklich hörte, obwohl Riley in Wirklichkeit nur stumm dastand und mich ansah. Mir wurde bewusst, dass ich ihn fragend ansah.

»Cookie?«

Er hatte mit mir gesprochen, es war keine Halluzination gewesen. Ich bemühte mich, Ordnung in meinen Kopf zu bekommen. Und nach ein paar Sekunden formte sich meine stumme Frage wie von selbst zu Worten. »Und was willst du?«

»Ich will dich, Tess. Ich wollte dich schon, als du das erste Mal mit deinen Cookies in meine Garderobe gekommen bist.« Ich lächelte. »Ja, ich weiß, das hört sich kitschig an, aber so ist es nun mal. Ich will einfach ehrlich zu dir sein. Ich bin bereit zu warten, wenn du dir nicht sicher bist, aber ich will, dass du weißt, dass -«

Schleichend begriff ich, was er sagte, was er sagen wollte. Hastig löste ich eine Hand aus seiner und legte ihm den Zeigefinger auf die Lippen. Seine wundervollen warmen, weichen Lippen. Mehr als einmal war ich mit der Vorstellung eingeschlafen, sie auf meinen zu spüren. Wie schön musste das sein? Ich hatte mir bis jetzt nicht wirklich eingestehen wollen, dass ich für Riley Gefühle entwickelt hatte, die über rein freundschaftliche hinausgingen. Aber wie lange konnte ich mich noch selbst belügen? Das funktionierte nicht mehr. Und schon gar nicht, weil ich mir in diesem Moment nichts sehnlicher wünschte, als ihn nun endlich zu küssen. Und bevor ich wusste, was ich tat, hatte ich mich schon auf die Zehenspitzen gestellt und war seinen Lippen mit meinen gefährlich nahe gekommen. Währenddessen ließ Riley mich nicht aus den Augen. Ich erkannte die Überraschung, aber auch die Freude darin. Und dann sah ich nichts mehr, sondern schloss meine Augen und gab mich ganz und gar diesem einen Kuss hin.

Ja, ich hatte mir schon oft ausgemalt, wie es wäre, ihn zu küssen. Ich hatte während der Tour oft genug mit ansehen müssen, wie er eine andere geküsst hatte. Wie er sie gepackt und seine Lippen auf ihre gepresst hatte, ungestüm und wild. Voller Verlangen nach dem, was die Nacht noch bringen sollte. Aber nie hatte ich gesehen, wie er einem Mädchen in den Nacken gegriffen hatte, wie er es jetzt bei mir tat. Nie hatte ich beobachtet, wie sich seine Lippen sanft, fast wie in Zeitlupe, auf ihre gelegt hatten, wie sie es jetzt bei mir taten. Und nie hatte ich mir vorstellen können, was es für ein Gefühl sein musste, seine Zunge mit der eigenen zu berühren. So, wie es jetzt bei uns passierte. Wie in einem Spiel, bei dem sich keiner traut, den ersten Schritt zu machen, aber auch keiner der Letzte sein will.

Ich wollte dahinschmelzen, als ein leises Aufstöhnen aus seiner Kehle drang, während unsere Zungenspitzen sich zögernd, fast zaghaft berührten. Und als seine Hand meinen Nacken fester, aber doch sanft umfasste und er mich näher zu sich zog, tiefer in mich tauchte, mich verschlang mit allem, was ich besaß, vergaß ich alle Zweifel, die ich jemals gehabt hatte. Es war mir egal, ob es nur diesen einen Kuss geben würde. Es war mir egal, ob uns irgendwo ein Fotograf auflauerte, um diesen Moment festzuhalten. Es war mir egal, was danach passieren würde. Das alles war mir sowas von egal! Es zählte nur noch der Moment. Und das Einzige, was ich mir wünschte, war, dass dieser Kuss niemals enden würde.

Riley

Heilige Scheiße!

Ich hatte nicht gewusst, dass ein Kuss meinen ganzen Körper in Aufruhr bringen konnte. Ich hatte nicht im Entferntesten damit gerechnet, dass ein Kuss solche Empfindungen in mir auslösen konnte. Aber ich hatte mich wohl geirrt.

Ich spürte ihre Unsicherheit, aber da war auch noch etwas anderes. Ich sah es, als sich unsere Lippen voneinander gelöst hatten und sie ihre Augen öffnete. In ihrem Blick stand nicht das übliche Verlangen, das Frauen mir sonst entgegenbrachten. Auch erkannte ich nicht dieses Feuer, das ich vielleicht entfacht hatte und das uns durch die Nacht führen würde. Nein. In ihrem Blick las ich etwas ganz anderes, etwas Verletzliches. Ihr Blick war eine einzige stumme Bitte.

Bitte verletze mich nicht.

Mein Hals schnürte sich zu, und ich war nicht in der Lage, ihr zu antworten. Nicht mit Worten, denn alles, was ich gesagt hätte, wäre nicht genug gewesen. Und so senkte ich meinen Kopf erneut und legte all mein Gefühl, all die Liebe, die ich schon jetzt für dieses Mädchen in meinem Arm empfand, in den Kuss, den ich ihr jetzt gab.

Dieser Kuss war mein stummes Versprechen.

Wir redeten nicht, als wir uns irgendwann voneinander lösten, sondern standen einfach nur da. In diesem Moment dachte ich nicht darüber nach, wie es mit uns weitergehen würde. Ich wollte nur, dass es weiterging. Tess war mir wichtig, und ich würde alles tun, um sie zu beschützen und an meiner Seite zu haben. Ich würde nicht zulassen, dass irgendetwas sie verletzte. Ich wusste um ihre Angst, selbst irgendwann wegen mir in der Öffentlichkeit zu stehen. Aber das würde ich zu verhindern wissen. Koste es, was es wolle. Zach hatte es schließlich auch geschafft, seine Freundin aus allem rauszuhalten.

»Komm«, sagte ich nach einer gefühlten Unendlichkeit. Ich legte den Arm um ihre Schultern und führte sie langsam den Weg zurück, den wir gekommen waren. Sie begann zu zittern, es wurde kalt und Zeit, ins Warme zu kommen. Von Weitem schon setzte ich per Fernbedienung die Standheizung des Audis in Gang. Als ich ihr die Tür öffnete und sie so nahe bei mir stand, mich mit ihren großen Augen ansah, konnte ich nicht anders, als sie erneut zu küssen. So innig, dass die Welt um mich herum aufhörte zu existieren.

Als wir im Wagen saßen und ich den Motor anlassen wollte, hielt ich inne und sah sie an.

»Willst du nach Hause?«

Sie schüttelte unmerklich den Kopf, auf ihren Wangen verdunkelte sich das Rot. Ich nickte nur, dann startete ich den Wagen und lenkte ihn in Richtung Westen.

Am Dienstag war ich gleich bei Kyles Vater im Büro gewesen, hatte mit der Bank alles klargemacht und dann beim Notar die Verträge zum Kauf unterschrieben. Den Schlüssel zu meinem ersten eigenen Zuhause hatte ich seitdem in der Tasche und jetzt in meiner Jackentasche. Noch am selben Tag hatte ich mein Hotelzimmer geräumt, das ich als Überbrückung gebucht hatte, und war mit meinen wenigen Sachen in das noch leere Haus gezogen. Bis auf eine Matratze, Bettzeug und ein paar wenige persönliche Sachen, mit denen ich von der Tour gekommen war, war es noch leer, aber es war tausendmal besser als ein unpersönliches Hotelzimmer. Es gehörte mir. Und jetzt wollte ich es Tess zeigen.

Wenig später fuhr ich vor dem Haus vor und öffnete mit der Fernbedienung das Tor der Garage, durch die man auf das Grundstück kam. Sehr praktisch, wie ich fand.

Tess warf mir einen fragenden Blick zu, als ich den Wagen hineinfuhr und den Motor abstellte. »Wo sind wir hier?«

»In meinem Haus. Oder besser: in der Garage von meinem Haus.«

»Du wohnst hier? Ich dachte ...«

»Die Wohnung in L.A. löse ich gerade auf. Ich war eigentlich schon immer hier zu Hause«, erklärte ich. »Und seit letztem Dienstag habe ich sogar einen festen Wohnsitz hier.«

»Oh ... Es wirkt wie eine Festung.«

»Ich hätte auch ein normales Haus genommen, glaub mir. Aber wenn sie erstmal rausgekriegt haben, wo du wohnst ...« Ich zuckte entschuldigend mit den Schultern.

»Du meinst ...? Ja, klar ...«

Ich sagte nichts dazu, und Tess nickte wissend. Sie hatte den Rummel um meine Person bereits hautnah miterlebt. Sie hatte mitbekommen, wie ich mich, geschützt durch Bodyguards, durch die Menge von Fans leiten lassen musste. Wie mir T-Shirts zerrissen und Telefonnummern und Fotos mit eindeutigen Angeboten in die Hand gedrückt wurden. Und leider wusste sie auch, dass ich während der Tour nicht nur einmal ein Mädchen mit auf mein Zimmer genommen hatte. Wir hatten einige exzessive Partys gefeiert und reihenweise Mädchen flachgelegt. Ich hätte nie gedacht, dass ich mich irgendwann mal dafür schämen würde. Aber hierher würde ich nie eine andere Frau mit hinnehmen als Tess.

Ich sah sie an. »Möchtest du es sehen?«

»Ja, klar. Wo wir doch schon mal hier sind«, gab sie lächelnd zurück.

Wir stiegen aus, und ich öffnete die Garagentür zum Grundstück. Es war dunkel, schließlich war es mitten in der Nacht, aber die Solarlampen waren angesprungen und zeigten mit ihrem schummrigen Licht den Weg zum Haus. Wir durchquerten einen kleinen Vorgarten, der sehr gepflegt war.

»Ist es das, was ich denke, das es ist?«, fragte Tess. Sie war stehengeblieben und lauschte angestrengt.

Ich grinste. »Ja, das ist es wohl.« Das Grundstück war schmal, grenzte aber direkt an den Klippen zum Meer. Ich hörte das Meer rauschen und wie die Wellen an den Felsen brachen.

»Irre!«, rief sie aus.

»Komm, ich zeig dir alles.« Ich nahm ihre Hand und zog sie mit mir die Treppenstufen zur weißen Eingangstür hoch. Als ich aufgeschlossen hatte, suchte ich nach dem Lichtschalter, und kurz darauf erhellten einige Strahler an der Decke den Eingangsbereich.

Er war sehr hell, allerdings auch sehr kahl. »Ich habe noch keine Möbel hier, aber das wird sich in den nächsten Tagen hoffentlich ändern.«

Wir durchquerten den Eingangsbereich, von dem eine Treppe nach oben führte. Dort befand sich ein großes Schlafzimmer, von dem aus man aufs Meer blicken konnte. Daneben lag ein geräumiges Bad, und am anderen Ende des Flurs ein nur unwesentlich kleineres Gästezimmer.

Meine Matratze hatte ich aber erstmal unten ins Wohnzimmer gelegt, und Tess kicherte, als wir den großen und – bis auf die provisorische Schlafstätte – noch leeren Raum betraten. »Das nenne ich mal in Szene gesetzt.«

»Näher an der Kaffeemaschine«, sagte ich und zeigte zur offenen Küche, in der eine Multifunktionsmaschine stand. Die hatte ich mir ebenfalls gegönnt, weil ich einfach gern guten Kaffee trank. Und Peg ebenfalls.

»Sieht toll aus. Und so groß.« Sie schritt durch den Raum, der ohne Küche gute dreißig Quadratmeter maß. Die Küche hatte noch mal zwanzig.

»Es fehlt nur noch die persönliche Note. In der *Living Etc* würdest du damit keinen Platz machen. Außerdem fehlen die Cookies«, scherzte sie augenzwinkernd.

»Das nächste Mal bin ich besser vorbereitet«, versprach ich ihr grinsend. Gedanklich setzte ich bereits Cookies auf die Einkaufsliste.

Außer meinen Klamotten, die im geöffneten Koffer und über den Boden verstreut lagen, ein paar Büchern und Zeitschriften, die ich mitgebracht hatte, hatte dieses Haus noch nichts von einem wohnlichen Zuhause. Tess ging um die Matratze herum und hockte sich daneben. Dann griff sie nach einem *J-14 Magazine,* das auf dem Stapel Zeitschriften jetzt ganz oben lag. Mit meinem Gesicht auf dem Titelblatt. Ich verdrehte die Augen und flehte inständig, dass sie die Zeitung nicht öffnen, geschweige denn lesen würde. Aber natürlich tat sie es. Und als sie Seite dreiundzwanzig aufklappte, warf sie mir einen kurzen, fragenden Blick zu, nach dem Motto: *Willst du mir noch irgendwas sagen, bevor ich das hier lese?* Aber ich grinste nur gequält und zuckte die Schultern. Sie würde es so oder so lesen, dieses Interview für die Teenie-Zeitschrift, das sie vor ein paar Wochen in New York mit mir geführt hatten. Für das Tess mich geschminkt und gestylt hatte. Sie nickte wissend, dann ließ sie sich auf das Parkett sinken, überkreuzte die Beine und vertiefte sich in die spannende Jugendlektüre. Ich konnte nur hilflos zusehen und beschloss, uns einen Drink zu machen.

»Möchtest du was trinken?«, fragte ich, doch Tess winkte ab. Ich seufzte still, öffnete den Kühlschrank und holte mir ein Bier raus. Gerade wollte ich mich zu Tess auf den Boden gesellen, da kicherte sie und sah zu mir rüber.

»Ernsthaft?«

»Was meinst du? Dass ich mit acht Jahren angefangen habe, im Schulchor zu singen oder dass ich mit dreizehn meine erste Gitarre bei meinem ersten Gig geschrottet habe?« Ich hatte keine Ahnung, warum die Zeitung sowas von mir hatte wissen wollen, aber noch weniger, warum ich so einen Schwachsinn geantwortet hatte.

Sie schüttelte den Kopf, schlug die Seite um, auf der sie anscheinend etwas furchtbar Witziges gelesen hatte und hielt sie mir mit einem amüsierten Funkeln in den Augen entgegen. Verwirrt nahm ich die Zeitung und versuchte zu erkennen, was genau sie meinte. Doch dann sah ich dieses pinke Kästchen, das die halbe Seite in Beschlag nahm und dessen Überschrift lautete: *Wie wird dein Date am Wochenende?*

»Du stehst auf diese Psychotests?«

»Wenn du liest, was unter T wie Tess steht, würdest du auch stutzen«, gab sie mit einem Glucksen zurück. Ich runzelte die Stirn und sah nach.

»*Landet mit Riley Edwards im Bett?*« Ich warf ihr einen entrüsteten Blick zu, auch wenn mir die Vorstellung, Tess in meinem Bett zu haben, mehr als gefiel.

»Schräg, oder? Besonders in Anbetracht der Tatsache, dass du nicht mal ein richtiges Bett hast.«

»In der Tat. Ich wusste nicht, dass ich als Option in *sowas* überhaupt vorkomme«, versuchte ich, meine plötzliche Befangenheit zu überspielen. Tess und ich zusammen im Bett? Verdammt! Dieses Date würde ich jedem anderen mit Tess vorziehen.

»Oh doch. Und schau dir mal dein Date für den heutigen Abend an«, sagte sie aufgeregt und zeigte auf den Buchstaben R. Ich grinste gequält.

»*Feiert allein mit drei Flaschen Wein?*«

»Ziemlich trostlos, so ein Leben als Rockstar, oder?«

»Irgendwie schon«, gab ich zu und rieb mir über das Kinn. »Zumal ich echt keinen Wein mag. Ich stehe auf Cookies.«

Sie sah mich nicht an, zuckte nur mit den Schultern. »Hm, das hätten sie echt besser recherchieren sollen. Und nun?« Ihre Stimme klang belegt.

»Ich weiß nicht. Was schlägst du vor?«

»Entweder suchen wir dir einen Wein, den du magst, oder ...«

»Oder Cookies?« Die Worte waren nicht mehr als ein Krächzen. Ich konnte Tess nicht einordnen, wusste nicht immer, was sie meinte. Wie sie es meinte. Jede andere hätte ich schon längst in meine Arme gezogen und geküsst, wäre schon längst mit ihr im Bett gelandet. Aber mit Tess würde das nicht auf diese abgedroschene Tour passieren. Sie war besonders. Und alles mit ihr sollte besonders werden.

Sie überlegte kurz, und ich bildete mir ein, dass ihre Wangen einen Hauch roter wurden. Dann klappte sie die Zeitschrift zu. »Man sollte nicht immer alles glauben, was in der Zeitung steht.«

»Dein Wort in Gottes Gehörgang«, sagte ich leise. Ich wusste nur zu gut, wie gerne die Leute alles glaubten, was in der Zeitung stand. Und gleichzeitig wusste ich nicht, ob ich enttäuscht oder erleichtert sein sollte, dass Tess dieses zweideutige Geplänkel unterbrochen hatte.

Tess klatschte die Zeitschrift wieder auf den Stapel zurück und sah mich an. »Und, was hat dein neues Zuhause sonst noch zu bieten?«

Ich grinste und erhob mich. Dann reichte ich ihr die Hand, um ihr aufzuhelfen. »Komm, ich zeig's dir. Das Beste ist nämlich …« Ich ging zur Fensterfront und öffnete eine der Türen. Sofort hörte ich wieder das Rauschen des Meeres. »Die Terrasse.« Tess folgte mir nach draußen, und ich merkte, wie sie die Luft anhielt, bevor sie ein lautes »Wow!« ausstieß. Gefolgt von einem erstaunten »Oh mein Gott!«, als sie auf die Terrasse trat und die Aussicht erfasste, die man von hier aus hatte. Sie trat an die halbhohe Brüstung, legte ihre Handflächen darauf und bestaunte die Bucht und die Lichter der Golden Gate Bridge, die man von hier aus in weiter Ferne sehen konnte. Ich stellte mich zu ihr, aber anstatt der Aussicht genoss ich ihren Anblick. Gott, sie war so schön. Ihre Augen funkelten, und ihre Wangen schimmerten leicht rötlich im Halbdunkel der Terrasse. Der Wind hier oben spielte mit ihrem Haar, und als sich eine Strähne davon an ihren Lippen verfing, strich ich sie ihr aus dem Gesicht. Tess drehte den Kopf zu mir herum und lächelte. Gott, ich liebte dieses Lächeln. Ihr Lächeln. Es war das Schönste, das ich je gesehen hatte. Weil es offen war, sich nicht versteckte hinter irgendwelchen Masken. Weil es ehrlich war und nicht nur dazu da, mir zu gefallen.

»Du bist so wunderschön«, raunte ich ihr zu, während meine Hand sich wie von selbst in ihren Nacken schob und sie unmerklich zu mir zog. Tess erwiderte nichts, wehrte sich auch nicht, und wie von selbst näherten sich unsere Gesichter. Ich konnte es kaum erwarten, ihre Lippen auf meinen zu fühlen, unsere Zungen miteinander tanzen zu lassen, sie festzuhalten und nie mehr loszulassen. Ich wollte sie am liebsten gar nicht gehen lassen, aber ich spürte, dass es zu früh gewesen wäre. Aber ich hatte Zeit, und ich war bereit zu warten.

Aber Tess überraschte mich.

Kaum waren wir ineinander verschlungen, schob sie ihre eiskalten Hände unter mein T-Shirt und strich mit gekonnter Langsamkeit über meine Rippen, meinen Rücken, und dann nach vorn über meine Brustwarzen, die sich sofort gierig aufstellten. Verdammt, ich wusste nicht, ob *das* so eine gute Idee war. Leise stöhnte ich auf, als ihre Finger meine Nippel sanft umkreisten, während ihre Zunge meinen Mund erforschte und ihr zierlicher Körper sich mit aller Kraft gegen meinen drängte. Ich musste mich beherrschen und sie stoppen. Bevor sie etwas tun würde, das sie danach bereute. Und ich auch.

»Tess, ich …«, versuchte ich mehr oder weniger halbherzig, sie zum Rückzug zu bewegen. Aber entweder hörte sie mich nicht oder sie wollte mich nicht hören. Stattdessen drückte sie sich enger an mich, und ich wollte nichts anderes, als sie tiefer in meinen Arm zu ziehen. Ich wollte mit ihr verschmelzen, sie an mir und auf mir fühlen, sie berühren, sie schmecken und ansehen. Und wie es aussah, wollte Tess genau das auch.

Fuck! Ich stöhnte auf, als ihr Bauch an meinem Schritt rieb. Ich griff an ihren Hintern und hob sie hoch. Sie schlang ihre Arme um meinen Hals und die Beine um meine Hüften, und ich trug sie zurück ins Haus, ohne dass unsere Lippen sich voneinander lösten. Kurz überlegte ich, ob es so eine gute Idee war, sie gleich zur Matratze zu bringen, aber da es in diesem Haus noch keine andere Sitzgelegenheit gab, hatte ich keine Wahl. Zum ersten Mal in meinem Leben zögerte ich bei dem Versuch, eine Frau ins Bett zu kriegen. Wir durften das nicht tun. Ich wollte nichts riskieren. Dafür war mir die Sache mit Tess zu wichtig. Sie war mir zu wichtig.

»Tess …« Diesmal hörte sie mich.

»Was?«, keuchte sie. Ihr Atem ging schneller, ihre Lippen waren gerötet, ihre Augen glänzten, und ihr Blick war glasig.

»Bist du sicher, dass -«

Sie ließ mich nicht ausreden, sondern schüttelte den Kopf, packte mich am Kragen und zog mich wieder zu sich. Und mit einem Grinsen zitierte sie erneut aus Top Gun: »Edwards, du toller Hengst, schaff mich ins Bett, oder ich wechsle das Revier.«

Tess

Keine Ahnung, was mich geritten hatte. Ich hatte noch weniger Ahnung, woher ich den Mut nahm, so weit zu gehen. Ich war schon so unfassbar lange in Riley verknallt, wünschte mir schon so lange, mit ihm zusammen zu sein, von ihm berührt und geküsst zu werden, dass ich mich jetzt einfach nicht mehr zurückhalten konnte. Ja, es ehrte ihn, dass er es wenigstens versucht hatte, mich aufzuhalten. Aber wenn ich jetzt nicht endlich das bekam, was ich schon so lange wollte, dann würde ich durchdrehen.

Ich war froh, dass er meiner Anweisung folgte, die Klappe hielt und mit mir auf seinem Arm auf die Matratze zusteuerte. Vorsichtig kniete er sich mit mir hin und legte mich sanft darauf ab. Ich öffnete meine Augen, und Rileys Blick traf mich unvorbereitet. Er war so weich, so offen, so … verletzlich und zugleich so stark, dass er in diesem Augenblick auch meine letzten Zweifel zerschlug.

Gott, ich liebte diesen Mann so sehr.

Und wenn das bedeutete, ein Teil seiner verrückten Welt zu werden, ihn nur mit allem, was ihn umgab, mit allem, was er war und was zu ihm gehörte, lieben zu dürfen, dann würde ich dieses Risiko eingehen. Ich konnte nicht mehr zurück. Ich brannte bereits lichterloh.

Riley half mir, mich aufzusetzen, und zog mir schweigend den Parka aus, den ich immer noch trug. Gleichzeitig streifte ich ihm die Lederjacke über die Schultern und mir die Boots von den Füßen. Das T-Shirt schmiegte sich eng an seinen Oberkörper, und zum ersten Mal konnte ich den Anblick richtig genießen. Denn jetzt war ich die Einzige, die ihn so sehen durfte. Aber ich wollte mehr sehen und nestelte so lange an dem Saum seines Shirts, bis er es sich endlich über den Kopf zog. Heilige Scheiße! Ich lag wieder ausgestreckt auf dem provisorischen Bett, er saß auf meinen Hüften, und ich brauchte nur meine Hände nach ihm auszustrecken, um ihn anzufassen. Und – ich schwöre bei Gott – ich habe noch nie etwas Besseres gefühlt als Rileys Muskeln unter meinen Händen.

Seine Haut fühlte sich weich und doch stählern an. Als meine Fingerspitzen ehrfurchtsvoll über sein Sixpack strichen, war ich kurz davor, in Ohnmacht zu fallen. Nur der Gedanke an die abertausende Mädchen, die alles dafür getan hätten, um jetzt an meiner Stelle zu sein, hielten mich davon ab. Und dann befahl ich mir, alles auszublenden, was Riley Edwards Superstar anging, und mich nur noch auf den Riley zu konzentrieren, der mich jetzt mit einem so intensiven Blick bedachte, der mir unter alle Hautschichten kroch und mich vor Erregung erzittern ließ.

Seine Fingerspitzen legten sich sanft auf meine Wange, und da vernahm ich aus dem Augenwinkel etwas an seinem Unterarm, das neu war. Ich stutzte und sah genauer hin.

»Du hast ein neues Tattoo«, stellte ich fest und strich mit den Fingerspitzen über die noch gerötete Haut.

»Ich habe es mir letzte Woche von Peg stechen lassen.« Seine Stimme war genauso heiser wie meine.

»Es ist wunderschön und passt perfekt zu dir«, hauchte ich und betrachtete das Tattoo, das aussah wie eine Mischung aus einer Gitarre und einer Landschaft. Ich erkannte darin seine Liebe zur Musik.

»Schön, dass es dir gefällt.«

»Wie könnte es mir nicht gefallen?« Ich sah zu ihm auf.

Er sagte nichts, lächelte nur und befreite seinen Arm aus meinem Griff. Dann ließ er seine Finger über meine Lippen, meinen Hals bis zum Kragen von Yunas altem Pearl-Jam-

122

Shirt wandern. Dort verharrten sie für einen winzigen Moment, fuhren dann zwischen meinen Brüsten hindurch weiter runter, über meinen Bauch bis zum Bund der Jeans. Ohne mich aus den Augen zu lassen, griff er nach dem Saum des Shirts und schob es nach oben, beugte sich über mich und begann, meinen Bauch mit unzähligen kleinen Küssen zu bedecken. Gänsehaut überzog meinen ganzen Körper, und ich bog mich ihm entgegen. Seine Hände schoben mir den Stoff immer höher, bis er bei meinem BH angelangt war. Dann streifte er mir das Shirt über den Kopf, legte seine Finger auf meinen Rücken und sah mich fragend an. Ich schlug zum Einverständnis kurz die Augen nieder, und Riley öffnete mit einer Hand auf Anhieb den Verschluss. Ich wollte gar nicht darüber nachdenken, wie oft er das schon gemacht hatte. Und als seine Finger den Weg zu meinen Brüsten fanden, musste ich die Augen schließen, weil mich die Empfindungen in diesem Moment überwältigten und keine weiteren Gedanken mehr zuließen. Ich krallte meine Fingernägel in die Laken und biss mir auf die Lippe, um nicht aufzuschreien, als sein Mund meine Brustwarze fand und sie erst umkreiste und dann daran saugte. Ich stöhnte auf, als seine Lippen wieder runterwanderten, über meine Rippen und meinen Bauch strichen, seine Zunge über meine Haut leckte und sein heißer Atem darüber hauchte. Als er an dem Bund meiner Jeans nestelte, hob ich meine Hüften an, um ihm zu helfen, mich aus der engen Röhre zu schälen. Danach zog er sich seine Jeans ebenfalls aus und stand dann nur noch in dunkelblauen Shorts vor mir. Gott, war dieser Mann schön. Seine Beine waren lang und trainiert, das viele Training im Studio sowie die Performance auf der Bühne hatten deutliche Spuren hinterlassen. Mein Blick wanderte über den dunkelblauen Fetzen Stoff, unter dem deutlich eine Beule zu sehen war. Ich grinste, und mein Blick folgte dabei den kleinen, hellen Härchen, die sich vom Bund der Shorts bis zum Bauchnabel hin erstreckten, weiter über seine breite, glatte Brust hoch zu seinem wunderschönen Gesicht, über dessen Kinn sich nun schon ein deutlicher Bartschatten zog. Rileys Augen leuchteten. Ich konnte es kaum erwarten, endlich Haut an Haut bei ihm zu liegen und ihn zu spüren. Und als er sich zwischen meine Beine schob, seine Ellenbogen neben meinem Kopf aufstützte, sich sachte auf mich legte und ich ihn deutlich zwischen uns spürte, nur noch getrennt durch ein wenig Stoff, da wusste ich, dass ich in dieser Nacht eine völlig neue Erfahrung machen würde. Denn solche Empfindungen hatte noch kein Mann vorher in mir ausgelöst.

»Ist alles okay?«, flüsterte er und strich mir mit dem Daumen über die Wange. Ich erzitterte.

»Schlaf mit mir«, bat ich ihn.

Seine Augen weiteten sich, und für einen winzigen Moment erkannte ich Überraschung darin. »Tess, wir müssen das nicht tun.«

»Ich möchte es aber. Bitte.«

»Bist du dir sicher?«

»Ich war mir noch nie so sicher.«

Er sah mich an, und ich erschauderte, weil allein sein Blick ausreichte, um mich zum Beben zu bringen. Und dann, endlich, küsste er mich. So sanft, als hätte er Angst, mich zu zerbrechen. Dieser Kuss hielt ewig an, während ich seine Hände überall auf meiner Haut spürte. Nach einer gefühlten Ewigkeit löste er sich, griff nach seinen Jeans und holte ein Kondom aus seinem Portemonnaie. Ohne mich aus den Augen zu lassen, zog er sich seine Shorts aus. Oh mein Gott, was für ein Prachtkerl, schoss es mir durch den Kopf, als ich Riley dabei beobachtete, wie er sich das Kondom über seine pralle Erektion streifte. Er kniete sich wieder zwischen meine Beine, und mit einer Langsamkeit, die mich überraschte, strichen seine Fingerspitzen sanft wie Federn über meine Waden, die Knie und dann über die Innenseiten meiner Oberschenkel, immer höher, bis sie den Rand meines Slips aus dunkelgrüner Spitze erreichten. Ich wollte aufkeuchen, als er die Finger darunter gleiten ließ und ich sie kurz darauf dort spürte, wo ich sie am meisten wollte: tief in mir drin.

»Riii …« Ich stöhnte auf, verschluckte die zweite Silbe seines Namens, biss mir auf die Lippen und krallte meine Fingernägel tiefer in das Laken. Ich musste mich an irgendwas festhalten, sonst würde ich fliegen, wenn ich fiel. Und ich würde fallen, das wusste ich in dem Moment, in dem Riley meinen empfindlichsten Punkt fand und mit einer Hingabe massierte, die mich an den Rand des Wahnsinns trieb.

Ich schaffte es nicht, mich zur Wehr zu setzen oder mich ihm zu entziehen. Meine Empfindungen explodierten wie eine bunte Farbpalette, sodass ich glaubte, in tausend Einzelteile zu zerspringen und zu sterben. Aber ich starb nicht, sondern war völlig überwältigt von den Gefühlen, die in diesem Moment über mich hereinbrachen, als er hart und prall, aber unendlich langsam in mich glitt.

Ich zwang mich, die Augen zu öffnen, und begegnete Rileys Blick. In ihm stand ein Verlangen, das ich noch nie in den Augen eines Mannes gesehen hatte. Er senkte seinen Kopf, legte seine Lippen auf meine und tauchte seine Zunge in meinen Mund, während er noch tiefer in mich eindrang. Ich öffnete mich weiter für ihn und wimmerte vor Erregung, als er an meinen G-Punkt stieß. Ich krallte meine Fingernägel in seine Schultern und gab mich ganz den Bewegungen hin, die er mir vorgab. Und als diese Bewegungen mich auf einen Ritt schickten, draußen das Meer rauschte und sich eine Welle in meinem Innersten formte, um mich mitzureißen, da ließ ich mich fallen und verlor mich ganz und gar.

Riley

Ich stand auf und schlich mich in die Küche. Erst als das Mahl-
werk der Hightech-Maschine ansprang, bemerkte ich meinen
Fehler. Das laute Geräusch würde selbst Tote wecken. Fuck!

Ich war bereits seit einer Stunde hellwach, während Tess in
meinem Arm friedlich geschlafen hatte. Normalerweise wäre
ich aufgestanden, um am Strand laufen zu gehen oder ein paar
Runden Krafttraining zu absolvieren, aber ich wollte Tess nicht
loslassen. Es war so schön, sie zu spüren. Noch immer konnte
ich es kaum fassen, dass sie bei mir war. Dass wir miteinander
geschlafen hatten und sie geblieben war, ich ihre Wärme dicht
an meinem Körper hatte spüren können, anstatt allein in einem leeren, kalten Bett aufzuwachen. Aber an Schlaf war nicht
mehr zu denken gewesen. Dafür war ich mir ihrer Nähe viel zu
bewusst. Ich hatte mich aber auch nicht rühren wollen, um sie
nicht zu wecken. Sie sah so süß aus, wenn sie schlief. Ihr Gesicht war völlig entspannt, ihre Lippen leicht geöffnet. Der
Wunsch, sie mit einem Kuss zu wecken, war immer stärker geworden. Ich konnte einfach nicht genug kriegen von ihrem
Anblick und hätte sie stundenlang nur ansehen können. Aber
stattdessen hatte ich vorsichtig meinen Arm unter ihr rausgezogen und war aufgestanden. Und hoffte nun, dass dieser blöde
Automat sie nicht aufweckte. Aber natürlich tat er das. Ich sah,
wie sie sich regte, streckte und dann ihr verschlafenes Gesicht
in meine Richtung wandte. Also stellte ich einen zweiten Becher unter die Maschine und wiederholte die Prozedur. Ich
wusste, dass sie ohne Kaffee nicht überlebensfähig war. Zumindest hatte sie das an jedem Morgen der Tour beim Frühstück
behauptet.

Eine Minute später zog sie sich mein T-Shirt von gestern über und stand auf.

»Guten Morgen, Cookie.« Ich trat, nackt, wie ich war, und mit zwei Bechern Kaffee in den Händen auf sie zu.

Irgendwas Unverständliches kam aus ihrem Mund. Ich grinste. Alles klar. Sie war definitiv kein Morgenmensch.

»Gut geschlafen?«, fragte ich leise, als ich vor ihr stand.

»Mhmm.«

»Schön geträumt?«

»Hmmmmmhmm ...«

»Kaffee?«

»Unbedingt«, murmelte sie und griff schon nach dem Becher in meiner linken Hand. Ich zog ihn außer Reichweite.

»Erst einen Kuss.«

Sie sah mich mit schiefgelegtem Kopf und gerunzelter Stirn an. »Ernsthaft?«

»Mit sowas spaße ich nicht.«

Sie stöhnte auf. »Redest du morgens immer so viel?«

»Wir können das Reden auch gerne überspringen ...«

Überraschung flackerte in ihren Augen auf. Ich grinste sie herausfordernd an, verschlang sie mit meinem Blick und ließ ihn langsam von ihren Füßen bis zu ihren Augen hoch wandern. Mein Herzschlag beschleunigte sich sofort, als ich in ihr verschlafenes Gesicht sah. Mir entging jedoch nicht, dass ihre Brustwarzen sich gegen den Stoff des Shirts drückten. Sofort spürte ich das Verlangen, sie wieder ins Bett zu tragen und da weiterzumachen, wo wir gestern Nacht aufgehört hatten. Ich wollte mit ihr schlafen. Jetzt. Sofort. Und als ich das Grinsen auf ihrem Gesicht sah, wusste ich, dass sie es auch wusste. Ich ging einen Schritt auf sie zu, sodass mein aufgerichteter Schwanz ihren Oberschenkel berührte.

»Ich bin nicht sicher, ob das ohne Kaffee ... funktioniert?« Sie biss sich auf die Unterlippe.

Blitzschnell stellte ich die Becher auf dem Küchenblock hinter mir ab, legte meine Hände auf ihren Hintern und zog sie an meine Brust. »Du trägst keinen Slip«, murmelte ich nahe an ihrem Mund und knetete ihre Pobacken. Sie stöhnte auf und schloss die Augen, drängte sich enger an mich. Mein Schwanz wollte explodieren.

»Hab ihn nicht gefunden«, gab sie keuchend zurück.

»Soll ich dir beim Suchen helfen?« Ich würde verrückt werden, wenn ich sie nicht sofort nehmen durfte.

»Später«, japste sie und krallte ihre Finger in meine Hüften.

»Alles, was du willst ...« Ich senkte meinen Kopf und presste meinen Mund stürmisch auf ihren. Ohne Protest öffnete sie ihre Lippen und erwiderte den Kuss. Als sie ihre Arme um meinen Nacken schlang, hob ich sie hoch und brachte sie zurück zur Matratze.

»Riley!« Tess quiekte auf, doch ich verschloss ihr den Mund sofort mit einem Kuss. »Ahhhh ... Ich muss wirklich gleich gehen«, flüsterte Tess zwischen zwei Küssen.

»Tu mir das nicht an. Bitte ...« Schmollend sah ich sie an. Ihre Augen leuchteten, und mit einem Lächeln küsste sie mich noch mal. Ihre Lippen waren so weich, ich liebte es, sie zu liebkosen.

Wir saßen nackt auf der Matratze und tranken unseren ersten Kaffee des Tages. Nachdem wir wie ausgehungerte Tiere übereinander hergefallen waren, war der erste Kaffee eiskalt geworden, und ich hatte uns neuen gemacht. Tess hatte sich in die Bettdecke gewickelt und hielt meine Hand. Ihr Daumen strich unablässig über meine Finger. Ein gutes Gefühl.

»Ich muss ...«

»Was gibt es Wichtigeres als mich?«, fragte ich herausfordernd und grinste breit. Tess kicherte, doch dann wurde sie ernst.

»In meinem Viertel ... in Tenderloin ... da gibt es eine Suppenküche für die Obdachlosen. Dort helfe ich sonntags bei der Essensausgabe«, erklärte sie zögernd.

Ich sah sie an. »Okay …« Ich hatte noch nie mit Obdachlosen zu tun gehabt, außer ihnen vielleicht mal einen Dollar oder etwas Kleingeld in die Büchse geworfen. Ich hatte mir auch nie Gedanken darüber gemacht, woher sie ihr Essen bekamen. Eigentlich hatte ich überhaupt keinen Gedanken an sie verschwendet. Bis jetzt.

Ich war in einem normalen Elternhaus aufgewachsen. Meine Eltern waren nicht reich, aber mein Bruder und ich hatten alles, was wir brauchten. Und was wir nicht hatten, hatten wir schlichtweg nicht gebraucht. Ich war es gewohnt, von Anfang an, für meine Extrawünsche selbst aufzukommen. Alles, was ich erreicht hatte, hatte ich mir selbst hart erarbeitet. Ich konnte – wenn ich wollte – wie ein Superstar leben, Geld war nicht das Problem. Und das, während andere auf der Straße lebten und hungerten … Und plötzlich schämte ich mich. Tess half Menschen, die alleine nicht klar kamen, während ich mich von meinen Fans auf ein Podest heben ließ. Der Gedanke gefiel mir nicht.

Ich richtete mich auf. »Kann ich mitkommen?«

Tess verschluckte sich fast an ihrem Kaffee und riss ihre blauen Augen weit auf. »Du?«

Ich zuckte mit den Schultern. »Ja, warum nicht? Oder braucht ihr keine Hilfe mehr?«

»Äh, ich weiß nicht …«

»Ich will ehrlich sein, Cookie … Bisher habe ich nie über Obdachlose nachgedacht. Ich bin, wie vermutlich die meisten, einfach an ihnen vorbeigegangen, ohne sie überhaupt wahrzunehmen. Und …« Ich fuhr mir mit der Hand durch die Haare, stellte meinen Becher auf dem Fußboden neben der Matratze ab und drehte mich zu ihr rum. »Ich bewundere, dass du so selbstlos bist. Ich möchte gerne auch einen Beitrag dazu leisten. Zur Not nehme ich einfach meine Gitarre und klimpere ein bisschen? Was meinst du? Mögen sie Musik?«

Tess runzelte erneut die Stirn, doch dann begann sie zu lächeln. »Jeder liebt Musik, Riley. Jeder.«

Wir fuhren zu Tess, damit sie sich etwas anderes anziehen konnte. In Nietenjeans würde sie sich in der Suppenküche nicht wohlfühlen, erklärte sie mir. Ich hatte nach dieser Aussage eine alte Jeans und ein einfaches Sweatshirt aus meinem Schrank gezogen. Dazu trug ich blaue Chucks, ein Cap der 49ers und eine Sonnenbrille, mit der ich aussah wie Puck, die Stubenfliege. Damit würde mich wohl niemand auf der Straße erkennen.

»Ich beeil mich«, sagte sie und machte Anstalten, aus dem Wagen zu springen.

»Kann ich nicht mit hochkommen?« Sie zögerte, ich sah, wie sich ihr Gesicht verzog. »Es ist mir egal, wo und wie du wohnst, Tess«, sagte ich daraufhin. »Wenn du drauf bestehst, warte ich hier, aber … bitte, schließ mich nicht aus.« Als ich sie gestern Abend abgeholt hatte, war mir schon klar gewesen, dass sie verheimlichen wollte, wo sie lebte. Tenderloin war kein gutes Viertel. Ich wusste, dass hier mehr Armut als Mittelstand herrschte, sah, dass die Häuser alt und die Straßen versifft waren. Und ich ahnte, dass Tess sich dafür schämte. Aber das war Bullshit.

Ich sah, wie sie mit sich rang. Sie warf einen Blick nach oben, vermutlich zu einem Fenster ihrer Wohnung. Doch dann nickte sie. »Okay, dann komm. Aber wenn Yuna wieder Chaos verbreitet hat – sieh einfach drüber hinweg, okay?«

»Ich schaue nichts an, außer dich«, gab ich zurück.

»Spinner …«

Lachend stiegen wir aus dem Auto in den nebligen Dunst, der heute die Stadt belagerte. Die nasse Kälte kroch mir unter die Haut, und ich zog den Kragen meiner Lederjacke höher.

»Yuna?«, rief Tess, als wir die knarzige Holztreppe hochgestiegen waren und sie die Wohnungstür öffnete. Aber niemand antwortete. »Hm, dann ist sie wohl schon in der Suppenküche.«

»Sie hilft auch mit?«

»Ja. Wir machen das sonntags immer zusammen. Als ich auf Tour war, hat sie die Stellung allein gehalten. Aber jetzt bin ich ja wieder da. Komm rein.«

Wir gingen durch den schmalen Flur, den ich ja bereits kannte. An den rot gestrichenen Wänden hingen weiße Rahmen mit Schwarz-Weiß-Bildern. Auf den meisten waren Tess und ihre Schwester abgebildet. Auf einem gemeinsam mit einer Frau. »Ist das deine Mom?«

Tess drehte sich um und sah auf das Bild. Dann nickte sie. Weil sie nichts dazu sagte, fragte ich auch nicht weiter nach.

Vom Flur gingen fünf weitere Türen ab. Links befand sich laut dem Schild *Pipilounge* das Bad, dahinter kam die Küche. Ich warf einen kurzen Blick hinein. Sie war klein, aber aufgeräumt. Daneben lag ein kleines Wohnzimmer, das von Grünpflanzen und einer grauen Couch dominiert wurde, die über Eck stand. Die Tür geradeaus war geschlossen, und Tess öffnete die hintere Tür auf der linken Seite. »Willkommen in meinem kleinen Reich. Mach's dir bequem, ich bin gleich wieder da.« Sie zog Jacke und Schuhe aus und flitzte ins Bad.

Ich trat ein. Das größte Möbelstück in ihrem Zimmer war das Bett. Es war ein Himmelbett, um dessen Säulen mehrere Lichterketten geschlungen waren. An der Wand daneben befand sich ein Stuhl als Nachttisch, auf dem ein Stapel Bücher lag. Eine Kommode, ein Schminktisch – fast nicht zu erkennen unter den unzähligen Schminkutensilien, die darauf ausgebreitet lagen – und ein Kleiderschrank vervollständigten die Einrichtung. Ein paar Regale mit weiteren Büchern hingen an den weiß gestrichenen Wänden sowie ein paar bunte Bilder mit geschminkten Gesichtern und eine Pinnwand, auf der Schnappschüsse von Tess mit einigen Schauspielern hingen. Moment – war das tatsächlich Tom Cruise? Kein Wunder, dass sie auf Top Gun stand.

Auf dem dunklen Holzboden lagen verschiedenfarbige Teppiche, die dem Raum etwas Gemütliches gaben.

Und als ich mich aufs Bett setzte, um auf Tess zu warten, fiel mein Blick auf den Bücherstapel, der auf dem Stuhl lag. Und da angelehnt grinste mich mein eigenes Ich an. Ein Foto von mir, aufgenommen irgendwo während der Tour, als ich mit Kopfhörern auf einem Sofa lag, die Augen geschlossen, die Arme hinter dem Kopf verschränkt. Hatte Tess mich fotografiert, während ich geschlafen hatte? Dieses kleine Biest.

Ich grinste und nahm das Foto, aufgenommen mit einer Polaroid-Kamera, in die Hand. Das musste in New York gewesen sein, ich erinnerte mich. Und als ich begriff, was es bedeutete, dass Tess ein Foto von mir an ihrem Bett stehen hatte, konnte ich gar nicht mehr aufhören zu grinsen.

Die Badezimmertür wurde aufgestoßen, und schnell stellte ich das Foto zurück und stand auf. Sie musste nicht wissen, dass ich es gesehen hatte. Ich wollte sie nicht in Verlegenheit bringen.

»Ach, sorry ... ich war gestern dabei, meinen Schminkkoffer zu sortieren, als deine Nachricht kam«, entschuldigte sie sich, als ihr Blick auf das Make-up-Chaos fiel.

»Kein Problem. Ich mag dein Zimmer.«

Sie lächelte, während sie sich die Haare zu einem Zopf zusammenband. »Es ist nichts Besonderes, aber -«

»Aber deins. Es ist tausendmal persönlicher als das leere Haus, in dem ich derzeit wohne.«

»Ja, das stimmt allerdings«, gab sie grinsend zurück. »Ich kann dir ein paar Lichterketten und Kissen leihen, wenn du magst?« Ich brach in schallendes Gelächter aus, sie rollte mit den Augen. »Was? Das war mein Ernst ...«

Nachdem sie in frische Jeans, einen dunkelgrünen Sweater und ebenfalls in ein paar Chucks geschlüpft war, machten wir uns auf den Weg.

Wir ließen den Wagen vor ihrer Tür stehen, meine Gitarre nahm ich mit. Zu dieser Uhrzeit würden die Ich-nehme-jedes-Auto-auseinander-Gangs noch schlafen. Und die Presse würde nie auf die Idee kommen, mich hier zu suchen. Außerdem lag die Suppenküche nicht mal einen Block von ihrer Wohnung entfernt. Allerdings erschreckte mich das, was ich auf den Straßen jetzt bei Tageslicht sah. Die Armut in diesem Viertel war allgegenwärtig. Gefühlt in jedem zweiten Hauseingang lag eine Isomatte oder ein paar Decken, daneben Plastiktüten vollgestopft mit Zeug. Leere Schnapsflaschen lagen herum, ausgetretene Kippen säumten den Fußweg. Das einzig Positive, das mir auffiel, war ein Basketballplatz zwischen zwei Häuserblocks, auf dem ein paar Kids miteinander spielten. Jedoch konnte ich mir anhand ihrer zerschlissenen Kleidung denken, dass auch sie aus recht armen bis mittelmäßigen Verhältnissen kamen. Ich musste schwer schlucken.

Tess führte mich vorbei an überquellenden Mülltonnen durch einen stinkenden Hinterhof, denn vorne auf der Straße standen die Menschen schon Schlange und warteten, dass sie zum Essen hineingelassen wurden. Es war mittlerweile kurz vor eins am Mittag, und in wenigen Minuten würde sich die Tür öffnen.

Wir traten in einen großen Raum, fast so groß wie ein Saal, in dem sich mehr als ein Dutzend viereckiger Holztische mit je acht Stühlen befand. Der Putz an den Wänden blätterte ab, und das graue Linoleum hatte auch schon bessere Tage gesehen. Aber es war sauber und vor allem warm und trocken hier drin. Auf den Tischen fanden sich Servietten und Becher. Und auf jedem standen eine kleine Vase mit frischen Blumen und eine Schale mit frisch gebackenen Muffins. Zumindest rochen sie so intensiv, als wären sie gerade eben aus dem Ofen gekommen.

»Hey, Jerry«, begrüßte Tess einen farbigen großen Mann, der hinter einem langen Tisch hervorkam, auf dem eine Art Büffet aufgebaut stand. Neben unzähligen Sandwiches, Bagels und Donuts befand sich eine von diesen transportablen Kochplatten, auf der ein riesiger, massiver Topf stand, aus dem es heiß dampfte.

»Tess, wie schön, dich zu sehen. Yuna ist in der Küche.« Er lächelte sie freundlich an und begrüßte sie mit einer Umarmung. »Wen hast du mitgebracht?«, fragte er dann, warf mir einen ebenso freundlichen Blick zu und streckte mir die Hand entgegen.

»Oh, hey, ich … Ich bin Riley. Tess' … Freund, also ein Freund von Tess.« Mir fiel auf, wie Tess' Mundwinkel zuckten, als ich mich so vorstellte, aber da sie nichts Gegenteiliges erwiderte, war es wohl okay so. Ich begrüßte Jerry. Er hatte riesige Hände, und ich hoffte, er würde mir meine nicht zerquetschen, die brauchte ich nämlich noch.

»Riley möchte auch helfen. Er hat auch seine Gitarre mitgebracht.«

»Sehr gut. Musik ist Balsam für die Seele. Das kann man bei dem grauen Nebel heute gut gebrauchen.«

Im selben Moment ging eine Tür auf, und Yuna kam herein. Sie blieb stehen, als sie mich sah, und stutzte.

»Welch hoher Besuch in unserer bescheidenen Hütte«, begrüßte sie mich, fing sich dafür von Tess einen strengen Blick ein. Tess wollte vermeiden, dass irgendjemand mitbekam, wer ich wirklich war. Yuna begriff und zog entschuldigend die Schultern hoch. Mein Blick fiel auf ihren Bauch, und ich fragte mich, ob sie schwanger war. So sah es zumindest aus. Aber Tess hatte nichts davon gesagt. Nun ja, viel wussten wir noch nicht voneinander. Ich hoffte, dass sich das bald ändern würde. Ich brannte darauf, mehr von ihr zu erfahren. Zu hören, wie sie aufgewachsen, wie sie zu ihrem Job gekommen war. Was ihre Träume und Pläne waren. Und das erste Mal hatte ich sogar das Bedürfnis, von mir zu erzählen. Sie vielleicht sogar meiner verrückten Familie vorzustellen.

Yuna öffnete die Eingangstür, und nach und nach schoben sich die Menschen hinein. Innerhalb von Sekunden füllte der Raum sich mit Leben. Unterschiedliche Leute – Männer und Frauen jeden Alters und jeder Ethnie – verteilten sich an den

Tischen und an dem provisorisch aufgebauten Büffet. Alle waren gezeichnet vom Leben. Keiner von ihnen trug saubere Kleidung. Niemand hatte einen vernünftigen Haarschnitt oder geputzte Schuhe. Man sah ihnen an, dass sie kein normales Leben führten. Aber was war schon normal?

Tess sah mich entschuldigend an, huschte hinter die Tischreihe und begann, mit einem Lächeln auf den Lippen, heißen Tee an den Tischen auszuschenken. Und dabei hörte ich, wie sie jeden der Anwesenden mit seinem Namen ansprach. Sie musste das hier schon eine ganze Weile machen, und ich zog im Stillen meinen Hut vor ihr. Ich dagegen fühlte mich gerade etwas überflüssig, ich wusste nicht, was ich tun konnte, wollte aber auch nicht im Weg stehen. Jerry schien mein Unbehagen zu spüren, grinste und schob mich ebenfalls hinter die Tischreihen. »Schon mal Suppe eingefüllt?«

»Jepp, Sir.«

Grinsend nickte er und reichte mir die Kelle, die neben dem Topf lag. Ich war dankbar für die Beschäftigung, und während Tess weiter Tee ausschenkte und mit jedem ein paar nette Worte wechselte, kümmerte ich mich darum, dass jeder etwas Warmes in den Magen bekam.

»Bist du neu hier?«, fragte mich eine Frau, die als Nächste in der Schlange stand. Sie war schon etwas älter, trug ein Sweatshirt von den 49ers unter einem dunkelblauen Parka und hatte graue, kurze Haare. Ihre graublauen Augen nahmen mich neugierig unter die Lupe.

»Ja, Ma'am«, gab ich zurück. Sie lachte laut auf.

»Habt ihr das gehört, Leute? Der Junge nennt mich Ma'am! Du vergoldest mir den Tag, mein Süßer. Wie heißt du?«

»Riley«, sagte ich und verkniff mir ein weiteres »Ma'am«.

»Du bist auch Fan der 49ers?«

»Jepp.«

»Das lob ich mir. Bist du noch zu haben?« Sie zwinkerte mir spitzbübisch zu.

»Er gehört zu mir, Annie.« Tess war unbemerkt neben mich getreten, legte mir ihre Hand auf die Schulter und lachte. »Riley, das ist Annie. Sie steht auf Jungs wie dich. Nimm dich vor ihrem Charme in Acht. Aber keine Angst, ich passe auf dich auf.«

»Danke, Cookie. Was wäre ich nur ohne dich?«

»Annie hilflos ausgeliefert«, sagte sie grinsend und schlug lachend in Annies High Five ein.

»Ja, ja, macht euch nur lustig über mich«, gab ich gespielt ernst zurück. Ich sah in Tess' Gesicht, sah, wie es leuchtete, und begriff, dass das nichts mit mir zu tun hatte, sondern mit dem, was sie hier tat. Es reichte, dass sie da war und ihnen für wenige Stunden so etwas wie Unbeschwertheit und das Gefühl von Normalität schenkte. Sie brachte Sonne in diese tristen Räumlichkeiten, und die Menschen dankten es ihr mit einem Lächeln. Scheiße, ich merkte, wie sehr mich in diesem Augenblick die Gefühle für diese Frau übermannten.

»Wem gehört die hier?« Ein junger Mann mit einem umgedrehten blauen Cap, er musste etwa in meinem Alter sein, hatte sich an den Tisch gesetzt, auf dem ich meine Gitarre abgelegt hatte. Ich hob die Hand, und als bekannt wurde, dass ich mit Tess hier war, winkte er mich an den Tisch.

Der Mann mit dem blauen Cap stellte sich mir als Vince vor. Bei ihm saßen Annie, Jules, Hugo, Miles und Albert. Sie saßen immer an diesem Tisch. »Jeden Sonntag«, bestätigte Albert, der Älteste von allen. Er musste um die sechzig sein, lebte schon seit acht Jahren auf der Straße und konnte sich kaum mehr vorstellen, in eine Wohnung eingesperrt zu sein.

»Ich hatte einen guten Job, aber als Stellen abgebaut wurden, musste ich gehen. Für mich war kein Platz mehr. Die Abfindung hab ich meiner Tochter geschenkt. Sie hatte das Geld nötiger als ich. Alleinerziehend, zwei Kinder. Mir war wichtiger, dass sie versorgt war. Ich kam klar. Ich bin immer klargekommen. Aber dann konnte ich die Miete nicht mehr zahlen, und so kam eins zum anderen. Aber es ist okay, ich bin hier glücklicher, als ich es jahrelang in der Firma war.«

Vince war erst zwei Jahre auf der Straße. Weil seine Exfrau ihn wegen eines anderen verlassen hatte, hatte er zu trinken angefangen und deswegen seinen Job verloren. Ohne Job kein Geld, ohne Geld keine Wohnung. »So schnell geht das«, meinte er. Aber seit er auf der Straße lebte, trank er nicht mehr. »Also hat es auch was Gutes. Und ich habe hier das erste Mal erlebt, was wahre Freundschaft bedeutet. Hier habe ich Freunde, auf die ich mich verlassen kann. Wenn du hier draußen keinen Freund hast, gehst du kaputt.«

Ich dachte an meine Freunde. An Eric, auf den ich schon immer zählen konnte. An Peg, die ich wie eine Schwester liebte. An Jacob, der ebenfalls immer für mich da war. An Jake, Carrie, Joyce, die Jungs von der Band, und ... Tess. Und ich war noch nie so dankbar gewesen, dass ich all diese Menschen in meinem Leben hatte, wie in diesem Moment.

Ich schluckte den Kloß in meinem Hals runter, griff nach meiner Gitarre und stimmte *Perfect* von Ed Sheeran an. Tess wandte sich zu mir um, sah mich an, als ich anfing zu singen. In dem Song des Briten ging es um zwei Menschen, die endlich, nach langer Zeit, ihr gemeinsames Glück fanden.

Aber hier, an diesem Ort, ging es um Menschen, die erst hier, miteinander, ihr Glück gefunden hatten. Es ging hier nicht um Geld. Nicht um Macht, Ansehen oder Erfolg. Nein, es ging hier um etwas ganz anderes. Um den Zusammenhalt. Wahre Freundschaft kannte keine Armut und keinen Reichtum. Kein Schwarz und Weiß. Glück bedeutete für diese Menschen, in dieser Welt ihren Platz gefunden zu haben, um zu überleben.

Tess

»Ernsthaft?«

Der Löffel mit Schlagsahne, der sich gerade von Yunas Becher zu ihrem Mund bewegte, verharrte in der Luft.

»Ernsthaft«, bestätigte ich und tunkte meinen Keks in den Kaffee. Nachdem ich die vorherige Nacht nicht nach Hause gekommen war, Riley mich dann in die Suppenküche begleitet hatte und dort mit seiner bloßen Anwesenheit und seiner Musik ein bisschen Licht in das triste Leben der Obdachlosen gebracht hatte, wollte Yuna alles wissen. Und gerade hatte ich mich verplappert und tatsächlich erzählt, dass ich mit Riley geschlafen hatte. Und, dass der Sex wider Erwarten so normal verlaufen war. Wenn ich ehrlich war, hatte ich im Zusammenhang mit Riley immer kaputte Betten, zerrissene Kleider und Kratz- oder Beißspuren auf der Haut vor Augen gehabt. Sex like a Rockstar eben. Aber weder gab es das noch einen Schockmoment danach, denn sogar an ein Kondom hatte er gedacht. Und die ganze Zeit war er behutsam und liebevoll gewesen. Und obwohl ich darüber hätte glücklich sein sollen, war ich deswegen verunsichert.

Yuna jedoch schien meine Bedenken nicht zu teilen. Sie legte den Kopf schief, während die Sahne vom Löffel auf die schäbige Tischplatte unseres Küchentisches tropfte.

»Was hast du erwartet? Dass er dich über den Tisch legt und von hinten vögelt, nur weil er ein Rockstar ist?«

Ich überlegte kurz, dann nickte ich mit einem schiefen Grinsen. »Irgendwie schon, ja.«

»Du weißt schon, dass du echt ein Problem hast, oder?« Fragend sah ich sie an. »Du hast Vorurteile. Deinem eigenen Freund gegenüber.«

»Er ist nicht mein -«

Yuna stoppte mich sogleich, indem sie mir den tropfenden Löffel vor die Nase hielt. »Er nennt dich Cookie, verdammt. Cookie! Ihr schlaft miteinander. Und er schickt dir vor Zucker triefende Nachrichten. Außerdem hat er sich bei Jerry genauso vorgestellt. Als dein Freund. Noch Fragen?«

»Nein«, sagte ich mit einem Grinsen. Dieses dämliche Grinsen. Mir taten schon die Mundwinkel davon weh, aber ich bekam es einfach nicht mehr aus meinem Gesicht. Verdammt, ich war so glücklich. Und so froh, dass ich auf Yuna gehört und mich auf Riley eingelassen hatte. Meine anfänglichen Ängste waren fast wie weggeblasen.

Ihr Kopf neigte sich noch schiefer. »Bist du jetzt enttäuscht?«

»Nein«, platzte ich raus, ohne überlegen zu müssen. Das Letzte, was ich fühlte, war Enttäuschung. Gott, ich flog immer noch, so sehr hatte mich die Nacht und die Zeit mit Riley gepusht. Wenn ich ehrlich war, hatte ich mich wirklich einen winzig kleinen Augenblick darüber gewundert, dass unser erstes Mal so unspektakulär begonnen hatte. Aber als wir miteinander geschlafen hatten, ich unten, er auf mir, ganz einfach und so … normal – da hatte ich gespürt, dass es genau das war, was wir beide brauchten: Normalität.

»Das ist gut«, meinte Yuna und leckte nun endlich die restliche Sahne vom Löffel.

Ich stand auf und schnappte mir den Lappen aus der Spüle, wischte die verkleckerte Sahne vom Tisch und goss mir einen großen Becher Kaffee nach.

»Gehst du zu Sammy runter und holst uns was zu essen?«, riss Yuna mich aus meinen Gedanken.

»Tandoori Chicken?«, fragte ich.

»Unbedingt.«

Sammy war der Inhaber des Gemüseladens und des indischen Restaurants zwei Etagen unter uns. Bei ihm gab es das beste Tandoori Chicken, das ich je gegessen hatte. Und manchmal gab es das sogar für lau, wenn er was überhatte. Er war fast fünfzig, süß und total charmant.

»Aber nur, weil ich auch Hunger habe.« Ich schnappte mir den Schlüssel und mein Portemonnaie und hüpfte leichtfüßig wie nie die alte Holztreppe runter, dann aus dem Haus und durch den Hinterhof in Sammys Restaurant. Immer der Nase nach folgte ich dem schmalen Gang, durch die Tür mit der roten abgeblätterten Farbe, hinein in den dunklen Flur und bis ans Ende in die Küche.

»Hey, Sammy«, begrüßte ich den Inder.

»Guten Abend, Tessa.« Er nannte mich immer Tessa, keine Ahnung wieso. Vielleicht hörte sich das in seinen Augen schöner an als Tess. Mich störte es nicht. Sammy schenkte mir ein strahlendes Lächeln und nickte in Richtung des Regals zu seiner Rechten, auf dem eine blubbernde Kaffeemaschine stand. Eine stumme Einladung, der ich zu gerne nachkam. Vor allem, weil mein frisch eingeschenkter Kaffee oben gerade kalt wurde.

»Hat die kleine Prinzessin Hunger?«, fragte er, nachdem ich mich mit einer Tasse frischen Kaffees an die Wand gestellt hatte, um ihm nicht im Weg zu stehen.

»Ja, aber ich auch. Schwangere können anscheinend essen ohne Pause«, gab ich schulterzuckend zurück. Seit er mitbekommen hatte, dass Yuna schwanger war, bezeichnete er das Ungeborene als Prinzessin. Für ihn war es klar, dass meine Schwester ein Mädchen zur Welt bringen würde. Sammy selbst hatte drei Töchter und zwei Söhne, auf die er unglaublich stolz war.

Wir quatschten über dies und jenes, während er Tandoori Chicken für Yuna und mich zubereitete und ich den frischen Kaffee genoss. Als ich bezahlen wollte, winkte er ab.

»Ist für Prinzessin, ist okay.«

Ich drückte ihm spontan einen Kuss auf die Wange und verabschiedete mich dann. Der Geruch des Essens in der Tüte begleitete mich bis in unsere Wohnung.

»Expresslieferung von Sammy«, rief ich Yuna zu, schlüpfte aus meinen Sneakers und trat in die Küche. Yuna saß immer noch am Tisch, jetzt hatte sie allerdings das Handy in der Hand, und als sie mich ansah, verzog sie das Gesicht. »Was ist los?«, fragte ich und stellte die Tüte auf der Arbeitsfläche ab.

»Ich glaube, jetzt weiß nicht nur ich, was ihr letzte Nacht getan habt.« Sie hielt mir ihr Smartphone entgegen. Ich trat näher und nahm es ihr aus der Hand. Und als ich aufs Display sah, schnappte ich nach Luft.

»Das bist doch du, oder?«, fragte sie mich nun, und ich konnte nur nicken, denn sie hatte verdammt noch mal recht. Das Foto, das sie aufgerufen hatte, zeigte Riley und mich, versunken in einem innigen Kuss direkt vor Rileys Wagen am Strand. Ich hatte keine Ahnung, wer das fotografiert hatte, und vor allem wie. Es war dunkel gewesen und außer uns weit und breit niemand in der Nähe. Zumindest hatte dort kein weiteres Auto gestanden. Aber der Lichtschein … klar! Die Laterne auf dem Parkplatz. Oh Mann … Ganz offensichtlich hatte irgendjemand die Chance genutzt, uns auf dem Rückweg vom Strand abzulichten und das Bild ins Internet zu stellen. Oder sich einfach nicht an die Abmachung mit Riley gehalten. War es dieser Patrick gewesen? Dieser Typ, der uns gefolgt war? Gewundert hätte es mich nicht. Ich erkannte, dass Yuna das Bild auf Twitter gefunden hatte, und ein weiterer Blick zeigte mir, dass es schon mehrere hundert Male retweetet worden war. Ich las Hashtags wie #RileyEdwards #Obsidian #love #affair und den Satz: *Fuck, ist er jetzt wirklich vom Markt?* Darunter hatte sich eine gewaltige Diskussion entfacht. Der Name des Users war *In_love_with_Obsidian.* Sehr aussagekräftig. Vermutlich ein Fan. Ich tippte auf das Display, um den Account aufzurufen, und tatsächlich steckte hinter dem Namen ein junges hübsches Mädchen, deren Profilbild sie sogar gemeinsam mit Riley zeigte. Ob das Bild echt oder ein Fake war, konnte ich nicht erkennen, aber es war nicht ungewöhnlich, dass Riley sich mit seinen Fans fotografieren ließ. Damit würde ich mich abfinden müssen. Ein Wohnort war nicht angegeben, aber da sie uns fotografiert hatte, musste sie zumindest gestern in der Stadt gewesen sein. Aber ich begriff nicht, warum wir nichts bemerkt hatten. Hätte nicht wenigstens ein Blitz aufflammen müssen? Vielleicht hatte es das auch, aber wir waren zu beschäftigt gewesen.

Verdammt! Vielleicht war sie nur ein Strandbesucher gewesen, den wir in unserer Verliebtheit nicht wahrgenommen hatten. Oder aber sie hatte uns mit Absicht gestalkt.

»Scheiße ...«, murmelte ich und sah Yuna an. »Ich muss ... Ich ...« Mehr brachte ich nicht raus. Ich musste mit Riley sprechen. Sofort.

»Das scheint von einem privaten Account zu kommen«, überlegte Riley leise und trommelte nachdenklich mit den Fingern auf seinen Oberschenkel. Nachdem ich ihm den Link zu dem Tweet per WhatsApp geschickt hatte, in der Hoffnung, er würde irgendwas darüber sagen können, hatte er sich gleich auf den Weg zu mir gemacht. Jetzt saßen wir auf meinem Bett und starrten auf dieses Bild.

Äußerlich versuchte ich, ruhig zu bleiben, aber in mir brodelte es. Es nervte mich total, dass ich auf diesem Bild zu sehen war. Zwar wusste vermutlich niemand, wer ich war, und erkennen würde man mich darauf auch nicht, da der Fokus mehr auf Riley lag, aber das konnte sich schnell ändern.

»Tess ... es tut mir leid.«

Als ich ihn ansah, überrollte mich die Gewissheit mit voller Wucht. Riley. Superstar. In. Meinem. Bett. Verdammt! Ich sollte dankbar sein, anstatt hier einen auf hysterisch zu machen. Also sammelte ich mich und versuchte mich an einem Lächeln. Es scheiterte kläglich, aber zumindest schaffte ich es, den Mund zu öffnen und ein paar Sätze zu bilden.

»Du kannst doch nichts dafür. Ich bin nur … es ist nur … Ich bin … völlig überfordert damit. Ich meine, ja, theoretisch habe ich gewusst, dass sowas früher oder später passieren kann, aber …« Ich hatte es in den letzten vierundzwanzig Stunden einfach verdrängt. Weil ich zu glücklich war, um mir Gedanken um irgendwelche Was-wäre-wenn-Szenarien zu machen.

»Später wäre besser gewesen …?«, versuchte er zu witzeln.

»Ja. Nein. Ach … Ich weiß einfach nicht, wie ich damit umgehen soll.« Ich presste Daumen und Zeigefinger gegen die Nasenwurzel und versuchte so, dem sich anbahnenden Kopfschmerz keine Chance zu geben. Das hier überforderte mich total. Jedes andere Mädchen hätte sich vermutlich gefreut, dass sie gemeinsam mit Riley abgelichtet wurde, hätte sich vielleicht geärgert, dass man sie nicht deutlicher erkannte, hätte das Bild jedem gezeigt, der es wissen wollte, und allen anderen auch. Aber … Ich nicht. Ich war nicht so. Ich war froh, wenn ich meine Ruhe hatte.

Gott, ich hasste es, mich jetzt in einer solchen Lage zu befinden, und fragte mich in dieser Sekunde ernsthaft, ob Riley das alles wert war. Und dann erschrak ich über diesen Gedanken. Natürlich war er das wert! Ich war vernarrt in diesen Kerl. Wollte ich ihn wirklich schon wieder aufgeben? Jetzt, wo wir uns endlich zusammengerauft hatten? Nein, verdammt! Es musste doch einen Weg geben, damit klarzukommen.

»Aber vielleicht ebbt das Interesse an mir ja auch ganz schnell wieder ab. Wenn nicht herauskommt, wer ich bin und was wir miteinander zu tun haben, wird sicher niemand mehr darüber reden. Vielleicht sollten wir uns eine Weile nicht sehen …?«

»Vergiss es, Tess. Wir werden uns von solchen Idioten nicht unser Leben vorschreiben lassen«, fuhr er auf. »Ich will dich sehen, wann immer ich will. Und wann du willst.« Riley drückte meine Hand. »Wäre es so schlimm, wenn rauskommt, was wir miteinander zu tun haben?« Er betonte das *miteinander zu tun* haben, und ich begriff in eben diesem Moment, dass ich ihn damit gekränkt hatte.

»Tut mir leid, ich ... habe mich noch nicht wirklich an den Gedanken gewöhnt, dass wir ...« Es fiel mir schwer auszusprechen, was ihm gestern ganz leicht über die Lippen gekommen war.

»Dass ich dein Freund bin. Dass wir zusammen sind?«, half Riley mir aus und strich mit dem Daumen über meinen Handrücken.

Er nennt dich Cookie!

»Ja«, sagte ich schlicht. Mehr brachte ich beim besten Willen nicht raus, zu sehr stockte mir der Atem, weil er so selbstverständlich damit umging. Ich dagegen konnte das alles immer noch nicht begreifen. Und schon gar nicht glauben. Das war mir einfach alles zu viel.

»Wäre es denn schlimm?«, fragte er erneut.

»Ich weiß nicht. Es ist alles so surreal. Ich meine, du bist das gewohnt, du weißt, wie man mit all dem umgeht. Dein Charme haut sie alle um, und du kannst das alles so locker wegstecken. Aber ich ... für mich ist das alles neu, und wenn ich ehrlich bin, macht es mir eine Heidenangst, plötzlich Fotos von mir im Internet zu sehen. Was kommt danach?«, platzte ich raus und starrte dabei unentwegt auf meine Fingerspitzen, die mir wichtiger erschienen als alles andere um mich herum. Das wäre ein guter Zeitpunkt gewesen, ihm zu sagen, warum ich eine solche Angst vor der Presse hatte, aber ... ich konnte nicht. Ich schämte mich zu sehr.

Sein Finger legte sich unter mein Kinn, und er hob es an, sodass ich ihn ansehen musste. Mit einer Wärme in seinem Blick, die mir dieses verdammte Kribbeln in meinem Bauch bescherte, sah er mich an. »Ich bin nicht Mr Perfect. Ich habe auch Angst. Vor allem habe ich Angst davor, dich durch sowas zu verlieren. Bitte sag mir, dass wir das durchstehen. Gemeinsam.«

In mir brodelte alles an Gefühlen, die ich seit dem Entdecken des Fotos durchlebte. Ich war unsicher, wütend, belustigt, erschrocken, ängstlich. Aber vor allem war ich verliebt. Wie gerne hätte ich ihm das gesagt, aber das konnte ich nicht. Ich nickte nur stumm und schluckte die Worte, die mir wie zäher Schleim auf der Zunge lagen, einfach ungesagt wieder runter.

Riley aber schien das zu genügen. Er verzog seine wundervollen Lippen zu einem kleinen Lächeln und drückte meine Finger fester. Dann beugte er sich zu mir und küsste meine Stirn. Ich erschauderte. »Wir schaffen das, Tess. Ich bin da, und ich lasse nicht zu, dass es dir mit mir schlecht geht. Okay? Du bist meine Freundin, und ich werde dich beschützen vor allem, was da auf uns zugerollt kommt. Das ist ein Versprechen.«

»Okay«, krächzte ich, weil seine Worte mir die Kehle zugeschnürt hatten. Gott, ich liebte diesen Mann, und ich würde mich zusammenreißen. Für ihn.

Tess

Ich war nervös. Nein, das war noch untertrieben. Ich war die Panik in Person, als ich neben Riley im Auto saß, das er vor wenigen Minuten vor dem weißen Landhaus in Santa Maria geparkt hatte. Wir hatten gerade eine Tour von knapp dreihundert Meilen innerhalb von vier Stunden hinter uns gebracht, und ich sehnte mich nach einer Dusche.

Vor vier Tagen hatte Riley mich gefragt, ob ich ihn zu einem Barbecue begleiten würde. Arglos hatte ich zugesagt, weil ich natürlich dachte, dass es wieder ein Abend unter Freunden werden würde. Dass er mich für das gesamte Wochenende entführen wollte, hatte er mir erst vor drei Tagen gesagt. Und dass der Grund der Geburtstag seines Großvaters war – das hatte er mir erst gestern gestanden. Allerdings so niedlich zerknirscht, dass ich es nicht übers Herz gebracht hatte, ihm eine Abfuhr zu erteilen. Deswegen hatte ich Olivia und den anderen für den DVD-Abend absagen müssen, aber das würden wir dann ein anderes Mal in Angriff nehmen.

Trotzdem war ich den Tränen nahe gewesen, als ich begriffen hatte, dass ich an diesem Wochenende Rileys gesamte Familie kennenlernen sollte. Das überforderte mich, und außerdem hatte ich für so einen Anlass mal wieder überhaupt nichts anzuziehen. Und Geld für eine neue Garderobe schon gar nicht. Aber Yuna hatte das nicht gelten lassen. »Du musst auch mal an dich denken, Cookie«, hatte sie gesagt und mich in die Shopping Mall gezerrt. Und wider Erwarten hatte ich für wenig Geld ein paar tolle Teile erstehen können.

Eines davon war ein leichtes Sommerkleid, dunkelgrün mit weißen Blättern bedruckt, mit einem eng anliegenden, ärmellosen Oberteil und einem weit schwingenden Rock. Es hatte einen Hauch von Rockabilly. Vielleicht würde das Rileys Grandpa gefallen. Ich wollte es morgen zu seinem großen Tag tragen. Heute hatte ich eine neue, dunkle Jeans an und dazu ein helles T-Shirt mit einem dunkelblauen Cardigan drüber.

Außerdem hatte ich noch ein kleines Geschenk für Rileys Grandpa besorgt. Riley hatte zwar gesagt, dass sie sich innerhalb der Familie schon seit Jahren nichts mehr zu Geburtstagen oder Feiertagen schenkten, aber ich war neu, ein Eindringling sozusagen. Und ich hatte Anstand, weshalb eine kleine Aufmerksamkeit für mich Pflicht war. Ich wusste nicht, ob es ihm gefallen würde, aber jetzt war es sowieso zu spät, sich darüber Gedanken zu machen. Wir standen mitten in der Einöde vor einem gigantischen Landhaus, dessen Einfahrt mit weißen Kieselsteinen aufgeschüttet war. Akkurat geschnittene Hecken der rot blühenden Malteserkreuzblume – ich kannte dieses immergrüne Gewächs aus dem botanischen Garten im Golden Gate Park – säumten den gepflasterten Weg zum Haus, wechselten sich mit kleinen Lampen ab, die dazwischen in den unkrautfreien Mutterboden eingelassen waren. Das ganze Anwesen – und das war es wirklich, ein Anwesen! – wirkte so akkurat und damit furchteinflößend auf mich, dass es meine Panik noch verdoppelte. Ich passte überhaupt nicht hierher.

»Nervös?«, fragte Riley. Er hatte den Motor schon längst abgestellt, war aber mit mir im Wagen sitzen geblieben.

»Die Untertreibung des Jahres«, flüsterte ich.

Er nahm meine Hand in seine und sah mich an. »Dazu besteht überhaupt kein Grund, Cookie. Das ist meine Familie, und sie werden dich lieben.« Es sah aus, als wollte er noch etwas sagen, aber stattdessen hob er meine Hand an seinen Mund und küsste sie. »Bereit?«, fragte er dann. Ich schüttelte den Kopf. »Wenn wir noch länger hier sitzen bleiben, schickt meine Mom ein Suchkommando los. Willst du das wirklich riskieren?«

»Kommen sie mit guten Absichten?«

»Das kann ich dir dann nicht versprechen«, gab er mit einem verschmitzten Grinsen zurück.

Ich sah zum Haus, atmete noch einmal tief durch und nickte. »Auf in den Kampf.«

Riley nickte ebenfalls und stieg aus. Bevor ich die Tür öffnen konnte, war er schon ums Auto rumgerannt und hielt sie mir mit einer galanten Verbeugung auf.

»Oh, warte, die Blumen«, fiel mir ein, als die Tür ins Schloss knallte. Nachdem ich mein Haar und die Blumen im Strauß geordnet hatte, straffte ich die Schultern und ging an Rileys Seite auf das Haus zu. Ich war froh, dass ich flache Ballerinas trug, mit Absätzen wäre ich bestimmt nicht heil über den Kies gekommen.

Kaum waren wir an der Tür, wurde diese auch schon aufgerissen.

»Onkel Ry!« Ein kleines Mädchen, vielleicht fünf oder sechs Jahre alt, stürmte auf Riley zu und schlang seine dünnen Ärmchen um seine Hüften. Riley lachte, griff sie an den Achseln und hob sie hoch, bis ihre Gesichter auf einer Höhe waren. Ihr Kleid, rot mit weißen Punkten, raschelte dabei. Ihre dunklen Haare waren zu zwei Zöpfen geflochten und mit bunten Bändern verziert.

»Ashley! Sag mal, bist du etwa schon wieder gewachsen?«

Ashley strahlte über das ganze Gesicht und bestätigte seine Vermutung mit einem kräftigen Kopfnicken, von dem mir allein durchs Zusehen schwindelig wurde. »Ganze fünf Zentimeter. Mummy hat's gemessen.«

»Wenn du so weiterwächst, dann kannst du mir bald auf den Kopf spucken.«

»Das kann ich auch jetzt schon«, sagte sie und grinste schelmisch. Ich verkniff es mir loszuprusten.

»Untersteh dich!« Riley küsste die kleine Maus auf die Wange und ließ sie dann runter. Kaum hatten ihre Füße den Boden berührt, sah sie mit schiefgelegtem Kopf zu mir auf.

»Und wer bist du?«

Ich hatte nicht wahnsinnig viel Erfahrungen mit kleinen Kindern, aber dieses Exemplar machte es mir wirklich leicht. Ich ging vor ihr in die Hocke und streckte ihr die Hand hin. »Ich bin Tess. Hallo, Ashley.«

Sie zögerte einen winzigen Augenblick, ich sah, wie sie zu Riley hochschielte.

»Sie ist meine Freundin«, flüsterte er ihr zu. Ashleys Stirn runzelte sich. Aber als er nickte, nickte sie ebenfalls und ergriff mit ihren kleinen Fingern meine Hand.

»Willst du auch meine Freundin sein, Tess?«

Ich musste mir kurz in die Wange beißen. Dieses zauberhafte Wesen rührte mich. Ich nickte fast so kräftig, wie sie es eben getan hatte, und lächelte sie an. »Ich wäre sehr gerne deine Freundin, Ashley.«

»Klasse!« Sie ließ meine Hand los, drehte sich um und lief zurück ins Haus. »Mummy, Mummy, ich habe eine neue Freundin! Onkel Ry hat sie mitgebracht!« Und schon war sie im Haus verschwunden.

Ich erhob mich. »Gott, sie ist zuckersüß.«

»Ja, absolut. Ich bin auch total vernarrt in die Kleine. Sie ist die Tochter meines Bruders.«

»Das dachte ich mir schon, Onkel Ry ...«

Riley küsste mich auf die Stirn. »Komm, lass uns reingehen.«

Kaum hatten wir das Haus betreten, kam eine Frau um die Ecke geschossen. Sie war Riley wie aus dem Gesicht geschnitten. Dieselben markanten Wangenknochen, dasselbe Kinn, dieselben leuchtenden dunklen Augen. Nur die Haarfarbe ... passte nicht ganz. Ihre Haare waren dunkler als Rileys.

»Ry! Endlich ...« Sie kam auf uns zu und umarmte Riley. Ich stand daneben und war wieder gerührt über so viel Herzlichkeit in dieser Familie.

»Mom, das ist Tess«, stellte Riley mich seiner Mutter vor, als sie ihn nach einer gefühlten Ewigkeit losgelassen hatte. Sie war einen guten Kopf kleiner als ihr Sohn, aber nicht weniger herzlich. Sie trat einen Schritt auf mich zu, und bevor ich reagieren konnte, drückte sie mich ebenso fest wie Riley. Nur nicht ganz so lange.

»Herzlich willkommen, Tess. Ich freu mich, dich endlich kennenzulernen.« Riley hatte also auch ihr von mir erzählt. Natürlich. Ich sah, wie er hinter ihrem Rücken schmunzelte.

»Ich freue mich auch sehr, Sie kennenzulernen, Miss -«

»Ach, Papperlapapp! Nenn mich bitte Rose.« Sie strahlte über das ganze Gesicht, ihre Wangen waren vor Aufregung gerötet, und ihre Augen funkelten. So wie Rileys, wenn er aufgeregt war.

»Gerne, Rose«, sagte ich, woraufhin sie mich noch mal an ihren Busen drückte. Riley feixte, ich sah es genau.

Als sie mich endlich aus ihrem Arm entließ, erinnerte ich mich an die Blumen, die ich krampfhaft in meiner Hand hielt. »Die sind für dich, Rose«, sagte ich.

Sie kriegte sich vor Freude gar nicht mehr ein und drückte mich dankbar ein drittes Mal an sich. Jetzt wusste ich zumindest, wer Riley das Kuschel-Gen vererbt hatte.

»Danke, meine Liebe. So, und nun kommt rein, Kinder. Dein Vater wartet schon ungeduldig und Grandpa … Na, du kennst ihn ja.« Sie zwinkerte Riley zu, dann hakte sie sich bei uns beiden unter und führte uns ins Haus.

Die Eingangshalle war genauso riesig, wie ich sie mir vorgestellt hatte. Allerdings nicht so pompös. Der Boden bestand aus Terrakottafliesen, die Wände waren in einem zarten Braunton tapeziert. Ein großer Spiegel zierte die eine Seite, gegenüber führte eine geschwungene Treppe ins obere Geschoss. Darunter stand eine kleine weiße Anrichte, daneben ein Schaukelstuhl.

Wir gingen durch das Wohnzimmer, das ebenfalls sehr schlicht, aber geschmackvoll im hellen Landhausstil eingerichtet war. Die Möbel wirkten massiv, aber dennoch leicht und frisch. Viel Dekokram stand herum, es wirkte aber nicht überladen, sondern fügte sich in die Einrichtung. Es war wunderschön.

Wir durchquerten das Wohnzimmer, und Rose führte uns durch die weit geöffnete Terrassentür nach draußen. Unter einer Markise stand ein riesiger Holztisch, an dem mindestens zwölf Leute sitzen konnten und auf dem ein paar Karaffen und Gläser, Kekse und Brot standen. Dazwischen ein lebensechter Puppenkopf, der von Ashley mit einem Haufen Schminke bearbeitet wurde. Jetzt saßen dort ein etwas älterer Mann, der ebenfalls viel Ähnlichkeit mit Riley hatte, allerdings mit leicht grauen Schläfen. Typ George Clooney. Daneben ein junger Mann mit einem hellen Kapuzensweater. Auf seinem Schoß saß die kleine Ashley – meine neue Freundin – und strahlte mich an. Ich winkte ihr zu, sie winkte zurück. Ich hätte schmelzen können, so süß war sie. Ich war froh um jede Verbündete.

Daneben saß eine junge dunkelhaarige Frau, die die gleichen schräggestellten Augen wie Ashley hatte. Einen Platz weiter lehnte eine etwas ältere Frau in ihrem Stuhl, die aussah wie eine Grande Dame, und mich freundlich musterte. Ich begann gerade zu überlegen, wie ich reagieren sollte, als sich auch schon alle erhoben und uns umzingelten. Ich wurde geküsst, gedrückt, geherzt, ausgefragt und wieder geküsst. Ich wusste gar nicht, wie ich mich verhalten sollte. So viel Herzlichkeit auf einmal war ich überhaupt nicht gewohnt. Yuna und ich knuddelten uns auch, ja, aber das hier war eine Nummer zu groß für mich. Allerdings waren alle so lieb, dass ich gar nicht das Bedürfnis hatte, schreiend Reißaus zu nehmen. Ich lernte Rileys Bruder Ben und dessen Frau Beccy kennen, die Mutter meiner neuen kleinen Freundin. Sie alle waren zuckersüß und absolut lieb zu mir. Und dann war da noch Rileys Tante Nicole, die Grande Dame, die ich nicht ganz einordnen konnte. Sie war ebenfalls sehr lieb zu mir, aber lachte zu laut und hatte wohl schon einen Schwips.

Und als wir die Begrüßungsorgie endlich hinter uns gebracht und uns dann an den Tisch gesetzt hatten, brachte Charles, Rileys Vater, neue Getränke. Ich wollte nur ein Wasser, aber Rose bestand darauf, dass ich wenigstens einen Champagner zum Anstoßen mittrank. Ich hatte noch nie sowas Edles getrunken, wenn ich mal Alkohol trank, dann in der Regel ein Bier. Aber nach wenigen Schlucken merkte ich, dass dieses perlende Getränk meine Nervosität dämpfte und mich ruhiger machte.

Und dann kam Grandpa.

Ich sah ihn und schloss ihn sofort ins Herz. Er hatte etwas von Albert Einstein. Seine weißen Haare standen ihm ebenso wirr vom Kopf ab, nur waren sie nicht ganz so lang. Sein Gesicht war sonnengegerbt, vermutlich hatte er die meiste Zeit seines Lebens draußen verbracht. Er ging aufrecht, nichts deutete darauf hin, dass er morgen fünfundachtzig Jahre alt werden würde. Unsere Blicke trafen sich, seine Augen, von vielen tiefen Falten umgeben, funkelten lustig, und um seinen Mund zuckte ein spitzbübisches Grinsen. Ich war mir sicher – dieser Mann hatte es faustdick hinter den Ohren.

»Ah, der große Rockstar gibt sich die Ehre. Komm her, Junge.« Nachdem er seinen Enkel mit einer herzlichen Umarmung und ein paar kräftigen Schlägen auf den Rücken begrüßt hatte, stellte Riley mich ihm vor.

»Du bist also das Mädchen, das meinem Enkel den Kopf verdreht hat?«, fragte er und musterte mich stirnrunzelnd einmal von oben bis unten. Ich stand nur da und wusste nicht, was ich erwidern sollte. Doch dann grinste Grandpa plötzlich. »Wurde auch mal Zeit. Und hübsch ist sie noch dazu. Dann kann doch nichts mehr schiefgehen, oder?« Er lachte mich an und schloss mich dann in seine Arme. Ich hoffte, dass er bei mir wenigstens die Schläge auf den Rücken weglassen würde. »Ich bin Simon. Aber ich mag den Namen nicht. Nenn mich Grandpa, okay?«, raunte er mir ins Ohr. »Oder Watson, wenn dir das besser gefällt.«

»Watson?«

»Zu Sherlock hat's nicht gereicht …«

Es war noch früh am Abend, als Riley und ich uns von seiner Familie verabschiedeten, aber die lange Fahrt steckte uns noch in den Knochen. Und morgen würde es ein langer, anstrengender Tag werden. Wir ließen unsere Schuhe an der Treppe stehen, und ich folgte Riley ins obere Stockwerk. Unsere Taschen hatte er bereits aufs Zimmer gebracht, und als ich hinter ihm in den Raum eintrat, der für zwei Tage unser Reich sein sollte, staunte ich nicht schlecht. An der rechten Wand stand ein massives Himmelbett. Tausendmal schöner als das, welches sich in meinem Zimmer befand. Es war gefühlt doppelt so breit, und die zarte weiß-blau gestreifte Bettwäsche samt der hundert Kissen lud zum Träumen ein.

Kaum war die Zimmertür hinter uns ins Schloss gefallen, drehte Riley den Schlüssel im Schloss herum und kam zu mir.

»Reine Vorsichtsmaßnahme. Du hast sie ja kennengelernt«, meinte er, als ich ihn fragend ansah. Ich kicherte leise. Ja, das hatte ich wirklich. »Das war mal mein Zimmer, aber nach meinem Auszug hat Mom keinen Augenblick verschwendet und ein nigelnagelneues Gästezimmer daraus gemacht.«

»Das hier war deins?«

Er nickte. Und dann zeigte er mir, wo in seinen Kindertagen welches Möbelstück gestanden und wo welches Poster gehangen hatte. »Coldplay und 2Pac. Und natürlich Alicia Keys«, fügte er fast entschuldigend dazu. »Mein Dad hat mich allerdings schon recht früh in die Geheimnisse der wahren Rockmusik eingeführt, weswegen ich auch ein Faible für Bruce Springsteen, Nirvana oder die Stones habe«, erzählte er bereitwillig. Seine ganze Familie war musikalisch, das lag in den Genen. Das Gitarrespielen hatte ihm sein Grandpa beigebracht, als Riley fünf war. Er war stolz auf seinen Enkel, auch wenn er ihn gerne mit seinem Erfolg aufzog. Ich hatte nach diesem Abend so viele Fragen, die er mir alle geduldig beantwortete. Seine Eltern waren fast dreißig Jahre verheiratet, sein Grandpa wurde morgen fünfundachtzig, seine Grandma war vor fünf Jahren gestorben. Ben und Beccy lebten in L.A., knapp zwei Autostunden entfernt, waren aber regelmäßig hier zu Besuch. Und Tante Nicole war ein bisschen schrullig, schon immer ohne Mann gewesen und dem Alkohol nicht abgeneigt. »Bestimmt wird sie morgen ihr kleines Fotoalbum zücken und dich nötigen, dir Kinderfotos von mir anzusehen. Ich warne dich – es gibt Bilder, auf denen ich nackt bin. Aber die sind mindestens zwanzig Jahre alt.«

»Ich mag Nicole. Sie ist witzig«, sagte ich. Sie war toll im Umgang mit Ashley und hatte ihr aus dem Stegreif lustige Geschichten erzählt, als sie gequengelt hatte.

»Danke, dass du mitgekommen bist«, raunte er mir zu, als er vor mir stand.

»Danke, dass du mich mitgenommen hast«, flüsterte ich zurück.

»Sie lieben dich.«

»Ich liebe sie. Du hast eine tolle Familie.«

»Du bist toll. Ich …« Er schluckte den Rest seiner Worte herunter. Ich wusste nicht, was er noch hatte sagen wollen, aber ich ahnte es irgendwie. Stattdessen nahm er mich fest in den Arm, und so standen wir eine ganze Weile einfach nur da. Eng aneinander, den anderen festhaltend, vor diesem wunderbaren Bett mitten in diesem wunderschönen Zimmer in diesem wundervollen Haus bei dieser einzigartigen, herzlichen Familie. Es fiel mir schwer, nicht zu heulen, weil alles so … schön, so echt war. Weil Riley recht hatte, dass ich überhaupt nicht nervös hätte sein müssen. Weil mich alle aufgenommen hatten, als würde ich dazugehören. Ich war so glücklich und wusste, dass dieser Tag in die Top Five meines bisherigen Lebens aufrücken würde.

»Guten Morgen, Cookie ...« Rileys Stimme weckte mich, gepaart mit dem Geruch von frischem Kaffee. Ich öffnete verschlafen die Augen und wähnte mich im Himmel, als ich den Kaffeebecher vor meiner Nase erblickte. Es war bereits neun Uhr durch, uns blieben noch wenige Stunden bis zum Wahnsinn.

Eine Stunde später stand ich in der Küche und hielt den zweiten Kaffee des Tages in der Hand. Hier stand eine gigantische Kaffeemaschine, einer dieser Vollautomaten, der auf Knopfdruck alles an koffeinhaltigen Köstlichkeiten ausspuckte, was man sich wünschen konnte.

Ich half Rose in der Küche bei den Vorbereitungen für das Barbecue. Sie hatte keine Hilfe gewollt, aber ich hatte darauf bestanden, mich irgendwie nützlich zu machen. Also ließ sie wenigstens zu, dass ich die Äpfel für den Apfelkuchen schälte. Riley und Ben gingen ihrem Dad und Grandpa am Grill zur Hand. Beccy und Ashley deckten die Tische für die Gäste. Und Nicole schlief immer noch ihren kleinen Rausch aus.

Rose holte gerade den fertigen Apfelkuchen aus dem Ofen, da klingelten die ersten Gäste an der Tür. Und von da an hatte ich keine ruhige Minute mehr.

Der Nachmittag wurde wirklich lustig. Alle sprachen durcheinander, lachten und stellten neugierige Fragen, die ich alle geflissentlich beantwortete. Die meiste Zeit war Riley dabei an meiner Seite, und wenn ich nicht weiterwusste, wenn ich stockte oder unsicher wurde, merkte er das sofort und übernahm. Ich hätte ihn dafür küssen können.

Mein Geschenk – eine seltene, gebundene Ausgabe von *Sherlock Holmes*, die ich in einem kuriosen Buchladen in Haight-Ashbury entdeckt hatte – hatte Grandpa mit einem breiten Lächeln angenommen und sich darüber gefreut. Ich wusste von Riley, dass er Sherlock-Holmes-Geschichten liebte. Mir fiel ein Stein vom Herzen.

Ich lernte weitere Familienmitglieder kennen. Beccys Schwester und deren Mann, deren Namen ich sofort wieder vergessen hatte. So ging es mir auch mit den meisten anderen Namen. Es waren einfach zu viele. Es kamen noch zwei Tanten samt Männern, drei Onkel samt Frauen und ein Haufen Kinder, die mit Ashley durch den großen Garten tobten.

Das Essen war eine Wucht! Ich lobte Grandpa überschwänglich für das zarte Fleisch. Im Gegenzug machte er mir ein Kompliment für mein Kleid. Ich wurde tatsächlich rot.

In einer stillen Minute nahm er mich beiseite.

»Ist es etwas Ernstes zwischen meinem Enkel und dir?«, fragte er mich geradeheraus. Es verwunderte mich nicht, genauso hatte ich ihn eingeschätzt.

»Ich weiß es nicht genau, Grandpa«, gab ich ehrlich zurück. Er nickte nachdenklich.

»Ich breche meinem Enkel jeden einzelnen Finger, sollte er den Rockstar raushängen lassen und dich je wieder gehen lassen oder dir wehtun.« Das überraschte mich nun aber doch. Ich musste an Yunas Worte denken, die fast die gleichen gewesen waren. Die beiden hätten sich auch gut verstanden.

»Ich kann nicht sagen, was aus uns wird, aber ich glaube, das wird nicht nötig sein«, sagte ich dann.

»Das will ich hoffen. Ich mag es nämlich, wenn Riley Gitarre spielt. Und dich mag ich auch. Und jetzt muss ich wieder zu meinem Fleisch.« Er gab mir einen Kuss auf die Stirn, dann ließ er mich stehen. Und das war auch gut so, denn so konnte er nicht sehen, wie mir vor Rührung die Tränen kamen.

Als am Abend die Dämmerung über Santa Maria hereinbrach, kamen die unzähligen Lichter, die überall im Garten verteilt worden waren, zur Geltung. Es war wunderschön. Ben zündete ein bereits vorbereitetes Lagerfeuer auf einem dafür eingerichteten Platz im Garten an, und nach und nach zogen wir alle mit unseren Stühlen dorthin und bildeten einen großen Kreis um das knisternde Feuer. Wenig später holte Riley seine Gitarre und stimmte einen Happy-Birthday-Song für Grandpa an, in den wir alle aus voller Kehle einfielen. Grandpa wischte sich verstohlen über die Augen.

Riley spielte weiter, auch Grandpa und Charles holten ihre Gitarren raus. Verschiedene Lieder begleiteten uns durch den Abend, von Countrymusik bis über alte Rocksongs war alles dabei. Es wurde spät, und nach und nach verabschiedeten sich die Gäste. Am Ende blieben nur noch die engsten Familienmitglieder zurück.

Als die kleine Ashley langsam müde wurde, kam sie noch mal zu mir, bevor sie ins Bett gebracht wurde. »Ich bin froh, dass Onkel Ry dich mitgebracht hat. Du bist toll.«

Ich verdrückte mir ein Tränchen und küsste sie auf die Wange. »Du bist noch viel toller.« Ich wünschte ihr eine gute Nacht und sah ihr hinterher, bis sie mit Beccy die Treppe hoch verschwunden war.

»Meine Tochter mag dich«, sagte Ben, als ich mich wieder umdrehte.

»Sie ist Zucker«, entgegnete ich.

»Ich habe doch gesagt, dass sie dich lieben werden«, meinte Riley dann und grinse von einem Ohr bis zum anderen.

»Hattest du etwa Befürchtungen, wir könnten dich nicht mögen?« Rose schien ehrlich erschrocken darüber.

»Nein, ich … Ja, doch. Hatte ich«, gab ich dann leicht zerknirscht zu.

»Wie könnte man dich nicht mögen?« Rose schüttelte den Kopf. »Was hat Riley nur erzählt, dass du dich gefürchtet hast?«

Riley warf sich in seinem Stuhl zurück und hob die Hände. »Ich bin unschuldig, Mom! Tess hat ihren eigenen Kopf.«

Rose lachte auf. »Das glaube ich. Und das ist auch gut so. Eine Frau, die dir Kontra gibt, wunderbar. Tess, du bist gut, so, wie du bist. Lass dir von niemandem jemals etwas anderes einreden. Auch nicht von meinem Sohn.« Sie drückte meinen Arm und warf mir ein warmes Lächeln zu, das ich mit einem fetten Kloß im Hals erwiderte.

Riley fixierte mich mit einem Blick, der mir tiefer ging als alle anderen zuvor. Und dann stimmte er *True Colors* von Cindy Lauper an. Ich bekam Gänsehaut, mein Hals schnürte sich zu. Ich liebte dieses Lied, in dem es um die eigene Stärke ging und darum, zu sich selbst zu stehen. Ich schluckte, holte tief Luft, und schließlich sang ich mit Riley im Duett, während wir uns dabei über das Feuer hinweg tief in die Augen sahen.

»And I see your true colors, shining through. I see your true colors, and that's why I love you ...«

»Schlaf mit mir, Riley«, bat ich ihn zwei Stunden später, als wir endlich allein auf unserem Zimmer waren. Ich brauchte ihn jetzt, musste ihn spüren. Das Duett mit ihm, die Art, wie er mich dabei angesehen hatte, hatte mich mehr als aufgewühlt. Meine Gefühle fuhren Achterbahn, und ich brauchte jetzt seine Bestätigung, dass ich mich nicht in einem wundervollen Traum befand, aus dem ich irgendwann schmerzhaft erwachen würde.

Er lächelte mich an. Mit diesem Riley-Lächeln, das jeden Quadratmillimeter meines Körpers in Erregung versetzte. Doch bevor er zu mir kam, wählte er eine Playlist auf seinem Handy aus und schloss es an einen kleinen Lautsprecher an. Kurz darauf erfüllte leise Musik den Raum.

»Das werde ich. Und nicht nur einmal. Ich kann einfach nicht genug von dir bekommen. Sweet like Chocolate ...« Er zog sich sein T-Shirt über den Kopf und warf mir dabei einen Blick zu, der deutlich sein Verlangen spiegelte. Dabei kam er auf mich zu. Als er vor mir stand, spürte ich seine Hitze durch meine Klamotten. Er nahm mein Gesicht in beide Hände und gab mir einen langen Kuss, der mein Innerstes zum Beben brachte.

Obwohl ich eben noch erschöpft von all dem Rummel gewesen war, fühlte ich mich plötzlich wieder topfit. Als unsere Lippen aufeinandertrafen, erwachten sämtliche Ameisen in meinen Körper und lieferten sich ein Rennen über meine Haut. Wenige Minuten später fiel mein Kleid auf den Boden, dem folgten seine Jeans, dann der Rest. Nackt fielen wir auf das Bett und sanken in die weiche Bettwäsche. Riley lag auf mir und sah mir tief in die Augen.

Er küsste mich, bewegte sich langsam von meinem Mund über mein Kinn, meinen Hals zu meinen Brüsten. Bearbeitete meine Brustwarzen, leckte mit der Zunge über meine Haut bis zu meinem Bauch, und weiter bis zu dem Punkt, der ihn jetzt am dringendsten brauchte. Ich keuchte auf, als er mit seiner Zunge tief in mich tauchte, öffnete meine Beine weiter für ihn und krallte mich an ihm fest, als er mich nur mit seiner Zunge bis zum Äußersten trieb.

»Oh Gott, Riley …«, keuchte ich verhalten. Die Befürchtung, dass irgendjemand uns hörte, konnte ich nicht ganz verdrängen.

»Du schmeckst so gut«, raunte er und blies sanft über meine Klit, bevor er daran saugte und mich innerhalb weniger Sekunden zum Orgasmus brachte. Ich bäumte mich unter ihm auf und biss in meine Hand, damit ich nicht das ganze Haus zusammenschrie vor lauter Lust.

Riley kam zu mir, als ich japsend nach Luft rang, und küsste mich. Ich schmeckte mich selbst, und das war neu für mich. Ich hörte etwas rascheln, ich blinzelte und sah, wie er sich ein Kondom überstreifte. Dann legte er sich auf mich, nahm mich in den Arm und zog mich fest an sich. Ich spürte seine Erregung deutlich zwischen uns an meinem Bauch, öffnete ermattet meine Beine für ihn. Mein Herz raste immer noch, und mein Atem keuchte. Das waren die Nachbeben des Vulkans, der gerade eben in mir ausgebrochen war. Und trotzdem prickelte es immer noch zwischen meinen Schenkeln.

Als unsere Blicke sich fanden, tauchte Riley in mich ein.

Im Hintergrund lief Creeds Song *Higher,* und als ich auf den Text hörte, traten mir die Tränen in die Augen.

Und nicht nur unsere Körper verschmolzen in diesem Augenblick – auch unsere Seelen tanzten miteinander. Noch nie hatte ich einen Song passender für mein Leben gefunden wie in diesem Augenblick.

»Up high I feel like I'm alive for the very first time. Set up high I'm strong enough to take these dreams, and make them mine ...«

Riley

»Hey, Jacob!«

Drei Tage später betrat ich am späten Abend das Studio im Hinterhof durch die rote Metalltür und begrüßte meinen alten Freund mit Handschlag und einer festen Umarmung. Seit ich wieder in der Stadt war, hatten wir uns noch nicht gesehen. Die letzten Tage war ich damit beschäftigt gewesen, das Haus einigermaßen wohnlich zu gestalten, aber so wirklich kam ich nicht vorwärts. Meine Möbel, die vor ein paar Tagen aus L.A. hierhergebracht worden waren, türmten sich jetzt mit unzähligen Umzugskartons im Haus. Aber mit jedem ausgepackten Stück sah ich immer mehr Licht am Ende des Tunnels. Viel hatte ich ja eigentlich auch nicht, aber ich wollte, dass auch Tess sich in dem Haus wohlfühlte und nicht nur wie in einer Junggesellenbude zu Besuch.

Jacob grinste über das ganze Gesicht, und seine Augen leuchteten hinter der schwarz gerahmten Nerdbrille, die er immer trug. Oder tragen musste, denn ohne war er blind wie ein Maulwurf unter Wasser. Aber sie passte zu ihm. Er war ein Nerd. Wenn er nicht in seinem Tonstudio saß, dann erstellte er Webseiten für verschiedene Firmen.

Seine dunklen Haare lagen kreuz und quer auf seinem Kopf, vermutlich hatte er mal wieder halb im Sitzen, halb im Liegen auf seinem Chefsessel die letzten Stunden schlafend verbracht, die Finger am Mischpult, ein Ohr unter dem Kopfhörer verborgen. Ich erkannte den Abdruck davon auf seinem Gesicht und musste grinsen.

»Wie lange bleibst du?«, wollte Jacob wissen, als ich mich auf das durchgesessene Sofa mit dem abgewetzten Leder fallen ließ, auf dem ich selbst schon so viele Nächte gepennt hatte. Zum Glück konnte dieses Sofa keine Geschichten erzählen. Sie hätten mein Image eines Rockstars nur bestätigt.

»Ich habe mich auf einen längeren Aufenthalt eingestellt«, gab ich zurück und erzählte ihm von dem neuen Haus und meinen Plänen, hier in San Francisco sesshaft zu werden.

Jacob warf sich in seinem schwarzen Ledersessel zurück, beobachtete mich und grinste. »Wie heißt sie?«

»Wer?« Ich gab mich ahnungslos, obwohl ich wusste, dass dieses dämliche Dauergrinsen seit dem Wochenende in meinem Gesicht festgemeißelt war. Seit ich Tess meiner Familie vorgestellt hatte, gesehen hatte, wie sie in mein Leben passte und mit denen zurechtkam, die ich liebte, hatte ich mich noch mehr in sie verliebt.

Jacob beugte sich nun vor und nahm mich genauestens unter die Lupe. »Ich habe diesen Blick noch nie an dir gesehen. Also? Wie heißt sie? Woher kennst du sie? Und wie zum Teufel hat sie es geschafft, dich weich zu klopfen? Bekommst du keinen Krampf bei dem Dauergrinsen? Scheiße, Alter – du hast dich verknallt, ich fass es nicht ...« Jacob lachte auf und schüttelte den Kopf. Er kannte mich länger als sonst jemand in dieser Stadt. Na gut, Eric kannte mich noch länger, aber er wusste ja auch Bescheid.

»Sie heißt Tess und war mit uns auf Tour«, begann ich zu erzählen. Ich konnte nicht verhindern, dass ich mich anhörte wie ein verknallter Teenager, aber das war egal. Es war das erste Mal, dass ich solche Gefühle für ein Mädchen empfand, und ich wollte es einfach nur genießen. Es tat so gut. Ich erzählte ihm auch vom letzten Wochenende, nur die pikanten Details, die hinter der verschlossenen Tür meines alten Zimmers stattgefunden hatten, verschwieg ich. »Sie kann sogar singen. Ich sag dir, sie hat eine Hammerstimme.« Als wir zwei im Duett am Feuer gesungen hatten, war meine Brust fast geplatzt vor Stolz. Entweder man hatte Musik im Blut, oder eben nicht. Tess besaß dieses Etwas, das man dafür brauchte. Und ich freute mich darauf, jetzt öfter gemeinsam mit ihr zu singen. Leider hatten wir gestern durch die späte Rückfahrt das Essen in der Suppenküche verpasst, aber noch hatte ich frei, und am nächsten Sonntag würde ich wieder mit ihr gemeinsam dort sein. Und meine Gitarre mitnehmen. Ich freute mich wirklich darauf, Annie, Vince, Albert und alle anderen wiederzusehen.

»Hört sich nach was Echtem an.«

»Das ist es.«

»Das freut mich für dich, Riley.«

»Danke.«

»Kommt sie klar?«, fragte er, und ich wusste, was er damit meinte. Sofort dachte ich an die Bilder im Netz.

»Ich hoffe es.«

»Ist sie das Mädchen von den Fotos im Internet? Ich hab die Bilder gesehen«, gab Jacob zu.

»Ja. Leider kursiert schon einiges im Netz. Ich hätte nicht gedacht, dass es so schnell geht.« Nachdem Tess mich angerufen hatte, weil sie ein Foto von uns auf Twitter entdeckt hatte, war mir klar geworden, dass ich mich getäuscht hatte. Auch hier in San Francisco hatte man mich auf dem Schirm. Und Tess nun auch. Ich hätte kotzen können, dass es so schnell gegangen war, noch bevor Tess und ich unsere Beziehung miteinander festigen konnten. Ich hoffte nur, dass sie hielt, was sie mir versprochen hatte: sich davon nicht beeinflussen zu lassen und wegzulaufen. Doch wenn jemand rausbekäme, wer sie war und wo sie wohnte, dann würde sie das vielleicht nicht mehr schaffen. Angst überfiel mich. Angst, Tess wieder zu verlieren, weil ich sie nicht vor der Welt da draußen beschützen konnte.

Jacob nahm mich eindringlich unter die Lupe. »Wie geht sie damit um?«, hakte er nach, und sein Blick war mitfühlend.

»Es überfordert sie«, gab ich zu. »Und macht ihr Angst.«

»Wundert dich das?«

Nachdenklich nickte ich, sagte dann aber: »Nein. Vielleicht hört es sich komisch an, aber seit ich mich in Tess verliebt habe, möchte ich nicht mehr das Sexobjekt für andere Frauen sein. Abgesehen davon, dass ich keine andere Frau mehr mit dem Arsch angucke, seit ich sie bei mir habe, nervt es mich, dass die Presse mich einfach nicht in Ruhe lässt und jetzt auch ihr hinterherspioniert. Was, wenn sie dem Ganzen nicht standhalten kann? Was, wenn sie deswegen geht?«

Jacob nickte langsam. »Ich verstehe dich, Riley. Aber mal ernsthaft ... ich will deine ehrenhaften Gefühle für dein Mädchen nicht infrage stellen, aber – willst du wegen ihr wirklich auf das verzichten, was du liebst?«

»Es ist nicht nur das, Jacob. Es geht noch um so viel mehr.«

»Willst du drüber reden?

»Wenn du Zeit hast?«

Jacob nickte. »Bier?«, fragte er dann.

Jetzt nickte ich.

Jacob verschwand im angrenzenden Raum, in dem er eine kleine Küche mit einem Kühlschrank eingerichtet hatte. Ich hörte Gläser aneinanderklirren, und kurz darauf kam er mit zwei Flaschen Bier zurück. Als ich nichts sagte, ergriff er das Wort erneut. Jacob kannte mich gut, wusste, dass ich mich erst warmlaufen musste, bevor ich mit dem rausrückte, was mir auf der Leber brannte.

»Und? Schon irgendwelche neuen Songs im Kopf?«, wollte er wissen, als er mir das Bier in die Hand drückte. Ich prostete ihm zu und grinste verhalten.

»Ich habe schon einiges notiert und ein paar Melodien dazu im Kopf. Wann kann ich rein?« Ich nickte zur Glasscheibe, hinter der sich die Aufnahmekabine befand, in der ich in den letzten Jahren bereits unzählige Stunden verbracht hatte.

»Jederzeit. Ist im Moment nicht ausgelastet.« Ich warf ihm einen fragenden Blick zu, und er zuckte mit den Schultern. »Ist schon okay so. Dann hab ich wenigstens mal meine Ruhe.«

»Seit wann ziehst du Ruhe dem Trubel vor?«

»Ich werde älter.«

»Bullshit! Du bist jünger als ich.« Und ich war gerade mal fünfundzwanzig, stand kurz vor meinem sechsundzwanzigsten Geburtstag.

»Nur ein Jahr. Das ist nichts.«

»Jacob?« Ich sah ihn durchdringend an. »Was ist los?«

»Keine Ahnung. Ich bin müde. Mir geht seit geraumer Zeit alles auf den Sack.«

»Was stimmt nicht mit dir? Du liebst Musik. Du liebst dein Studio. Das hier ist deine Welt. Was ist passiert?«

»MJ Records hat den Vertrag gekündigt. Sie machen jetzt was mit Soundlords.« *Ach du Scheiße!*

MJ Records war Jacobs größter Auftraggeber. Durch deren Sänger und Bands war sein Studio ausgelastet, und damit hatte er eine Menge Geld verdient. Soundlords war ein relativ neues Studio, größer und moderner als das hier.

»Fuck!«

»Jepp.«

»Was haben die zu ihrer Verteidigung zu sagen?«

»Zu teuer, zu altmodisch, nicht mehr zeitgemäß ...« Er verzog sein Gesicht, dann sprang er auf und tigerte ungehalten durch den Raum. »Es wird keinen Wert mehr auf echte Musik gelegt. Egal ob das neue Popsternchen singen kann. Hauptsache, sie sieht gut aus und hat große Titten. Alles andere läuft digital. Und da bin ich dann raus und Soundlords drin.« Jacob war wütend. Wer konnte es ihm verdenken.

»Warum stellst du nicht auch auf Digital um?«, hakte ich nach. Er arbeitete nebenbei so viel mit Computern, für ihn sollte es doch ein Leichtes sein, sich umzustellen.

»Weil ich mich der echten Musik verschrieben habe, Riley. Das weißt du.«

Ich nickte. Ja, das wusste ich. Er hatte sich geschworen, für die kleinen Künstler da zu sein, Rock mit echten Instrumenten zu produzieren und auf den Markt zu bringen. Doch die Zeiten hatten sich geändert. Ich verstand nicht, warum er immer noch daran festhielt und in Kauf nahm, irgendwann unterzugehen. Aber ich kannte ihn, er war stur. Es hätte keinen Zweck, mit ihm darüber zu diskutieren. Ich konnte nur für ihn da sein, wenn er mich brauchte.

»Wie kann ich dir helfen?«

Jacob lachte trocken auf. »Überrede deine Plattenbosse, hier ins Studio zu kommen und mich gut zu bezahlen.«

»Jacob …«, begann ich, doch er fuhr mir gleich über den Mund.

»War ein Witz, Mann. Mir ist schon klar, dass Obsidian hier nicht reinpasst. Hey, ich komm klar. Mach dir keinen Kopf.«

»Du bist mein Freund, Jacob. Natürlich mache ich mir einen Kopf.«

»Danke«, sagte er schlicht.

»Lass mich wissen, sollte es irgendwann eng werden, ja?«, bat ich ihn. Er nickte. Aber wir beide wussten, dass er es niemals tun würde. Dafür war er zu stolz, und ich schwor mir, nicht zuzulassen, dass dieses Studio, sein Studio, für das er sich jahrelang den Arsch aufgerissen hatte, den Bach runterging, nur weil da ein Gigant kam, der die Kleinen fraß. Vielleicht war die Idee doch nicht so dumm. Ich arbeitete schon seit Jahren mit Jacob zusammen, wenn auch inoffiziell. Warum nichts Offizielles daraus machen? Ich nahm mir vor, mal mit Keith zu sprechen, sobald die freie Zeit vorbei wäre.

Er hob den Kopf und grinste schief. »Ich überlege schon seit einiger Zeit, ob ich aussteige. Ich meine, die Branche ist ein Haifischbecken, wer weiß das besser als du. Und wenn ich ehrlich bin, habe ich immer weniger Lust, mir so viel Stress zu machen.«

»Kann ich verstehen. Mir geht's ähnlich.«

Überrascht blickte er auf. »Du willst wirklich aufhören?«

Ich zuckte mit den Schultern. »Nicht unbedingt aufhören, aber mir geht der ganze Rummel schon ziemlich auf die Eier. Ich liebe die Musik. Und noch mehr, mit den Jungs unterwegs zu sein. Aber ...«

»Aber?«

»Der Druck wird immer größer.« Ich erzählte ihm von dem Zusatzgig, den wir nach dem eigentlich letzten Konzert hatten machen müssen.

»Das ist echt jammern auf hohem Niveau.«

»Mag sein, aber mir fehlt die Leidenschaft. Es geht nur noch ums Geld.«

»Normal in dieser Branche.«

»Und Keith geht mir echt auf den Sack.«

»Ach? Auf einmal?«

Ich verdrehte die Augen. »Bitte keine Sprüche wie *Ich hab's dir doch gleich gesagt*. Die kann ich jetzt echt nicht brauchen.«

Jacob grinste nur vielsagend. Ich erinnerte mich sehr gut an das Gespräch, auf das er anspielte. Wir hatten gerade den Plattenvertrag in der Tasche gehabt, und ich war euphorisch zu Jacob gekommen, um ihm davon zu erzählen. Als er gehört hatte, wer das Management übernehmen würde, hatte er mich gewarnt: »Er geht über Leichen.« Doch ich hatte abgewunken. Geblendet von dem Erfolg, der in greifbarer Nähe war. Jetzt, fast zwei Jahre später, wusste ich allerdings, was Jacob damals meinte.

»Den Jungs geht es nicht anders«, sagte ich. »Wir überlegen zu wechseln.«

»Guter Plan. Macht das. Euch stehen alle Türen offen, die meisten würden euch mit Kusshand einen Vertrag anbieten. Es wäre ein Jammer, wenn du wegen eines Arschlochs wie Keith das Handtuch wirfst.«

»Wir werden das besprechen, wenn alle aus dem Urlaub wieder zurück sind.«

Wir tranken schweigend, und während ich meinen Gedanken nachhing, spielte Jacob nun an seinem Handy rum. Das kannte ich schon, ohne sein Smartphone war er nie anzutreffen, und die Momente, in denen er sich nicht damit beschäftigte, waren die, in denen wir tiefsinnige Gespräche führten. Na ja, mehr oder weniger tiefsinnig. Sobald unsere freie Zeit vorbei war, würden wir fast nahtlos da anknüpfen, wo wir erst vor wenigen Tagen aufgehört hatten. Aber bevor die nächste Tour wieder losging, würden wir wochenlang im Studio hocken, um das nächste Album aufzunehmen. Und damit wir ja nicht zu sehr von der Bildfläche verschwanden, hatte Keith bereits ein paar kleinere Konzerte arrangiert. Eine Eröffnung eines neuen Apple-Stores in der Stadt und zwei Unplugged-Konzerte in angesagten Clubs in New York, bei denen wir dann einen der neuen Songs des neuen Albums performen würden. Vorausgesetzt, die einzelnen Textzeilen in meinem Kopf hatten sich bis dahin schon in ganze Lieder entwickelt. Eigentlich hätte ich Keith gerne einen Strich durch seine Rechnung gemacht und gähnende Leere vorgetäuscht, aber das wäre der Band gegenüber unfair. Außerdem hatte ich daran keine Zweifel, im Gegenteil. Ich freute mich bereits darauf, wieder alleine hier im Studio an neuen Songs zu basteln. Und mindestens einer davon würde wohl von meinen Gefühlen für ein ganz bestimmtes Mädchen erzählen.

Ich rutschte tiefer in das Leder der Couch, schloss die Augen und dachte an Tess. Ich rief mir ihr Gesicht vor meine geschlossenen Lider und tastete es mit meinen Erinnerungen ab, tauchte ab in ihre blauen Augen und versank in ihren weichen Lippen. Gott, ich vermisste sie. Es war schon viel zu lange her, dass ich sie in meinen Armen gehalten hatte. Schon drei Tage. Sie hatte einen neuen Auftrag, schminkte irgendwelche Statisten für eine Fernsehreportage.

»Riley …« Jacobs Stimme holte mich aus meinen Träumereien. Schwerfällig öffnete ich die Augen.

»Hm?«

Als ich hochsah, blickte ich direkt in sein besorgtes Gesicht.

»Was ist los?«

Ohne ein Wort hielt er mir sein Smartphone entgegen. Ich runzelte die Stirn, als ich es entgegennahm, und als ich erkannte, was darauf zu sehen war, wurde mir kotzübel. Und das Glücksgefühl, das mich eben noch beflügelt hatte, war wie weggeblasen.

Fuck!

Tess

Ich wühlte in meiner Tasche herum, bis ich endlich – ganz unten – mein Handy fand, das gefühlt seit Minuten den Klingelton *Diamonds* von Rihanna abspielte. Auch ein Lied, das mich an Riley erinnerte. Die Band hatte es irgendwann mal unplugged im Greenroom performt, und ich hatte Gänsehaut bekommen, als Riley gesungen hatte.

»Hey!«, hauchte ich atemlos, als ich das Telefon endlich zu fassen bekam und Rileys Anruf annehmen konnte.

»Hey, Cookie. Hab ich dich geweckt?«

»Nein, ich bin schon unterwegs zur Arbeit«, japste ich und wusste nicht, ob meine Atemlosigkeit an meinem Stechschritt oder an Rileys Stimme an meinem Ohr lag. Ich versuchte, den Kaffeebecher in einer Hand zu balancieren, während ich mir mit der anderen das Handy ans Ohr drückte. Ich war spät dran, in zwanzig Minuten musste ich bei meinem Job sein. Ich arbeitete seit Kurzem für ein Fernsehteam. Sie drehten eine Reportage über eine Truppe von Travestiekünstler im Mission-District, dem Schwulen- und Lesbenviertel der Stadt. Leider war ich nicht für das Schminken der Künstler selbst eingestellt worden – das machten die in der Regel lieber selbst, anstatt sich den Händen einer Visagistin anzuvertrauen. Ich war nur für den letzten Schliff sowie für das Stylen der anderen Beteiligten wie Models, Statisten und Reporter gebucht worden. Und davon gab es eine Menge. Aber der Job brachte gutes Geld ein, das wir dringend brauchten. Mit der Bahn ging es um diese Uhrzeit schneller als mit dem Taxi, die Straßen waren im Berufsverkehr immer gnadenlos verstopft. Gerade legte ich die letzten Meter zum historischen Victoria Theatre zu Fuß zurück, in dem heute gedreht werden sollte.

»Oh, ich wollte dich nicht aufhalten.«

»Nein. Tust du nicht«, widersprach ich schnell. »Ich bin multitaskingfähig. Telefonieren, Kaffee trinken und dabei rennen – kann ich«, setzte ich mit einem hysterischen Kichern hinterher. Allein seine Stimme brachte mich in diesen bescheuerten Teenie-Modus, in dem ich nichts Gehaltvolles von mir geben konnte. Wir hatten uns die ganze Woche noch nicht gesehen, weil ich von morgens bis spät in die Nacht am Set war. Und Telefonate konnten Nähe nicht ersetzen. Ich vermisste ihn.

»Ah, okay ... Sag mal ... hast du schon den neusten Klatsch über uns gelesen?«

Ich runzelte die Stirn und stoppte abrupt. Irgendjemand lief in mich hinein, ich spürte einen Stoß an meiner rechten Schulter und hörte das Fluchen. Aber ich ignorierte es. Ebenso die Spritzer des heißen Kaffees, die mir über die Hand liefen. Riley klang angespannt, und mein Magen machte einen Salto. »Nein. Was ist los?«, fragte ich alarmiert.

»Es kursiert ein Video von dir im Netz.«

»Was? Von mir?« *Ach du Scheiße!*

»Irgendjemand hat dich am Set von deinem aktuellen Job gefilmt und das ins Internet gestellt.«

Bei der Arbeit trug ich meist bequeme Klamotten und war ungeschminkt. Meine Haare waren immer nur zu einem wirren Knoten auf dem Kopf zusammengebunden oder unter einem Cap versteckt. Wenn man mich so gefilmt hatte ... na, wundervoll. Das machte bestimmt Eindruck. Ich stöhnte auf. So hatte ich mir meinen ersten Liveauftritt im Netz nicht vorgestellt. Andererseits würde *er* mich so kaum erkennen.

»Es tut mir leid, Tess. Ich ...«

»Das ist doch nicht deine Schuld, Riley«, fiel ich ihm ins Wort. »Vermutlich hat man mich nur aus Versehen gefilmt«, meinte ich. »Als Teil des Teams vom Set. Da sind so viele Kameras unterwegs und so viele Leute, die mit ihren Handys filmen. Vermutlich wollte sich da nur jemand wichtigmachen.«

Riley räusperte sich. »Tess ... Die haben dich gefilmt, weil wir zusammen sind. Die Schlagzeile ist eindeutig. Das Video hat bei YouTube bereits mehrere Tausend Klicks. In den sozialen Netzwerken geht es rum wie ein Lauffeuer. Ich wundere mich, dass du noch nichts gesehen hast.«

»Ich hab's nicht so mit Facebook und Co«, gab ich lahm zurück. Ein Grund dafür war, dass ich weder die Geschichten über Riley lesen noch mich selbst im Internet sehen wollte. Aber jetzt sahen mich bereits Tausende andere Leute.

»Verdammt. Was steht da?«

»*Wer ist das neue Mädchen an der Seite von Bandleader Riley Edwards*«, zitierte er.

»Oh ...« Ich hoffte immer noch, dass es ein Zufall war.

»Hast du irgendjemandem am Set von uns erzählt?«

»Bin ich bescheuert?«, fuhr ich ihn an.

»Nein, natürlich nicht. Entschuldige ...«, gab er zerknirscht zurück.

»Sorry, war nicht so gemeint. Es ist nur ...« Natürlich konnte er nichts dafür. Und trotzdem – es war das eingetroffen, was ich befürchtet hatte: Ich stand plötzlich in der Öffentlichkeit. Zwar hatte ich mich verändert, aber ... »Wissen sie ... wer ich bin?«

»Nein. Noch nicht.«

Noch nicht ... Er sagte das mit einer solchen Bestimmtheit, dass mir sofort klar wurde, dass es nicht lange dauern würde, bis mein Name über irgendeinem Foto auftauchen würde.

Shit!

Was sollte ich nun tun? Ich war nur noch ein paar Meter von dem Set entfernt, an dem es irgendjemanden gab, der meine Privatsphäre verletzt hatte. Ich ging in Gedanken all die namenlosen Gesichter durch, die dort arbeiteten. Es waren zu viele. Es könnte jeder gewesen sein. Ich zitterte.

»Unsere Leute sind schon dabei, denjenigen ausfindig zu machen. Ich bringe das in Ordnung, Tess. Versprochen.«

»Wie?« Jetzt hörte ich die Panik in meiner Stimme. Ich *war* panisch! Verdammt! *Atme, Tess. Atme!* Ich durfte mich davon nicht verrückt machen lassen. Für Hysterie war jetzt der falsche Zeitpunkt. Schließlich war kein Kopfgeld auf mich ausgesetzt. *Oder doch?*

Du weißt genau, dass dann in deiner Schmutzwäsche herumgekramt wird. Und wenn das rauskommt, bist du erledigt.

Ich hatte diesen Gedanken in den letzten Wochen erfolgreich verdrängt. Nach dem anfänglichen Hype um die Fotos von Riley und mir am Strand war es ruhig geworden. Und ich hatte angefangen, mich zu entspannen. Da ich die letzte Woche in meinen eigenen Alltag vertieft gewesen war und mich nicht mit Riley getroffen hatte, war ich überhaupt nicht auf den Gedanken gekommen, dass sich noch irgendjemand für mich interessieren könnte. *Falsch gedacht, Tess.*

»Ich … Sobald Keith wieder in San Francisco angekommen und erreichbar ist, wird er sich darum kümmern.« Er klang stocksauer.

»Okay. Ich … Ich muss jetzt weiter, Riley. Mein Job …«

»Du willst ernsthaft noch mal da hin?«

Ich lachte trocken auf. »Was bleibt mir übrig? Es ist ein Job, der Geld einbringt. Natürlich muss ich da hin.«

»Tess, du -«

»Riley!«, stoppte ich ihn gleich. Für weitere Belehrungen von jemandem, der sich um Geld keine Sorgen machen musste, hatte ich gerade wenig Nerven. Auch nicht, wenn es sich dabei um meinen Freund handelte.

»Irgendein Freak hat dich auf dem Kieker. Ich möchte nicht, dass sie dir zu nahe kommen, dich belagern. Das …«

»Nein, das möchte ich auch nicht, aber ich werde auch nicht weglaufen!«

»Das verlange ich doch auch gar nicht. Was sollen sie auch schon Schlimmes über dich herausfinden«, gab er etwas entspannter zurück.

Wenn du wüsstest ... Vielleicht wurde es Zeit, mit Riley zu reden.

Ich brachte den Weg zum Set irgendwie hinter mich. Und wie befürchtet sah ich am Eingang des Theatres bereits einige Leute mit Kameras stehen. Das musste nichts heißen. Schließlich war das Victoria Theatre ein beliebter Touristenmagnet, und auch das Filmteam mit seinem ganzen Equipment zog die Blicke auf sich. Von daher versuchte ich ruhig zu bleiben, zog mir das Cap tiefer ins Gesicht und holte die Sonnenbrille aus meiner Tasche. Gut, dass ich sie dabeihatte.

Ich überquerte langsam die Straße und hielt auf das rot gestrichene Gebäude zu, vor dem Menschen in kleinen Trauben herumstanden. Der Typ da mit der Mütze – beobachtete er mich? Hielt er ein Handy in der Hand? Filmte er mich? Ich schluckte, doch dann begriff ich, dass er seine Freundin ablichtete, die vor dem Eingang des Theaters posierte, über dem die große Anzeigetafel die *Rocky Horror Picture Show* für die nächsten Abende ankündigte. Das alte Kassenhäuschen, das mittig zwischen den beiden Eingangstüren stand, war unbesetzt. Natürlich – es war früher Morgen, die Shows begannen erst am Abend. Ich schob mich mit gesenktem Blick an den Touristen vorbei, lief um die Ecke, an der Hauswand entlang nach hinten und flüchtete durch die Hintertür ins Innere. Mit rasendem Puls lehnte ich mich mit dem Rücken gegen die Tür und verschnaufte einen Moment. Rileys Anruf hatte mich so nervös gemacht, dass ich kurz vor der Hysterie stand. Ich musste mich zusammenreißen. Ich hatte hier einen Job zu machen!

Als ich in das Foyer kam, herrschte dort schon emsiges Treiben. Die Tontechniker schleppten sämtliches Equipment in den Saal, in dem knapp fünfhundert Besucher auf zwei Etagen in roten Kinosesseln Platz fanden. Allerdings wurde der Charme des alten Theaters heute durch Kabel, Mischpulte,

Kisten, Leuchter und sonstige Arbeitsmaterialien der Crew etwas gemindert. Auf der Bühne, deren schwerer roter Samtvorhang bereits geöffnet war, sorgten die Lichttechniker schon für die Ausleuchtung, und ich erschrak, als plötzlich ein Soundcheck gemacht wurde.

Ich suchte Conner, meinen Ansprechpartner im Team, der mir den heutigen Ablauf mitteilen würde, und fand ihn auf der Bühne. Nachdem wir die Abfolge der einzelnen Szenen und damit meine Aufgaben geklärt hatten, verschwand ich zu den Garderoben.

»Guten Morgen, Tess«, begrüßte Aaliyah mich. Sie war die Chef-Visagistin am Set und immer gut gelaunt. Ihre Haare waren genauso wild und lockig wie meine, allerdings dunkel und krauser, und nicht weniger schwer zu bändigen. Das hatte uns irgendwie gleich zu Verbündeten gemacht. Ihr Name kam aus Persien und bedeutete »die Beste«, wie sie mir gleich am ersten Tag auf meine Frage hin mitgeteilt hatte. Ich fand ihn wunderschön und war neidisch. Tess war schon ziemlich langweilig dagegen. Sie zeigte auf ein Tablett, auf dem schon ein paar Kaffeebecher vor sich hin dampften. »Greif zu. Wir haben noch einen Moment, bevor es losgeht.«

Ich warf ihr einen dankbaren Blick zu. Ich hatte heute Morgen erst einen Kaffee auf dem Weg hierher getrunken, brauchte aber mindestens zwei, um überhaupt einigermaßen auf Touren zu kommen.

Aaliyah und ich quatschten noch ein bisschen, obwohl ich mich kaum richtig darauf konzentrieren konnte. Ich bildete mir ein, überall Handys zu sehen, die mich heimlich filmten. Dann öffnete sich die Tür, und Rico, einer der Travestie-Künstler, steckte den Kopf herein. »Tess, Schätzchen? Hast du zufällig ein bisschen Fixierpuder da, mit dem du mir aushelfen kannst?«

»Bestimmt, warte kurz.« Ich kramte in meinem Koffer und zog eine große Dose des neutralen Puders heraus, den man im

Anschluss über das gesamte Make-up gab, um es wischfest zu machen. Die Scheinwerfer strahlten eine enorme Hitze aus, und der Puder schützte vor dem Verlaufen der Maske.

»Soll ich, oder willst du selbst?«

Mit einem Seufzen ließ er sich auf den Stuhl vor dem Schminkspiegel fallen. »Mach ruhig. Danke dir.«

Er hatte sein Theater-Make-up bereits sorgfältig auf seinem Gesicht aufgetragen und seine Haare unter einem Haarnetz versteckt. Jetzt fehlten ihm nur noch die falschen Haare und sein glitzerndes Kostüm.

Während ich ihm den Puder auf Gesicht und Dekolleté auftrug, erzählte er mir, was passiert war.

»Ich hatte gestern Abend wohl vergessen, alles einzuräumen, und irgendein Volltrottel hat meine Sachen einfach in eine Ecke gepfeffert. Jetzt liegt unter anderem die Puderdose zerdeppert auf dem Boden.«

»Oh nein! Wer macht den sowas?«

»Zickenkrieg, was sonst«, gab er seufzend zurück, als wäre es das Normalste auf der Welt.

»Du meinst, das war jemand aus der Truppe?«

Er zuckte die Schultern. »Beweisen kann ich nichts, aber das ist leider nicht ungewöhnlich. Ich bin nur froh, dass ich diesmal keine Scherben in meinen Schuhen hatte und das die Kostüme noch heil sind.«

Ich war schockiert. »Passiert sowas öfter?«

»Öfter, als du vielleicht denkst.«

»Warum?«

Er wandte den Kopf und sah mitleidig zu mir auf. »Neid, Schätzchen. Purer Neid. Diese Branche ist hart umkämpft, es gibt zu wenige Arrangements für zu viele Künstler. Da ist es doch kein Wunder, wenn mit harten Bandagen gekämpft wird, um die Konkurrenz auszustechen, oder?«

Ich verzog das Gesicht. Zwar hatte ich schon von solchen Aktionen unter Models gehört, denn da war es ähnlich. Aber dass in der glamourösen Welt der Travestie auch solche Kämpfe ausgefochten wurden, hätte ich nicht vermutet. Nach außen hin waren die Männer immer so herzlich miteinander, aber anscheinend war das alles auch nur Show.

»Das tut mir leid«, sagte ich, weil mir nichts anderes einfiel.

Rico winkte ab. »Das muss es nicht, Schätzchen. Ich habe gelernt, damit umzugehen. Ich habe gestern nicht aufgepasst und die Quittung dafür bekommen. Glaub mir – das passiert mir nicht wieder.«

»Wie bist du eigentlich zur Travestie gekommen?«, fragte ich. Diese Frage hatte ich auf der Seele, seit ich an diesem Set arbeitete. Diese bunte Glitzerwelt faszinierte mich, und es interessierte mich, wie Ricos Einstieg gewesen war.

»Ich wollte schon immer Theater spielen und bin da irgendwie so reingerutscht«, erklärte er. »Theatergruppen für Schwule sind nicht unbedingt breit gestreut.«

»Und wie lange machst du das schon?«

»Zu lange, aber aufhören mag ich auch noch nicht, solange der Rubel noch rollt.«

»Kann man denn gut davon leben?«

Er lachte auf. »Nein, Schätzchen, mitnichten! Es reicht zum *Überleben.*«

Ich runzelte die Stirn. »Aber warum …?«

»Weil ich es liebe«, sagte er schlicht. »Und weil ich hier wahre Freunde gefunden habe. Nicht alle sind böse«, setzte er mit einem Augenzwinkern hinterher. »Mason zum Beispiel. Wir arbeiten schon seit zwei Jahren immer in denselben Shows zusammen. Was eigentlich ungewöhnlich ist, aber wir harmonieren gut miteinander, das haben auch die Clubbesitzer geschnallt. Allerdings ist er bei dieser Veranstaltung leider nicht dabei. Seine Frau liegt gerade im Krankenhaus.«

»Seine … Frau?«

Jetzt lachte er schallend auf. »Du dachtest, alle Travestiekünstler wären schwul?«

Ich verzog entschuldigend das Gesicht. »Das hatte ich irgendwie angenommen, ja. Entschuldige.«

»Kein Problem, Schätzchen. Woher sollst du das auch wissen. Es gibt so viele Männer, die zu Hause Frau und Kinder haben.«

»Oh, okay ... Aber du ...?«

»Ich habe einen Mann, richtig.« Er grinste, und ich konnte das verliebte Funkeln in seinen Augen erkennen. »Wir sind seit fünf Jahren ein Paar. Er hat allerdings mit dem Ganzen hier nicht viel am Hut. Was auch ganz gut ist. Er ist mein Ruhepol.«

Ich drückte ihm die Schulter und lächelte. »Das ist schön. So, ich bin fertig.«

»Und wie geht es dir so? Hast du auch einen Ruhepol?«, fragte er, nachdem er aufgestanden war.

»Ich ... Ich weiß nicht, ob Ruhepol der richtige Ausdruck dafür ist, schließlich steht er selbst im -« Ich stoppte gerade noch rechtzeitig, bevor ich zu viel ausplaudern konnte.

Erstaunt zog Rico die perfekt nachgezogenen Augenbrauen hoch. »Im Rampenlicht?« Ich schüttelte stumm den Kopf, aber er lächelte wissend. »Wenn es so ist, dann musst du der Ruhepol für ihn sein, Schätzchen. Künstler wie wir brauchen jemanden, der uns Halt gibt und uns immer wieder auf den Boden holt, wenn uns der Erfolg zu Kopf steigt.« Er umarmte mich herzlich. »Und wenn du ihn liebst, wirklich liebst, dann schaffst du das. Ich wünsche es dir. Und jetzt muss ich mich umziehen. Danke noch mal für deine Hilfe, Tess.«

Den Rest des Tages brachte ich irgendwie hinter mich. Immer einen Blick darauf, ob mich irgendjemand beobachtete, aber mir fiel nichts Ungewöhnliches auf. Es sprach mich auch niemand darauf an. Vielleicht war es auch ein Zaungast gewesen, der mich gefilmt hatte? Der Gedanke beruhigte mich etwas, und ich riss mich zusammen, machte einfach meinen Job. Wenigstens Aaliyah und Rico lenkten mich mit ihrer kollegialen und witzigen Art ein paar Stunden von meinen Sorgen ab.

Gegen zehn Uhr am Abend rief ich mir ein Taxi und ließ mich nach Hause bringen. Niemand hatte mich beobachtet, niemand verfolgte mich. Das war beruhigend. Jetzt sehnte ich mich nur noch nach einer heißen Dusche und nach einem Telefonat mit Riley. Ich hatte ihm versprochen, mich zu melden, sobald ich zu Hause war. Vielleicht gab es bereits Neuigkeiten. Vielleicht war das Video bereits aus dem Netz genommen worden, bevor es größeren Schaden anrichten konnte. Ich wünschte es mir. Ich zögerte noch, ob ich es mir ansehen sollte.

Ich schleppte mich die knarrende Holztreppe nach oben und schloss die Wohnungstür auf. Wieder diese Stille. Obwohl ich den ganzen Tag eine laute Geräuschkulisse um mich herum gehabt hatte, sehnte ich mich nach Musik. Doch bevor ich in die Küche gehen konnte, um das Radio anzustellen, kam Yuna aus ihrem Zimmer.

»Yuna ... was ...?«

»Ich ... Es ist nicht so schlimm, wie es aussieht. Mir geht's gut«, versuchte sie zu beschwichtigen, aber dass sie dabei schmerzhaft ihr Gesicht verzog und ihre Worte eher genuschelt als gesprochen waren, ließ meine Alarmglocken noch schriller klingeln. Was war in den wenigen Stunden, in denen ich außer Haus gewesen war, passiert? Hatte sie einen Unfall gehabt? Nein, das sah anders aus. Das sah aus, als ...

»Wer war das?« Ich ließ meine Tasche und den Make-up-Koffer fallen und ging auf sie zu. Doch sie zuckte zurück, als ich meine Hand nach ihr ausstreckte.

»Nicht ...«

»Yuna! Verdammt, was ist passiert? Wer hat dir das angetan? Wann?« Ich konnte nicht aufhören sie anzustarren. Mit einem Schlag waren meine eigenen Sorgen vergessen. Alles, was zählte, war Yuna. Fassungslos ließ ich meinen Blick über ihr geschwollenes Gesicht wandern. Ihre Lippen waren dick und aufgeplatzt, blutiger Schorf hatte sich in ihren Mundwinkeln gebildet. Ihre Wangen schillerten in den buntesten Farben von violett über blau bis hin zu grün und gelb. Ihr linkes Auge hatte ein violettes Veilchen, und über der Augenbraue saß ein frischer Cut. An ihrem Hals erkannte ich rote Striemen, und als sie sich die Rippen hielt, ahnte ich, dass ihr wunderschönes Gesicht nicht das Einzige war, was kaputt war. Irgendjemand hatte sie verprügelt. Und alles, was sie dazu sagte, war, es sähe schlimmer aus, als es war? Ich stieß einen knurrenden Laut aus.

»Warst du beim Arzt?« Schweigend schüttelte sie den Kopf. »Bist du irre? Was ist mit dem Baby?« Ich atmete tief durch, versuchte krampfhaft, ruhig zu bleiben. Es nützte nichts, wenn ich jetzt durchdrehte, obwohl ich genau das am liebsten getan hätte. »Wir fahren sofort. Zieh dir was an. Wann ist das passiert?« Wieder schwieg sie. »Wann?«, fragte ich nun lauter, eindringlicher, während ich in meiner Tasche nach dem Autoschlüssel suchte. Wieder zuckte sie zusammen, Tränen sammelten sich in ihren Augen.

»Tess, bitte …«

»Bitte? Bitte was? Warum schützt du diesen Scheißkerl?« Sie schüttelte nur stumm den Kopf. Jetzt wurde ich sauer. Aber auch nur, weil ich Angst hatte. Warum hatte sie mich nicht angerufen? »Warum hat Alec das getan?«, fragte ich ins Blaue. Der Name dieses Kerls war der erste, der mir in den Sinn kam.

Ihr Kopf flog hoch. »Alec war das nicht.«

»Wer dann?« Ich glaubte ihr kein Wort. Ich war mir sicher, dass Alec, dieser Kerl, der sie geschwängert hatte und laut ihrer Aussage dann abgehauen war, ihr das angetan hatte. Mistkerl. Wie gerne würde ich zu ihm fahren und ihm die Eier abschneiden. Wenn ich gewusst hätte, wo er steckte.

»Tess, er war es nicht. Wirklich.«

»Wo. Steckt. Er?«

»Keine Ahnung. Er hat mich doch sitzen lassen. Er ist abgehauen, ich habe keine Ahnung, wo er steckt. Sein Handy ist aus, falls das deine nächste Frage gewesen wäre.« Jedes Wort, jeder Atemzug schien ihr Schmerzen zu bereiten.

Yunas Unterlippe zitterte, und sie begann zu weinen. Shit! Wenn ich eins nicht ertragen konnte, dann, dass meine kleine Schwester weinte. Ich wollte sie in meinen Arm ziehen und trösten, sie beschützen vor allem Bösen dieser Welt – aber sie hatte mir zu verstehen gegeben, dass sie das nicht wollte.

Ich riss ungeduldig ihre Jacke vom Haken und schnappte meine Handtasche. »Zieh deine Jacke an. Die Wunden müssen gesäubert werden. Und sie müssen sich das Baby ansehen.«

Als hätte sie erst jetzt begriffen, dass das Baby in ihrem Bauch verletzt sein könnte, schluchzte sie auf, und die Tränen flossen über ihr Gesicht. »Ich habe doch nichts getan, ich hab damit überhaupt nichts zu tun ... Er ... Er kam einfach hier rein und ...« Ich verstand nur die Hälfte, und als sie nach diesen paar Schluchzern auf dem Stuhl zusammenbrach, weinend vor Schmerzen, wurde mir klar, dass etwas Schlimmes, etwas sehr, sehr Schlimmes geschehen sein musste. Und ich hatte wirklich Angst vor der Wahrheit.

»Danke, Doc.« Ich verabschiedete mich von dem Arzt, der Yuna untersucht hatte, und wartete, bis er den Raum verlassen hatte. Dann sah ich Yuna eindringlich an, doch sie wich meinem Blick aus. Wohl wissend, dass ich wütend war. Wütend auf sie, weil sie mir nichts gesagt hatte. Wütend, weil sie nicht sofort zum Arzt gegangen war. Wütend, weil sie keine Anzeige gegen den Kerl erstatten wollte, der ihr das angetan hatte. Und wütend auf mich selbst, weil ich nicht bei ihr gewesen war, um auf sie aufzupassen, sondern meinen scheiß Job gemacht hatte. Aber ich war dankbar, dass es wenigstens dem Baby gut ging. Es hatte nichts abbekommen.

Der Doc hatte ein paar leichte Prellungen diagnostiziert. Dazu kamen unzählige Blessuren im Gesicht.

»Komm, lass uns gehen«, presste ich hervor und griff nach meiner Jacke, die ich über den Stuhl gelegt hatte. »Wir müssen noch die Medikamente holen.« Der Arzt hatte ihr aufgrund der Schwangerschaft ein paar pflanzliche Schmerzmittel aufgeschrieben.

Yuna schleppte sich mit meiner Hilfe zum Auto, ich besorgte die Medikamente und brachte uns dann nach Hause.

»Du legst dich ins Bett, ich mache Tee. Und dann reden wir. Und zwar Klartext.«

Als Yuna im Bett lag, hantierte ich in der Küche rum. Tee war gut, wenn man seine Gedanken ordnen musste. Und ich hatte viele Gedanken zu ordnen. Noch immer hatte Yuna mir nicht die ganze Geschichte erzählt, und ich wusste, ich musste ihr Zeit geben. Sie hatte etwas Schreckliches erlebt.

Außerdem musste ich Riley anrufen. Es war bereits weit nach Mitternacht – wegen der Schwangerschaft hatten die Schwestern die Dringlichkeit hochgestuft, und wir hatten nicht so lange wie üblich in der Notaufnahme warten müssen. Aber Riley musste jetzt warten. Yuna war nun erstmal wichtiger.

Ich setzte mich mit dem Tee zu ihr ans Bett und trank schweigend.

»Scheiße, tut mir leid. Ich -«

»Hör auf, dich ständig zu entschuldigen. Sag mir doch einfach, was passiert ist«, fuhr ich sie schärfer als beabsichtigt an. Sie warf mir einen genervten Blick zu, den ich stirnrunzelnd erwiderte. »Wenn es nicht Alec war, der …«

»Zum hundertsten Mal: Alec ist abgehauen. Ich habe keine Ahnung, wo er steckt.«

Ich seufzte still und trank einen weiteren Schluck Tee. Ich bemühte mich wirklich, ruhig zu bleiben, was mir angesichts ihrer Verschwiegenheit immer schwerer fiel.

»Alec hat Schulden. Spielschulden. Und der Typ hat versucht, sich das Geld von mir zurückzuholen, weil Alec wohl untergetaucht ist. Aber als er begriffen hat, dass hier nichts zu holen ist, hat er ... Er kommt wieder. Und wenn ich das Geld dann nicht habe ...« Ihre Stimme brach ab, aber ich konnte mir den Rest auch so zusammenreimen. Ich hätte ihr jetzt eine Standpauke halten können, dass es sich mit Spielern wie mit Junkies verhielt. Aber sie war so schon genug gestraft. Also versuchte ich, die Sache sachlich anzugehen.

»Um wie viel Geld geht es?«, wollte ich wissen. Yuna murmelte etwas, das ich nicht verstand. »Wie viel?«

»Fünfzigtausend«, sagte sie nun etwas deutlicher. Ich riss die Augen auf. Hatte ich mich verhört?

»Fünfzigtausend Dollar?«, fragte ich zur Sicherheit nach. Als sie nickte, wurde mir schlecht. Verdammt! So viel Geld hatte Yuna nicht. Ich auch nicht. Und selbst wenn ich die nächsten Wochen ununterbrochen am Stück arbeiten würde, würde ich diese Summe niemals zusammenkratzen können.

»Bis wann?« Wollte ich es wirklich wissen?

»Er gibt mir zwei Wochen Zeit.«

Ich schwieg. Sah Yuna nicht an. Dachte nach. Und wägte ab. Es gab eine Möglichkeit, so viel Geld in der Kürze der Zeit zu beschaffen. Aber das wäre wirklich der allerletzte Ausweg. Doch noch während ich schweigend mögliche andere Optionen durchging, wusste ich schon, dass es keinen anderen Weg gab.

Ich kannte diese Schlägertypen. Dinah, meine ehemalige Chefin, hatte damals einige davon um sich geschart. Ich wusste, wozu sie fähig waren. Und ich wusste auch, dass man besser zahlte, wenn man am Leben bleiben wollte. Dass es nicht Yunas Schulden waren, spielte keine Rolle. Der Typ hatte einen Weg gefunden, sich das Geld zu beschaffen, und er würde nicht zögern, seine Drohung wahrzumachen, sollte Yuna sich querstellen. Das würde ich auf keinen Fall zulassen. Und wie auf Knopfdruck schoben sich immer mehr die Erinnerungen an etwas in meine Gedanken, die ich bis zu diesem Zeitpunkt tief in meinem Innersten versteckt gehalten hatte. Aber je länger ich darüber nachdachte, umso mehr kam ich zu dem Schluss, dass das die einzige Möglichkeit war, um Yuna zu helfen.

Es war an der Zeit, schlafende Hunde zu wecken.

Riley

»Als ich sagte, du sollst dich darum kümmern, hatte ich nicht sowas gemeint!«

Als ich das Video von Tess auf Jacobs Handy gesehen hatte, hatte ich sofort Keith angerufen. Er war da zwar noch in L.A. gewesen, aber hatte versprochen, von dort aus schon mal alle Hebel in Bewegung zu setzen, um Schadensbegrenzung zu betreiben.

Unruhig hatte ich danach auf Tess gewartet, aber sie hatte mir mitten in der Nacht nur eine kurze Nachricht geschickt, dass sie müde und kaputt sei und wir heute reden würden. Hätte sie sich das Video angeguckt, wäre sie vermutlich hellwach gewesen.

Ich war um fünf Uhr aufgestanden und eine große Runde laufen gegangen, um mich auszupowern, weil ich nicht schlafen konnte. Zu viel schwirrte mir im Kopf herum. Und gleich um acht Uhr hatte ich mich heute Morgen auf den Weg zu MJ Records gemacht. Eine Stunde hatte ich in Keith' Büro auf ihn gewartet, bis er endlich eintraf. Im Gegensatz zu mir hatte er blendende Laune und erklärte mir ausführlich, wie wir mit der aktuellen Situation umgehen sollten.

»Das ist das Beste, was dir passieren kann«, entgegnete er seelenruhig.

»Das meinst du nicht ernsthaft?« Mit hochgezogenen Augenbrauen stand ich Keith gegenüber und konnte nicht glauben, was er mir eben vorgeschlagen hatte.

Er schüttelte schnaubend den Kopf. »Was ist dein Problem, Riley?«

»Das fragst du noch?«, entgegnete ich und musste mich echt zusammenreißen, um ihm nicht an die Gurgel zu springen. Sein

Vorschlag war so absurd, und es widerstrebte mir, ihn auch nur ansatzweise in Erwägung zu ziehen. Wieder fixierte ich das Foto von Emily Parker und mir, das uns beide in inniger Umarmung zeigte, das seit gestern Abend die Runde im Internet machte und die Gerüchteküche brodeln ließ. Dass das Foto bereits fast ein Jahr alt war, schien hier niemanden zu interessieren. Niemanden außer mich.

Jetzt seufzte Keith und ließ sich hinter seinem massiven Schreibtisch auf seinen ledernen Schreibtischstuhl fallen. »Das ist eine gute Lösung. Die beste Lösung für dein ... Problem. Und eine gute PR sowieso.« Er schüttelte den Kopf und sah mich eindringlich mit leicht zusammengekniffenen Augen an. »Du bist uns noch eine Menge schuldig, und das weißt du. Ich hab dich zu dem gemacht, was du bist. Ein gefeierter Rockstar, der von seiner Musik leben kann. Vergiss das nicht.«

Ich schnaubte. »Als ob ich das vergessen könnte.« Weder Obsidian noch ich hatten mitzubestimmen, wenn es um Marketingmaßnahmen ging. Wir wurden immer vor vollendete Tatsachen gestellt. Wir hatten nur abzunicken und das zu tun, was die Oberen von uns verlangten. Im Grunde waren wir nur Marionetten in einem Spiel, in dem wir nur verlieren konnten.

Anfangs war ich begeistert gewesen, dass die Plattenfirma keine Kosten und Mühen scheute, uns zu pushen. Das Marketingbudget schien unendlich, und eine PR-Aktion jagte die nächste. Fast über Nacht kam der erste Nummer-eins-Hit, die Tour war ein wahnsinniger Erfolg. Selbst in meinen kühnsten Träumen hätte ich es mir nicht so gigantisch vorgestellt. Doch mittlerweile wusste ich, wie der Hase wirklich lief. Und das gefiel mir nicht. Es wurde immer schlimmer, und ich suchte schon seit geraumer Zeit nach einer Möglichkeit, diesem Hamsterrad zu entkommen. Aber wenn man Erfolg haben wollte, so Keith, musste man bereit sein, die Ellenbogen auszufahren und im Stechschritt durch die Menge zu laufen. Eine ganze Weile hatte das auch gut funktioniert, denn bisher hatte Keith für uns die Ellenbogen ausgefahren. Aber jetzt sollte ich es selbst tun, und das vertrug sich schlecht mit meinen Prinzipien. Keith sah mich eindringlich an. Mir war klar, dass er schon wieder kurz davor war auszurasten.

»Ich sage dir jetzt mal was, und du solltest ganz genau darüber nachdenken, Riley. Sobald du und Emily in einem Atemzug genannt werdet, lassen sie dein Mädchen in Ruhe.«

»Tess. Sie heißt Tess«, knurrte ich.

Beschwichtigend hob er die Hände. »Ja, ja. Tess. Die kleine süße Tess wird eine Menge Schwierigkeiten bekommen, wenn wir die Meute nicht auf eine andere Fährte lenken. Dem einen Foto werden weitere folgen, dem einen Video auch. Man hat sie bereits auf der Pfanne. Du kannst es jetzt stoppen, bevor es nicht mehr aufzuhalten ist. Einer unspektakulären Affäre wird niemand hinterherspionieren.«

Ich schluckte die scharfe Erwiderung runter, die mir auf der Zunge lag, und sammelte mich. Für einen kurzen Moment schloss ich die Augen, dachte daran, was Tess noch durchmachen müsste, wenn ich jetzt meinen Willen durchboxen würde, anstatt auf Keith' Angebot einzugehen. Wenn sie erst herausfanden, wer Tess war, wäre sie nicht mehr sicher. Ich konnte förmlich das Klicken der Kameras hören, die Blitzlichter aufflammen sehen, die sie auf Schritt und Tritt begleiten würden, nur weil jeder scheiß Paparazzo das beste Bild von Riley Edwards' Freundin schießen wollte. Sie würde keine ruhige Minute mehr haben, würde sich abschotten und mit dem ganzen Rummel zurechtkommen müssen. Ich glaubte zu wissen, dass sie das nicht überstehen würde. Allein die Panik in ihrer Stimme, als ich ihr von dem Video erzählt hatte, hatte sie verraten. Tess war kein Mensch, der sich im Rampenlicht wohlfühlte. Sie hielt sich lieber im Hintergrund. Die Meute würde sie zerfleischen. Und ich würde die Schuld daran tragen. Wollte ich ihr das wirklich antun?

Nein, das konnte ich nicht. Keith hatte recht, so leid es mir auch tat, das eingestehen zu müssen.

Ich sah ihn an. »Wann?«

»Jetzt gleich. Emily wartet nur auf uns.«

»Was?« Ich wusste ja, dass ich kein Mitspracherecht hatte, aber dass er sie vor mir über die Pläne ihrer und meiner Plattenfirma unterrichtet hatte, fand ich schon heftig.

»Warum Zeit verlieren? Mit jeder Minute, die verstreicht, ist es wahrscheinlicher, dass noch mehr Bilder von Tess auftauchen. Emily ist einverstanden, dir zu helfen. Also nimm es an.«

Ich schluckte hart, dann nickte ich hilflos.

Keith machte Anstalten, seine hundertzwanzig Kilo aus dem Sessel zu wuchten, doch ich stoppte ihn. Skeptisch sah er mich an, ließ sich dann aber wieder in den Stuhl fallen. Allerdings nicht, ohne einen ungeduldigen Blick auf seine protzige Rolex zu werfen.

»Was sagt Emily zu dem Ganzen? Und ich will jetzt nicht deine Version der Geschichte hören«, hakte ich nach. Ich wollte vorbereitet sein, wenn ich auf sie treffen würde.

Emily und ich hatten uns während der Tour von Obsidian kennengelernt. Sie war der neue Popstar am Himmel von MJ Records und hielt sich derzeit wie wir mit ihrem Song an der Spitze der Charts auf. Ich wusste nicht mehr, in welcher Stadt wir das Konzert gegeben hatten, aber an dem Abend war sie einfach auf unsere Bühne gekommen und hatte sich in meinen Song eingeklinkt. Niemand hatte mir vorher Bescheid gegeben, sie hatten mich alle einfach damit überfahren. Damit es authentischer wirkte. Dass ich nicht lache! Der Auftritt war gut gewesen, war bei den Fans gut angekommen und hatte auch Spaß gemacht. Danach waren wir uns backstage nähergekommen. Kurzum: Wir hatten eine ziemlich heiße Nacht miteinander verbracht. Leider hatten die Paparazzi davon Wind bekommen und Emily abgelichtet, als sie im Morgengrauen aus meinem Hotel gekommen war. Seitdem hatte es einige Spekulationen über uns gegeben, die aber weder sie noch ich jemals angeheizt hatten. Doch dafür hatte Keith jetzt gesorgt.

Keith lachte auf, als hätte ich einen verdammt guten Witz gemacht. »Emily steht auf dich. Sie war sofort einverstanden und hat sich in den nächsten Flieger gesetzt. Mann, Riley! Sie ist heiß, ihr passt perfekt zusammen. Außerdem hattet ihr schon was miteinander. Sieh dir das Foto an, es spiegelt das perfekt wider. Es zeigt, wie sehr ihr aufeinander abfahrt. Und das ist es, weshalb uns jeder diese Geschichte abkaufen wird. Und damit sind die Bilder von dir und … Tess vergessen. Dazu werden wir kein Statement abgeben«, setzte er nach, als ich versuchte, zu Wort zu kommen. »Wir werden es aussehen lassen wie immer. Das war eine deiner kleinen Affären, nichts weiter.« Wieder wollte ich widersprechen, doch mein Manager ließ mich nicht. »Nein, Riley. Das hast du dir selbst eingebrockt. Mir kann es völlig egal sein, was mit deiner kleinen Freundin passiert. Du willst sie schützen, nicht ich. Und wenn du nicht willst, dass deine Tess der Meute zum Fraß vorgeworfen wird, dann reiß dich jetzt verdammt noch mal zusammen und mach das, worum ich dich gebeten habe!« Die letzten Worte brüllte er fast, während er aufsprang und seine massigen Hände auf die Tischplatte schlug. Oh ja, er war sauer. Stocksauer, um genau zu sein. Aber das war mir ziemlich egal. Keith war ein Choleriker, ich wusste mittlerweile damit umzugehen und schwieg einfach. Keith kam um den Tisch herum und baute sich vor mir auf. Er war in etwa gleich groß, allerdings doppelt so breit. Seine dunklen Haare wurden mittlerweile weniger, und durch mangelnde Bewegung, zu wenig frische Luft und zu viel Fastfood, das er meist zwischen zwei Terminen in sich reinstopfte, sah seine Haut fahl aus. Der Alkohol tat sein Übriges. Alles in allem wirkte er in diesem Moment wie ein alter Mann, dabei gehörte er mit seinen vierundvierzig wirklich noch nicht zum alten Eisen. Gott bewahre, wenn ich irgendwann so aussehen sollte …

»Beruhig dich wieder, Keith. Ich mach es ja. Aber nur wegen Tess. Und nur so lange es nötig ist. Und sollte irgendwas falsch laufen«, ich pikte ihm meinen Zeigefinger in die Brust, »dann erlebst du mich von meiner anderen Seite. Haben wir uns verstanden?«

»Soll das eine Drohung sein?«

»Nein. Eine Feststellung.« Ich hielt ihm die Hand hin. »Wenn du deinen Teil erfüllst, erfülle ich meinen. Deal?«

Er musterte mich ein paar Sekunden nachdenklich, bevor er einschlug. Sein Händedruck war fest, und ich hielt ihm stand. »Deal.«

»Gut. Dann los.« Eigentlich hatte ich keine Eile, Emily Parker zu begegnen, aber ich wollte es hinter mich bringen. Es kotzte mich an, diesem Plan zugestimmt zu haben, aber ich hatte keine andere Wahl. Wenn Tess weiterhin ihre Ruhe haben sollte, dann musste ich die Meute auf eine andere Fährte lenken. Während ich Keith durch den langen Flur des oberen Stockwerks folgte, in dem er sein Büro hatte, versuchte ich, Tess anzurufen. Aber sie war sicher schon am Set und daher nicht erreichbar. Hastig tippte ich eine kurze Nachricht an sie.

Ich muss mit dir reden. Es ist dringend! Und glaub nichts von dem, was du über mich liest oder siehst! Ich hoffte, dass sie sich schnell meldete.

Am anderen Ende des Gebäudes befand sich das Besprechungszimmer, und als wir eintraten, stutzte ich. Ich hatte mit Emily gerechnet, aber nicht mit der Presse, die sich bereits in einer Ecke des großen Raums versammelt hatte. Die Kameras im Anschlag, die Blöcke und Aufnahmegeräte gezückt.

»Riley …« Emily sprang von ihrem Stuhl auf. Wie immer sah sie wie aus dem Ei gepellt aus. Schwarze enge Lederhosen, die in ebenfalls schwarzen Stiefeln steckten. Ihre großen Möpse wurden durch das enge Jackett noch betont, und ich hätte mich nicht gewundert, wenn sie mit dem nächsten Atemzug die Knöpfe zum Bersten gebracht hätte. Die langen dunklen

Haare fielen in leichten Wellen über ihre Schultern und umrahmten ihr schmales Gesicht, das wie immer unter einer dicken Schicht Make-up verborgen lag. Sie war das genaue Gegenteil von Tess.

Mit einem breiten Lächeln und schwingenden Hüften kam sie auf mich zu. Ihre Hände legten sich auf meine Schultern, und bevor ich reagieren konnte, küsste sie mich. Auf den Mund.

Mein erster Instinkt war zurückzuweichen. Doch im letzten Moment wurde mir klar, wie das für alle Anwesenden aussehen müsste. Deshalb riss ich mich zusammen und ließ es zu, dass ihre Lippen sich auf meine legten, erwiderte den Kuss allerdings nur halbherzig. Und in diesem Moment blitzten die Lichter der Kameras auf. Fuck! Ich dachte an Tess und daran, dass ich sie jetzt nicht mehr würde vorwarnen können. Diese Bilder würden innerhalb von Sekunden online sein.

Als ich Emily sanft, aber bestimmt von mir schob, bemühte ich mich um Gelassenheit. Ihre dunklen Augen funkelten vor Belustigung. Für sie war das alles nur ein Spaß, ein PR-Gag, der eine weitere Sprosse auf ihrer Karriereleiter bedeutete. Für mich jedoch war es mein Ruin.

Ich würde meine eigenen Belange zurückstellen müssen und Emily Harper zum Schutz für Tess als meine neue Freundin ausgeben müssen. Und ich konnte nur hoffen, dass Tess es genauso sah.

Tess

Ich fühlte mich wie zerschlagen, als ich mich nach wenigen Stunden unruhigen Schlafs am nächsten Mittag in die Küche schleppte. Schweigend stellte ich das Radio an und war froh, als irgendein Popsong dudelte und mir zumindest ein bisschen Vertrautheit schenkte. Ich griff eine Tasse aus dem Schrank und bediente mich am Kaffee, den Yuna in weiser Voraussicht bereits gekocht hatte. Es war ja nicht so, dass ich ein Morgenmuffel war oder so, ich kam eigentlich ganz gut aus dem Bett und konnte auch innerhalb weniger Minuten zur Höchstform auflaufen. Die einzige Voraussetzung: Es gab Kaffee. Allerdings wusste ich nicht, ob eine Tasse Kaffee meine wirklich miese Laune wieder anheben konnte.

»Morgen«, begrüßte ich meine Schwester, als ich den ersten Schluck intus hatte. Sie saß am Tisch und surfte durch das Internet. Ich dachte mit Schrecken an dieses Video, das angeblich von mir im Netz kursierte. Ich hatte vor lauter Aufregung um Yuna gestern nicht mehr daran gedacht, es mir anzusehen. Und wenn ich ehrlich war, hatte ich auch gar keine Lust dazu. Nachdem ich Riley gestern Nacht nur eine kurze Nachricht geschickt und ihn auf heute vertröstet hatte, hatte ich mein Handy ausgeschaltet. Ich hätte es nicht ertragen, mit ihm zu reden und dann womöglich wegen Yuna zusammenzubrechen. Ich musste stark sein, und das würde ich auch.

Somit hatte ich keine Ahnung, was mittlerweile im Netz kursierte. Ich wollte nicht lesen, was für Halbwahrheiten über mich verbreitet wurden. Riley wollte das in Ordnung bringen. Vielleicht hatte er sich sogar schon um alles gekümmert. Sobald ich hier alles geregelt hatte, würde ich ihn anrufen.

»Guten Morgen.« Yuna schlurfte in die Küche sah mich dabei zerknirscht an.

»Wie geht es dir?«

»Ganz okay.«

»Schmerzen?«

»Nein.« Mir war klar, dass sie log.

»Was macht der Stöpsel?«

Sie legte eine Hand auf ihren Bauch und lächelte zaghaft. »Es bewegt sich.«

»Ehrlich?«

»Ja. Willst du mal fühlen?«

Ich ging zu ihr und legte meine Hand auf ihren Bauch. Yuna legte sie an eine andere Stelle, dann warteten wir. Und plötzlich spürte ich eine leichte Bewegung unter meinen Fingern. Wie ein kleines Anstupsen. Ich quiekte auf. »War es das?«

Yuna nickte. »Sie ist seit letzter Nacht ziemlich aktiv.«

»Kein Wunder, bei all der Aufregung. Aber … sie?«, fragte ich.

Wieder nickte Yuna. »Bei der Untersuchung gestern konnte man es sehen. Die Ärztin fragte, ob ich es wissen will, und hat es mir dann gezeigt. Es ist ein Mädchen, Tess.« Ihre Augen glitzerten, als sie zu mir aufsah.

Ich drückte ihr einen Kuss auf den Scheitel und zog meine Hand weg. Dann setzte ich mich ihr gegenüber an den Tisch.

Während ich schweigend meinen Kaffee trank und Yuna auf ihrem Laptop rumtippte, der auf dem Küchentisch stand, versuchte ich, die richtigen Worte zu finden, für das, was ich ihr gleich sagen musste. Es tat mir leid, sie damit konfrontieren zu müssen, aber ich hatte die halbe Nacht versucht, eine andere Lösung zu finden. Doch es gab keine.

Plötzlich schnappte sie nach Luft und stöhnte gequält auf. Ich dachte gleich an das Baby und sprang auf. »Was ist? Was hast du? Ist was mit dem Baby?«

Doch sie schüttelte den Kopf und zeigte mit aufgerissenen Augen auf das Display ihres Laptops.

»Was ist da so Spannendes zu sehen?« Hatte sie das Video entdeckt? War es doch schlimmer, als Riley gesagt hatte? Gab es womöglich schon wieder neue Schlagzeilen? Sie zögerte, doch dann drehte sie den Laptop so, dass ich erkennen konnte, was sie mir zeigen – oder am liebsten vor mir verbergen wollte.

Auf dem Display war Riley zu sehen, allerdings nicht allein. Sondern mit einer dunkelhaarigen Schönheit in inniger Umarmung, während sie sich küssten.

»Was zum …« Ich drehte den Laptop so, dass ich es besser sehen konnte, und studierte das Bild ganz genau. »Ist das etwa …?«

»Emily Harper. Das neue Popsternchen am Musikhimmel«, vervollständigte Yuna meinen Satz.

Ich sah sie an. »Und wieso küsst er sie?« Ich verstand nicht, was ich da sah. »Von wann ist das?«

»Von heute Morgen.«

»Was?« Das war doch ein Scherz. Ich konnte nicht glauben, dass Riley eine andere küsste, nachdem zwischen uns alles klar war. Und schon gar nicht, dass er sich dabei fotografieren ließ.

Yuna blies die Luft aus ihren Wangen und zuckte mit den Schultern.

Wieder blickte ich wie betäubt auf das Foto der beiden und dann auf die Schlagzeile, die mit fetten Lettern darüber stand.

Riley Edwards in love

Nachdem sich am Montagabend ein gemeinsames Foto von Emily Parker und Riley Edwards im Internet verbreitete, überraschte der Frontmann der Band Obsidian mit einer Presse-

konferenz, an der auch Popsternchen Emily Harper teilnahm. Seit
Emilys Auftritt beim Konzert der Band in Chicago wurde bereits
spekuliert, was zwischen den beiden läuft. Jetzt hat die Welt Ge-
wissheit: Emily Harper und Riley Edwards haben ihre Beziehung
öffentlich gemacht.

»Wir lieben uns schon lange, wollten aber nie nur darauf redu-
ziert werden«, sagte Emily ganz offen.

Ihr inniger Auftritt dürfte auch die letzten Zweifel zerstreuen.
Auf die Frage, was es mit Tess Adams, der Visagistin der Band,
auf sich hat, gab Edwards an, es sei nur ein Ausrutscher gewesen,
den er zutiefst bereue.

Riley Edwards wird sesshaft, und seine Affären gehören nun
wohl der Vergangenheit an.

Mir war kotzübel. Alles drehte sich um mich herum, und das
Blut rauschte in meinen Ohren. Das konnte nicht wahr sein! Wie
konnte Riley sich zu einer anderen bekennen, nach allem, was
zwischen uns gewesen war? Die Buchstaben verschwammen vor
meinen Augen, doch es dauerte, bis ich merkte, dass ich weinte.
Scheiße! War ich denn wirklich so dämlich, so blind gewesen?
War ich tatsächlich nur ein Zeitvertreib für Riley gewesen, nichts
weiter als eine kleine, billige Affäre, die er zutiefst bereute? Ich
konnte es nicht glauben, wollte es nicht glauben. Aber mein Herz
bäumte sich auf beim Anblick von ihm und dieser Emily und war
kurz davor, in tausend Einzelteile zu zerspringen. Aber tief in mir
wusste ich, dass diese Story eine Lüge war. Eine Lüge sein musste!

»Es tut mir leid, Tess«, hörte ich Yuna wie aus weiter Ferne.
Ich fühlte mich wie in einer Blase gefangen, konnte das alles überhaupt nicht begreifen. Wieso tat er mir das an?

Ich stand auf. Meine Glieder fühlten sich an wie Blei. Stumm
schleppte ich mich in mein Zimmer und warf mich auf mein
Bett.

Ich grübelte darüber nach, warum Riley das getan haben sollte. Warum sollte er gewollt haben, dass ich seine Freunde ken-

nenlernte, wenn ich nicht mehr als eine Affäre für ihn war? Wieso war er dann mit mir in die Suppenküche gegangen? Warum hatte er mich seiner Familie vorgestellt? Warum hatte er mich in sein Leben einbezogen, wenn er mich doch eigentlich gar nicht wollte, sondern diese Emily liebte? Nein! Das ergab keinen Sinn. Es musste etwas anderes dahinterstecken.

Ich nahm mein Handy in die Hand und schaltete es ein. Kurz darauf sah ich, dass Riley versucht hatte, mich zu erreichen. Heute Morgen. Hatte er mich vorwarnen wollen? Eine neue Nachricht blinkte auf. Wieder Riley. Er wollte mit mir reden? Ich sollte nicht alles glauben? Mein Gefühl bestätigte sich.

Plötzlich vibrierte mein Handy in meiner Hand und riss mich aus meinen Gedanken. Riley rief erneut an. Ich zögerte. Seine Nachricht bestätigte meine Ahnung, dass die Sache mit Emily nicht war, wie es dargestellt wurde. Dass er mich nicht belogen oder betrogen hatte und ich nicht dämlich gewesen war, als ich mich auf ihn eingelassen, ihm vertraut hatte. Aber die ganze Story um ihn und Emily spielte mir in die Karten, denn wenn ich wirklich durchziehen wollte, was ich mir vorgenommen hatte, war es einfacher so. Für uns beide.

Ich atmete tief durch und drückte den grünen Hörer.

»Warum hast du das getan?«, fragte ich und bemühte mich dabei, nicht zu weinen. Das Wissen, ihn zu verlieren, brachte mich fast um.

»Tess, das ist nicht so, wie es scheint. Es ist alles eine große Lüge.«

»Du hast sie geküsst. Sie schreiben, ihr liebt euch. Schon lange«, fasste ich den Artikel zusammen, auch wenn ich wusste, dass er eine Lüge war.

»Das eine Foto ist ein Jahr alt, Tess. Sie haben es rausgekramt, um dich zu schützen. Ich konnte dir vorher nichts sagen, weil ich es selbst nicht wusste. Und das andere ... Emily hat mich bei der Pressekonferenz überrumpelt, das war nicht geplant, glaub mir ...«

Ich nickte stumm. Wie ich geahnt hatte, hatte Riley mich nicht belogen. Er hatte mich nur nicht vorher informieren können. Riley und Emily gaben sich als Paar aus, um die Fährte zu mir zu verwischen. Damit sie mich in Ruhe ließen. Das war clever. Sehr clever sogar. So würden sie von mir ablassen und nicht nach dreckiger Wäsche wühlen. Er hatte mich damit nur schützen wollen. Umso schmerzhafter war es, die Worte auszusprechen, die ich mir zurechtgelegt hatte.

Ich fühlte, wie sich eine eiserne Faust um mein Herz legte und es zu zerquetschen begann.

»Ich glaube dir kein Wort«, sagte ich so kalt wie möglich, wobei ich mich zusammenreißen musste, um meine Worte nicht auf der Stelle zurückzunehmen. »Ruf mich nicht mehr an, Riley.« Ich hörte, wie er am anderen Ende nach Luft rang, doch bevor meine Kehle sich endgültig zuschnürte, beendete ich die Verbindung und schaltete mein Telefon aus. Und dann kamen die Tränen.

Ich brach weinend auf meinem Bett zusammen und heulte meine ganze Verzweiflung, meinen Schmerz über das Wissen, dass ich Riley, den Mann, den ich wirklich liebte, verloren hatte, in die Kissen.

Eine Stunde später platzte ich in Yunas Zimmer. Sie lag auf dem Bett und las in einem Buch.

»Wir müssen reden.«

»Tess, was gestern passiert ist ... ich krieg das irgendwie hin.«

»Ich habe Mom angerufen.«

»Was? Bist du irre?«, fuhr sie mich an und klappte das Buch mit Schwung zu.

»Ja, vielleicht. Aber in erster Linie bin ich besorgt. Du wirst zu ihr fahren. Heute noch.«

»Vergiss es!«

»Yuna, du musst hier raus. Du bist hier nicht in Sicherheit. Wenn dieser Kerl wiederkommt … du hast verdammtes Glück, dass du noch lebst. Und dass …«, ich zeigte auf ihren Bauch, »dass sie noch lebt.« Yuna schwieg. Meine Worte brachten sie hoffentlich zum Nachdenken. »Du trägst jetzt Verantwortung.«

Eine Weile lang sagten wir nichts. Dann zeigte Yuna auf ihr lädiertes Gesicht. »Weiß Mom davon?«

»Nein. Ich habe nichts davon erzählt. Das ist dein Part.«

»Aber was ist mit dir? Was ist mit dem Geld?«

»Darum kümmere ich mich.«

»Wie?«

»Egal.«

»Wie?«, beharrte sie.

»Das kann ich dir nicht sagen.«

»Ich werde diese Wohnung nicht verlassen, bevor ich nicht weiß, was du vorhast.«

»Du fährst. Denk an das Baby. Das Geld ist schon so gut wie gesichert. Wenn er kommt, um es zu holen, werde ich hier sein und es ihm geben. Alles wird gut, Yuna. Vertrau mir.« Ich bemühte mich, meiner Stimme einen festen Klang zu geben und meine Gesichtszüge unter Kontrolle zu halten. Yuna musste nicht wissen, wie ich vorhatte, das Geld aufzutreiben.

Yuna sah mich eine lange Weile nachdenklich an. »Du hast Dinah angerufen, stimmt's?«

Ich schloss für einen Moment die Augen. Dann sah ich sie eindringlich an. »Nein. Aber ich werde mein Adressbuch zur Hand nehmen. Es ist die einzige Möglichkeit.«

»Ich kann doch nicht von dir verlangen, dass -«

»Du verlangst doch gar nichts. Das ist meine Entscheidung. Ganz allein meine, hörst du? Und ich komme damit klar.«

»Das glaube ich nicht.«

»Solltest du aber, denn es geht dich überhaupt nichts an.«

Yuna atmete tief durch. »Aber sag mir jedenfalls, mit wem du dich triffst und wo. Bitte, sonst werde ich nirgendwo hinfahren.«

Ich wollte verneinen, aber ich kannte meine Schwester. Sie würde keine Ruhe geben. »Es gibt da einen Mann, der gerne nach Vegas fährt, um sich zu amüsieren. Er zahlt mir den Preis, den ich verlange. Ihn werde ich anrufen.«

»Du musst das nicht tun, Tess.«

»Ich weiß. Aber du musst dir wirklich keine Sorgen machen. Er ist ... nett. Wirklich. Damals haben wir im Mandarin Oriental gewohnt, das war Luxus pur. Ich werde es genießen, glaub mir.«

Skeptisch sah sie mich an. »Was ist mit Riley?«

Riley.

Mein Herz sackte für eine Sekunde ins Bodenlose. Ich glaubte ihm jedes Wort und liebte ihn für das, was er für mich tat, noch mehr. Doch ich konnte ihm das nicht sagen. Seine fingierte Affäre mit Emily spielte mir in die Karten. Auch wenn es wehtat – mich fast umbrachte –, musste ich diese Chance nutzen. Vielleicht war ich durch seine Aktion mit Emily noch mal davongekommen, und er würde nicht erfahren, was ich damals viele Jahre lang gemacht hatte. Das war auch besser so. Ich konnte ihm unmöglich erzählen, dass ich als Escort-Mädchen gearbeitet hatte und ... jetzt wieder arbeiten würde. Auch wenn es nur für eine kurze Zeit wäre und auch nur, weil ich Yuna beschützen musste. Deswegen hatte ich mit ihm Schluss gemacht. Es war besser so. Für uns beide.

»Ich habe es beendet.«

»Ist es wahr? Das mit dieser ...?«

»Ja, ist es«, log ich. Was half es, wenn sie die Wahrheit wüsste?

Sie nickte traurig. »Wir hätten ihn fragen können. Ich meine, er hätte bestimmt genug Geld, um -«

Ich machte zwei große Schritte auf sie zu, bis ich direkt vor ihrem Bett stand, und zeigte mit dem Finger auf sie. »Nein! Niemals! Wenn du ihm auch nur ein Sterbenswörtchen sagst, dann erwürge ich dich eigenhändig. Ist. Das. Klar?«, schrie ich sie an. Sie zuckte unter meinen harschen Worten zusammen, was mir auch leidtat, aber ich musste ihr klarmachen, dass Riley von dieser Sache absolut nichts erfahren durfte. »Er wird weder von gestern Abend erfahren noch von dem Geld oder von Dinah. Er wird von gar nichts irgendetwas mitbekommen. Haben wir uns verstanden?«, fragte ich noch einmal.

Yuna war blass geworden. Sie presste die Lippen zusammen und nickte.

»Gut. Und jetzt pack dein Zeug zusammen. Der Wagen steht vor der Tür. Mom erwartet dich.«

Tess

Als Yuna und ich uns tränenreich voneinander verabschiedet hatten und ich ihr und meinem Auto hinterhergewunken hatte, ging ich in mein Schlafzimmer und kramte in meiner Kommode, wo ich unter der Wäsche mein altes Tagebuch fand, in das ich mir vor einigen Jahren einiges von der Seele geschrieben hatte. Nie hätte ich gedacht, dass ich es noch einmal öffnen würde, hatte es eigentlich irgendwann mal verbrennen wollen. Es hatte wohl einen Grund, dass ich nie dazu gekommen war.

Ich blätterte durch die Seiten, auf denen ich meine Erlebnisse während meiner Zeit bei Dinah aufgeschrieben hatte, und suchte nach der einen Nummer. Ich wusste, ich hatte sie irgendwo an den Rand gekritzelt. Für Dinah würde ich niemals mehr tätig werden, aber sie konnte mir nicht verbieten, auf eigene Rechnung zu arbeiten.

Ich hob meinen Blick und sah direkt in Rileys dunkle Augen, die mich von dem Foto auf meinem Stuhl am Bett vorwurfsvoll anzusehen schienen.

Riley …

Nein! Energisch schüttelte ich den Kopf, drehte das Foto um und suchte im Buch nach dem Namen, an den ich bei der Summe von fünfzigtausend Dollar als Erstes gedacht hatte. Und dann fiel der Ausweis aus den Seiten auf meine Knie. Nachdenklich nahm ich ihn in die Hand und sah das Bild an, auf dem mir eine fremde und doch so bekannte Frau entgegensah. Colton hatte mich damals, als ich ihn regelmäßig begleitet hatte, mit einem gefälschten Ausweis versorgt, mit dem ich mich beim Einchecken in Hotels als seine Frau ausgeben konnte. Das passte mir ganz gut, weil er so auch nicht meine wahre Identität erfuhr, sollte er auf die Idee kommen, in meinen Sachen zu schnüffeln. Für Hotels war das Ding okay, aber um damit durch die Passkontrollen am Flughafen zu kommen nicht gut genug. Wie er daran gekommen war, wollte ich gar nicht wissen. Mir war aber danach klargeworden, dass Coltons Geschäfte alles andere als sauber sein mussten.

Ich legte den Ausweis beiseite und las mir meinen Eintrag im Tagebuch durch: »*Dieser Colton Young ist irgendein hohes Tier an der Börse. Er kommt aus New York, ich werde ihn also hoffentlich nie wieder sehen. Ich schäme mich so sehr, dass ich -*« Ich brach ab und blinzelte die Tränen fort, die mir bei der Erinnerung an damals in die Augen stiegen.

Dinahs Agentur war exklusiv, nur reiche Männer buchten ihre Mädchen und legten einige große Scheine für ein bisschen Spaß auf den Tisch. Colton war ihr bester Kunde gewesen und hatte darauf bestanden, dass ich ihn begleitete und ihm zur Verfügung stand, wann immer er in der Stadt gewesen war. Ein anderes Mädchen kam für ihn nicht infrage. Dass ich für ihn so weit gehen würde, damit hatte ich vorher niemals gerechnet, aber ich hatte es getan. Damals hatte ich nur einen Bruchteil des Geldes behalten dürfen, diesmal aber würde ich alles bekommen. Wenn er darauf einging. Ich überlegte nicht lange, sondern nahm mein Handy und wählte in den Einstellungen aus, dass meine Nummer unterdrückt werden sollte. Dann tippte ich seine Nummer ein und rief ihn an.

Als er sich nach einem kurzen Läuten meldete, schluckte ich meinen Stolz runter und setzte die Maske auf, die ich damals getragen hatte.

»Hallo, Colton. Hier ist Kimberly.«

Er stutzte kurz. »Kimberly? *Die* Kimberly?« Unter diesem Namen hatte ich bei Dinah gearbeitet und sofort, als ich Coltons Stimme hörte, spielte ich wieder meine Rolle. Es war, als wäre Kimberly nie weg gewesen.

»Genau die Kimberly, Colton«, säuselte ich ins Telefon.

Sein Atem ging schwerer. »Dinah hat mir wohl verschwiegen, dass du wieder aktiv bist.« Also war er immer noch Kunde bei ihr. Sehr gut.

»Ich arbeite nicht mehr für Dinah.«

»Sondern?«

»Auf eigene Rechnung. Nach meinen Regeln …«

Er lachte rau. »Das ist ja noch besser.«

»Deswegen rufe ich an, Colton. Wann bist du mal wieder in Vegas? Ich würde dich gerne sehen.«

»Nur sehen, oder …?«

Ich wusste noch ganz genau, auf was er abfuhr. »Ich habe dich vermisst«, log ich.

Wieder ein leichtes Aufkeuchen seinerseits. »Sag mir wie sehr, Baby«, forderte er mich auf.

Ich konnte mir gut vorstellen, dass er sich gerade in den Schritt fasste. »Bist du allein?«

»Ganz allein …«

»Ich liege auf meinem Bett, nackt und habe die Finger in meiner heißen Spalte. Ich bin so nass … ich vermisse dich und deinen harten Schwanz ganz fürchterlich.« Ich hörte einen Reißverschluss ratschen. Mit Sicherheit bearbeitete er gerade seinen Schwanz. Wichser. Aber gut für mich.

»Oh, Baby, ja. Ich vermisse deine enge Pussy auch. Sag mir, wie heiß du bist.«

»Ich brenne für dich, Colton. Ich bin so nass, dass ich mir wünschte, du würdest jetzt in mich dringen. Tief und fest …«

»Ich will dich von hinten.«

»Alles, was du willst. Sag mir nur wann«, keuchte ich ins Telefon.

»Ich komme zu dir. Wo bist du?«

Ich schüttelte den Kopf. »Du kennst die Regeln, Colton.«

»Ich denke, du machst deine eigenen Regeln?«

»Diese bleibt bestehen.«

»Oh, du bist immer noch so ein böses Mädchen«, raunte er ins Telefon. »Das habe ich immer so an dir geliebt.« Genau deswegen hatte ich ihn angerufen. Denn ich wusste, dass niemand von Dinahs Mädchen ihn so befriedigen konnte, wie ich es damals getan hatte.

»Ich würde dir ja gerne zeigen, wie böse ich bin. Ich möchte dir den Hintern versohlen und mich endlich wieder so richtig von dir durchvögeln lassen. Kein Mann hat es so drauf wie du, Colton.« Er stöhnte noch lauter.

»Ich fliege morgen geschäftlich für zwei Tage nach Vegas«, keuchte er. »Ich kann auch noch einen Tag verlängern.«

»Mach das. Dann haben wir jetzt ein Date.« Morgen. Das war gut. Je schneller ich die Kohle zusammenhatte, umso besser. »Der Preis ist gestiegen«, setzte ich hinterher und hielt die Luft an. Ich betete inständig, dass mein Plan aufgehen und er jetzt keinen Rückzieher mehr machen würde.

»Du weißt, dass ich jeden Preis zahle, den du mir nennst.« Darauf hatte ich gehofft. Ich unterdrückte einen Freudenschrei und säuselte stattdessen weiter ins Telefon.

»Du bist der Beste, Colton. Dafür werde ich dir so oft deinen dicken, prallen Schwanz lutschen, bis du nicht mehr klar denken kannst.« Allein bei dem Gedanken daran musste ich würgen, aber ich riss mich zusammen.

»Oh ja, Baby …«

Ich nannte ihm die Summe, die ich verlangte. »Schick mir Geld für das Flugticket und die Adresse des Hotels an folgendes Postfach«, sagte ich und gab ihm die Nummer eines Postschließfachs durch, das ich online extra dafür angemietet hatte. Ich musste das Ticket selbst kaufen. Niemals würde ich ihm meinen wahren Namen nennen. Er flog am Morgen mit seinem Privatjet, ich würde am Abend mit einem Linienflug eintreffen. Auf keinen Fall hielt ich es mit ihm länger aus als nötig.

»Ist schon so gut wie unterwegs. Oh Baby, ich freu mich auf dich. Und auf deine Pussy und deinen Mund …«

»Und wir uns auf dich, Colton. Bis Sonntag.« Bevor er weiter ins Telefon stöhnen konnte, legte ich auf. Und dann rannte ich ins Bad und kotzte mir die Seele aus dem Leib.

Riley

Das Erste, was ich sah, als ich meine Haustür öffnete, war eine Hand, die mit Schwung näher kam und dann kraftvoll auf meine Wange schlug. Das Zweite, was ich vernahm, war Pegs Stimme.

»Du bist auch echt zu dämlich.« Sie rauschte an mir vorbei, schüttelte ununterbrochen den Kopf, blieb im Wohnzimmer stehen und stemmte die Hände in die Hüften.

»Ich freu mich auch, dich zu sehen ...«, nuschelte ich und fasste mir erstaunt an die Wange. Ich hatte insgeheim gehofft, dass es Tess wäre. Mit einer hysterischen Peg hatte ich wirklich nicht gerechnet.

»Was soll der Scheiß mit dieser Emily? Ist das dein Ernst?«

»Nein, das ist nicht mein Ernst. Es ist ein Fake, um Tess zu schützen«, schnauzte ich zurück.

»Um Tess ... Was ist das denn für ein Mist?«

Ich ließ mich wieder auf das Sofa fallen und gab ihr in wenigen Worten Keith' Plan wieder. Peg blieb vor mir stehen und runzelte die Stirn.

»Ich hätte nicht gedacht, dass du dich auf so einen Scheiß einlässt. Was sagt Tess dazu?«

»Ich wollte es ihr erklären, aber es ging alles viel zu schnell ...«, rechtfertigte ich mich.

»Sie denkt, dass du mit Emily ...? Die Ohrfeige, die sie dir gegeben hat, war hoffentlich fester als meine. Du bist echt ... wie kannst du nur ...«

»Hör auf, hier so rumzuzicken. Sie will nichts mehr von mir wissen. Ich leide schon genug.«

»Weichei«, murmelte sie. Ich ignorierte es. »Boah! Ich fass es nicht! Mann, Ry! Du bist zum ersten Mal glücklich. Tess ist eine tolle Frau. Und du hast nichts Besseres zu tun, als es zu versauen? Wegen deiner Karriere?«

»Es geht doch nicht um meine Karriere«, herrschte ich sie an. »Es geht darum, dass Tess nicht in das Mündungsfeuer der Klatschjournalisten gerät. Du weißt doch, wie die sind. Die würden sie auseinandernehmen. Ich habe versucht, es ihr zu erklären, aber sie glaubt mir kein Wort.«

»Und das wundert dich? Ernsthaft? Du hättest es vorher mit ihr besprechen müssen«, erkannte Peg nüchtern und ließ sich zu mir aufs Sofa fallen.

»Ich weiß«, knurrte ich. Ich hätte das niemals ohne ihre Einwilligung tun dürfen.

Seitdem sie am Telefon mit mir Schluss gemacht hatte, hatte ich fast minütlich versucht, sie zu erreichen. Aber ihr Telefon war ausgeschaltet. Ich hatte ihr mindestens sieben Mal auf die Mailbox gesprochen, doch der erhoffte Rückruf war ausgeblieben. Ich war zu ihr gefahren, doch niemand öffnete. Ich war kurz davor, die Tür einzutreten, doch als die Nachbarin mich argwöhnisch ansah, ließ ich es bleiben. Noch mehr Schlagzeilen konnte ich nicht gebrauchen.

Die Nacht hatte ich schlaflos auf dem Sofa gesessen und ins Leere gestarrt. Immer wieder versuchte ich es auf ihrem Handy, aber es war immer noch ausgeschaltet.

»Wie geht es mit dieser … Emily weiter?«

»Peg, ich weiß es nicht. Und ehrlich gesagt ist mir Emily gerade ziemlich scheißegal.«

»Dann stell das richtig.«

»Peg, du nervst.« Ich hätte nie gedacht, dass ich das mal zu meiner besten Freundin sagen würde, und im selben Moment tat es mir auch schon leid. »Sorry, war nicht so gemeint. Ich bin nicht ganz auf der Höhe …«

»Unschwer zu übersehen. Was jetzt?«

»Sie will nicht mit mir reden. Ihr Telefon ist ausgeschaltet, zu Hause macht keiner auf. Ich habe keine Ahnung, was sie macht oder wie es ihr geht. Ich mache mir verdammte Sorgen um sie.«

»Dass du der Letzte bist, den sie sehen will, ist ja wohl klar, oder?«

»Danke. Ich bin echt dankbar für deine Unterstützung.«

Peg schwieg eine Weile. Ich hatte sowieso nichts mehr zu sagen. Das Einzige, was ich wollte, war Tess.

»Soll ich mal nach ihr sehen?«, fragte Peg.

Ich sah sie an. »Würdest du das tun?«

»Na klar. Gib mir ihre Adresse. Vielleicht kann ich vermitteln oder so.« Sie gab mir ihr Handy, auf dem sie schon die Navi-App geöffnet hatte. Ich gab Tess' Adresse ein und ihr das Telefon zurück.

Peg stand auf und schulterte ihre Tasche. »Ich melde mich, sobald ich was weiß.«

Wir umarmten uns. »Danke, Peg.«

»Hey, dafür sind Freunde doch da, oder?«

Eine Stunde später rief Peg mich an.

»Es ist keiner da. Ich muss jetzt erstmal in den Shop, aber ich fahre nach Feierabend noch mal bei ihr vorbei. Irgendwann muss sie ja zu Hause sein.«

»Alles klar. Ich versuche es weiter auf ihrem Handy.«

Wir vereinbarten, uns sofort beim anderen zu melden, sobald wir Tess erreicht hätten. Langsam machte ich mir wirklich Sorgen. Vor allem – Yuna schien auch nicht da zu sein. Aber sie war doch schwanger. War etwas mit dem Baby? Waren sie vielleicht im Krankenhaus?

Ich suchte online nach den Krankenhäusern der Gegend und telefonierte alle ab. Aber niemand konnte mir etwas über eine Yuna Adams sagen. Ich rief am National Airport an und ließ Tess ausrufen. Aber auch da meldete sie sich nicht. Das

Gleiche wiederholte ich beim Airport Oakland, Hayward und San Carlos Airport. Aber auch da meldete sich keine Tess Adams.

Ich war völlig fertig, total von der Rolle. Wie hatte ich nur so blöd sein können, mich auf Keith' beschissenen Plan einzulassen. Mir war doch eigentlich klar gewesen, dass das nach hinten losgehen würde. Ich hätte dem nicht zustimmen dürfen, verdammt! Ich fühlte mich so schlecht, dass ich Tess mit dieser Aktion so verletzt hatte, dass sie untergetaucht war. Zumindest vor mir. Bis heute Morgen hatte ich noch Hoffnung gehabt, alles wieder geradebiegen zu können. Dass sie mir verzeihen würde, wenn sie die ganze Wahrheit kannte. Weil sie mich liebte. Aber nicht mal das wusste ich genau. Warum hatte ich ihr nicht gestanden, dass ich sie liebte? Vielleicht hätte ihr das geholfen, mir zu vertrauen. Aber ich war zu feige gewesen, hatte sie nicht überrumpeln wollen, nicht kaputtmachen, was sich gerade zwischen uns aufbaute. Aber dafür hatte es die drei Worte gar nicht gebraucht. Das hatte ich auch anders geschafft. Mittlerweile hatte sich die Hoffnung in alle Himmelsrichtungen zerschlagen. Das Einzige, was ich noch machen konnte, war, eine Richtigstellung zu veröffentlichen. Nur damit wäre Keith niemals einverstanden. Aber brauchte ich ihn wirklich dafür? Musste ich ihn um Erlaubnis fragen, wenn ich mein Leben wieder in Ordnung bringen wollte? Wohl kaum!

Ich hatte einen Facebook- sowie einen Twitteraccount, die ich selbst verwaltete. Ich überlegte nicht lange, sondern nahm mein Handy in die Hand und tippte einfach frei Schnauze drauflos.

Ich musste eingedöst sein, denn ich zuckte zusammen, als das laute Klingeln meiner Haustür mich vom Sofa hochschrecken ließ. Sofort war ich hellwach. Tess?

»Tess?« Ich stürzte mit rasendem Puls zur Tür, drückte den Öffner für das Tor und riss sie auf. Doch anstelle von Tess kamen Eric, Jake, Scott, Kyle und Nolan die Einfahrt hoch. Jeder bewaffnet mit einem Sixpack Bier und einer Pizza.

»Alter, was ist los bei dir?« Eric war der Erste, der eintrat, mich kurz umarmte und sich an mir vorbeischob.

»Äh, was?« Ich war viel zu perplex, um zu schnallen, was er von mir wollte. Ich trat zur Seite und ließ die Jungs rein, die mich kurz umarmten. Nolan war der Letzte und drückte mir eine der beiden Pizzen in die Hand, bevor er reinkam.

»Was macht ihr hier?«

»Du verursachst einen Medienrummel und gehst nicht an dein Telefon. Was machen wir wohl hier? Na, klingelt's?« Eric fläzte sich breitbeinig aufs Sofa und öffnete sich ein Bier.

Ich muss ihn total belämmert angesehen haben, denn er rollte mit den Augen und zückte sein Handy. Dann scrollte er durch und zeigte mir den Tweet, den ich vorhin verfasst hatte. Ich sah genauer hin. Fuck! Das hatte ich völlig vergessen.

3.900 Retweets. 536 Kommentare. 18.000 Likes.

»Heilige Scheiße«, stieß ich aus und nahm das Bier, das Scott mir entgegenhielt.

»Peg hat uns auf dem Laufenden gehalten.«

»Du hast da echt was angerichtet. Hat Tess schon reagiert?«, fragte er mich dann.

Ich fuhr mir durch die Haare. »Ich habe keine Ahnung.« Mein Blick fiel auf mein Handy, das auf dem Tisch lag. Ich griff es und sah nach. Kein Anruf, keine Nachricht. Zumindest nicht von ihr. Von Keith jedoch hatte ich über zwanzig Mailboxeinträge auf dem Handy. Ich hatte nicht mitbekommen, dass er angerufen hatte. Aber ich hatte meine Nummer auch nur für Tess und Peg erreichbar gestellt. Alles andere lief auf die Mailbox. Doch von den beiden hatte mich keiner angerufen.

»Eric, hat Peg irgendwas rausgefunden?«

»Sie wollte jetzt noch mal bei Tess vorbeifahren. Vielleicht hat sie jetzt mehr Glück.«

Ich starrte aufs Handy, als könnte ich damit ihren Anruf heraufbeschwören. Aber es blieb still. Nur die Apps meiner

Accounts zeigten unzählige Nachrichten an, aber das war für mich gerade völlig uninteressant. Obwohl ich mich sonst immer bemühte, meinen Fans zu antworten und wenigstens sporadisch ein paar Likes zu verteilen, hatte ich dazu jetzt überhaupt keinen Nerv.

Nolan griff sich ein Stück Pizza. »Du hast es echt verkackt.«

»Danke für die Info, die habe ich echt noch gebraucht«, knurrte ich. Nolan zuckte nur mit den Schultern und biss in die Pizza. Ich lief wie ein eingesperrtes Tier mit dem Handy in der Hand hin und her, während meine Freunde auf dem Sofa saßen, Pizza verdrückten, mich beobachteten und sich untereinander eindeutige Blicke zuwarfen.

»Gibt's hier keine Musik?«

»Die Box ist da hinten.« Ich zeigte auf das Sideboard, wo die Boombox stand. Eric stellte sie an, tippte auf seinem Handy rum, und kurz darauf dröhnte *Last Resort* von Papa Roach in voller Lautstärke durch den Raum. »*Cut my life into pieces, this is my last resort. Suffocation. No breathing.*« Eric hatte einfach ein Händchen für die richtige Musik im richtigen Augenblick.

Erst nach einer Viertelstunde meldete Peg sich. Ich ging mit dem Telefon raus auf die Terrasse, hier verstand man ja sein eigenes Wort nicht.

»Und?«

»Nichts. Niente. Nada. Es scheint niemand da zu sein. Die Wohnung ist dunkel. Aber ich habe die Nachbarin getroffen.«

»Und?«, wiederholte ich ungeduldig.

»Sie sagte mir, dass Yuna gestern gegen Mittag mit einem vollbepackten Auto abgefahren sei. Wohin wusste sie nicht. Und Tess hat das Haus gestern Abend verlassen. Ebenfalls mit einem Koffer sei sie in ein Taxi gestiegen.«

»Hat sie sich die Taxi Nummer gemerkt?«

»Ry! Wir sind hier nicht im Krimi. Natürlich nicht.«

»Klar …«

»Vielleicht ist sie einfach nur für ein paar Tage weggefahren, um dem Rummel hier zu entgehen, den Kopf frei zu kriegen. Ich würde das tun, an ihrer Stelle.«

»Ja, vielleicht …«

»Kopf hoch, sie kommt schon wieder. Gib ihr Zeit, sie hat einiges zu verdauen.« Das stimmte wohl. »Sind die Jungs bei dir?«

»Jepp.«

»Okay. Dann besauf dich ordentlich.«

»Alkohol ist wohl kaum die Lösung.« Ich hatte überhaupt keinen Bock auf diese Party hier. Die Jungs sahen das aber anders. Eric öffnete sich gerade das zweite Bier.

»Wasser aber auch nicht.«

»Peg …« Bestimmt hatte sie die Jungs hergeschickt. Ich hasste sie dafür. Aber nur für einen winzigen Moment.

»Ich lieb dich, Ry. Ich melde mich morgen. Gib Kyle einen Kuss von mir.«

Ich ging zurück zu den Jungs.

»Will ich Herpes haben? Ich lieb dich auch, Peg. Bis dann. Und danke.«

»Wer hat Herpes?« Kyle sah mich neugierig an.

»Du.«

»Bullshit!«

»Ich küss dich trotzdem nicht.«

»So ein Jammer.«

»Hier, iss endlich was.« Nolan hielt mir die Pizzaschachtel entgegen, die ich auf dem Tisch abgelegt hatte.

»Keinen Hunger, Mom.«

Eric platzte die Hutschnur. »Riley! Alter! Hör auf zu jammern, das ist ja nicht mehr auszuhalten. Lass dir mal Eier wachsen!«

»Kümmre dich um deinen eigenen Scheiß!«, blaffte ich zurück.

»Weichei. Echt mal … Ich kann ja verstehen, dass dich das mitnimmt, aber die Scheiße hast du dir selbst eingebrockt. Keinem hilft es, wenn du dich hängen lässt. Davon kommt Tess auch nicht wieder. Wenn sie noch nicht weg wäre, würde sie spätestens jetzt das Weite suchen. Komm mal wieder runter, Mann.«

Kurz blieb mir die Sprache weg, doch dann erreichte mich Erics Botschaft. Und plötzlich kam ich mir vor wie der letzte Waschlappen. Ich benahm mich wirklich wie ein jammerndes Waschweib. Gott, kein Wunder, dass die Jungs mich so skeptisch ansahen.

Aber bevor ich mich dazu äußern konnte, klingelte das Handy in meiner Hand. Ich sah drauf. Keith. Fuck. Es würde nicht einfacher werden, wenn ich noch länger wartete. Also ging ich ran.

»Bist du eigentlich von allen guten Geistern verlassen?«, brüllte er mich auch gleich an, kaum dass ich das Telefon am Ohr hatte. Ich signalisierte den Jungs, dass sie leise sein sollten, und verzog mich wieder nach draußen.

»Ich konnte nicht anders, Keith. Ich verliere sie. Ich musste das tun, um -«

»Du bezichtigst mich und Emily der Lüge, tust das als Scherz ab und flehst öffentlich deine Tess an, dass sie dir verzeihen soll? Du hast doch nicht mehr alle Latten am Zaun! Verdammte Scheiße! Weißt du überhaupt, was du damit angerichtet hast? Emily ist außer sich, von ihrem Manager ganz zu schweigen. Der will uns verklagen. Dich verklagen!«

Das waren Neuigkeiten, die ich jetzt gar nicht gebrauchen konnte, aber noch weniger konnte ich mir darum jetzt Gedanken machen. Viel zu sehr überwog die Sorge um Tess.

»Kriegst du das geradegebogen?«, fragte ich nur.

»Aber sonst geht's dir gut? Was denkst du -«

»Ich denke im Moment nur an Tess. Und alles andere, Keith, ist mir gerade völlig Latte. Also entweder du kriegst das irgendwie wieder hin oder nicht«, fiel ich ihm ins Wort.

Er schnaufte ins Telefon. Ich konnte mir bildlich vorstellen, wie sein Kopf immer roter wurde und er kurz vorm Platzen war. Aber wirklich – es war mir egal.

»Es geht um deine Karriere, Riley.«

Ich schnaubte. »In der ich nur die Marionette für euch spiele. Drauf geschissen, Keith! Wenn ich mein Privatleben dafür aufgeben muss, dann bin ich raus. Überleg's dir!« Und damit legte ich auf. Mein Puls raste, und als ich mich umdrehte, stand Eric in der Tür. Mit gerunzelter Stirn sah er mich an.

»Du scheißt auf deine Karriere? Hab ich das richtig verstanden?«

Ich atmete einmal tief durch. »Wenn ich dafür Tess verleugnen muss, ja. Ich hab die Schnauze so voll von diesem ganzen abgefuckten Mist, Eric.«

Eric nickte langsam und legte den Kopf schief. »Hut ab, Alter. Ich hoffe, dass du das mit Tess wieder hinkriegst, damit sich dein Auftritt eben auch gelohnt hat.«

Ich verengte die Augen. »Er hat sich gelohnt, selbst wenn …« Nein, das wollte ich nicht aussprechen. »Ich habe schon lange keinen Bock mehr auf diesen Zirkus. Ich habe angefangen Musik zu machen, weil ich es liebe. Nicht, um irgendwelchen Arschkriechern alles recht machen zu müssen. Wer bin ich denn dann noch, Eric? Ich bin doch schon lange nicht mehr ich selbst, sondern nur noch der, den sie aus mir gemacht haben.«

»Dazu gehören immer zwei.«

»Ja, du hast recht. Ich habe mich verbiegen lassen, war viel zu euphorisch und bin selbst schuld. Aber Feierabend jetzt. Soll er sehen, was er macht. Mir ist es egal.«

»Und deine Fans? Was ist mit der Band?«

Ich zuckte die Achseln. »Wir werden sehen.« Ich konnte nicht mehr tun, als abzuwarten. Das Gespräch mit Keith war aus dem Ruder gelaufen, vielleicht war ich zu voreilig gewesen, aber die Entscheidung kam aus dem Bauch raus. Und ich würde sicher noch früh genug erfahren, ob sie gut oder schlecht gewesen war. Mit den Jungs würde ich reden müssen, aber nicht jetzt. Tess war jetzt am wichtigsten.

»Ich bin da, wenn du reden willst oder so. Das weißt du, oder?«

Ich legte ihm die Hand auf die Schulter. »Ja, das weiß ich. Danke, Mann.«

Eric nickte, ich atmete tief durch und ging mit ihm wieder zu den anderen. Dann ließen wir uns neben Jake aufs Sofa fallen, und ich trank mein Bier fast auf ex aus. Als ich absetzte, konnte ich einen Rülpser nicht unterdrücken.

»Geht doch.« Eric nickte zufrieden.

»Alles klar?« Jake sah mich aufmerksam an.

»Ja, nur 'ne kleine Diskussion mit meinem Manager, aber … ich habe Mist gebaut, er fegt die Scherben auf. Wird alles wieder.«

»Okay …«

»Sorry«, sagte ich.

»Nee, hat sich ausgesorryt jetzt«, mischte Kyle sich ein. »Iss jetzt und dann gehen wir zum gemütlichen Teil über.« Ich zog fragend die Augenbrauen hoch. »Jake hat Neuigkeiten.«

»Ach? Was denn?« Fragend ließ ich meinen Blick zu Jake wandern, der bisher ziemlich stumm dagesessen hatte.

Er sah die Pizza an, dann wieder mich. »Erst essen. Dann reden.«

»Ey, ihr seid so ätzend.«

Eric grinste. »Ja, wir lieben dich auch, Riley.«

Ich erwiderte nichts, grinsen musste ich aber trotzdem. Es war schon toll, solche Freunde zu haben. Papa Roach lief weiter, und die Härte der Musik brachte auch ganz allmählich meine Härte zurück.

Ich schaffte die ganze Pizza, während wir uns über die neuesten Spielergebnisse der Football Liga unterhielten. Beim

Essen erst hatte ich gemerkt, dass ich seit gestern Mittag nichts mehr zu mir genommen hatte. Und dass Bier auf nüchternen Magen eine Scheißidee war. Ich hatte echt Hunger. Ich öffnete mir das vierte Bier und lehnte mich satt auf dem Sofa zurück. Dann sah ich Jake an.

»Fertig. Also? Was gibt's?«

Er musterte mich. »Bist du so weit wiederhergestellt?«

»Ja, mir geht's gut«, sagte ich. Das war nicht mal gelogen. So sehr ich die Jungs vor einer Stunde noch rausschmeißen wollte – jetzt war ich froh, dass sie hier waren und mich ablenkten. Eric hatte recht. Mit Eiern ging es mir definitiv besser.

»Wenn du wieder rumheulst, hau ich dir eine rein.«

»Warum sollte ich rumheulen?«

Jake sagte nichts, grinste nur verhalten. Kyle und Eric feixten, Nolan und Scott wechselten Blicke, von denen ich nicht wusste, was sie bedeuten sollten. Nur, dass sie alle bereits im Bilde waren. Worüber?

»Hast du Schnaps hier?«, wollte Scott wissen.

»In der Bar. Tob dich aus.«

Scott erhob sich und brachte eine Flasche Whisky und sechs Gläser an den Tisch. Nachdem er uns eingeschenkt hatte, hob Jake das Glas. »Ich heirate Carrie. Prost.« Er stürzte den Whisky mit einem Zug runter, während ich noch dasaß und ihn bewegungslos anstarrte.

»Sag das noch mal.«

Jake grinste, schenkte sich nach und wiederholte seinen Satz.

Ich kippte den Whisky jetzt ebenfalls in einem Zug meine Kehle runter. »War ja zu erwarten. Sie hat den Brautstrauß gefangen.«

»Eben.«

»Wann?«

»Sobald sie Ja sagt.«

»Du hast sie noch gar nicht gefragt?«

Jake grinste. »Morgen.«

Scott schlug ihm lachend auf die Schulter. »Wenn er denn die richtigen Worte findet.«

»Ja, ja, mach dich ruhig lustig über mich. Du hast das alles schon hinter dir.«

»Tja, wer kann, der kann …«, lästerte Scott.

»Und Nolan streut Blumen?«, wieherte ich.

»Ich halte die Schleppe, du Penner.«

»Du kannst ja doch fluchen.« Solange ich Nolan kannte, hatte ich noch nie ein böses Wort über seine Lippen kommen hören.

»Wenn's angebracht ist.«

»Was ist eigentlich mit dir und Taylor?«, hakte ich nach.

»Es läuft. Bergab mit Rückenwind, aber läuft.«

»Wieso? Was ist los?«

Nolan nahm einen kräftigen Schluck von seinem Whisky.

»Er hat von seinem Boss das Angebot bekommen, ein neues Restaurant in Chicago aufzubauen.«

»In Chicago?« Eric riss die Augen auf.

Nolan nickte niedergeschlagen.

»Aber wollte er nicht letztens noch mit dir zusammenziehen?«, hakte Jake nach.

»Wollte er. Aber ich nicht. Und kurz darauf kam er mit Chicago um die Ecke. «

»Weil du nicht mit ihm …?«

»Ich vermute es. Aber ich bin einfach noch nicht so weit. Ich liebe ihn, ja, aber …« Traurig schüttelte er den Kopf. »Wir werden sehen.«

»Das wird schon wieder«, versuchte Jake ihn aufzubauen. Bestätigend nickten alle. Gleichzeitig.

»Ihr seht aus wie diese Wackel-Kopf-Figuren im Auto«, prustete Nolan los. Wir fielen mit ein und alberten noch eine Weile rum wie Kinder. Dann wurde Jake als Erster wieder ernst.

»Jungs, hört mal zu, ich habe keine Ahnung, wie ich Carrie den Antrag machen soll. Bestimmt erwartet sie Rosenblätter und Champagner und einen Kniefall oder so einen Quatsch.« Er wirkte wirklich niedergeschlagen.

»Wie kommst du darauf, dass sie sowas will?«, fragte Kyle.

»Sind Frauen nicht so?«

»Carrie schätze ich anders ein.«

»Sagt der, dessen Antrag sowieso nicht zu toppen ist. Mann, Carrie hat im Stadion geheult, bei eurer Hochzeit Millionen von Tränen vergossen und wieder geheult, als sie erfahren hat, dass ihr geheiratet habt«, sagte er und nickte Scott zu. »Sie steht auf diesen Scheiß.«

»Frauen sind bei sowas immer nah am Wasser gebaut. Aber ich glaube, Carrie würde dich auch heiraten, wenn du sie nach Vegas schleppst und so ein abgehalfterter Elvis die Frage aller Fragen stellt«, meinte Nolan. »Sie liebt dich, Jake.«

Jake runzelte die Stirn. »Das wäre eine Hochzeit nach meinem Geschmack.«

Nolan sprang auf und klatschte in die Hände. »Grandios! Aber – den Junggesellenabschied feiern wir auch in Vegas!«

Riley

Um halb eins betrat ich die Suppenküche in Tess' Viertel.

Es waren mittlerweile über sechsunddreißig Stunden vergangen, und ich hatte immer noch nichts von ihr gehört. Ich hatte höllische Kopfschmerzen, aber hatte mich um elf aus dem Bett gequält. Die Jungs waren erst im Morgengrauen total betrunken nach Hause gewankt. Nachdem wir beschlossen hatten, Jakes Junggesellenabschied wie in dem Film *Hangover* in Las Vegas zu feiern, hatten wir noch eine zweite Flasche Whisky geöffnet und ihm wertvolle Ratschläge für seinen Antrag gegeben. Ich hoffte nicht, dass er sie wirklich umsetzen würde.

Auf meinem Handy waren weitere Anrufe von Keith eingegangen. Er musste stocksauer auf mich sein. Aber das war mir immer noch herzlich egal. Bisher hatte ich meine Entscheidung noch nicht bereut, ich fühlte mich eher befreit. Von Emily hatte ich Nachricht bei Facebook bekommen. Sie bedauerte meine Entscheidung und fand es wenig witzig, dass ich sie so bloßgestellt hatte. Ich ignorierte sie. Vorerst. Irgendwann würde ich mich wohl bei ihr entschuldigen müssen.

Mittlerweile war die Stimmung in Bezug auf meinen Tweet umgeschlagen. Es gab viele Kommentare, die mich verteufelten, weil ich Emily und Tess gegeneinander ausgespielt hätte. Was würden die anderen Bandmitglieder dazu sagen? Im Moment waren alle im Urlaub, genossen die freie Zeit nach der anstrengenden Tour. Da mich noch keiner angerufen hatte, ging ich davon aus, dass sie es noch gar nicht mitbekommen hatten. Nicht weiter verwunderlich, denn freie Zeit hieß vollkommene Abstinenz von allen Social-Media-Aktivitäten. So hatte ich es ja auch gehandhabt. Bis zu diesem Tweet.

Nach zwei Aspirin, einem halben Liter Kaffee und einer ausgiebigen Dusche war ich so weit wiederhergestellt gewesen, dass ich mich um kurz nach zwölf auf den Weg nach Tenderloin gemacht hatte. Ich hatte noch mal bei Tess geklingelt, aber wieder hatte niemand aufgemacht.

Die letzte Hoffnung, die ich hatte, war, dass Tess ihre Freunde von der Straße nicht einfach so hängen lassen würde. Vielleicht hatte ich Glück und würde sie hier antreffen. Zwar glaubte ich das nach Pegs Schilderung gestern nicht mehr, aber die Hoffnung starb zuletzt.

Doch als ich den Raum betrat, wusste ich gleich, dass ich weder Tess noch Yuna hier antreffen würde.

»Hey, Riley. Das ist aber nett, dass du vorbeikommst. Kommen Tess und Yuna auch gleich?« Offensichtlich wusste Jerry nicht, dass sie verreist waren.

»Ich fürchte nein. Du musst wohl heute nur mit mir vorliebnehmen.«

Überrascht sah er mich an. »Oh ... Okay. Hast du wieder deine Gitarre mitgebracht?«

Ich verneinte wieder. »Kein Problem. Dann weise ich dich mal ein.« Er übertrug mir die Aufgaben, die Tess letzten Sonntag übernommen hatte: Tee einschenken und mich mit den Leuten unterhalten. »Du hast einen guten Draht zu den Menschen, sie mögen dich.«

Ich war froh, dass hier niemand wusste, wer ich wirklich war. Denn sonst hätten sie mich wohl mit anderen Augen gesehen.

Um Punkt ein Uhr öffnete ich die Tür, und wie auch letzten Sonntag strömten die Leute gleich in den Raum, verteilten sich an ihre Tische und begannen, sich Essen aufzufüllen. Vince begrüßte mich mit Handschlag, Albert klopfte mir anerkennend auf die Schulter. Ich schenkte Tee aus, blieb an jedem Tisch stehen und wechselte ein paar kurze Worte mit jedem Einzelnen. Als ich alle Tische durchhatte, kam Annie durch die Tür.

»Riley, dich hätte ich ja zuletzt hier erwartet«, meinte sie und sah mich mit zusammengezogenen Augenbrauen an.

»Wieso denn?«

»Na, nachdem was du dir geleistet hast.« Sie schnalzte verärgert mit der Zunge.

»Was? Wovon redest du?« Niemals hatte ich gedacht, dass hier jemand einen Twitter-Account besitzen und erfahren könnte, was die letzten Stunden abgegangen ist.

»Yuna hat mir alles erzählt, bevor sie gestern abgereist ist.«

»Wohin ist sie gefahren? Und was hat sie dir erzählt, Annie?« Aufregung erfasste mich. Wusste sie vielleicht, wo Tess steckte?

»Sie ist gestern zu ihrer Mom gefahren. Nach Idaho Falls.« Wo auch immer das lag.

»Und Tess?«

Annie schnaubte. »Willst du mich verarschen, Junge?«

»Was? Nein! Nein, ich weiß nicht, wo Tess steckt. Seit zwei Tagen ist sie wie vom Erdboden verschluckt. Bitte, Annie … Was weißt du?«

Sie fixierte mich schweigend. Doch irgendwann wurde ihr abweisender Blick weicher. Sie schüttelte den Kopf. »Ich hole mir jetzt was zu essen. Schenk mir einen Tee ein, dann setzt du dich zu mir. Ich glaube, wir haben einiges zu besprechen, Jungchen.«

Ich sah ihr nach und füllte Tee auf, während sie sich bei Jerry einen Teller Eintopf abholte und sich dann an ihren Tisch zu den anderen gesellte. Ich folgte ihr mit der Teekanne in der Hand, schenkte ihr ein und setzte mich dazu. Schweigend hörte ich den Gesprächen am Tisch zu und wartete ungeduldig, bis sie aufgegessen hatte. Dann scheuchte sie die Männer, die noch bei uns saßen, an die anderen Tische. »Wir haben was zu bereden.« Annies resolute Art wirkte, alle setzten sich an andere Tische. Als wir allein waren, wandte sie sich endlich mir zu. Und ließ die Bombe platzen.

»Tess ist in Vegas.«

»Was?«

»Okay, davon hast du also nichts gewusst ...«

»Nein. Woher ... seit wann ...?«

»Hey, nicht gleich hysterisch werden. Ich erzähl es dir ja.« Annie nahm noch einen Schluck Tee. Mir ging das alles viel zu schleppend voran, aber ich durfte Annie nicht hetzen. Ich schätzte sie so ein, dass sie dann einfach aufstehen und gehen würde. Also blieb ich ruhig und wartete, bis sie weitersprach.

»Ich habe Yuna am Freitag getroffen. Sie war gerade ein paar Meter gefahren, da bin ich ihr vors Auto gelaufen. Als sie mich gesehen hat, ist sie hinterm Lenkrad in Tränen ausgebrochen, das arme Ding. So konnte ich sie nicht fahren lassen, hab darauf bestanden, dass sie den Wagen an die Seite fuhr und mit mir einen Kaffee trank.« Wieder nippte Annie an ihrem Becher. »Sie hat lange geweint und mir dann erzählt, dass sie auf dem Weg zu ihrer Mom nach Idaho Falls sei. Na, hab ich gesagt, das ist doch kein Grund zu weinen. Nein, sagte sie, aber dass Tess jetzt eine Riesendummheit machen würde, das sei zum Heulen. Ich fragte, was für eine Dummheit.« Das fragte ich mich auch gerade, aber Annie führte ihren Becher wieder zum Mund. Ich sah sie ungeduldig an. »Ja, ja, schon gut. Also ... Yuna wollte erst nicht rausrücken mit der Sprache, aber ich meinte, mir könne sie's doch erzählen. Wem soll ich's schon weitertratschen? Und manchmal hilft es ja auch, wenn man sich die Last mal von der Seele redet. Wozu sind Freunde da? Stimmt's?«

»Ja, Annie, das stimmt. Aber manchmal hilft es einem Freund auch, wenn man ein bisschen schneller zum Punkt kommt. Also? Was ist mit Tess?« Ich musste mich wirklich verzweifelt anhören, denn Annie nickte, und dann redete sie ohne Punkt und Komma weiter.

»Yunas Kerl hat sie sitzen lassen. Der, von dem sie schwanger ist. Den hat sie in dem Casino kennengelernt, in dem sie gearbeitet hat. Ich glaube, das war im Oaks Card Club, drüben in Oakland. Na, wie dem auch sei. Er ist untergetaucht, keiner weiß wo. Aber er hat Schulden gemacht bei so einem Kredithai. Eine Menge Schulden.«

»Was ist eine Menge?«

»Fünfzigtausend.« *Heilige Scheiße!* »Und jetzt tauchte letzte Woche so ein Geldeintreiber bei ihr auf, wollte die Schulden von ihrem Kerl bei ihr eintreiben. Aber als er sah, dass bei ihr und Tess nichts zu holen war, hat er ihr einen Vorgeschmack auf das gegeben, was passiert, wenn sie nicht zahlt.«

»Er hat …?«

»Ja. Er hat sie verprügelt. Dem Baby ist nichts passiert. Wusstest du, dass es ein Mädchen wird?« Ungeduldig schüttelte ich den Kopf. »Ja, ist ja auch nicht wichtig jetzt. Jedenfalls … Tess meinte, Yuna müsse untertauchen, damit der Kerl sie nicht nochmal erwischt. Deswegen hat sie ihre Schwester zu ihrer Mom zurückgeschickt. Sie selbst, also Tess, beschafft das Geld. Ich habe gefragt, wieso? Ich meine, sind ja nicht ihre Spielschulden, aber Yuna meinte, dass Tess solche Typen kenne. Die würden keine Ruhe geben, bis sie ihre Kohle hätten. Egal von wem«, endete sie.

»Heilige Scheiße … Aber was will Tess in Vegas? Spielen?«

Annie schüttelte den Kopf. »Nein. Zumindest nicht auf die Art.«

»Mann, Annie! Raus mit der Sprache!«, herrschte ich sie jetzt an. Meine Geduld war am Ende. Annie zuckte zusammen, zögerte, aber dann setzte sie zum Todesstoß an.

»Sie verkauft sich ein paar Nächte an irgendeinen reichen Kerl. Für fünfzigtausend Dollar.«

Tess

Den gestrigen Tag hatte ich mit Maniküre, Pediküre, Ganzkörperwaxing, Friseur und Kosmetik verbracht. Colton hatte mir genügend Geld überwiesen. Nachdem ich, zumindest rein optisch, wieder in mein altes Ich geschlüpft war, hatte ich die Luxus-Läden der Shopping Mall geentert. Drei Abendkleider und diverse Unterwäsche-Sets aus Spitze, Lack und Leder gingen in meinen Besitz über. Dazu passende Schuhe und ein paar Overknee-Stiefel aus schwarzem Lackleder. Colton würde ausrasten, wenn er mich darin sah. Vermutlich würde er schon abspritzen, bevor ich auch nur einen Handschlag getan hätte. Ich hoffte darauf, denn das würde es mir einfacher machen. Obwohl sich mir schon bei dem Gedanken an ihn der Magen umdrehte, würde ich mit einem Lächeln alles tun, was er von mir verlangte, und ohne Widerworte alles ertragen, was er mit mir anstellte. Ich würde alles ausblenden und mich an einen anderen Ort träumen. Das Wichtigste war, dass ich das Geld bekam und Yuna damit beschützen konnte. Nur das zählte, allen anderen Gedanken durfte ich keinen Platz einräumen. Zumindest nicht für die nächsten Tage. Ich musste stark bleiben. Zum Wundenlecken war danach immer noch Zeit genug. Und ich glaubte zu wissen, dass ich dann eine Menge Wunden haben würde, die es zu versorgen galt. Ob sie allerdings je wieder heilen würden, wagte ich zu bezweifeln.

Ich hatte bereits meinen Platz im Flugzeug eingenommen. First Class. Natürlich. Colton hatte sich auch in dieser Hinsicht nicht lumpen lassen. Als die Stewardess vorne im Mittelgang stand, mit einstudiertem, falschem Lächeln ihren Text herunterleierte und dazu die typischen Verrenkungen machte, klinkte ich mich aus. Ich sah aus der Fensterluke, beobachtete mit leerem Blick das geschäftige Treiben der Bodencrew, während meine Gedanken um meine Schwester kreisten. Mein Handy hatte ich ausgeschaltet und hatte vor, es nur in Notfällen einzuschalten. Ich konnte mir keine Ablenkung erlauben. Ich hoffte, dass Yuna gut bei Mom angekommen war und mittlerweile alles mit ihr klären konnte. Es war gut, dass sie in Idaho Falls war. Dort war sie sicher, und außerdem war es der perfekte Ort, um ein Kind großzuziehen. Ich wünschte mir wirklich, dass sie sich entscheiden würde dortzubleiben. Wenn nicht für sich, dann dem Baby zuliebe.

Die Maschine startete wenige Minuten später. Und als sie über das Rollfeld jagte und abhob, sich steil in den Himmel erhob und ich in meinen Sitz gedrückt wurde, betete ich ein letztes Mal, dass ich heil aus der ganzen Sache rauskommen würde. Über den Wolken schien immer die Sonne. Vielleicht sollte ich das einfach als gutes Omen sehen. Die nächsten eineinhalb Stunden des Flugs versuchte ich, so weit aus mir selbst herauszutreten, dass ich die nächsten drei Tage durchhalten würde.

Das Flugzeug setzte mit einem sanften Holpern auf der Landebahn des McCarran International Airport in Las Vegas auf. Die Sonne brannte unerbittlich vom strahlend blauen Himmel herunter. Die Luft war stickig und heiß. Welch ein Wunder in der Wüste Nevadas ... Ich vermisste schon jetzt den grauen Nebel San Franciscos. Viel lieber würde ich mich in den nächsten Tagen darin verstecken.

Ich hatte es nicht eilig, aus dem klimatisierten Terminal herauszukommen. Glücklicherweise musste ich mich nicht an dem Gepäcklaufband anstellen, denn ich reiste nur mit Handgepäck. Die drei Kleider, die mehr aus einem Hauch von nichts als aus Stoff bestanden, und die Stiefel nahmen kaum Platz weg. Von der spitzenbesetzten und lackledernen Unterwäsche ganz zu schweigen. Ich zog meinen grünen Rollkoffer hinter mir her, während ich so langsam wie möglich auf den ersten Ausgang zuschlenderte. Über den Ausgängen fanden sich große Leuchtreklamen mit dem Schriftzug *Welcome to Vegas*. Im Normalfall hätte ich mich willkommen gefühlt – jetzt überwog der Drang, wieder umzudrehen und in den nächsten Flieger zurück nach San Francisco zu steigen. Das war mein zweiter Besuch in Vegas. Auch damals war ich mit Colton hier gewesen. Ich würde diese Stadt vermutlich nie wieder mit neutralem Blick betrachten können.

Reiß dich zusammen, Tess. Du schaffst das, sprach ich mir selbst Mut zu, während ich mich durch die Massen von Passagieren und Besuchern des Airports schob. Es gab genügend zu sehen. Schon am Flughafen wurden die Ankömmlinge von unzählbaren Einarmigen Banditen begrüßt und eingeladen, gleich in der ersten Stunde all ihr Geld zu verlieren. Ich schnaubte. Dem Ganzen konnte ich nichts abgewinnen. Ich hatte noch nie verstanden, was man daran finden konnte, sein hart verdientes Geld in blinkende Blechkästen zu stecken und dauerhaft verschwinden zu sehen. Da konnte ich es auch gleich verbrennen. Oder überhaupt sein lassen, es zu verdienen.

War es nicht eigentlich eine Ironie des Schicksals, dass es mich ausgerechnet in die Stadt der Spieler verschlug, um das Geld für einen Spielsüchtigen aufzutreiben – indem ich selbst spielte? Das Zusammentreffen mit Colton war ein Spiel. Ein verdammt gefährliches Spiel. Ich wusste genau, wozu er fähig war, und ich wusste auch, dass ich höllisch aufpassen musste, um mich nicht nur hier, sondern besonders im Nachhinein vor ihm zu schützen. Die Schwierigkeit bestand darin, ihm keine Fährte zu legen, der er folgen konnte. Oder, wenn es sein musste, eine falsche. Aber dafür hatte ich mir schon etwas zurechtgelegt, das ich notfalls abrufen konnte.

Ich bezweifelte nicht, dass Colton mir die nächsten Tage so angenehm wie möglich gestalten, mir jeden Wunsch von den Augen ablesen würde. Er würde sich in den nächsten Tagen ins Zeug legen. Er würde ebenso in eine Rolle schlüpfen wie ich. Nur war seine Motivation dafür eine andere: Macht, Gier und Besitz. Für mich war es Prostitution.

Und das machte mir Angst.

Ich bummelte noch eine Weile an den luxuriösen Geschäften vorbei und überlegte, ob ich mir vielleicht noch ein Kleid, etwas Schmuck oder weitere Unterwäsche kaufen sollte, die Colton gefiel. Er hatte mir genügend Geld überwiesen, um mich großzügig mit Luxusartikeln einzudecken. Natürlich nicht uneigennützig. Ich wollte von dem Geld nichts mehr mit nach Hause nehmen. Dieses Geld war genauso schmutzig wie das, das ich verdienen würde.

Irgendwann hatte ich den Ausgang erreicht, reihte mich in die Schlange derer ein, die auf ein Taxi warteten, und sah mich um. Ich mochte es, Menschen zu beobachten, sie zu studieren und mir dann Geschichten zu ihnen auszudenken. Eigentlich war mein Kopf voll, meine Gedanken ganz woanders, aber ich zwang mich, mich mit diesem Spiel abzulenken.

Der Mann rechts neben mir zum Beispiel. In hellen Jeans und einem dunkelblauen, kurzärmligen Hemd wirkte er wie der Nachbar von nebenan. Vielleicht ein Tourist oder ein Hotelpage auf dem Weg in den Feierabend. Ich jedoch dichtete ihm die Furcht vor den Cops an, denn sein hektischer Blick hinter sich, um sich herum und auf seine Armbanduhr verriet ihn. In seinem Koffer befanden sich mindestens zehn Einkaufstüten, gefüllt mit allerlei Duty-free-Waren, die er gut betuchten Passagieren entwendet hatte, während diese in einem der Cafés gesessen und sich kaffeetrinkend unterhalten hatten. Er ergatterte ein Taxi, und als er endlich einsteigen konnte, erkannte ich die Erleichterung in seinem Gesicht. Ich grinste und wandte mich dem nächsten Gast in der Schlange zu. So verbrachte ich die nächsten fünfzehn Minuten in einer Fantasiewelt, bis ich an der Reihe war und mich in das nächste Taxi schwang, während der Fahrer meinen Koffer einlud.

»Zum Mandarin Oriental, bitte.«

Der Fahrer trat aufs Gaspedal, was jedoch nicht wirklich Geschwindigkeit aufkommen ließ, da wir uns Stoßstange an Stoßstange vom Airportgelände über die Paradise Road durch die karge Baulandschaft schoben, auf der bereits Bagger und allerlei Baumaterial darauf warteten, zum nächsten Luxushotel aufgetürmt zu werden. Ich starrte aus dem Fenster, bis wir über die El Tropicana Avenue ins Herz der Stadt gelangten. Das Glitzern und Blinken der Hotels und Casinos hatte ich bereits aus der Luft bewundern können – von Nahem wirkte es noch viel verrückter. Es sah aus, als wollten sich die einzelnen Gebäude nur so mit Luxus und Glitzer übertreffen, und dabei war es noch mitten am Tag. Am Abend würde die Lichterorgel die Dunkelheit überstrahlen, während Millionen von Touristen sich durch die Casinos schoben und an den Automaten und Tischen ihr Glück suchten. Hier in dieser Stadt war Sparen und Bescheidenheit ein Schimpfwort.

Ein krasser Gegensatz zu den Obdachlosen, die hier lebten. Wie schwarz und weiß. Ich hatte gehört, dass Las Vegas die Wohnungslosen nur duldete, nicht aber unterstützte. Man sah sie hier an jeder Straßenecke, und doch sah man sie nicht. Farblos, wie sie waren, gingen sie in dieser bunten, falschen Welt unter. Unsichtbar, ungehört. Einige von ihnen hatten sich ihren Platz in dem unterirdischen Tunnelnetz der Stadt eingerichtet, das dafür gebraut worden war, die Regenmassen zu verteilen, damit die Gebäude auf dem trockenen Wüstensand nicht unterspült wurden. In der Wüstenstadt regnete es nicht oft, aber wenn, dann heftig.

Es machte mich traurig, als ich aus dem Taxifenster all die namenlosen Seelen sah, die vielleicht irgendwann mal mit dem Traum vom großen Geld nach Vegas gekommen waren, ihn verspielt hatten und dann hier gefangen blieben, weil das Geld für das Rückflugticket nicht mehr gereicht hatte.

Und in dieser Sekunde wusste ich, was ich mit dem Rest des Geldes anstellen würde, das mir nicht gehörte.

Spielcasinos und Hotels, noch mehr Bling-Bling, säumten die Straßen, bis wir in den Las Vegas Boulevard einfuhren, den sogenannten Las Vegas Strip. Die Vergnügungsmeile lag außerhalb der eigentlichen Stadtgrenzen und verband die Vororte Paradise und Winchester miteinander. Durch seinen Boom an Hotels und Casinos Ende der Achtzigerjahre hatte der Strip der Fremont Street, dem alten Vergnügungszentrum in der Innenstadt von Las Vegas, schon längst den Rang abgelaufen.

Nach etwa zehn Minuten erreichten wir das Mandarin Oriental. Siebenundvierzig Stockwerke erhoben sich in den strahlend blauen Himmel. Kaum hielt der Fahrer unter dem pompösen Dach des Hotels, öffnete sich meine Tür wie von Zauberhand und eine weiß behandschuhte Hand half mir aus dem Wagen. Das Gepäck wurde bereits aus dem Kofferraum geholt und auf einem goldenen Gitterwagen verstaut – der kleine grüne Koffer wirkte mehr als lächerlich auf dem Wagen, der für weit mehr Gepäck ausgelegt war. Dann wurde ich von einem Pagen über den dunklen, polierten Marmorboden zum Empfang geleitet. Glänzende viereckige Säulen vom Boden bis zur Decke säumten den Gang zur Rezeption, die am hinteren Ende eine ganze Wand der Eingangshalle in Beschlag nahm. Schlichte Dekoration und mannshohe Vasen, gefüllt mit edlen Blumen und Sträuchern im asiatischen Stil, verteilten sich in der ganzen Lobby. Cremefarbene Lederbänke boten an jeder Ecke Platz zum Verweilen, rote Ledersofas drapiert um gläserne Tische standen auf flauschigen Teppichen.

Ich bedankte mich mit einem mechanischen Lächeln und ein paar Dollar Trinkgeld bei dem uniformierten Pagen und wandte mich der Dame an der Rezeption zu. Sie trug ein graues, edles Kostüm, fügte sich perfekt in ihre Umgebung ein. Der Vergleich mit einem Chamäleon lag mir auf der Zunge. Ihre passend zur Einrichtung cremefarbenen Haare lagen akkurat frisiert an ihrem Kopf. Kein Haar löste sich aus ihrer strengen Hochsteckfrisur, kein Schatten lag auf ihrer ebenmäßigen Haut, die ebenso perfekt geschminkt war.

Ich kannte das Hotel ja bereits und hatte mich ebenfalls zurechtgemacht. In einem dunkelgrünen Kostüm mit tailliertem Jackett und einem knielangen Rock hatte ich mich perfekt für meine Ankunft vorbereitet. Meine roten langen Locken hatte ich unter einer dunklen langhaarigen Perücke versteckt. Kimberly war brünett.

Als die Dame am Empfang ihre rot geschminkten Lippen zu einem Lächeln verzog und mich als Gast in diesem wunderschönen Hotel begrüßte, stellte ich mich als Kimberly Young vor und fragte nach der Zimmernummer von Mr Young. Ich betete, dass sie das Zittern meiner Stimme nicht bemerkte.

»Ihren Ausweis bitte.« Ich reichte ihr meinen gefälschten Ausweis, der auf diesen Namen ausgestellt war.

»Herzlich willkommen im Mandarin Oriental, Mrs Young. Sie und Mr Young bewohnen die Mandarin Suite im zweiundzwanzigsten Stock. Und Ihr Mann hat noch eine Nachricht für Sie hinterlassen.« Sie reichte mir ein verschlossenes Kuvert mit dem Hotellogo, meinen Ausweis, eine Schlüsselkarte sowie einen Terminplan für meine Wellnessbehandlungen am nächsten Tag, die ich genießen solle, solange *mein Gatte* mit geschäftlichen Besprechungen beschäftigt sei. Colton hatte bereits alles gebucht. Sie wies mich noch auf den Rundumservice des Hotels hin und wünschte mir einen angenehmen Aufenthalt.

Als ich die Lobby Richtung Fahrstühle durchquerte, fiel mir auf, dass hier keine Geräusche von Spielautomaten zu hören waren, deren ständiges Klingeln einen fast überall in Vegas verfolgten. Ich erinnerte mich daran, dass dieses Hotel eines der wenigen in der Stadt war, das ohne ein eigenes Casino auskam, um aus diesem Ort eine Oase der Ruhe und Erholung zu machen. Das nannte ich wahren Luxus.

Im Fahrstuhl überflog ich Coltons Nachricht, in der er mir mitteilte, dass er bis zum frühen Abend noch auf einem Geschäftstermin weilen würde. »Um sieben Uhr in der Mandarin Bar. Ich kann es kaum erwarten. C.«

Der Lift katapultierte mich innerhalb weniger Sekunden in die gewünschte Etage, und ich bezweifelte, dass es an der Geschwindigkeit lag, dass mir übel wurde.

Mein Koffer samt Page wartete bereits auf mich. Ich bedankte mich auch bei ihm mit einem Trinkgeld, und als sich die Tür hinter ihm zuschob, rief ich nach Colton. Ich atmete auf, als keine Antwort kam. Ich hatte kaum gewagt, seinen geschriebenen Worten zu glauben. Das gab mir tatsächlich noch einige wenige Stunden Galgenfrist.

Ich streifte mir die hohen Pumps von den Füßen und grub meine Zehen in den flauschigen hellen Teppich, der über das dunkle Parkett gebreitet worden war. Die Suite war wirklich schön eingerichtet. Helle Farben dominierten an Wänden und Decken, harmonierten mit dem dunklen Fußboden. Gemütliche Sofas mit hell gestreiften Bezügen und passenden Kissen in allen Größen und Formen fügten sich in die restliche Einrichtung von Tischchen, Sideboards und dezenten Deko-Elementen, ebenfalls im asiatischen Stil ein. Unzählige Lampen spendeten an den richtigen Plätzen sanftes Licht. Die Fensterfront bot einen wundervollen Blick auf den Strip. Aber natürlich konnte ich das alles nicht genießen. Die schwersten Stunden meines Lebens standen mir bevor, und ich verspürte wieder den Drang, zur Toilette zu rennen und mich im wahrsten Sinne des Wortes auszukotzen.

In der Suite befanden sich zwei Schlafzimmer: ein Master Bedroom – mit einem Kingsize-Bett von mindestens drei Metern Breite –, in dem sich Colton bereits ausgebreitet hatte, und ein nur geringfügig kleineres am anderen Ende der Suite. In diesem stellte ich meinen Koffer ab. Ich war dankbar um das eigene Bad, das direkt an mein Schlafzimmer grenzte und mit der großen Dusche und dem Whirlpool eher einem Wellnesstempel glich. Allein das Waschbecken war so groß wie die Duschwanne in unserer Wohnung in Tenderloin.

Weiterhin gab es noch eine kleine Küche, einen Essbereich, eine Arbeitsnische sowie einen kleinen Fitnessraum.

Die Mandarin Bar lag eine Etage höher, so viel wusste ich noch. Dort war Abendgarderobe gewünscht. Ich entschied mich also für das dunkelblaue, bodenlange Kleid mit dem tiefen Rückenausschnitt. Darunter würde ich die mitternachtsblaue Seidenunterwäsche mit halterlosen Strümpfen tragen und passende High Heels, in denen ich mir hoffentlich nicht die Füße brechen würde. Ein wenig Schmuck, den ich mir noch am Flughafen in San Francisco gekauft hatte, vervollständigte das Outfit.

Nach einem Blick auf die Uhr begann ich damit, mich frisch zu machen. Ich duschte, cremte mich ein, trug sorgfältig ein Abend-Make-up auf, frisierte meine Perücke und legte meine braunen Kontaktlinsen bereit. Zwanzig vor sieben war ich in die seidene Reizwäsche gestiegen, deren Push-up mir ein irres Dekolleté zauberte. Der fließende, weiche Stoff des Kleides schmiegte sich perfekt an meine wenigen Rundungen, und der tiefe Rückenausschnitt endete kurz über meinem Po.

Ich stieg in die High Heels, griff meine Clutch und warf einen letzten Blick in den Spiegel. Perfekt.

Kimberly Young war bereit für ihren Auftritt.

Ich atmete noch einmal tief durch, dann verließ ich die Suite und machte mich auf den Weg, um das wohl gefährlichste Spiel meines Lebens zu spielen.

Riley

Nachdem ich von Annie die Informationen bekommen hatte, die mich völlig hatten durchdrehen lassen, hatte ich das Telefonverzeichnis von Idaho Falls durchforstet, bis ich auf eine Marianne Adams gestoßen war. Ich wählte die Nummer, und als eine Frauenstimme sich meldete, fragte ich nach Yuna.

Sie stockte einen Moment. »Wer will das wissen?«

»Entschuldigung. Ich bin Riley, Riley Edwards, ein Freund von Tess, ihrer Tochter. Es ist dringend. Bitte«, setzte ich hinterher.

Wieder dauerte es einen Moment, bis sie antwortete.

»Geben Sie mir ihre Nummer«, verlangte sie.

Ich stutzte, doch dann fiel mir die Geschichte in, die Annie mir erzählt hatte, und mir wurde klar, dass die Mutter nur vorsichtig war. Ich nannte ihr meine Nummer, und noch bevor ich ihr die Dringlichkeit ans Herz legen konnte, legte sie auf. Ich wartete eine geschlagene Stunde, bis mein Handy endlich klingelte.

»Riley? Was gibt es?«, meldete Yuna sich zögernd.

»Yuna …« Ich verschwendete keine Zeit und platzte gleich mit der Geschichte raus, die Annie mir erzählt hatte. »Stimmt das? Ist Tess nach Vegas geflogen?« Atemlos wartete ich auf ihre Antwort.

»Ich habe keine Ahnung, wo sie steckt«, sagte sie.

»Yuna, bitte!«

»Ehrlich nicht, Riley. Als ich gestern losgefahren bin, war sie noch da. Ich weiß, dass sie irgendwas vorhat, aber sie wollte mir nichts sagen, weil -«

»Will sie sich verkaufen? Um das Geld aufzutreiben? Die fünfzigtausend?«

Yuna schnappte nach Luft. »Woher -«

»Es stimmt also?«

Yuna atmete geräuschvoll aus, dann hörte ich sie schluchzen. »Ich habe Tess gesagt, dass es eine völlig bescheuerte Idee ist, wieder als Escort-Mädchen zu arbeiten, um mich aus der Scheiße zu holen.« Escort-Mädchen? Wieder? Ich wusste nicht, ob ich das richtig verstanden hatte, aber das war auch egal. Ich musste wissen, was Tess vorhatte und wo ich sie finden konnte.

»Las Vegas«, erinnerte ich Yuna. »Ist sie nach Vegas geflogen?«

»Ich … Ja, verdammt. Sie ist nach Vegas geflogen …« Ich hörte ihr an, dass sie sich dafür schämte, ihre Schwester an mich verraten zu haben, aber darauf konnte ich jetzt keine Rücksicht nehmen.

»Allein?«

»Ich glaube nicht. Es gibt da so einen reichen Kerl von früher. Mit dem war sie damals schon öfter in Vegas. Den wollte sie wieder anrufen, sich mit ihm treffen, aber -«

»Und wohin genau will sie mit ihm, Yuna?«, fiel ich ihr ins Wort. Allein der Gedanke, dass Tess mit einem anderen Kerl …

»Ich weiß es nicht. Sie hat nie weiter von ihren Jobs gesprochen. Mehr hat sie mir nicht erzählt, wirklich nicht. Nur, dass sie ihn anrufen will.« *Fuck!*

Ich bat Yuna, mich sofort anzurufen, wenn sie was von ihrer Schwester hören sollte. Sie versprach es mir, dann legte ich auf und rief Peg an.

Ich gab so wirres Zeug von mir, dass sie mich beunruhigt in den Shop zitierte. Also fuhr ich quer durch die Stadt zum *Skinneedles.*

Peg wartete schon, und ich gab wieder, was ich von Annie und von Yuna erfahren hatte.

»Ach du Scheiße« war ihr Kommentar. Ich konnte ihr nicht widersprechen.

Während ich ruhelos vor dem Tresen hin und her tigerte und alle Fluglinien abtelefonierte, um noch heute einen Flug nach Vegas zu bekommen, brachte sie Carrie und Jake, die gerade nichts zu tun hatten, leise auf den neuesten Stand.

Gerade hatte ich die fünfte Hotline an der Strippe, die mir erklärte, dass alle Flüge ausgebucht waren. Die nächste Maschine mit einem freien Platz ging erst morgen Vormittag. Das war zu spät! Trotzdem buchte ich ein Ticket für den ersten Flug um kurz nach sieben.

»Willst du was Hochprozentiges zur Beruhigung?«, fragte Jake, als ich endlich das Handy wegsteckte, und zog eine Flasche Whisky unter dem Tresen hervor.

Ich schüttelte den Kopf. Ich brauchte einen klaren Kopf.

»Aber wie willst du sie dort finden?« Peg warf mir einen mitfühlenden Blick zu.

»Keine Ahnung, aber wenn es sein muss, dann klopfe ich an jede beschissene Tür in jedem beschissenen Hotel in dieser beschissenen Stadt.«

»Entschuldige bitte, Riley, wenn ich das sage, aber die Geschichte ist echt absurd. Wenn Yuna nicht weiß, wo ihre Schwester steckt ... Warum vertraust du dieser Annie? Bist du sicher, dass sie die Wahrheit gesagt hat?«

»Yuna hatte mir bestätigt, dass Tess nach Vegas geflogen ist. Und sie hat keinen Grund, mich anzulügen, obwohl es besser wäre, wenn es eine Lüge wäre. Denn dann müsste ich mir keine Gedanken machen, dass Tess in dieser Sekunde mit irgendeinem Arschloch in die Kiste steigt«, brüllte ich fast. Meine Nerven waren zum Zerreißen gespannt. Der Gedanke, dass sie vielleicht jetzt, in diesem Augenblick, zu etwas gezwungen wurde, das sie nicht wollte, und ich nicht da war, um sie da rauszuholen, machte mich schier wahnsinnig.

»Ich fahre mit dem Auto«, beschloss ich kurzerhand und überprüfte mit einem Griff an meine Hosentaschen, ob ich alles Wichtige dabeihatte. Portemonnaie und Autoschlüssel waren an Ort und Stelle. Mehr brauchte ich nicht.

»Nach Vegas? Bist du irre? Das sind locker acht Stunden Fahrt, wenn nicht mehr«, meinte Jake.

»Drauf geschissen. Ich kann nicht bis morgen Früh warten, das könnte zu spät sein.« Ich war schon an der Tür, als er noch mal das Wort an mich richtete.

»Du weißt doch nicht mal, ob sie überhaupt da ist. Sechshundert Meilen zu fahren, für -«

Ich fuhr herum und funkelte ihn wütend an. »Für Tess würde ich auch sechstausend Meilen fahren«, fiel ich ihm ins Wort. »Würdest du das nicht auch für Carrie tun?«

Für den Bruchteil einer Sekunde entgleisten ihm die Gesichtszüge. Doch dann nickte er und stand auf. »Ich wäre schon längst unterwegs. Lass uns fahren.«

»Was?«

»In dem Zustand lass ich dich nicht hinters Steuer. Wir nehmen Carries Wagen. Der Maserati ist schneller als dein Audi. Wo ist der Schlüssel, Baby?«

Carrie griff ohne zu zögern hinter den Tresen und reichte ihm den Autoschlüssel. »Passt auf euch auf und bringt Tess heil nach Hause.«

Jake lenkte den Maserati aus der Stadt und raste mit weit mehr als den erlaubten fünfundsiebzig Meilen über die Interstates durch Kalifornien. Obwohl ich lieber selbst gefahren wäre, anstatt hilflos auf dem Beifahrersitz zu hocken, war ich dennoch dankbar für seinen Beistand. Zumal er mich nicht vollquatschte, wie es bei Peg oder Eric der Fall gewesen wäre. Jake und ich legten über fünfhundert Meilen bis zur Grenze nach Nevada schweigend zurück. Ich war völlig im Arsch, aber das Adrenalin hielt mich wach. An Schlaf war nicht zu denken. Wir machten zwei Pinkelpausen und versorgten uns an den Tankstellen mit Kaffee und einem Sandwich.

Als nach fast sieben Stunden Fahrt die Lichter der Spielerstadt in der Wüste sichtbar wurden, war es halb zehn Uhr am Abend. Nach einer weiteren Stunde erreichten wir den Strip von Las Vegas.

»Wo sollen wir anfangen?«, wollte Jake mit Blick auf die Straße wissen. Ich war bereits einige Male in Vegas gewesen und hatte während der Fahrt die teuersten Hotels rausgesucht, die am fast sieben Kilometer langen Boulevard lagen. Wenn sie sich wirklich für fünfzigtausend Dollar verkaufen wollte, dann nur an einen Kerl, der Kohle genug hatte. Und der würde dann wohl kaum in einer Absteige hausen. »Wollen wir uns aufteilen?« Jake nickte stumm. »Dann schmeiß mich da vorne raus.« Ich zeigte auf das Mandalay Bay Resort, das am Anfang des Strips lag. »Du fährst bis zum Ende durch und rollst das Feld von hinten auf.«

Ich hatte Jake das Foto von Tess auf sein Handy geschickt, damit er in den Hotels nach ihr fragen konnte. Ich würde es genauso handhaben. Wir würden uns dann in der Mitte treffen – vorausgesetzt, wir fanden Tess nicht vorher. Aber daran wollte ich gar nicht denken.

Ich setzte mir die Sonnenbrille auf und zog mir das Basecap tiefer ins Gesicht. Es blieb mir nur zu hoffen, dass mich niemand erkannte. Jake hielt am Seitenstreifen und ließ mich raus. Ich wartete nicht, bis er weiterfuhr, sondern sprintete los, um Tess zu finden.

Ich begann im Mandalay Bay, aber dort hatte keine Tess Adams eingecheckt. Auch im Luxor und im Excalibur kannte man sie nicht. Als ich mich abwandte, fiel mir ein Paar auf dem Weg zur Rezeption auf. Er trug einen maßgeschneiderten Anzug, sie war stark geschminkt und stöckelte an seinem Arm auf hohen Absätzen neben ihm her. Ihr Lachen war zu künstlich und sein Blick zu gierig, als dass sie für ein verheiratetes Paar durchgegangen wären. Und da begriff ich plötzlich, dass Tess als Escort-Mädchen eine Rolle spielte. Sie hatte mit Sicherheit nicht unter ihrem richtigen Namen hier eingecheckt.

Ich verließ die Hotellobby und rief Jake an. Nach einem kurzen Klingeln nahm er ab. Ich gab meine Vermutung wieder, und wir beschlossen, uns erstmal zu treffen. Jake hatte Hunger und wollte einen Kaffee trinken, deswegen schlug ich, obwohl ich wusste, dass ich nichts runterkriegen würde, als Treffpunkt den Burger Palace vor, denn dort gab es die besten Burger der Stadt. Und Jake hatte sich nur das Beste verdient.

Ich lief knappe zehn Minuten zu Fuß, nicht ohne die Augen nach Tess offen zu halten, und als ich ankam, stand Jake bereits vor der Tür des Restaurants. Wir suchten uns einen Platz am Fenster und bestellten uns was zu essen und Kaffee.

»Wie ist dein Plan?«, fragte Jake, als eine Kellnerin in einem knappen Outfit uns den Kaffee gebracht hatte.

»Wenn ich ehrlich bin … ich habe keine Ahnung.« Den Plan, an jede beschissene Hotelzimmertür zu klopfen, um Tess zu finden, hatte ich bereits verworfen. Las Vegas besaß zu viele Hotels mit zu vielen Stockwerken, zu vielen Zimmern. Die Fahrt nach Vegas war viel zu überstürzt gewesen, aber es fühlte sich immer noch besser an, hier in ihrer Nähe zu sein, als untätig in San Francisco zu sitzen. Jake sagte nichts, machte mir keine Vorwürfe, und ich dankte es ihm stumm.

Aber nichtsdestotrotz musste nun ein neuer Plan her. Jake gähnte und rieb sich über das Gesicht. Okay, vielleicht musste auch erstmal eine Mütze Schlaf her.

»Lass uns hier ein Zimmer nehmen und uns aufs Ohr hauen«, schlug ich vor.

»Du willst mich mit auf dein Zimmer nehmen?«, witzelte Jake.

Ich grinste. »Du unterschätzt meine Qualitäten.«

Jake öffnete gerade den Mund, da klingelte sein Handy. »Hey, Baby«, raunte er, als er ranging. Ich schloss daraus, dass es Carrie war, und versuchte, nicht zuzuhören, sondern mich auf die anderen Gäste hier im Restaurant zu konzentrieren. Doch als Yunas Name fiel, horchte ich auf. Aber Jake sah mich nicht an, hörte weiter Carrie zu und nickte nur ab und zu. Dann gab er ihr noch kurz unseren bisherigen Misserfolg in Sachen Tess durch, verabschiedete sich und sah mich dann ernst an.

»Carrie hat Balu ins Boot geholt«, fing er an. Balu war damals die rechte Hand von Carries Ziehvater Phil gewesen und hatte nach dessen Tod das Blue String, einen Nachtclub in San Francisco übernommen.

»Warum?«

»Er hat Kontakte. Und er streckt seine Fühler aus nach dem Mistkerl, der Yuna bedroht.«

»Das ist gut.« Jake nickte. »Danke, Mann.«

»Dank nicht mir. Carrie kam auf die Idee.«

»Deine Frau ist großartig.«

»Ich weiß«, gab er mit einem Schmunzeln zurück. Dann wurde er wieder ernst. »Wir finden Tess. Keine Ahnung wie, aber wir finden sie. Okay?«

Ich nickte stumm. Es gab keine Alternative.

Nachdem Jake seinen Burger verschlungen und selbst ich einen halben geschafft hatte, suchten wir ein Hotel, in dem wir die Nacht verbringen konnten. Mittlerweile war es Mitternacht durch, wir waren beide im Arsch und brauchten eine Pause. Ich bezweifelte, dass ich schlafen konnte, aber zumindest eine Dusche wäre angebracht.

Wir traten auf die Straße, und ich sah mich um. Direkt neben uns streckte sich das Mandarin Oriental Hotel in die Höhe. Fünf Sterne plus. Ein guter Ort, um Kraft zu tanken.

»Komm«, sagte ich und schlug den Weg zum Hotel ein. In der Hoffnung, zwei Zimmer für uns zu bekommen, steuerte ich direkt auf die Rezeption zu.

Wir mussten nicht lange warten, bis eine junge Frau zu uns trat. »Herzlich willkommen im Mandarin Oriental«, spulte sie ihren Text ab. Ich zog eine Kreditkarte hervor und bat um zwei Zimmer. Sie sah auf den Namen, dann lächelte sie mich an. »Mr Edwards ...« Sie schien begriffen zu haben, wen sie vor sich stehen hatte.

Ich setzte mein smartestes Lächeln auf, legte meine Hände auf den Tresen und lehnte mich zu ihr rüber. »Bitte, Miss ... Beverly«, las ich von ihrem Namensschild ab. »Wir ... Ich mache nur einen kleinen Trip mit einem Freund. Ich bin inkognito hier, und es wäre schön, wenn das so bleiben könnte.«

Sie sah mich verschämt an, räusperte sich und nickte. »Selbstverständlich, Mr Edwards.«

»Sie mögen unsere Musik?«

»Ja, sehr.«

»Schreiben Sie mir Ihren Namen auf, dann schicke ich Ihnen nächste Woche eine kleine Überraschung ins Hotel. Eine Hand wäscht die andere«, sagte ich und hoffte, dass sie verstand.

»Ich danke Ihnen vielmals, Mr Edwards.«

Ich lächelte noch breiter. »Nennen Sie mich Riley.«

Wir bekamen zwei Zimmer nebeneinander. Ich ließ die Kreditkarte durchziehen, verneinte die Frage nach unserem Gepäck und nahm die Schlüsselkarten in Empfang.

»Einen schönen Aufenthalt. Wenn Sie noch Wünsche haben oder etwas brauchen – rufen Sie den Concierge an. Schnellwahltaste eins.«

»Danke, Beverly.«

Nachdem wir mit dem Aufzug in den elften Stock gefahren waren, gab ich Jake seine Karte. Er nahm das erste Zimmer, ich das dahinter. »Wenn was ist, meld dich, klar?«, meinte er.

»Danke, Jake. Schlaf gut.«

»Du auch.« Dann verschwand er in seinem Zimmer.

Ich öffnete die Tür zu meinem, streifte mir die Schuhe von den Füßen und schmiss mich aufs Bett. Mein Handy hatte nur noch wenig Akku, also rief ich in der Lobby an. Beverly war dran. Ich fragte nach einem Ladekabel. Keine fünf Minuten später wurde es mir aufs Zimmer gebracht.

Ich lud das Handy, duschte, warf mir den Bademantel über und legte mich mit dem Handy aufs Bett. Ich wollte nur warten, bis der Akku aufgeladen war, dann würde ich mich wieder auf die Suche machen. Ich konnte nicht untätig rumsitzen. Schlafen schon gar nicht. Dann schrieb ich Yuna und auch Peg einen kurzen Zwischenstand. Peg meldete sich umgehend mit einem Anruf zurück.

»Du schläfst noch nicht?«, meldete ich mich.

»Nein. Ich sitze mit Carrie im Blue String. Balu setzt gerade alle Hebel in Bewegung, um den Kerl, der Yuna bedroht, ausfindig zu machen. Aber bis jetzt hat er noch nichts rausgefunden.« Das war mehr oder weniger beruhigend zu hören. Wenn er ihn finden würde, gäbe es für Tess und Yuna keinen Grund mehr, Angst zu haben. Beunruhigend war nur, dass ich keine Möglichkeit hatte, Tess das mitzuteilen. Mir drehte sich erneut der Magen um. Ich durfte nicht daran denken, dass sie ... Nein! Ich wischte die Bilder weg, die sich vor meine Augen schieben wollten, und konzentrierte mich auf Peg.

»Sag Balu danke und dass ich ihm meinen nächsten Song widme, wenn er den Typen zur Strecke bringt.«

»Mach ich. Wie geht's dir? Carrie hat gesagt, ihr wollt euch ein Zimmer nehmen?«

»Haben wir schon. Allerdings zwei getrennte. Ich werde mich gleich wieder auf die Socken machen und sie suchen. Ich kann nicht hier sitzen und nichts tun. Es kotzt mich an, nichts tun zu können, Peg.«

»Das verstehe ich.«

»Halt mich auf dem Laufenden, okay?«

»Du mich auch.«

Ich legte auf und kontrollierte den Akku. Fuck, erst dreißig Prozent. Das würde ja noch ewig dauern. Gerade hatte ich es wieder aus der Hand gelegt, da piepte es und kündigte eine neue Nachricht an.

Yuna.

Ich erinnere mich, dass der Name des Hotels irgendwas mit Obst zu tun hatte. Vielleicht hilft dir das ja? Ich hoffe, du findest sie. LG, Yuna

Irgendwas mit Obst? Ich runzelte die Stirn. Was meinte sie damit? Ich erinnerte mich an die Liste der Hotels, die ich online zusammengestellt hatte. Vielleicht würde ich da fündig werden. Als ich mich ins Wlan des Hotels einloggen wollte, zuckte ich zusammen. Mandarin. Obst. Fuck!

Tess war im selben Hotel!

Tess

Colton hatte schon immer den Gentleman raushängen lassen. Zumindest in der Öffentlichkeit spielte er den perfekten Begleiter. Allerdings einen sehr besitzergreifenden Begleiter.

Wir trafen uns in der Bar, wie er es verlangt hatte. Obwohl ich zu früh war – einen Colton Young ließ man nicht warten –, saß er bereits am Tresen und stand auf, als er mich erkannte. Ich musste zugeben, dass er sich überhaupt nicht verändert hatte. Er war gut einen Meter neunzig groß und, soweit ich erkennen konnte, immer noch sehr gut trainiert. Seine Haare waren immer noch dunkel und kurz geschnitten, sein Gesicht glattrasiert. Ich spürte die bewundernden Blicke der anderen Gäste auf mir, als ich auf Colton zuging. In *seinem* Blick aber lag ein verräterisches Aufflackern. Ich erkannte dieselbe Gier wie vor fünf Jahren. Und mir war klar, dass er in den nächsten Tagen jede einzelne Minute mit mir auskosten würde. Ich unterdrückte die Übelkeit, die in mir hochkriechen wollte, und befahl mir, mich zusammenzureißen. Für Yuna und die Kleine. Es funktionierte.

Er kam mir entgegen, lächelnd und wohlwollend nickend. »Du siehst bezaubernd aus, Kim«, raunte er mir seinen Kosenamen für mich ins Ohr.

»Danke, Colt.« Ich wusste, er liebte den Vergleich mit der Pistole. »Du hast dich aber auch gut gehalten. Sexy wie immer«, gab ich zurück. Ich spürte sein Grinsen, als seine Lippen mein Ohr streiften und sich dann über meine Wange bis zu meinem Mund bewegten. Ich bemühte mich, mich nicht zu versteifen, als er mich leicht auf den Mundwinkel küsste.

»Mann tut, was Mann kann«, gab er dann zurück und grinste selbstgefällig. Ein Blick von ihm zu einem der Kellner genügte, und sofort wies man uns einen Tisch am Fenster zu.

Colton führte mich am Arm zum Platz, rückte mir den Stuhl zurecht und setzte sich dann mir gegenüber. Sofort griff er nach meiner Hand.

»Ich bin froh, dass du gekommen bist, Kim.«

»Natürlich. Hast du etwa gedacht, ich halte mein Wort nicht?«

»Das hast du immer getan.«

»Und daran hat sich nichts geändert.«

Colton bestellte mir Champagner, für sich einen Whisky. Colton fragte nicht, er handelte.

»Warum hast du dich so lange nicht gemeldet?«, wollte er wissen, als der Kellner uns die Gläser serviert hatte und wieder gegangen war.

»Ich hatte einige Probleme. Es lag nicht an dir.«

»Warum hast du mich dir nicht helfen lassen?«

»Ich regle meine Dinge gerne selbst, Colt.« Er zog die Augenbrauen hoch, seine Miene versteinerte. »Es war nichts Schlimmes. Und jetzt …«, ich zog meinen Schuh unter dem Tisch aus und ließ meine Zehen über sein Bein streifen, »… bin ich ja wieder da.«

Das schien ihn zu besänftigen, denn seine Miene entspannte sich. »Das nächste Mal, Kim, lässt du mich das regeln, verstanden?«

Ich lächelte artig. »Natürlich, Colt. Danke.« *Wichser.* »Aber erzähl mir – was hast du in den letzten Jahren getrieben? Du siehst großartig aus. Der Erfolg steht dir gut«, flötete ich. Und wie ich es mir gedacht hatte, verlor Colton sich die nächste halbe Stunde darin, sich in seinem Erfolg zu suhlen. Er laberte von Aktien, Börsenkursen und seinen Reisen. Ich nickte interessiert, brachte an den richtigen Stellen ein »Ah« oder ein »Oh« raus und lachte, wenn er glaubte, besonders witzig gewesen zu sein. Kurz gesagt: Ich blies ihm Zucker in den Arsch. Aber nichts anderes brauchte Colton, damit er mir aus der Hand fraß. Das hatte ich schon früh gelernt. Ihm das

Gefühl zu geben, der Größte zu sein und ihn unbemerkt in die Richtung zu stoßen, in der ich ihn haben wollte. So, als wäre es seine eigene Idee gewesen. Nur im Bett – da hatte ich keine Macht über ihn. Denn da regierte er. Aber auch das würde ich überstehen. Es waren nur drei Tage.

Nach einer Stunde wechselten wir von der Bar in eines der Hotelrestaurants, aßen winzige Portionen von riesigen Tellern und tranken teuren Champagner, der mir nicht schmeckte und mir vor Augen führte, was ich hier eigentlich tat. Ich schluckte schwer. Während meiner Zeit als Escort-Dame bei Dinah hatte ich eine Abneigung gegen dieses Gesöff entwickelt, denn das war das Getränk, was immer und überall geflossen war. Doch jetzt erinnerte es mich an den Begrüßungstrunk bei Rileys Eltern, und ich musste alle Kraft aufbringen, die Übelkeit und das schlechte Gewissen runterzuwürgen, die sich gerade in meinem Hals breitmachen wollten. *Nicht jetzt!*

Nachdem wir mit dem Dessert fertig waren, legte Colton seine Serviette weg und griff wieder nach meiner Hand.

»Was meinst du? Hast du Lust, ein bisschen Geld zu verspielen?«

»Du willst ins Casino?«

»Du wirst mir Glück bringen. Das spüre ich.«

»Dann sollten wir deinem Gespür vertrauen.«

Colton zahlte, dann brachen wir auf in eines der gigantischen Casinos der Stadt. Wie Colton vorausgesagt hatte, brachte ich ihm Glück. Er gewann zweitausend Dollar beim Roulette und dreitausend beim Blackjack. Ich stand nur da, sah gut aus und bejubelte sein Glück und seine Raffinesse. Wie ich es hasste, ihn so zu bauchpinseln. Ich widerte mich selbst an.

Mit dem Geld in der Hand schleppte er mich zu Tiffany. Nicht, dass es erst den Gewinn gebraucht hätte. Auf seinem Konto lagen vermutlich mehrere Millionen. Er suchte mir ein paar kleine Ohrringe aus und brannte mir damit sein Zeichen ein. Ich setzte sie sofort ein, und er raunte mir ins Ohr, dass er mich später mit nichts als diesen Ohrringen in seinem Bett erwarte.

Wir besuchten das nächste Casino, doch diesmal hatte Colton nicht so viel Glück. Er verlor. Er war ein schlechter Verlierer, deswegen lenkte ich ihn ab, indem ich ihm in den Schritt griff und über seinen Schwanz strich. Sofort wandte er sich vom Spiel ab und mir zu.

»Kim …«, raunte er mir ins Ohr.

»Lass uns gehen, Colt. Ich möchte auch spielen. Mit dir …«
Natürlich war es Mist, dass meine Bitte die intensive Zeit mit ihm verlängern würde, die ich ihm ausgeliefert wäre. Aber das war besser, als ihm *und* seiner schlechten Laune ausgeliefert zu sein.

Colton nickte schweigend, kippte den Rest seine Whiskys in einem Zug runter, stand auf und griff mich fest am Arm. Ich biss mir auf die Lippen, um keinen Schmerzenslaut auszustoßen, und ließ mich von ihm zum Ausgang dirigieren. Das Hotel lag nur wenige Gehminuten entfernt, und schneller als es mir lieb war, fand ich mich mit ihm allein im Aufzug wieder. Kaum hatten sich die Türen geschlossen, drängte er mich an die Wand, hob mein Kleid hoch und brachte seine Finger zwischen meine Beine.

»Ein kleiner Vorgeschmack auf das, was wir gleich miteinander anstellen werden«, flüsterte er mir zu, fuhr mit einem Finger durch meine Spalte und steckte ihn sich dann in den Mund, um ihn abzulutschen. Viel konnte er nicht schmecken, ich war trocken wie die Wüste, in der wir uns befanden. Aber das schien ihm nicht aufzufallen, denn er grinste mich dabei verlangend an. Als der Aufzug im zweiundzwanzigsten Stock anhielt, legte er mir die Hand auf den unteren Rücken und schob mich schweigend zu unserer Suite.

Als die Tür hinter uns zugefallen war, steuerte er sogleich auf die Bar zu und schenkte sich einen Whisky ein. Ich blieb mitten im Wohnraum stehen und wartete auf seine Anweisungen. Ich wusste ja, wie es ablaufen würde.

Mit dem Glas in der Hand drehte er sich zu mir um und musterte mich von unten bis oben. Sein Blick war voller Verlangen und die Beule in seiner Anzughose nicht mehr zu übersehen.

»Zieh dich aus«, krächzte er heiser und ließ sich in den Sessel fallen, der nahe der Bar stand.

Ich schloss für einen winzigen Moment die Augen und versetzte mich in meine Rolle. Während ich meine Hände endlos langsam zu den Trägern meines Kleides fahren ließ, atmete ich tief durch und erinnerte mich an alles, was ich mir damals beigebracht hatte. Als ich meine Augen wieder öffnete, war ich Kimberly, der Roboter, und sah Colton mit meinem einstudierten Lächeln an.

Ich streifte mir in aller Langsamkeit das Kleid von den Schultern und ließ es dann über meine Hüften zu Boden fallen. Nur noch in High Heels und Unterwäsche stieg ich aus dem Stoff.

»Dreh dich. Langsam«, befahl er mir. Ich tat es mit einem Lächeln. »Fass dich an.« Auch diesem Wunsch kam ich nach. Ich legte mir die Hände auf die Hüften und begann lasziv damit über meinen Körper zu streicheln. Erst über meinen Bauch, dann über meine Brüste, meinen Hals, leckte meinen Finger ab und ließ ihn dann in meinem Slip verschwinden. Colton keuchte auf. Er kippte den Inhalt seines Glases in einem Zug runter, stand auf und kam auf mich zu. Er kniete sich vor mich, riss mir den Slip runter und spreizte meine Beine. Dann fasste er mich an. Seine Finger schoben sich in mich rein, grob und ungestüm fingerte er mich, presste dabei seinen Mund auf meine Spalte und bearbeitete meine Klit mit der Zunge, sorgte damit dafür, dass ich nass wurde. Von alleine wäre das auch nicht passiert, aber das merkte Colton gar nicht.

Dann ließ er von mir ab, stand auf, packte mich und schob mich zum Esstisch, der ein paar Schritte entfernt stand. Er öffnete seine Hose und hielt mir ein Kondom entgegen.

»Streif es mir über«, befahl er. Ich nahm es und rollte es mit geschickten Fingern über seinen steifen Schwanz. Er stöhnte auf, schob sich in meine Hand. Dann packte er mich erneut und legte mich bäuchlings auf den Tisch. Mit den Knien schob er meine Beine auseinander. Ich wusste, was kommen würde. Und es wäre so ganz anders als mit Riley.

Riley!

Der Gedanke an ihn packte mich so sehr aus heiterem Himmel, dass mir schwindelig wurde. Und plötzlich bekam ich Panik. Ich merkte, wie ich nach Luft rang, wie mir die Kehle immer enger wurde. Ich wollte schreien, mich mit Händen und Füßen gegen das wehren, was Colton mit mir vorhatte. Doch das durfte ich nicht! Dann würde ich das Geld nie bekommen, und alles wäre umsonst gewesen. Aber Riley ... Ich liebte ihn doch! Wie konnte ich ihn betrügen. Wegen Geld? Gott, nein, ich musste ...

Coltons Schwanz berührte meinen Hintern. Er keuchte erneut, murmelte irgendwas, das ich nicht verstand. Ich merkte, wie mir die Tränen kamen. Ich schluckte sie herunter, kniff die Augen zu, versteifte mich unwillkürlich, kämpfte mit mir. Riley. Yuna. Riley ...

Und dann zerriss ein lautes Poltern meine Gedanken.

»Was ...?« Colton hielt inne, verharrte mit der Spitze an meinem Eingang.

»Tess?!« Ich horchte. Hatte ich da gerade meinen Namen gehört?

»Wer ist da?«, rief Colt unwirsch.

»Aufmachen!«

»Hau ab Mann, wir sind beschäftigt!«

»Aufmachen! Tess! Bist du da drin?« Ach du Scheiße ... War das ...? Ich halluzinierte doch. Er konnte es nicht sein. Er wusste doch überhaupt nicht, dass ich hier war. Niemand wusste davon. Außer vielleicht Yuna. Ich hatte ihr damals, als ich das erste Mal mit Colton unterwegs gewesen war, von Vegas vorgeschwärmt, um von dem abzulenken, was wirklich dort geschehen war. Ich hatte ihr aber nie erzählt, dass ich mich für Geld an diesen Mann verkauft hatte. Und schon gar nicht, dass ich es wieder tun würde. Wieder hörte ich die Stimme, die meinen Namen rief. Mir wurde ganz übel.

»Verdammt, was ist da los?« Colton zog sich fluchend zurück und sah zur Tür. »Verschwinde!«, brüllte er. Ich richtete mich langsam auf. »Wer ist Tess?« Colton starrte mich mit ausdrucksloser Miene an. Sein Schwanz fiel ganz langsam in sich zusammen und rutschte an mir runter.

»Ich hab keine Ahnung«, log ich.

»Lüg mich nicht an!« Colton packte mein Kinn und riss meinen Kopf zu ihm rum. Verdammt, tat das weh.

»Ich weiß es nicht ... Der muss ... uns verwechseln«, stammelte ich und bemühte mich um Fassung. *Nicht durchdrehen, Tess! Gib ihm keinen Grund auszurasten.*

»Ich weiß, dass du da drin bist, Tess. Jetzt mach die gottverdammte Tür auf, oder ich schwöre bei Gott, ich trete sie ein!« Wie zur Bestätigung polterte es noch lauter gegen die Zimmertür. Er trat dagegen. Was, wenn sie ihm nicht standhielt? Er durfte mich hier nicht finden. Und schon gar nicht so!

»Wer ist das?«, zischte Colton mit eiskalter Miene. Er zeigte auf die Tür, die immer noch mit Tritten malträtiert wurde – zumindest hörte es sich so an.

Ich schwieg. Ich war völlig überfordert mit der ganzen Situation. Nicht nur, dass ich nicht so gut hatte abschalten können, wie gehofft, und schon in Tränen ausgebrochen war, noch bevor Colton mich überhaupt genommen hatte, nein – jetzt stand auch noch jemand vor der Tür, den ich hier am Allerwenigsten gebrauchen konnte.

Als ich nichts sagte, zog Colton sich mit eisiger Miene die Hose hoch. »Gnade dir Gott, wenn ich nicht das bekomme, was wir abgemacht haben.« Dann stapfte er zur Tür und riss sie auf.

Riley

Die Tür wurde unerwartet aufgerissen, und mein Fuß trat ins Leere. Fast verlor ich das Gleichgewicht. Gut, dass ich so trainiert war.

»Was soll der Scheiß?« Ein dunkelhaariger Kerl im Anzug starrte mich mit wutverzerrter Miene an. Sein Hemd hing ihm halb aus der Hose, so, als hätte er es notdürftig reingestopft, als er unterbrochen worden war. Tess war wirklich hier, das wurde mir in eben diesem Moment klar. Und ich betete, dass ich noch rechtzeitig gekommen war.

Ich starrte ebenso zornig zurück. Sein Gesicht war puterrot, seine Augen blickten mich feindselig an, seine Halsschlagader pochte, und seine Hand war zur Faust geballt. Schnell schätzte ich meine Chancen ab. Er war größer und breiter als ich, aber ich war verzweifelter und hatte eine Wut im Bauch, mit der ich ihn plattmachen würde, sollte es nötig sein.

»Wo ist sie?«, presste ich nur mühsam beherrscht heraus. Ich würde alles kurz und klein schlagen, sollte er sich mir in den Weg stellen.

Als er mir keine Antwort gab, rief ich nach Tess. Ich versuchte, einen Blick in den Raum zu werfen, doch er trat einen Schritt auf mich zu und baute sich vor mir auf. »Tess? Lass mich vorbei, du Wichser.«

»Verschwinde!«, herrschte er mich an und stieß mich an der Schulter zurück.

»Fass mich nicht an!«, knurrte ich.

»Dann verpiss dich. Hier gibt es keine Tess, wer auch immer das sein soll.«

»Meine Freundin. Wo ist sie?«

»Deine Freundin? Deine blöde Freundin ist nicht hier. Und jetzt -« Er wollte die Tür zuknallen, aber ich stellte den Fuß dazwischen und drückte sie mit aller Kraft wieder auf.

»Spinnst du? Verpiss dich«, brüllte er mich an.

Mir platzte die Hutschnur. Ich stürzte mich auf ihn, packte ihn an seinem Hemdkragen und drückte ihn mit Schwung gegen die andere Wand. »Geh mir aus dem Weg«, knurrte ich, ließ ihn los und stürzte an ihm vorbei.

Er wollte mich aufhalten, packte meinen Arm. »Ich ruf den Sicherheitsdienst!«

»Wunderbar. Und ich zeige dich an, weil du meine Freundin entführt hast«, versuchte ich ihn zu provozieren.

»Dieses Flittchen ist -« Ich ließ ihn nicht zu Wort kommen, sondern drehte mich und rammte ihm meine Faust ins Gesicht. Sofort ließ er von mir ab.

»Du Wichser …«

Ich kümmerte mich nicht weiter um ihn, sondern durchquerte mit wenigen Schritten den langen Flur der Suite. Und dann blieb ich wie angewurzelt stehen.

Tess stand mitten im Raum, ein langes Stoffteil schützend vor ihren Körper gepresst. Statt von roten Locken wurde ihr blasses Gesicht von dunklen langen Haaren umrahmt. Ihre Augen sahen dunkler aus, wo war das Blau hin? Ihr Make-up war verlaufen, sie weinte.

»Tess!« Mit zwei Schritten war ich bei ihr und riss sie in meine Arme. Sie zitterte, sie war so gut wie nackt. »Was hat das Schwein mit dir gemacht? Ich bring ihn um!«

»Nein! Riley, nicht …« Sie hielt mich fest, packte meinen Arm, als ich mich umdrehen und auf den Mistkerl stürzen wollte, der ihr Gott weiß was angetan hatte. Ich bebte innerlich und wollte nur noch eins: ihm wieder und wieder meine Fäuste ins Gesicht rammen, bis er kein Licht mehr sah. Aber Tess ließ das nicht zu. »Bring mich von hier weg. Bitte …« Sie schluchzte auf und klammerte sich an mich. Das brachte mich zur Besinnung.

Ich sah sie an. In ihren Augen standen Tränen, ihre Lippen bebten. Ich zwang mich, meinen Zorn zu unterdrücken, atmete geräuschvoll durch und nickte schließlich. »Ist das dein Kleid?«, fragte ich leise.

»Ja«, flüsterte sie.

»Kannst du es anziehen?«

Sie nickte stumm. Umständlich schlüpfte sie hinein. Ich sah, dass sie keinen Slip mehr trug, und schon wieder packte mich die Wut. »Komm«, presste ich heraus, als sie wieder einigermaßen angezogen war.

Sie griff nach einer kleinen Tasche, die auf dem Tisch lag. »Meine Sachen …«

»Welche Sachen?«

»Ich muss … mein Koffer«, stammelte sie.

»Wo?«

Sie zeigte zu einer Tür, die in der Nähe des Eingangs lag. Ich warf dem Flachwichser einen Blick zu, der ihm sagen sollte: Beweg dich, und du bist tot. Er bewegte sich nicht. »Hol ihn.« Sie nickte stumm und ging mit gesenktem Kopf an ihm vorbei. Ich folgte ihr, wartete, bis sie mit fahrigen Fingern ihr Zeug zusammengepackt hatte, und nahm ihr dann den Koffer ab. Ich legte beschützend meinen Arm um sie und zog sie eng an mich, bevor ich die Tür ansteuerte. Dieses Stück Scheiße war mittlerweile näher gekommen und baute sich mit aggressiver Miene vor uns auf. An seinem Kinn prangte bereits ein roter Fleck.

»Tess heißt du also. Hübscher Name, aber Kimberly gefällt mir besser.« Er grinste, durch sein lädiertes Kinn sah das ziemlich skurril aus. Weder Tess noch ich antworteten darauf, doch er ließ sich davon nicht beirren. »Wenn du deinen kleinen Stecher satthast oder er es nicht bringt … Du hast meine Nummer.«

»Halt deine verdammte Fresse«, knurrte ich.

»Ich habe nicht mit dir geredet, Arschloch.«

Ich musste mich stark beherrschen, ihm nicht doch die Fresse zu polieren. Aber Tess war jetzt wichtiger. Ich musste sie hier rausbringen, auch wenn mein Zorn dringend ein Ventil gebraucht hätte.

»Colton, bitte ...« Tess versuchte, ihn zu beschwichtigen.

»Es reicht!«

Ich ließ den Koffer fallen und schob Tess hinter mich. Dann stürzte ich mich auf Colton. Das hatte er nicht kommen sehen. Er taumelte, und nach einem weiteren Stoß ging er überrascht zu Boden. Ich warf mich auf ihn, setzte mich auf seinen Brustkorb und ließ meine Fäuste in sein Gesicht rasen. Ich war blind vor Wut, in meinen Ohren rauschte das Blut, und ich kam erst wieder zu mir, als Tess mich schreiend und mit aller Kraft von ihm runterzerrte.

»Riley! Bitte, hör endlich auf! Du bringst ihn ja um ...«

Ich hielt inne und erkannte, dass sie nicht unrecht hatte. Colton lag stöhnend da, er hatte ordentlich eingesteckt. Sein Auge schwoll bereits an, seine Lippe war aufgeplatzt und über seiner Braue war ein Cut, aus dem das Blut über die Schläfe auf den hellen Teppich tropfte.

Ich kam auf die Beine, Tess zog mich von ihm weg. Sie weinte. Ich packte den Koffer und griff nach Tess' Arm. Ich wollte nur noch weg hier.

»Ich hetze meine Anwälte auf dich«, spie er mir entgegen. »Und das mit der Kohle kannst du vergessen«, zischte er Tess noch am Boden liegend zu. Sie zuckte zusammen, senkte den Kopf.

Ich stellte ihm meinen Fuß auf die Brust und fixierte ihn. »Du willst eine Schlammschlacht? Tu dir keinen Zwang an. Aber überlege es dir gut. Und glaub mir – wenn du dich jemals wieder an ihr vergreifst, sie anrufst oder in irgendeiner Form bedrohst ... Ich schwöre, ich finde dich, und dann bringe ich dich um.«

Für den Bruchteil einer Sekunde sah ich sowas wie Angst in seinem Blick aufflackern, dann drehte er den Kopf zur Seite. Ich zog meinen Fuß zurück und setzte mich in Bewegung. Ich drehte mich nicht um. Ich wollte nur noch Tess in Sicherheit bringen. Als ich die Tür hinter uns ins Schloss zog, schluchzte sie auf. Sie zitterte, ich legte meinen Arm um sie und hielt sie fest. Ich lenkte sie zum Aufzug, der uns in den elften Stock runterbrachte. Und erst, als wir in meinem Zimmer angekommen waren und die Tür hinter uns mit einem leisen Klicken zufiel, ließ die Anspannung etwas nach. Aber ich wusste, der schlimmste Teil stand mir erst noch bevor.

Ich stellte Tess' Koffer an der Garderobe ab und dirigierte sie zum Bett, damit sie sich setzte. Dann holte ich zwei Gläser und eine Flasche Brandy aus der Bar, schenkte uns ein und drückte ihr ein Glas in die Hand.

»Trink das«, sagte ich und stürzte meins in einem Zug runter.

Tess nippte daran, verzog das Gesicht und kippte den Rest dann ebenfalls auf ex runter. Als es leer war, hielt sie mir das Glas hin. »Noch einen.« Ich schenkte uns nach. Wieder kippte sie den Schnaps in einem Zug runter. Danach schüttelte sie sich und stellte das Glas auf dem Nachttisch ab. »Danke«, murmelte sie, ohne mich anzusehen.

»Wofür? Für den Brandy? Dafür, dass ich den Scheißkerl nicht umgebracht habe? Dass ich stundenlang durch Vegas gelaufen bin, um dich zu suchen?« Sie zuckte unter meinem scharfen Tonfall zusammen, es tat mir auch leid, aber ich konnte nicht anders. Die ganzen letzten Stunden hatte ich eine Scheißangst um sie gehabt. Ich hatte meine Wut zwar an dem Wichser ausgelassen, aber in mir brodelte es immer noch. Jetzt, wo ich sie in Sicherheit wusste, war ich sauer. Stocksauer! »Was zum Teufel hast du dir dabei gedacht? *Kimberly ...*«, spie ich aus. Sie sah zu mir auf und zog sich die Perücke vom Kopf. Ihre Locken waren unter einer kleinen Mütze versteckt. Ich wandte den Blick ab, konnte es nicht ertragen, sie so zu sehen.

»Riley, bitte ...«

»Hat er dir was angetan?«, fuhr ich ihr ins Wort. Ich musste es wissen. »Hat er dich zu ... hat er ... dich ...?«

»Nein«, presste sie heraus. »Er hat mich nicht vergewaltigt, falls du das wissen willst.« Sie fixierte ihre Finger, die sie in ihrem Schoß verschränkt hatte. Ich atmete auf. Wenigstens hatte er sie nicht zu etwas gezwungen, was sie nicht gewollt hatte. Aber ... sie war fast nackt gewesen, als ich sie gefunden hatte. Und dieser Wichser hatte ausgesehen, als wäre er gestört worden.

»Hast du freiwillig mit ihm geschlafen?«

Sie hob ihren Kopf, sah mir in die Augen, und ich erkannte den Schmerz in ihrem Blick. »Ich habe überhaupt nicht mit ihm geschlafen«, antwortete sie. Dann senkte sie ihren Kopf wieder und blickte erneut auf ihre Finger. »Wir ... du bist ...«

»Rechtzeitig gekommen?«

Sie nickte. Dann runzelte sie die Stirn. »Wie hast du mich gefunden? Woher wusstest du, wo ich bin?«

Ich wollte ihr in diesem Zustand nichts von Yuna oder Annie erzählen. Und deshalb rückte ich nur mit dem letzten Teil raus. »Ich habe an der Rezeption nach dir gefragt.«

»Aber -«

»Dein Foto. Ich habe ihnen dein Foto gezeigt.«

»Ah ...«

Ich kniete mich vor sie. »Wer ist er?«

Sie schüttelte den Kopf und sah mich aus tränenverhangenen Augen an. »Bitte ... ich kann nicht ...«

»Tess ...« Wieder schüttelte sie den Kopf. Ich merkte, dass ich hier jetzt nicht weiterkam. Sie hatte dichtgemacht. Sie brauchte Ruhe, musste erstmal verdauen, was vorgefallen war, dass ich hier war, dass ... was auch immer. So schwer es mir auch fiel – ich musste ihr Zeit geben.

Ich stand auf. Ich schnappte mir meine Jacke und die Zimmerkarte. »Ich geh 'ne Runde um den Block, den Kopf frei kriegen. Ich habe mein Handy mit. Wenn du mich brauchst …« Ich ließ den Satz unvollendet. Sie erwiderte nichts. Ich ging zur Tür, doch bevor ich auf den Flur trat, sah ich sie noch mal an. »Tess?« Sie hob den Kopf. »Bist du noch da, wenn ich wiederkomme?«

Es dauerte ein paar Sekunden, bis sie antwortete. »Ja, Riley. Ich bin noch da, wenn du wiederkommst.«

Ich nickte stumm. Dann ging ich und hoffte, dass sie nicht gelogen hatte.

Ich schickte Peg eine Nachricht. Jake ebenso. Mittlerweile war es vier Uhr in der Früh, ich wollte sie beide nicht wecken. Dann setzte ich mich in die Bar des Hotels und bestellte mir einen Drink. Ich hatte keine Lust, um den Block zu gehen, ich war müde und ausgelaugt. Ich wollte einfach nur hier sitzen und meine Ruhe haben. Und dass Colton mit der polierten Fresse in die Bar kommen würde, bezweifelte ich. Niemand der anderen Gäste beachtete mich. Das war gut.

Ich fragte mich, wer dieser Colton war. Woher kannte sie ihn? Hatte sie ihn hier getroffen oder sich hier mit ihm verabredet? War er der Kerl, mit dem sie schon mal hier gewesen war laut Yuna? Was hätte er mit ihr angestellt, wenn ich nicht dazwischengeplatzt wäre? Es machte mich schier wahnsinnig zu wissen, dass sie sich in eine solche Gefahr begeben hatte. Zu wissen, dass sie keinen anderen Ausweg gesehen hatte. Warum zum Teufel war sie nicht zu mir gekommen, hatte mir von Yunas Problem erzählt, mich ins Vertrauen gezogen, mich um das Geld gebeten? Ich hätte ihr helfen können. Doch ich kannte die Antwort. Sie vertraute mir nicht.

Meine Wut war langsam verraucht. Mittlerweile fing ich an, sie zu verstehen. Die Sache mit Emily stand zwischen uns. Ich konnte nur darauf hoffen, dass sie mir glaubte und mir verzieh. Und bis es so weit war, würde ich den brennenden Schmerz in mir mit noch mehr Alkohol betäuben.

Tess

Ich duschte. Immer wieder rieb ich meinen ganzen Körper mit Duschgel ein, schrubbte meine Haut mit dem Schwamm, bis sie wehtat. Und ich fühlte mich immer noch schmutzig.

Ich weinte. Immer wieder schluchzte ich los und ließ mich von dem Schmerz durchschütteln. Ich schämte mich so entsetzlich. Wie sollte ich Riley jemals wieder unter die Augen treten, ohne ein schlechtes Gewissen. Niemals mehr würde er mich so sehen wie vor dieser Sache. Nicht, nachdem er mich so vorgefunden hatte. Halbnackt und starr vor Angst in der Suite eines fremden Mannes. Das würde er mir mit Sicherheit niemals verzeihen. Ich hatte alles, alles, was in den letzten Wochen zwischen uns gewachsen war, in nur einer Nacht kaputt gemacht. Ich hatte unsere Beziehung mit Füßen getreten. Ich konnte verstehen, dass er sauer auf mich war.

In seinen Augen hatte das Feuer des Zorns gelodert. Und ich konnte nichts tun, um es zu löschen. Ich konnte ihm unmöglich die Wahrheit erzählen. Er würde mich noch mehr verachten, als er es sowieso schon tat.

Ich wusste nicht, wie er mich gefunden hatte. Woher er gewusst hatte, dass ich in Vegas war. Ich hatte niemandem davon erzählt, keine Spuren hinterlassen. Die Einzige, die eine ungenaue Ahnung hatte, war Yuna. Hatte sie ihn angerufen? Weil sie sich um mich gesorgt hatte? Möglich war es.

Obwohl ich gestern noch wild entschlossen gewesen war, Colton für all seine perversen Wünsche zur Verfügung zu stehen, war ich jetzt froh, dass es nicht so weit gekommen war. Obwohl ich das Geld für Yuna noch immer dringend brauchte. Ich hatte keine Ahnung, wie ich es auftreiben sollte, aber im Moment hatte ich auch nicht die Kraft, darüber nachzudenken. Ich war erschöpft. Körperlich wie seelisch. Ich konnte nur froh sein, dass Colton nicht wusste, wer ich wirklich war und wo ich lebte. Er war sauer gewesen, und ich glaubte zu wissen, dass er mich aufsuchen würde, wenn er wüsste, wo er mich finden würde. Wie hatte ich auch nur so dämlich sein können, ausgerechnet ihn anzurufen? Ich hatte doch gewusst, zu was dieser Scheißkerl fähig war. Hatte ich denn gar nichts gelernt? Ich schrubbte erneut über meine Haut und weinte dabei.

Irgendwann wurde mir klar, dass ich mich noch lange nicht sauber fühlen würde, egal wie sehr ich meinen Körper mit Wasser und Seife bearbeiten würde. Der Schmutz der letzten Stunden saß tief unter meiner Haut. In meiner Seele.

Ich stellte das Wasser ab, zog mir den Bademantel des Hotels über und legte mich ins Bett. Riley war noch nicht zurück. Ich wusste nicht, ob ich froh oder traurig darüber war. Vielleicht ein bisschen von beidem. Ich hatte unglaubliche Angst davor, ihm unter die Augen zu treten. Aber ich vermisste ihn auch. Ich knipste alle Lichter aus und starrte in die Dunkelheit. Mein Herz schmerzte und zog sich sehnsuchtsvoll zusammen, als ich an sein lachendes Gesicht dachte. Ob er mich je wieder so anlächeln würde?

Es vergingen quälende Stunden, in denen ich nicht in der Lage war, wenigstens ein bisschen erlösenden Schlaf zu finden. Und irgendwann dämmerte es, und kurz darauf schienen die ersten Strahlen des neuen Tages durch die Fenster. Riley war noch immer nicht da. Langsam begann ich, mir Sorgen um ihn zu machen. Was, wenn er noch mal zu Colton gegangen war und … Scheiße! Warum war ich nicht früher darauf gekommen? Ich schlug die Decke zur Seite und sprang aus dem Bett. Mit fahrigen Fingern öffnete ich meinen Koffer, um mir frische Klamotten rauszusuchen. Ich konnte schlecht im Bademantel über den Flur laufen und schon gar nicht Colton gegenübertreten. Wenn er überhaupt noch ... Oh Gott, ich mochte gar nicht darüber nachdenken ...

Gerade als ich mir Klamotten rausgesucht hatte, klopfte es energisch an die Tür. Ich erschrak. Wer war das? Riley hatte eine Karte. Colton? Ich sah zur Tür und war froh, dass es einen Spion gab. Leise erhob ich mich und schlich zur Tür. Als ich erkannte, wer da draußen stand, schluckte ich und riss die Tür auf.

»Jake?« Er sah etwas zerknautscht aus und starrte mich nicht minder überrascht an wie ich ihn.

»Tess? Was ... Wo ... Wann? Gott, seit wann bist du hier?«

»Seit letzter Nacht«, gab ich perplex zurück.

»Wieso hat Riley mir nicht Bescheid gesagt? Na, der kann was erleben. Wo steckt er?« Jake schob sich an mir vorbei ins Zimmer.

»Keine Ahnung. Er ist nicht da«, sagte ich.

Jake runzelte die Stirn. »Was soll das heißen? Was zum Teufel ist passiert?«

»Ich ... Was machst du hier überhaupt? Woher weißt du, dass -«

»Ich bin gestern Abend mit Riley hierhergefahren, nach Vegas. Nachdem er von deiner Schwester den Tipp bekommen hatte. Meine Güte, Tess! Weißt du eigentlich, was du für einen Wirbel verursacht hast?« Er ließ sich auf das Bett sinken und raufte sich die Haare. Ich war erstaunt, so viele Worte vom angeblich schweigsamsten Mann San Franciscos entgegengeschmettert zu bekommen. Doch er war noch nicht fertig. »Riley ist fast umgekommen vor Sorge um dich und war kurz davor, ganz Vegas auseinanderzunehmen, um dich zu finden. Und dann stehst du plötzlich hier, als wäre nichts passiert. Mann, Tess!«, wiederholte er. »Weiß er überhaupt, dass du hier bist?«

Ich schluckte und blinzelte die Tränen weg, die schon wieder in meinen Augen aufsteigen wollten. Riley hatte sich Sorgen gemacht, war kurz davor gewesen, die Stadt auseinanderzunehmen … Und ich hatte ihn so enttäuscht. Meine Kehle schnürte sich zu, aber ich zwang mich, Jake zu antworten. »Er ist gestern Nacht gegangen. Aber er wollte wiederkommen. Ich … Ich habe nur keine Ahnung, wann.« Und ob er es wirklich tun würde.

»Was ist passiert?«

Ich schüttelte nur den Kopf. Wenn ich es nicht mal schaffte, Riley davon zu erzählen, dann bestimmt nicht Jake. Jake nickte stumm. Dann stand er auf und nahm mich kurz in den Arm. Ich war überrascht von so viel Freundlichkeit. Nach seinem Ausbruch hatte ich eher mit Ignoranz gerechnet. »Sag ihm, er soll sich melden, wenn er da ist. Ich muss bald zurückfahren.«

»Warum rufst du ihn nicht an?«

»Mein Akku ist leer.«

»Warte.« Ich holte mein Handy aus der Clutch und reichte es ihm. »Sag ihm, er soll schnell zurückkommen. Ich warte auf ihn.« Dann nahm ich meine Klamotten vom Koffer und ging ins Bad.

Es war fast zehn Uhr, als Riley endlich zurückkam. Ich saß auf dem Bett und starrte ins Leere, als die Tür sich öffnete. Schweigend kam er rein, zog seine Jacke aus, streifte sich die Schuhe ab und ging ins Bad. Mich würdigte er keines Blickes. Kurz darauf hörte ich das Wasser in der Dusche rauschen. Meine Brust zog sich schmerzhaft zusammen. Er war immer noch sauer. Er hasste mich. Wer konnte es ihm verdenken?

Ich erhob mich langsam. Mein Blick fiel auf meinen Koffer. Auf ihn hatte ich meine Jacke gelegt und davor meine Schuhe gestellt. War jetzt also der Zeitpunkt gekommen zu gehen? War es vorbei? Oder gab es noch eine Chance für eine

Aussprache? Ich trat zum Fenster, sah hinunter auf den Strip, durch den sich die Touristen schoben, gut gelaunt und mit dem Wunsch, auf der Gewinnerseite des Lebens zu stehen. Ich dagegen ... Seit Jakes Besuch hatte ich nachgedacht, in mich gehorcht und gegrübelt, was ich eigentlich wollte. Hin und her überlegt, was ich tun konnte. Ich hatte abgewogen, war aber doch immer wieder beim selben Ergebnis gelandet: Ich musste Riley die Wahrheit sagen. Und zwar die ganze Wahrheit. Und als ich mich letztendlich genau dafür entschieden hatte, ging es mir schon besser. Ungeduldig hatte ich darauf gewartet, dass er zurückkam. Doch jetzt ... Saß mir das Herz in der Hose.

Das Wasserrauschen verstummte. Und nur wenige Augenblicke später hörte ich, wie sich die Tür des Badezimmers öffnete. Ich versteifte mich, traute mich kaum zu atmen, als ich Rileys Schritte über den Teppich näher kommen hörte.

»Hast du alles gepackt?«

Ich drehte mich zu ihm herum. Er stand in der Mitte des Zimmers, mit noch feuchten Haaren und in den gleichen Klamotten wie gestern. Vermutlich war er wirklich überstürzt aufgebrochen, um mich zu suchen.

»Riley, ich -«

Er hob seine Hand. »Nein, nicht jetzt!« Sein eisiger Tonfall ließ mich zusammenzucken, aber ich zwang mich dazu, mich davon nicht einschüchtern zu lassen.

»Doch, genau jetzt. Riley, ich kann mir vorstellen, dass du -«

»Du kannst es dir vorstellen?«, unterbrach er mich mit strenger Stimme. »Was genau? Dass ich nicht amüsiert darüber bin, dass du dich von so einem Widerling ficken lässt? Für Geld? Dass du eigentlich nichts anderes als eine Nutte bist?« Die letzten Worte brüllte er fast, und sein Blick war voller Verachtung. Das war ein Schlag ins Gesicht, und ich war für einen Moment kurz davor, ihn einfach stehen zu lassen und aus dem Zimmer zu stürmen. Aber damit wäre keinem von uns geholfen gewesen, und alles, was ich wollte, war, ihm zu erklären, *warum* ich getan hatte, was ich getan hatte. Doch ich sah ihm an, dass er in diesem Moment keine Erklärungsversuche zulassen würde. Jetzt würde er mir nicht zuhören. Wenn er es überhaupt jemals tun würde. Er war stinkwütend und sah sich in diesem Moment im Recht. In seinen Augen war ich eine Nutte. Und das tat verdammt weh. Denn im Grunde war es ja so. Ich war mit dem Vorsatz nach Vegas gefahren, mit Colton ins Bett zu gehen und mich dafür bezahlen zu lassen. Das hatte nichts mehr mit Escort-Service zu tun. Das war tatsächlich Prostitution.

Ich ließ den Kopf sinken, als ich begriff, dass wir hier an einem Punkt angekommen waren, an dem alles, was wir bis jetzt miteinander erlebt hatten, nichts mehr zählte. Ja, er hatte Mist gebaut, was die Sache mit Emily anging. Aber das hätten wir wieder hingekriegt, wenn ich nicht so bescheuert gewesen wäre, ihn zu verlassen und mich mit Colton einzulassen. Die letzte Nacht hatte alles zerstört, was je zwischen uns gewesen war.

»Es tut mir leid«, sagte ich leise. Und meinte es auch so. Aber auch das änderte nichts mehr.

Riley schüttelte stumm den Kopf, sein Blick richtete sich auf irgendeinen Punkt hinter mir. Er presste die Lippen aufeinander und setzte eine so starre Miene auf, dass ein Durchdringen zu ihm unmöglich schien.

»Lass uns fahren.«

Ergeben nickte ich. Auch wenn mich seine Kälte mehr schmerzte als alles, was ich schon durchgemacht hatte, riss ich mich zusammen.

Mit bleiernen Schritten setzte ich mich in Bewegung, griff meine Jacke und dann nach meinem Koffer, doch Riley war schneller. Er hob ihn hoch und öffnete die Tür.

Ich folgte ihm über den Flur zu den Fahrstühlen. Noch nie hatte ich so quälende Minuten erlebt wie bei der Fahrt nach unten. Die Eiseskälte füllte den ganzen Aufzug aus, und ich zog meinen dünnen Mantel enger um mich.

In der Halle wartete schon Jake auf uns. Während Riley auscheckte, standen wir schweigend da. Ich wusste nicht, was ich hätte sagen können, und Jake hatte sein tägliches Pensum an Worten bereits am Morgen überschritten. Daher sagte keiner von uns etwas, ich starrte auf eine der großen Vasen in der Eingangshalle und zählte aus lauter Verzweiflung die Blumen darin.

Nach einer Weile kam Riley zurück. Wieder schnappte er sich meinen Koffer, und wir folgten ihm hinaus. Ich hielt meinen Kopf gesenkt, konnte es nicht ertragen, seinem kalten Blick zu begegnen. Außerdem schämte ich mich so sehr. Doch dann stieß ich mit jemandem zusammen. Ich sah hoch. Eine Frau, unwesentlich älter als ich, stand vor mir und an ihrer Hand ein kleines Mädchen von vielleicht fünf oder sechs Jahren, es sah mich aus trüben Augen an. Die Kleidung der beiden war schäbig, ihr Geruch nicht unbedingt frisch. Obdachlose, wie ich anhand ihres Hausstands, den sie in zwei Plastiktüten trugen, erkannte.

»Ich entschuldige mich Ma'am«, murmelte sie betroffen und trat einen Schritt zur Seite, um mich vorbeizulassen. Doch ich blieb wie angewurzelt stehen und starrte sie an. »Schönen Tag noch, Ma'am«, sagte sie dann und wollte weitergehen. Das Kind sah mich mit großen Augen verschüchtert an.

»Warten Sie«, hielt ich sie zurück und wühlte in meiner Handtasche. Dann hielt ich ihr einen Umschlag hin. Skeptisch sah sie mich an. »Bitte, nehmen Sie das. Ich ... brauche es nicht mehr.« Als sie sich nicht regte, steckte ich den Umschlag in ihre Tüte.

»Tess!« Riley war stehen geblieben und hatte sich zu mir umgedreht. Ich nickte der Frau und dem Kind noch einmal zu, dann folgte ich Riley und Jake mit schnellen Schritten. Bevor ich um die Ecke bog, drehte ich mich noch mal kurz um und sah, wie die Frau in den Umschlag blickte. Dann hob sie den Kopf.

»Danke«, formten ihre Lippen lautlos, dann war sie aus meinem Sichtfeld verschwunden. Und obwohl es mir wirklich beschissen ging, fühlte ich mich jetzt ein kleines bisschen besser.

Auf dem Parkplatz steuerte Jake auf einen schwarzen Maserati zu, öffnete die Türen und stieg ein. Riley legte meinen Koffer in den Kofferraum. Dass so ein Wagen überhaupt einen Kofferraum hatte, wunderte mich. Überhaupt war ich überrascht, als er mir stumm die Tür zur Rückbank öffnete, denn ich hatte gedacht, solche Wagen gäbe es nur als Zweisitzer.

»Danke«, sagte ich kleinlaut und stieg hinten ein. Kaum hatte Riley seinen Platz neben Jake eingenommen, startete der Motor. Das laute Dröhnen ließ mich zusammenzucken, und mir graute davor, die nächsten Stunden hier mit dem Mann eingesperrt zu sein, der mich behandelte, als wäre ich Luft. Oder noch schlimmer – als wäre ich Luft, die bereits verbraucht war.

Acht Stunden und drei kurze Pausen später erreichten wir endlich San Francisco. Die ganze Zeit über hatten Riley und ich kein einziges Wort miteinander gewechselt. Und auch er und Jake hatten nur das Nötigste miteinander gesprochen. Während eines Stopps hatte ich mich auf dem Klo zusammenreißen müssen, nicht erneut in Tränen auszubrechen. Schlimm genug waren die Erinnerungen an Colton und daran, dass Riley mich so hatte sehen müssen. Aber noch schlimmer war, dass er mich ignorierte.

Jake nahm die Ausfahrt nach Tenderloin und hielt wenig später vor meiner Wohnung. Er war es auch, der ausstieg und mir den Koffer aus dem Kofferraum übergab. Riley blieb im Wagen. Ich dankte Jake und verabschiedete mich von ihm.

»Er beruhigt sich schon wieder. Gib ihm etwas Zeit«, sprach er mir Trost zu. Ich nickte stumm und hoffte wirklich, dass Jake Recht behalten würde.

Mein Herz sackte ins Bodenlose, als ich zur Beifahrerseite sah und erkannte, dass Riley den Kopf demonstrativ in die andere Richtung geneigt hatte. Er wollte mich weder sehen noch mit mir reden. Das tat weh.

Mit zugeschnürter Kehle wandte ich mich ab. Kurz darauf ließ Jake den Motor an, und wenige Sekunden später war der Maserati schon um die Ecke verschwunden. Und damit auch Riley aus meinem Leben.

Riley

Als ich zu Hause war, versuchte ich gar nicht erst zu schlafen, sondern zog mich um und powerte mich an der Hantelbank aus. Aber auch das Stemmen der Gewichte brachte keine Ablenkung. Viel zu viele Gedanken kreisten in meinem Kopf umher. Immer wieder schob sich das Bild von Tess in dem Hotelzimmer vor meine Augen. Wie sie hilflos dagestanden hatte, nackt und schutzlos ... Wie eine Nutte ...

Immer noch hatte ich eine unglaubliche Wut. Zwar hatte ich dem Kerl eine reingehauen, aber lieber noch hätte ich ihm seinen Schwanz abgeschnitten, damit er nie wieder einer Frau sowas antun konnte. Ich wusste ja bis jetzt nicht mal, ob Tess sich freiwillig auf das Ganze eingelassen hatte oder ob er sie dazu gezwungen hatte. Ich wusste zwar mittlerweile, dass sie wegen ihrer Schwester nach Vegas gefahren war, um ihr mit dem Geld zu helfen, aber – woher hatte sie die Kontakte? Das schien mir nicht so, als hätte sie das zum ersten Mal gemacht. Fuck! Warum hatte sie mich nicht gefragt? Ich hätte ihr das Geld sofort gegeben, verdammt.

Allerdings hatte ich im Moment auch keinen Bedarf, das herauszufinden. Ich war so voller Zorn über die ganze Situation, dass ich zu keinem normalen Gespräch imstande war. Dass ich Tess da rausgeholt hatte und dieser Mistkerl ihr nichts mehr tun konnte, war erstmal alles, was zählte. Ich hatte keine Ahnung wie es weitergehen würde.

Neben dem, was in Vegas vorgefallen war, stand noch immer die Sache mit Emily im Raum. Zudem hatte Keith während der letzten zwei Tage mehrmals versucht, mich zu erreichen, weswegen ich auch das Telefon ausgestellt hatte. Aber ich wusste auch, dass ich ihn nicht ewig ignorieren konnte. Ich legte die Langhantel ab, schnappte mir ein Handtuch und holte mein Smartphone aus seinem Schlaf. Warum sollte es dem Teil besser gehen als mir?

Kaum war das System hochgefahren, ploppten auch schon unzählige Nachrichten auf. Ich scrollte durch die Mitteilungen und zählte mindestens fünfundzwanzig eingegangene Anrufe. Keith, Morten, Ian, Zach und Peg. Ich sah die Mails durch, aber da war nichts Wichtiges dabei. An der Twitter-App prangte eine +20, aber da brauchte ich gar nicht erst reinzugucken. Ich wusste ja mittlerweile, was für hohe Wellen mein Tweet geschlagen hatte, und jede Antwort darauf wäre nur noch mehr Öl im Feuer.

Dann ging ich WhatsApp durch. Darunter waren einige Nachrichten von meinem Grandpa, weil er mich telefonisch nicht erreicht hatte. Er machte sich Sorgen um mich und ich solle mich melden. Ich sah auf die Uhr. Für einen Anruf war es definitiv zu spät, daher schrieb ich zurück, dass ich mich morgen melden würde. Und kurz darauf klingelte mein Telefon.

»Hey, Grandpa«, meldete ich mich.

»Bist du von allen guten Geistern verlassen?«, fragte er mich anstelle einer Begrüßung. »Wie kannst du Tess das antun? Endlich mal ein vernünftiges Mädchen an deiner Seite und du führst sie so vor. Was ist nur in dich gefahren, Junge?«

Ich wusste überhaupt nicht, was ich erwidern sollte. Er hatte mich eiskalt erwischt. Und er war wirklich sauer. Ich schluckte, dann versuchte ich, ihm alles zu erklären, allerdings ohne Las Vegas zu erwähnen. Ich teilte ihm mit, wie es in mir aussah. Wie zwiegespalten ich wegen der Band war, wegen des Drucks, der mich zu zerstören drohte.

»Du wolltest den Erfolg – nutze ihn«, warf er ein. »Es liegt in deiner Hand, damit umzugehen. Hast du schon mal mit den Jungs darüber gesprochen?«

»Nein«, gab ich zu.

»Du bist ein echter Idiot. Sowas entscheidet man doch nicht allein.«

»Ja, das weiß ich mittlerweile auch«, erwiderte ich zerknirscht.

»Ich hoffe, du bringst das wieder in Ordnung?«

»Das habe ich vor. Die Musik bedeutet mir alles.«

»Das weiß ich und hoffe für dich, dass die Jungs dir das verzeihen. Aber das meinte ich eigentlich nicht. Ich meinte das mit Tess.«

»Ich …«

»Liebst du sie?«

»Ja, das tue ich.«

»Dann sei kein Trottel und zeig es ihr! Ich mag dieses Mädchen. Und wenn meine Menschenkenntnis mich alten Greis nicht völlig im Stich gelassen hat, dann mag sie dich auch«, setzte er etwas sanfter hinterher.

Ich schmunzelte. »Ich tue, was ich kann.«

»Das ist nicht genug, Junge. Gib mehr, als du jemals bereit warst zu geben. Ich drücke dir die Daumen. Halt mich auf dem Laufenden. Ich muss jetzt schlafen. Bis dann, Ry.« Dann legte er auf.

»Oh Grandpa …« Seine Worte klangen noch lange nach. Besonders die Aussage, dass ich mehr geben sollte, als ich jemals gegeben hatte. Er hatte recht. Tess hatte nichts anderes verdient.

Plötzlich klingelte mein Telefon erneut, und vor Schreck hätte ich es fast fallen lassen. Ich warf einen Blick auf das Display. Morten. Ich konnte mich vielleicht vor Tess verstecken. Vielleicht auch für eine Weile vor Emily und Keith, aber nicht vor meinem Bandkollegen. Ich war ihm eine Erklärung schuldig, denn mit Sicherheit würde er mittlerweile mitbekommen haben, was in den letzten Stunden passiert war.

»Mann, endlich!«, stöhnte Morten ins Telefon, kaum dass ich rangegangen war. »Wo hast du die ganze Zeit gesteckt? Wieso gehst du nicht ans Telefon?« Hatte er auch versucht, mich zu erreichen? Das war mir wohl entgangen.

»Sorry. Ich hatte zu tun«, gab ich lahm zurück.

»Ja, das habe ich gelesen. Alter, was ist los mit dir? Keith hat mich angerufen und mir gesagt, dass die Band wegen deiner Scheiße auf der Kippe steht.« Er klang eher verwundert als aufgebracht.

»Ich hab Mist gebaut.«

»Ja, das weiß ich mittlerweile auch. Fuck, Riley! Tess' Gesicht prangt auf der Titelseite jedes Klatschblatts. Abgesehen davon dreht Keith völlig durch, die Bosse sind not amused über deinen Alleingang. Und was Emily angeht ... Nicht nur, dass du die Band in die Scheiße geritten hast, nein! Alter, da hast du echt was gutzumachen. Die anderen sind stinksauer auf dich.« Was wohl kein Wunder war.

»Ich weiß«, gab ich zerknirscht zu. Was sollte ich dazu auch sonst sagen. Ja, ich hatte Mist gebaut und realisierte erst jetzt ganz allmählich, was ich angerichtet hatte.

»Hat die ganze Aktion wenigstens was gebracht?«, spielte er auf meinen Tweet an.

»Morten, das -«

»Sag nicht, sie will nichts mehr von dir wissen?« Ich grunzte ins Telefon. »Ich will dir ja nicht zu nahe treten, Riley, aber du solltest das in Ordnung bringen. Tess ist eine klasse Frau, und sie hat diesen ganzen Mist nicht verdient. Und ruf Keith an, bevor er Amok läuft. Und Emily. Mann, regle das!« Dann legte er auf.

Ich wusste ja, dass Morten recht hatte, und ich begriff, dass ich den Kopf nicht länger in den Sand stecken konnte. Wenn Obsidian nicht ins Kreuzfeuer der Presse geraten sollte und die Plattenverträge weiterhin Bestand haben sollten, musste ich mit Keith reden. Ich versprach es ihm.

Ich starrte das Telefon an und dachte nach. Über Tess, über Emily, über die Band und unsere Fans. Darüber, was ich eigentlich wollte und wie es weitergehen sollte. Ich stand auf und schenkte mir einen Whisky ein. Nachdem ich das erste Glas runtergespült hatte, goss ich mir einen zweiten ein. Dann wählte ich Keith' Nummer.

Nach dem ersten Klingeln nahm er ab und verfluchte mich genauso wie Morten noch vor wenigen Minuten.

»Ich weiß ja nicht, was du dir einbildest, aber es muss eine ganze Menge sein, nach dem, was dir geleistet hast!«, fuhr er mich an. Er schien kurz vor dem Platzen zu sein.

»Ich bin -«

»Ein Idiot!«, fuhr er mir ins Wort. »Aber du kannst von Glück sagen, dass du mich hast und nicht einen dieser Anfänger, die beim ersten Stress die Biege machen. Ich habe dir den Arsch gerettet, Riley. Und auch nur, weil mir Obsidian wichtig ist und ich nicht will, dass die Band vor die Hunde geht. Dafür haben wir schon zu viel investiert.«

Ich atmete durch. Mittlerweile war mir klar, dass mein Verhalten einfach eine Kurzschlussreaktion gewesen war. Ich hätte diese Sache niemals auf diese Art und Weise angehen dürfen. Wer in der Öffentlichkeit steht, hat auch immer eine gewisse Verantwortung, hatte Keith mal gesagt. Und damit hatte er durchaus recht.

»Ich hab echt Mist gebaut, was?«

»Mist? Reichlich untertrieben, wenn du mich fragst.«

»Wie hast du -«

»Ein Hackerangriff. Wir haben behauptet, deine Konten wären gehackt worden. Du konntest nichts tun. Das hat sogar Emily eingesehen.« Ich nickte. Das war clever.

»Danke.«

»Ja, ja … Was ist nun mit deiner Tess?«

»Interessiert dich das wirklich?«

»Nach der Nummer, die du da abgeliefert hast? Ja.«

»Ich weiß es nicht«, sagte ich, und das war die Wahrheit. Von Vegas erzählte ich nichts, das ging niemanden etwas an.

»Ist es dir ernst mit ihr?«

»Mehr als ernst, Keith.«

Er schwieg eine Weile. Dann räusperte er sich. »Die Sache mit Emily … Wir müssen das jetzt noch eine Weile aufrechterhalten, sonst glaubt uns kein Mensch, dass deine Konten gehackt worden sind, und Emilys Fans zerfleischen dich. Das kannst du dir nicht erlauben.«

Ich dachte über seine Worte nach. Er hatte recht. »Okay.«

»Erklär Tess das. Und wenn sie dich auch liebt … dann wird sie das verstehen. Und in ein paar Wochen kräht kein Hahn mehr danach. Und dann könnt ihr meinetwegen heiraten oder macht sonst was, aber macht es. Aber morgen … Morgen schwingst du deinen Arsch in mein Büro, und wir reden Tacheles über das neue Album. Hast du mich verstanden?«

»Danke, Keith.«

»Und ab sofort sind deine Social-Media-Kanäle für dich tabu, klar?«

Ich stimmte zu, konnte sogar wieder grinsen, und dann verabschiedeten wir uns. Ich war mit einem scheiß Gefühl in das Gespräch gegangen, mit einem guten ging ich wieder raus. Ich hatte Keith unterschätzt.

Gleich darauf gab ich Morten den neuen Stand durch und bat ihn, die anderen zu informieren. Ich wollte, dass morgen alle dabei waren. Nie wieder würde ich Entscheidungen ohne meine Kollegen treffen.

Nachdem Keith mich und die Band aus der Scheiße holen würde, konnte ich kaum das Management wechseln, nur weil mir gewisse Dinge gegen den Strich gingen. Auch wenn Keith ein Arsch war – ich hatte mit dieser Aktion schmerzhaft lernen müssen, wie das Showbiz wirklich funktionierte, aber auch, dass ich mich auf ihn verlassen konnte. Und wenn ich nicht wirklich aussteigen wollte – und das wollte ich wirklich nicht, denn dafür bedeutete mir die Band einfach zu viel -, dann musste ich die Arschbacken zusammenkneifen.

Nach diesem Gespräch ging es mir besser, und ich beschloss, auch das nächste Thema auf meiner Liste in Angriff zu nehmen. Tess. Ich wusste, dass ich sie liebte und dass ich – egal, was passiert war – nicht einfach so damit aufhören konnte. Ich musste mit ihr reden, erfahren, was sie dazu gebracht hatte, sich mit diesem Kerl einzulassen.

Mein Telefon klingelte erneut. Diesmal war es Peg.

»Hey, Süße.«

»Hey, wie geht's dir?«

»Okay.«

»Jake hat erzählt, was passiert ist.« Da Jake nichts von der Aktion mit Tess in dem Hotelzimmer wusste, wusste auch Peg nicht alles. Aber ich würde den Teufel tun, ihr davon zu erzählen.

»Gibt's was Neues von Balu?«, wollte ich wissen.

»Deswegen ruf ich an. Wir haben den Typen ausfindig gemacht.«

»Echt? Wer ist es?« Aufgeregt setzte ich mich auf.

»Ein Iwan Popow. Arbeitet als Geldeintreiber für verschiedene kriminelle Typen. Einer davon leitet wohl den Oaks Card Club in Oakland.« Ich erinnerte mich, das war das Casino, in dem Yuna gearbeitet hatte.

»Also hat das Casino ihn geschickt?«

»Nein. Da haben wir nachgefragt. Wie es aussieht, hat dieses Arschloch bei Yuna auf eigene Faust gearbeitet. Im wahrsten Sinne … Balu setzt seine Jungs auf ihn an. Wenn sie ihn haben … Ich glaube nicht, dass er Yuna noch mal zu nahe kommen wird.«

Erleichterung übermannte mich. Noch ein Problem weniger und eine gute Nachricht mehr. Es wurde Zeit, Tess einen Besuch abzustatten und ihr zu sagen, dass ich sie liebte und ich mit ihr zusammen sein wollte. Wenn sie mich überhaupt noch wollte. Aber vorher … Vorher brannte mir noch etwas ganz anderes auf der Seele …

Tess

Ich saß mit angezogenen Knien auf dem Sofa, ein Glas mit Wodka, den ich in den Untiefen unseres Küchenschranks gefunden hatte, in der Hand, und hörte auf das Tropfen des Wasserhahns in der Küche. Dieses Geräusch hatte fast eine hypnotisierende Wirkung. Aber ganz konnte es meine Gedanken an die letzten Stunden nicht wegwischen. Auch der Alkohol schaffte es nicht, die Bilder aus Vegas aus meinem Gedächtnis zu spülen. Im Hintergrund lief leise die Playlist, die ich auf der Tour zusammengestellt hatte, und machte es nicht besser. Jeder dieser Songs erinnerte mich an Riley. Ja, ich quälte mich gern.

Ich starrte auf irgendeinen Fleck auf der Wand, keine Ahnung, ob es ein Fliegenschiss oder ein Loch durch einen alten Nagel war. Oder einfach nur ein Fleck. Aber eigentlich war das doch auch egal. Es war ja nur ein verzweifelter Schrei nach Ablenkung. Die Wohnung war ohne Yuna so leer, und ich vermisste sie. Meine Schwester hätte mir vielleicht nicht den Schmerz nehmen können, aber allein ihre Anwesenheit wäre tröstlich gewesen.

Mein Blick fiel auf mein Handy, das stumm auf der Tischplatte neben mir lag. Mittlerweile war es kurz nach acht am Morgen. Ich hatte bis auf ein paar wenige Minuten des Dösens wieder die ganze Nacht kein Auge zugemacht. Wie in jeder Nacht in den letzten drei Tagen. Immer wieder kreisten die Vorkommnisse der letzten Tage in meinem Kopf. Ich hoffte, dass Colton niemals herausfinden würde, wo ich lebte und wer ich wirklich war. Ich konnte nur beten, dass Rileys Ausbruch ihn davon abhalten würde, nach mir zu suchen.

Schließlich hatte ich ihn trotzdem eine Stange Geld gekostet, und er hatte nicht bekommen, wofür er bezahlt hatte. Gerade deswegen war es auch besser, wenn Riley und ich uns nicht mehr sahen. Denn jeder weitere Kontakt zwischen uns könnte ein weiteres Foto auf einer der Titelseiten bedeuten. Und damit Colton aufmerksam machen. Zwar glaubte ich nicht, dass er irgendetwas anderes als das *Wall Street Journal* las, aber sicher wissen konnte ich es nicht.

Es war schon fast zwölf Stunden her, dass Jake mich vor unserer Wohnung abgesetzt hatte. Noch viel länger, dass Riley mit mir gesprochen hatte. Und eine Ewigkeit, dass er liebevoll mit mir gesprochen hatte. Wenn ich daran dachte, wie wir auseinandergegangen waren, dass wir uns vermutlich nie wiedersehen würden, dann wurde mir übel.

Ich hatte mir immer noch nicht das Video angesehen, von dem Riley vor ein paar Tagen gesprochen hatte. Genaugenommen an dem Tag, an dem Yuna verprügelt worden war.

Wie sollte ich nur die Schulden ihres untergetauchten Mistkerls begleichen? Ich hatte kein Geld von Colton erhalten. Jetzt, als ich langsam zur Ruhe kam, erfasste mich die nackte Panik. Denn ich begriff, dass ich dann die Nächste sein würde, die die Fäuste von diesem Geldeintreiber zu spüren bekäme. Es sei denn, ich verschwand ebenfalls einfach spurlos. Aber war das wirklich eine Option? Einfach wegzulaufen? Vor diesem Geldeintreiber, vor Colton und vor der Presse? Vor Riley? Nein. Eigentlich nicht. Zumal das nicht meine Art war. In der Regel stellte ich mich meinen Problemen. Aber das waren einfach zu viele auf einmal und ich hatte völlig den Überblick verloren.

Außerdem hatte Yuna mein Auto genommen, ich hatte also nicht mal einen fahrbaren Untersatz hier, um aus der Stadt zu kommen. Und wo wollte ich schon hin? Zu meiner Mutter? Im Leben nicht! Yuna war dort gut aufgehoben. Sie würde es genießen, sich von ihr beglucken zu lassen, wenn ihr

Bauch weiterwuchs. Und wenn das Baby erstmal da war, wäre Mom mit Sicherheit eine große Hilfe für sie. Aber für mich kam das nicht infrage. Dafür war zwischen Mom und mir einfach zu viel vorgefallen. Yuna war das Nesthäkchen gewesen, das leibliche Kind, sie und Mom kamen besser miteinander aus. Und ich war froh darum, denn so wusste ich meine Schwester, die ich über alles liebte, in Sicherheit.

Ich könnte mit dem Bus fahren. Oder fliegen. Ich hatte noch genügend Geld von der Tour über, um mir einen Neustart zu ermöglichen. Yuna würde das Geld nicht brauchen, Mom hatte genug. Bisher waren wir nur zu stolz gewesen, es anzunehmen. Also konnte ich weg von hier, irgendwohin, wo mich niemand kannte. Vielleicht nach Texas? Oder rüber an die Ostküste? Dort würde mich sicher niemand vermuten. Ich könnte bei einem Theater wegen eines Jobs anfragen, irgendeine Möglichkeit gab es sicher, Geld zu verdienen. Und je mehr ich darüber nachdachte, umso entschlossener wurde ich. Ich griff nach meinem Handy und sah nach Flügen von San Francisco nach New York. Es gingen noch einige Flüge heute Abend, doch ich wollte nicht mitten in der Nacht dort ankommen. Also entschied ich mich für den nächsten Flug morgen Früh um kurz nach acht. Das Ganze kostete mich knappe dreihundert Dollar, aber für einen Neustart war das nicht zu viel. Bevor ich es mir wieder anders überlegen konnte, tippte ich meinen Namen und meine Kreditkartennummer in die Datenmaske und klickte auf Buchen. Dann stand ich auf, um zu packen. Viel würde ich nicht mitnehmen können, Handgepäck musste reichen.

Ich kochte mir einen Kaffee, ging in mein Zimmer und machte mich an die Arbeit.

Es war gar nicht so einfach auszuwählen, was mit in mein neues Leben ziehen sollte. Es gab einfach zu viele Dinge, die mich seit vielen Jahren begleiteten und so viele schöne Erinnerungen in sich trugen. Es schmerzte mich sehr, sie zurücklassen zu müssen. Ich hielt gerne an schönen Erinnerungen fest. Andererseits könnte ich sie in Kisten packen und einlagern. Und wenn ich mir in New York was Neues aufgebaut hätte, könnte ich sie nachholen. Aber die Zeit hatte ich nicht. Für lange Planung war ich beim Buchen zu impulsiv gewesen. Also musste ich mich jetzt entscheiden. Aber das konnte ich nicht. Mein Kopf war so voll von wirren Gedanken und Bildern, dass ich keinen klaren Gedanken fassen konnte. Und als mein Blick auf das Foto von Riley fiel, das noch umgedreht auf meinem Stuhl lag, wusste ich: Ich musste hier raus! Und zwar sofort.

Ich schnappte mir nur meine Jacke und stieg in den nächsten Bus und fuhr ziellos umher. Irgendwo stieg ich aus, und plötzlich fand ich mich vor einem Haus wieder, das mir bekannt vorkam. Ich stand mitten in Haight-Ashbury vor dem *Skinneedles*. Keine Ahnung, warum mich mein Weg hierhergeführt hatte. Vielleicht, weil hier die einzigen Freunde waren, die ich hatte? Zwar waren es Rileys Freunde, aber sie hatten mir bisher das Gefühl gegeben, dass ich dazugehörte, und ich wünschte mir nichts weiter, als mit irgendjemandem zu reden. Ich zögerte dennoch. Was, wenn Jake auch sauer auf mich war? Wenn die Stimmung mittlerweile umgeschlagen hatte und sie mich aufgrund meines Verhaltens in Vegas nicht mehr als Rileys Freundin, sondern als eine Schlampe ansahen? Könnte ich das ertragen? Und was sollte das bringen? Ich hatte mich doch entschlossen, alle Brücken abzubrechen und morgen die Stadt zu verlassen.

Während ich mich mit meinen Ängsten quälte, öffnete sich die Tür.

»Tess ... willst du nicht reinkommen?« Jake stand vor mir und sah mich an.

»Ich ...«

»Na, komm schon. Die Luft ist rein«, sagte er, und ein leichtes Schmunzeln legte sich auf sein Gesicht.

Ich atmete durch. »Danke, Jake.« Ich folgte ihm in den Shop und traute mich kaum, den Kopf zu heben, aus Angst vor feindseligen Blicken. Aber diese Angst war unbegründet, denn als Erste kam Peg auf mich zu und nahm mich schweigend einfach so in den Arm. Und dann brachen bei mir alle Dämme. Ich heulte einfach los.

Peg sagte nichts. Sie führte mich an den Kabinen vorbei durch den Shop in den Hof. Dort drückte sie mich auf eine der Bänke. »Setz dich. Ich bin gleich wieder da.« Sie verschwand kurz und kam wenige Minuten später mit zwei Bechern Kaffee zurück. Einen davon drückte sie mir in die Hand und setzte sich wortlos zu mir.

Es dauerte eine ganze Weile, bis ich mich so weit beruhigt hatte, dass ich Peg ansehen konnte. Sie hielt mir eine Packung Taschentücher entgegen, die ich dankbar annahm.

»Tut mir leid, dass ich hier so reinplatze und dich von der Arbeit abhalte«, nuschelte ich.

»Du musst dich nicht entschuldigen. Dafür sind Freunde doch da.«

Wieder stieg ein dicker Kloß in meinem Hals auf. *Freunde ...* Ich lächelte sie dankbar an, dann trank ich einen Schluck Kaffee.

»Ich wusste nicht, wo ich hinsollte, und ich bin so durcheinander ...«

»Du hast ja auch einiges durchgemacht in den letzten Tagen.«

»Hat Jake ...?«

»Nein. Er hat nichts erzählt. Aber so wie du aussiehst und wie Riley sich benimmt, liegt ganz klar auf der Hand, dass bei euch nicht gerade alles im grünen Bereich ist.«

»So kann man es auch ausdrücken«, murmelte ich.

»Riley sieht auch ziemlich beschissen aus, wenn du mich fragst. Es geht ihm ebenfalls schlecht. Ich weiß nicht, ob dir das hilft, aber ...« Sie zuckte mit den Schultern.

»Es sollte ihm nicht schlecht gehen«, sagte ich leise. »Ich habe Mist gebaut und -«

»Nein, Tess. Ich habe die Geschichte mit Emily mitbekommen. Wenn jemand hier Mist gebaut hat, dann er. Und vielleicht hast du dich auch nicht mit Ruhm bekleckert, aber das kann doch nur ein Resultat aus Rileys Verhalten gewesen sein.«

Nachdenklich sah ich sie an. »Weißt du, Peg ... Riley ist der erste Mann, dem ich mich geöffnet habe. Aber ich habe ihm nicht genug vertraut und bin dadurch in etwas hineingeraten, das nicht mehr rückgängig zu machen ist. Ja, die Sache mit Emily war scheiße, aber ich verstehe ja, warum er das getan hat. Aber ich verstehe nicht, warum ich ...« Ich stoppte. Ihr von meiner Aktion in Vegas zu erzählen, brachte ich nicht übers Herz. Ich schämte mich so abgrundtief dafür. Und jetzt auch dafür, dass ich hier einfach alle Zelte abbrechen wollte und feige alles und jedem den Rücken kehren wollte.

»Du musst mir nichts erzählen, wenn du nicht möchtest. Manchmal aber hilft es, wenn man sich alles von der Seele redet.«

Ich dachte über ihre Worte nach. Wahrscheinlich war ich instinktiv hierhergefahren, weil ich genau das tun wollte: reden. Daher nickte ich und wollte gerade den Mund öffnen, um all das loszuwerden, was mich bedrückte, als mein Telefon vibrierte. Ich zog es mit einem entschuldigenden Blick zu Peg aus meiner Tasche und erstarrte. Riley. Riley hatte mir eine Nachricht geschickt.

Mit zitternden Fingern öffnete ich sie und starrte auf den Text, den er mir geschickt hatte. Er war lang, und ich erkannte, dass es sich um einen Songtext handeln musste.

Und je weiter ich las, umso mehr schmolz mein Widerstand ...

Sometimes it feels like prison
stuck in a life I didn't choose.
Don't know who I am

What I can, what I want.
But music is the key
Releases me from prison
And gives me freedom.

Lyrics are the light in the darkness.
Like stars in the night
who show me the way.
A journey, always a quest but I don't know
what I'm looking for.
It's like a monster
hunting me at night.
Doesn't let me go.

You think I'm crazy
but you don't know my life.
Just see the man, I'm not
The one I pretend to be.
The one with music in the blood
Which flows out
And nobody there to stop it.

Lying awake, longing for the girl
Who loves the man I really am.
In my dreams I'm searching for you
But there is only a light in the mist.
You are like an angel
Saying my name
But I can't hear you.
Where are you?

You think I'm crazy
But you don't know my life.
Just see the man, I'm not

The one I pretend to be.
The one with music in the blood
Which flows out
And nobody there to stop it.

One glance from your eyes
and my heart, it stopped
'cause I realized it was you
that I was looking for.
The angel I was waiting for.
Your light is brighter than a thousand stars,
Show me the way through the night.
To the life I'm longing for.

You know I'm not crazy
'cause you know my life.
You know the man I really am.
Not the one I pretend to be.
The one with love in the blood
Flowing out 'cause you are there to catch it.

You know I'm not crazy
'cause you know my life.
You know the man I really am.
Not the one I pretend to be.
The one with love in the blood
Flowing out 'cause you are there to catch it.
'cause you are there and you love me.
'cause you are there and I love you.

Als ich die letzten Zeilen las, merkte ich, dass meine Augen feucht waren. Ich weinte. Ich weinte, weil dieser Text mich so berührte. Aussagte, was Riley bewegte, was er lebte. Und weil ich ein Teil dieses Lebens zu sein schien.

Ich schluckte, wischte mir mit dem Ärmel über das Gesicht und sah Peg an. »Riley hat mir geschrieben.« Ich zeigte ihr die Nachricht und wartete, bis sie sie gelesen hatte.

»Wow ... Dieser Mann liebt dich wirklich. Egal was passiert ist, egal was du oder er getan habt – ihr solltet darüber reden und es klären. Es sei denn, du empfindest nicht dasselbe für ihn.«

»Oh, Peg, glaub mir. Ich liebe ihn mehr als alles andere auf der Welt. So kitschig sich das auch anhört, aber ... es ist so.«

»Dann rede mit ihm. Gib ihm ... gib euch eine Chance.«

»Meinst du?« Ich war plötzlich so unsicher. Auch wenn dieser Songtext genau das aussagte.

Peg sah mich eindringlich an. »Ich kenne Kyle schon seit der Schulzeit, und glaub mir – er hat mir das Leben mehr als schwer gemacht. Wir haben uns viele Jahre nicht gesehen, aber die Gefühle sind nie erloschen. Und ich bin froh, dass ich uns nach so vielen Jahren eine neue Chance gegeben habe. Denn Kyle liebt mich aufrichtig, und er ist das Beste, was mir je passiert ist. Auch ganz schön kitschig, oder?«

»Etwas«, gab ich schmunzelnd zu.

Sie legte mir ihre Hand auf die Schulter. »Gib dir einen Ruck. So, und jetzt lasse ich dich allein, damit du in Ruhe nachdenken kannst, okay?«

»Danke, Peg.«

»Für eine Freundin immer wieder gerne.«

Sie stand auf und war kurz darauf im Shop verschwunden. Und ich lehnte mich zurück, trank meinen Kaffee und überlegte, was ich Riley sagen würde.

Riley

Ich raste mit dem Audi durch die Stadt und brach wirklich jede Verkehrsregel. Vor dem *Skinneedles* parkte ich in zweiter Reihe. Sollten sie das Auto doch abschleppen, mir egal. Ich hatte jetzt nur noch einen Gedanken, und der hieß Tess.

Ich war bei ihrer Wohnung gewesen, aber dort hatte sie nicht aufgemacht. Also hatte ich beschlossen, dort zu warten, irgendwann würde sie schon auftauchen. Doch dann hatte Pegs Nachricht mich erreicht, dass Tess im *Skinneedles* war. Ich hatte nicht gezögert, sondern mich sofort auf den Weg gemacht.

Ich stürmte in den Shop, und diese blöde Glocke schrillte wie eine Alarmanlage. Carrie, die hinter dem Tresen saß, hob erschrocken den Kopf.

»Wo ist sie?«, fragte ich, ohne sie überhaupt zu begrüßen. Carrie grinste nur.

»Im Hof. Aber warte kurz.« Sie hielt mich auf, als ich an ihr vorbeilaufen wollte. »Balu hat gerade angerufen. Dieser Iwan sitzt. Die Polizei hat ihn. Ich dachte, das solltest du vielleicht wissen, bevor … Und jetzt geh schon und hol dir dein Mädchen zurück.«

Ich grinste. »Danke, Carrie. Ich schulde dir was.«

»Ja. Nämlich einen Serien-Abend mit Tess. Also sieh zu, dass du sie überzeugen kannst«, erwiderte sie augenzwinkernd.

Ich gab ihr einen Kuss auf die Wange. »Mach ich.« Dann durchquerte ich das Studio und trat wenig später in den Hinterhof. Und da sah ich sie.

Tess saß auf einer der Bänke und starrte mich so ungläubig an, dass mir in eben diesem Moment klar wurde, dass sie nichts von Pegs Nachricht an mich wusste.

»Riley … Was …?«

Sie war blass, dunkle Schatten lagen unter ihren Augen, und sie sah nicht so aus, als würde es ihr gut gehen. Ihr T-Shirt war zerknittert, ihre roten Locken im Nacken nachlässig zu einem Zopf gebunden. Alles in allem sah sie ziemlich fertig aus. So, als hätte sie die letzte Nacht nicht geschlafen. Wie ich. Und ich hatte schon länger nicht mehr in den Spiegel gesehen.

»Tess …« Meine Stimme war kaum mehr als ein Flüstern. Rau und unsicher.

Ich schluckte, dann trat ich langsam auf sie zu. Ich kniete mich vor sie und legte meine Hände auf ihre Oberschenkel. Gott, es tat so gut, sie zu sehen, sie zu berühren. Sie fehlte mir so.

»Tess, lass uns darüber reden. Bitte. Ich gehe nicht wieder, ohne dass du mir zugehört hast.«

Sie atmete durch und sah mich an. »Okay …«

»Wenn man mit Abstand auf das Ganze blickt, dann erkennt man manchmal mehr, als wenn man sich mittendrin befindet«, sagte ich leise.

»Manchmal braucht man Abstand, um zu erkennen, was wichtig ist«, erwiderte sie ebenso leise.

»Ja … manchmal ist alles nur eine Frage der Perspektive.« Ich sammelte mich kurz. »Dass ich dir von der Sache mit Emily nichts erzählt habe … das war der größte Fehler, den ich je begangen habe. Damit hat alles angefangen. Damit habe ich den Stein ins Rollen gebracht, dich von mir fortgetrieben. Ich habe nicht nachgedacht. Weil … weil ich ein absoluter Vollidiot bin.«

»Ich hätte dir zuhören sollen«, sagte sie leise.

»Und ich dir. Ich weiß nicht, was passiert ist, Tess. Ich weiß auch nicht, ob ich die Nacht in Vegas jemals vergessen kann. Es ist eine Menge passiert, ich habe überreagiert und … ganz ehrlich … ich hätte diesen Kerl vermutlich ins Koma geprügelt, wenn du mich nicht davon abgehalten hättest. Aber das habe ich nur getan, weil ich eine Scheißangst um dich hatte. Ich konnte es nicht ertragen, dass er dich angefasst hat. Dass du ihm ausgeliefert warst, dich an ihn gewendet hast, weil ich nicht da war, als du mich gebraucht hast. Weil ich dich verletzt habe und du mir nicht mehr vertraut hast. Dann habe ich dir nicht mehr vertraut, dich eine … Gott, es tut mir so leid.«

»Ich bin keine Nutte«, presste sie hervor, und ich fühlte mich sofort schlecht. »Ich habe das nur getan, um …«

»Ich weiß, warum du das getan hast, Tess. Ich habe mit Yuna gesprochen.«

Sie hob erschrocken den Kopf. »Aber …«

»Ich bin ganz ehrlich, Tess. Ich weiß nicht, wie gut ich mit dem zurechtkommen werde, was passiert ist. Die Bilder … die werde ich vermutlich so schnell nicht vergessen können, und es tut weh zu wissen, dass ich dich damit alleingelassen habe. Dass du nicht genug Vertrauen hattest, um mit deinen Problemen zu mir zu kommen. Den Schuh muss ich mir anziehen und kann mich nur dafür entschuldigen, dass ich dich nicht hab schützen können. Aber auch das werden wir irgendwann hinter uns lassen. Und dieser Kerl, der Yuna … Wir wissen, wer er ist. Ihr braucht keine Angst mehr vor ihm zu haben.«

Irritiert sah sie mich an. »Aber woher …?«

»Carrie. Sie hat Kontakte in Szenen, von denen wir nichts ahnen. Sie hat sich darum gekümmert und den Kerl ausfindig machen lassen. Er hat schon eine hübsche Zelle im Knast.«

Tess begann zu weinen, Tränen liefen über ihre Wangen, und ich wischte sie ihr sanft fort.

»Du bist kein Vollidiot, Riley. Ich bin -«

»Die wunderbarste Frau, die ich jemals getroffen habe. Schon als ich dich zum ersten Mal gesehen habe, habe ich gewusst, dass du und ich …« Ich lächelte. »Ich hab mich schon in dich verliebt, als du mit deinen Keksen meine Garderobe betreten hast. Aber ich habe es nicht wahrhaben wollen. Aber jetzt … Ich hatte Zeit nachzudenken. Ich war die ganzen letzten Stunden mit nichts anderem beschäftigt, als über dich, über mich, über uns nachzudenken. Und eigentlich wollte ich nicht so mit der Tür ins Haus platzen, wollte es langsam angehen lassen und dich nicht verschrecken. Wollte dir zeigen, dass ich es wirklich ernst meine und … Aber … nachdem ich gesehen habe, was passieren kann, wenn ich nicht da bin, um auf dich achtzugeben …« Ich schüttelte langsam den Kopf und presste kurz die Lippen aufeinander, bevor ich ihr Gesicht in beide Hände nahm und mich ihr näherte, bis unsere Körper sich berührten. »Tess ich … Ich liebe dich, Tess. Ich bin ein Idiot, aber ich liebe dich. Und egal wie du dich entscheidest, ich werde dich trotzdem lieben.«

Noch nie waren mir Worte so leicht über die Lippen gekommen wie diese. Tess zu sagen, was ich fühlte, ihr zu gestehen, dass ich sie liebte – egal was passiert war, egal was sie für mich empfand – fühlte sich besser an als alles, was ich in der letzten Zeit erlebt hatte. Selbst der Rauschzustand, in dem ich mich auf der Bühne befand, während die Fans uns bejubelten, war nicht annähernd damit vergleichbar. Denn dieses Gefühl, was mich jetzt durchfuhr, war tausendmal besser.

»Aber ich …« Tess sah mich mit ihren großen blauen Augen an, und ich wusste nicht, was ich darin erkannte. War es Freude? Oder Angst? Oder Verwirrung?

»Was, Tess?«

»Es geht nicht, Riley. Wir können nicht zusammen sein.«

»Warum nicht? Was spricht dagegen?«

»Ich … Du …«, stammelte sie.

»Wir …?«

Ich sah, wie sie mit sich rang. Wie sie in ihrem kleinen süßen Kopf nach Worten suchte, die mich auf Abstand halten sollten. Aber ich spürte, dass sie das eigentlich gar nicht wollte. Zumindest nicht in ihrem Herzen. Ich zog sie ein Stück näher an meine Brust. Vorsichtig, doch sie wehrte sich nicht, sondern ließ sich gegen mich fallen und schmiegte sich an mich. Dann hob sie den Kopf und sah mich aus ihren wunderschönen Augen an.

»Du liebst mich?«

»Das tue ich.«

Sie nickte langsam, öffnete den Mund, schloss ihn wieder. Dann lächelte sie. »Und du bist dir sicher?«

»Ich war mir in meinem ganzen Leben noch nie sicherer. Tess, ich liebe dich und, ich will dich nicht verlieren. Und alles andere bekommen wir schon hin. Vorausgesetzt ...«

»Ja?«

»Vorausgesetzt, du willst das. Das mit mir.«

Wieder arbeitete es in ihrem Kopf, und ich erkannte den Kampf, den sie mit sich selbst ausfocht. Ich wusste nicht, warum sie sich so sträubte, glaubte aber nicht, dass es an mangelnden Gefühlen für mich lag. Und solange sie für mich auch nur annähernd dasselbe empfand wie ich für sie, würde alles gut werden.

»Ich denke, ich sollte dir einiges erklären, bevor ...«

»Ich bin ganz Ohr.«

Sie nickte, dann löste sie sich von mir, stand auf und nahm etwas Abstand. Sie sah mich nicht an, als sie noch einmal tief Luft holte, als würde ihr dieser Atemzug die Kraft geben zu reden. »Meine Mom und ich hatten nie ein besonders gutes Verhältnis. Dabei hatte sie sich das sicher anders gewünscht. Du musst wissen, dass ich von meinen Eltern kurz nach der Geburt adoptiert wurde. Meine Eltern hatten jahrelang versucht, Kinder zu bekommen, aber irgendwann hatten die Ärzte festgestellt, dass meine Mutter dazu nicht in der Lage war. Deswegen haben sie sich für eine Adoption entschieden. Meine leibliche Mutter hat mich gleich nach der Geburt weggegeben, ich habe bis heute keine Ahnung, wer sie ist. Ich hatte ja ein Zuhause, und ich hatte nie das Bedürfnis, nach meiner leiblichen Mutter zu suchen. Sie wird ihre Gründe gehabt haben ...« Sie stoppte kurz, sah mich an und verschränkte die Arme vor der Brust. »Die Ärzte hatten sich bei meiner Mom geirrt, denn als ich zwei Jahre alt war, kam Yuna auf die Welt. Versteh mich nicht falsch, ich liebe Yuna und war nie eifersüchtig auf sie. Ich bin froh, dass sie jetzt bei Mom ist. Wie dem auch sei, meine Kindheit war toll, ich hatte alles, was man sich nur wünschen konnte. Liebe, Aufmerksamkeit, Spielsachen ... bis Dad starb. Er war sehr krank und starb, als ich sechs war ... Da habe ich erfahren, dass ich adoptiert worden bin.« Sie schluckte, hielt kurz inne, aber ich fragte nicht nach, ließ sie sich besinnen und wartete, dass sie weitersprach. »Danach wurde alles anders. Zumindest für mich. Vielleicht lag es daran, dass ich nun wusste, dass ich nicht ihre leibliche Tochter war, keine Ahnung, aber seitdem ... Ich konnte es ihr nicht mehr recht machen. Überall fand sie ein Haar in der Suppe. Meine Freunde waren nicht standesgemäß. Meine schulischen Leistungen nicht gut genug und mein Styling nicht adrett genug. Nie hat sie mir ihre Unterstützung angeboten, wenn ich sie dringend brauchte. Dafür war sie aber immer da gewesen, wenn es galt, mir meine schlechten Angewohnheiten vor Augen zu halten. Außerdem war ihr wichtiger, was die Nachbarn dachten, als was ich dachte oder fühlte. Aber so war es vielleicht in einer Kleinstadt wie Idaho Falls. Sosehr sie meine Schwester, ihr leibliches Kind, geliebt und unterstützt hat, umso weniger hat sie mich oder meine Bedürfnisse ernst genommen. Sie wollte immer die perfekte Mutter sein, hat mich aber immer weiter von sich weggetrieben.«

Ich dachte daran, wie überfordert sie mit der Herzlichkeit in unserer Familie gewesen war. Jetzt wusste ich, warum. Sie kannte das nicht.

»Als ich mit achtzehn von zu Hause ausgezogen bin, weil ich Moms Bevormundungen nicht mehr ertragen konnte, bin ich ziemlich mittellos nach L.A. gekommen. Sie hat mich auch nicht aufgehalten. Schließlich hatte sie ja noch Yuna. Ich hab mir ein dreckiges, aber bezahlbares Zimmer gemietet und ein paar Wochen in einer Bar gearbeitet. Jeden verdammten Cent habe ich gespart, um mir meinen Traum zu erfüllen. Eine Ausbildung zum Make-up Artist. Ich wollte irgendwann die Models schminken, die auf den Hochglanzmagazinen abgelichtet waren, vielleicht sogar irgendwann zum Broadway oder sogar zum Film gehen.« Sie lächelte schwach. »Doch die Lebenshaltungskosten verschlangen fast all mein Geld, sodass mir zum Sparen kaum etwas blieb. Und dann lernte ich Dinah kennen.«

Sie zögerte, und ich begriff, dass dieser Name ihr nicht ganz so leicht über die Lippen ging. Ich hätte sie gerne an mich gezogen und ihr gezeigt, dass ich für sie da war. Aber ihre Haltung verriet mir, dass sie genau das jetzt nicht wollte. Und ich blieb, wo ich war, und wartete, dass sie weitersprach.

»Dinah erzählte mir ganz locker, dass sie eine Escort-Agentur besaß, in der die Mädchen von gut betuchten Geschäftsmännern als Begleitung für irgendwelche wichtigen Events gebucht wurden. Nur hübsch aussehen, Ja sagen und grinsen. Mehr brauchte es nicht. Und dafür ließen sie ordentlich Geld springen. Je nach Event zahlten sie schon mal ein- bis dreitausend Dollar für einen Abend. Plus Geld für die Garderobe. Ich war naiv, ließ mich von dem schnellen Geld locken und unterschrieb in Dinahs Agentur einen Vertrag.«

Ich hätte sie am liebsten gestoppt, denn ich ahnte, worauf das Ganze hinauslief. Ich hatte mir bereits meine eigenen Gedanken dazu gemacht, wie Tess auf diese absurde Idee gekommen war, sich in Las Vegas für Geld anzubieten. Doch wenn sie es aussprach, wurde es so real. Ich wusste nicht, ob ich damit klarkommen würde. Doch ich ließ sie weiterreden, und je mehr sie erzählte, desto schneller sprach sie. So, als ob sie es endlich hinter sich bringen wollte.

»Die ersten Jobs waren wirklich einfach. Ich begleitete die Männer zum Essen oder ins Theater. Meist waren es Geschäftsleute aus anderen Städten, die hier eingeladen waren und eine Begleitung suchten. Einige waren schon älter, andere kaum älter als ich. Doch dann, wenige Wochen nach meinem Einstieg, geriet ich eines Abends an einen Mann, der Sex wollte. Ich hatte mich gewehrt, ihn einfach stehen lassen und mich bei Dinah über ihn beschwert. Doch sie lachte nur und meinte, dass das bei einigen Buchungen inklusive sei. Ich war so sauer, wollte alles hinschmeißen, doch ich brauchte das Geld. Außerdem hatte ich einen Vertrag mit ihr. Sie wollte mich nicht gehenlassen. Würde ich gehen wollen, müsste ich sie auszahlen. Und das Geld, das sie verlangte, hatte ich nicht. Aber sie drohte mir, erklärte, was passieren würde, wenn ich es wagte, mich einfach aus dem Staub zu machen. Ihre Bluthunde würden mich finden und ich mich danach nicht mehr im Spiegel wiedererkennen.

Ich rutschte da irgendwie rein, Riley. Ich wollte Dinah auszahlen und danach die Biege machen. Nach dem Motto »Augen zu und durch« schlief ich das erste Mal mit einem mir völlig fremden Mann. Dafür legte er mir eintausend Dollar extra auf den Tisch. Und irgendwann war ich mittendrin. Ich machte für diesen reichen Geschäftsmann die Beine breit und ließ mich von ihm ficken, ohne es überhaupt an mich ranzulassen. Denn wenn ich unter ihm lag, dann schaltete ich ab und träumte mich fort. Ich …« Sie schluchzte auf. »Ich habe danach nie wieder mit einem Mann geschlafen. Du warst seitdem der Erste«, endete sie und sah mich mit Tränen in den Augen an. Jetzt konnte ich nicht mehr anders. Ich ging zu ihr, nahm sie in den Arm und zog ihren Kopf an meine Brust. Sie klammerte sich wie eine Ertrinkende an mich, und als der Damm erstmal gebrochen war, dauerte es eine ganze Zeit, bis sie aufhörte zu weinen. Ich wischte ihr die Tränen von den Wangen, dann küsste ich sie sanft.

Ja, ich hatte Angst gehabt, damit nicht klarzukommen. Aber jetzt, wo es raus war und ich wusste, wie sie dazu gekommen war und warum, ging es mir besser. Und die Wut, die Hilflosigkeit verpuffte mit einem Schlag. Ich hatte nur noch das Bedürfnis, sie vor allen Dinahs dieser Welt zu beschützen. Und das würde ich. Sofern sie mich ließ.

»Tess, du hast so unglaublich viel durchgemacht, und es tut mir so leid …«

Sie schüttelte leicht den Kopf. »Ich habe das alles freiwillig gemacht. Niemand hat mich gezwungen, Riley.«

»Aber du hast keine andere Möglichkeit gesehen, Tess. Bitte, quäl dich nicht mehr damit. Es ist vorbei.«

»Wenn Colton mich ausfindig macht, wenn er mitbekommt, wer du bist … Er ist einflussreich …«

»Er ist ein Idiot. Aber wenn er noch einigermaßen klar im Kopf ist, dann wird er wissen, dass er sich zurückhalten muss. Wenn er mich in eine Schlammschlacht ziehen will, dann steckt er selbst drin. Und muss erklären, woher er mich und dich kennt. Das wird er sich gut überlegen, Tess«, beruhigte ich sie. »Niemand bedroht mich oder meine Freundin.«

»Deine Freundin?«

»Ja. Du bist meine Freundin, Tess. Und daran wird nichts und niemand etwas ändern können. Es sei denn, du …«

Sie sah mich an, und ihre Augen glänzten. Aber diesmal lag ein kleines Lächeln auf ihrem Gesicht. »Ich liebe dich, Riley«, flüsterte sie, und ich fragte mich, ob ich mich verhört hatte. »Ich liebe dich so sehr. Und ich möchte nichts lieber als deine Freundin sein.«

Ich konnte das breite Grinsen nicht mehr verbergen. Das Gefühl, was mich gerade durchströmte, war unbeschreiblich. Ich hatte sowas noch nie erlebt.

Ich senkte meinen Kopf ein Stück, sodass unsere Nasenspitzen sich jetzt fast berührten. »Ich habe dich vermisst«, raunte ich ihr zu.

»Das will ich doch hoffen.«

»Ich will nicht mehr ohne dich sein, Tess.«

»Das musst du auch nicht mehr.«

»Das ist gut.«

»Ja.«

»Darf ich meine Freundin dann jetzt endlich küssen?« Ich wartete nicht auf eine Antwort, denn in ihren Augen las ich sie bereits. Und als unsere Lippen endlich aufeinandertrafen, fühlte es sich mehr als gut und zudem so endgültig an. Wie die Besiegelung einer lebenslangen Bindung. Und in diesem Moment wusste ich, dass ich mich noch mal mit Jake über die Sache mit dem Heiratsantrag unterhalten würde.

Irgendwann …

Epilog Jake & Carrie –
eine Woche später
Carrie

Ich trat aus der Tür auf die hölzerne Terrasse und hörte das Meer rauschen. Das Haus lag direkt an der Ma'alaea Bay, mit wenigen Schritten konnte man den Strand erreichen und seine Füße in dem weißen weichen Sand von Hawaii vergraben. Mittlerweile war es dunkel geworden, die Sonne war bereits vor einer Stunde untergegangen, doch die Luft war noch so warm, dass ich in Shorts und Bikinioberteil nicht fror.

»Es ist so wunderschön hier«, sagte ich, als Jake hinter mich trat und mich umarmte. Er legte seine Arme um meine Hüften und sein Kinn auf meine Schulter. Ich atmete seinen herben Duft ein, der sich mit dem Geruch des Meeres vermischte.

»So wunderschön wie du«, murmelte er an meinem Ohr.

Ich lächelte und drehte meinen Kopf so weit, dass ich ihn ansehen konnte. »Danke, dass du mich hierhergebracht hast.«

Jake hatte mich erst vor drei Tagen mit zwei Flugtickets nach Hawaii überrascht. Es sei Zeit für einen Urlaub, hatte er gemeint. Und recht gehabt. Der Aufbau des *Skinneedles* hatte im letzten Jahr all unsere Aufmerksamkeit, unsere Kraft und Zeit verschlungen. Wir hatten kaum Zeit für unsere Beziehung gehabt. Und nach der Sache mit Riley und Tess war er nachdenklich geworden und wollte, dass wir uns auf das Wesentliche konzentrierten: auf uns.

Diese zweiwöchige Auszeit sollte unsere Akkus wieder aufladen und nur uns beiden gehören. Es wäre der erste und einzige Urlaub, den wir uns in diesem Jahr gönnen würden. Ich würde im nächsten Monat Nolan im Tanzstudio vertreten, weil er ebenfalls mal für ein paar Wochen rausmusste. Bei ihm und Taylor lief es gerade nicht so gut. Er war neben Olivia mein bester Freund, und natürlich hatte ich gleich Ja gesagt, als er mich gefragt hatte. Das *Skinneedles* würde auch mal ein paar Wochen ohne mich auskommen, zudem Joyce auch noch da war und fast alles, für das ich zuständig war, auch erledigen konnte. Jake war zwar nicht so begeistert gewesen, weil es für ihn dann wieder mehr Büroarbeit gab, die er hasste, aber da musste er durch. Letztlich hatte er es verstanden. Und mich deswegen auch auf diese Insel entführt. Ohne Handys und Computer, die uns gestört hätten. Gestern Abend waren wir auf Maui angekommen.

Der Bungalow direkt am Meer war traumhaft. Umgeben von einem wunderschön angelegten Garten, in dem riesige Mangobäume und Palmen wuchsen, war er von den anderen Grundstücken nicht einsehbar, sodass wir unsere Ruhe hatten. Die Ausstattung war einfach, aber edel. Die weißen Wände waren verputzt, das dunkle Parkett federte jeden Schritt ab. Sofas mit hellen Bezügen und Kommoden aus dunklem Holz verteilten sich im Wohnbereich. Das Schlafzimmer mit einem großen Doppelbett war nur durch eine Schiebetür davon abgetrennt und hatte einen eigenen Zugang zur Terrasse, von der aus wir nun auf das Wasser blickten.

»Lass uns zum Strand runtergehen«, raunte Jake mir zu und hauchte mir einen Kuss auf den Hals. Ich erschauderte unter der sanften Berührung seiner Lippen und seufzte wohlig auf. Aber anstatt weiterzumachen, zog er sich von mir zurück, griff nach meiner Hand, und gemeinsam gingen wir den angelegten Weg entlang durch den Garten zum Strand.

»Meinst du, Riley und Tess kriegen das wieder hin?«, fragte ich, während wir barfuß durch den weichen Sand schlenderten. Ich machte mir immer noch Sorgen um die beiden.

»Das werden sie.«

»Tess ist so süß, und sie sind so ein schönes Paar. Es wäre schade, wenn sie sich trennen würden.«

»Mach dir doch nicht immer Gedanken um die anderen«, gab er zurück und warf mir einen Seitenblick zu. »Wir sind hierhergefahren, um abzuschalten. Schon vergessen?«

»Nein, aber -«

Jake blieb ruckartig stehen, zog mich an sich und verschloss mir den Mund mit einem sanften Kuss. Ich schmolz wie Eis in der Sonne, als seine Zunge mit meiner tanzte, und gab mich diesem Tanz hin. Erst nach einer ganzen Weile löste er seine Lippen von meinen, und als ich noch ganz benommen meine Augen öffnete, sah er mich eindringlich an. Mein Herz hüpfte, und eine Wärme durchströmte mich, die mir das Blut in die Wangen trieb. Ich liebte ihn so abgöttisch, dass es wehtat.

Er lächelte. »Erinnerst du dich noch an unsere erste Begegnung?«

»Wie könnte ich das vergessen?« Ich trat einen Schritt zurück und zeigte auf mein Tattoo, das auf meinem Rippenbogen zu sehen war. Die Erinnerung an unser erstes Aufeinandertreffen.

Zärtlich strich er über die gemalte Tänzerin auf meiner erhitzten Haut. »Du hast getanzt und warst in deiner ganz eigenen Welt.«

Ich lachte leise. »Ich habe dich erst bemerkt, als du geklatscht hast.«

»Und dich erschreckt.«

»Kein Wunder. Du hast mir schon Angst eingejagt im ersten Moment«, gab ich zu.

Jakes rechte Augenbraue zog sich gemächlich nach oben, und auf sein Gesicht legte sich ein Schmunzeln. »Hat nicht jeder Mensch etwas, vor dem er Angst hat?« Das waren dieselben Worte, die er damals gesprochen hatte. Ich schmiegte mich an seine breite Brust und rief mir das Gespräch von damals ins Gedächtnis.

»Wovor hast du Angst?«, fragte ich. Damals hatte er mir erzählt, dass er Angst vor dem hatte, der er einmal gewesen war. Ich wusste schon längst um seine Vergangenheit, von dem Tod seiner Ex-Freundin, an dem er sich die Schuld gegeben und seitdem keine Gefühle für eine Frau mehr zugelassen hatte. Aber gemeinsam hatten wir es geschafft, die ihn quälende Schuld hinter uns zu lassen und in die Zukunft zu blicken. Und erst vor Kurzem hatte ich ihm den letzten Teil meiner Vergangenheit, die mich immer noch nicht losgelassen hatte, erzählt. Und wie es seine Art war, war er für mich da gewesen, ohne mir Vorwürfe oder Vorhaltungen zu machen. Dafür liebte ich ihn noch mehr, wenn das überhaupt möglich war.

Umso mehr interessierte es mich, was ihn jetzt beschäftigte. Jake war niemand, der sein Herz auf der Zunge trug. Er redete nicht viel, behielt seine Gedanken eher für sich. Ich war mir sicher, dass er mich liebte, aber ich wusste nie genau, was er dachte. Manchmal brachte mich das zur Verzweiflung.

Sein Körper versteifte sich nur einen winzigen Moment, doch ich spürte es genau. Ich deutete seine Gefühlsregungen schon so lange anhand seiner Körpersprache, dass ich sensibilisiert war. »Jake?«, fragte ich leise und sah zu ihm auf. Ich las in seiner Miene, wie er mit sich rang, und bekam plötzlich Angst. Was war los?

»Baby, ich …« Er nahm eine Hand von meiner Hüfte und fuhr sich damit durch die Haare. Eine Geste, die mir so vertraut war. Dann sah er mich an. Aus seinem Blick sprach Unsicherheit. »Ich hatte das eigentlich anders geplant … Kerzen, Rosen … Ach … ich bin aber nicht so. Ich …« Wieder stockte er. »Egal.« Dann trat er einen Schritt zurück, holte etwas aus seiner Hosentasche und ging vor mir auf die Knie.

Ich hielt den Atem an. War es das, was ich dachte, was es war? Hatte er etwa vor … *Oh mein Gott!* Mein Puls raste, meine Knie zitterten, und in meinem Kopf herrschte Chaos. Am liebsten hätte ich mich ebenfalls in den Sand fallen lassen, weil meine Beine mir das Gefühl gaben, mich nicht mehr lange halten zu können, aber ich riss mich zusammen, spannte jeden Muskel meines Körpers an, um mich aufrecht zu halten.

»Carrie, ich bin kein einfacher Mann. Du hast mit mir schon einiges mitgemacht ... Mit dir an meiner Seite habe ich das Gefühl, alles schaffen zu können. Ich will nicht mehr ohne dich sein und ...« Er klappte mit zitternden Fingern eine kleine Schatulle auf und hielt sie mir entgegen. Ein schlichter Silberring mit einem kleinen Stein darin funkelte mich an. »Ich liebe dich. Ich liebe dich mehr als alles andere auf der Welt. Ich möchte den Rest meines Lebens mit dir verbringen, und deswegen frage ich dich ... Baby, willst du meine Frau werden?«

Ich sah mit tränenverschleiertem Blick von dem Ring zu ihm und erkannte die Wahrheit seiner Worte in seiner Miene. Ja, er liebte mich. Und würde es immer tun, egal was noch auf uns zukäme, was wir noch durchmachen müssten. Zusammen würden wir alles schaffen.

»Ja«, hauchte ich. »Ja, ja, ja!« Jetzt fiel ich zu ihm auf die Knie und schlang meine Arme um seinen Hals. »Ich liebe dich und ja, ich möchte deine Frau werden.«

In Jakes Augen glitzerte es. »Ich liebe dich so sehr.«

Ich merkte, dass wir jetzt beide weinten und dabei lachten. »Ich liebe dich mehr.«

Das Salz unserer Tränen vermischte sich, als unsere Lippen aufeinandertrafen und wir in einem innigen Kuss versanken, der den Anfang unserer gemeinsamen Zukunft besiegelte.

Wir.

Für immer.

Epilog Eric & Joyce –
noch eine Woche später
Joyce

»Carrie und Jake heiraten!« Mit diesem Satz stürmte ich in das *Skinneedles* und riss die kleine Glocke über der Tür damit fast aus ihrer Verankerung. Blödes Ding!

»Was?« Peg, die gerade mit einem Kunden auf der Couch saß, riss den Kopf hoch und sah mich erstaunt an.

Ich wischte mir die Haare aus dem Gesicht. Schon wieder hatte ich vergessen, mir einen Zopf zu binden, und der Wind hatte sie durcheinandergebracht. Ich war mit dem Fahrrad so schnell es ging hierhergeradelt, um den anderen die Nachricht zu überbringen.

»Ja! Ich habe gerade eine Nachricht von ihr bekommen. Sie und Jake werden heiraten.« Erst vor einer halben Stunde hatte mich Carries Nachricht erreicht, zusammen mit einem Foto von ihrer Hand, an der ein Silberring mit einem funkelnden Brilli steckte. Daher zückte ich schnell mein Handy und hielt Peg das Foto unter die Nase.

»Wow«, stieß sie aus und grinste. »Na, das wurde ja auch mal Zeit. Wann ist es so weit?«

Ich zuckte mit den Schultern. »Keine Ahnung. Davon schreibt sie nichts. Sie bleiben ja noch eine Woche auf Maui, solange müssen wir uns wohl noch gedulden … Ich bin so gespannt und freu mich tierisch für die beiden.«

»Was ist los?« Eric kam um die Ecke, und mein Herzschlag geriet ins Stocken, als ich ihn ansah. In seinen Jeans und dem engen Shirt, das keinen Muskel seiner Brust versteckte und Blicke auf die Tattoos auf seinen Armen freigab, sah er einfach zu gut aus, als dass ich hätte normal atmen können. Wir waren nun schon lange ein Paar, aber noch immer haute seine Anwesenheit mich um. Und als er mich anlächelte, stolperte mein Herz, bevor es rasant weiterschlug. Obwohl wir uns heute Morgen erst geliebt hatten, sehnte sich schon wieder jede Faser meines Körpers nach ihm. Ob das jemals weniger werden würde? Ich hoffte nicht.

Ich räusperte mich, zwang mich, das Kribbeln in meinem Unterleib in Schach zu halten und meine Augen von seiner Brust loszureißen. »Carrie und Jake heiraten«, wiederholte ich die Neuigkeit und zeigte auch ihm das Bild von ihrem Ring auf meinem Handy.

Eric lachte auf und machte eine Siegerfaust. »Hat Jake sich endlich getraut. Ich dachte schon, das wird nie was.«

»Du wusstest davon?«

Er grinste schief. »Na ja …«

Ich verdrehte die Augen. »Und sowas erzählst du mir nicht?«

»Männergespräche werden unter dem Siegel der Verschwiegenheit geführt, Schneewittchen«, erklärte er mir mit einem noch breiteren Grinsen.

Ich boxte ihm gegen die Schulter und sah zu ihm auf. »Ich hoffe, ihr habt nicht die Hochzeiten von uns allen bis ins letzte Detail durchgeplant?« Das würde den Jungs nämlich ähnlich sehen. Seit Kyle und Scott Ehemänner waren, hatten sie sich verändert. Sie waren so … ruhig geworden. Ich wollte das nicht. Ich liebte Eric genauso verrückt, wie er war.

»Würdest du mich denn heiraten wollen?«, fragte er leise und wackelte belustigt mit den Augenbrauen.

Ich starrte ihn an. »War das etwa ein Antrag?«

Er runzelte die Stirn. »Glaubst du ernsthaft, ich würde dich sowas zwischen Tür und Angel fragen?« Er schien ehrlich schockiert zu sein. Peg, von der ich dachte, dass sie schon wieder im Beratungsgespräch vertieft wäre, prustete los. Eric lachte ebenfalls und schüttelte den Kopf. »Schneewittchen, mach dich mal locker. Ich habe nicht vor, dich um deine Hand zu bitten. Zumindest noch nicht«, setzte er schnell mit einem Augenzwinkern hinterher und zog mich an sich. »Das haben wir doch schon alles besprochen.« Ich sog seinen unverwechselbaren zitronigen Duft ein, stellte mich auf die Zehenspitzen und gab ihm einen kurzen Kuss.

»Ja, das haben wir.« Nachdem Kyle und Peg und danach Scott und Olivia geheiratet hatten, war auch bei uns die Frage aufgekommen, wie es weitergehen würde. Ich war noch nicht bereit zu heiraten, nur weil alle anderen um uns herum plötzlich den Bund fürs Leben eingingen. Wir waren noch jung und hatten noch so viel Zeit. Ich war froh, dass Eric das genauso sah und wir somit ganz entspannt zusammen sein konnten.

»Wie war es bei Liam?«, fragte Eric, als wir uns wieder voneinander gelöst hatten. Ich war heute Morgen bei meinem Bruder gewesen und hatte mit ihm zusammen gefrühstückt. Ich war froh, dass er endlich von den Drogen losgekommen war und nach seiner Entlassung vor einem Jahr aus der Drogenentzugsklinik in Lucerne Valley nun ein geregeltes Leben mit einem festen Job und eigener Wohnung führte.

Eric lotste mich nach hinten in die kleine Küche des Shops und schenkte uns zwei Becher Kaffee ein.

»Es geht ihm gut. Er hat ein Mädchen kennengelernt«, sagte ich und erzählte Eric von Mala, der Liam im Supermarkt zum ersten Mal begegnet war. Sie trafen sich öfter, und wie es sich anhörte, wurde langsam etwas Ernstes daraus.

»Und ich habe mit Keith telefoniert.« Ich machte eine kleine Kunstpause und grinste bei dem Gedanken an das Telefonat mit dem Manager von Rileys Band Obsidian.

»Nun lass dir doch nicht alle Würmer einzeln aus der Nase ziehen. Was hat er gesagt?« Eric war schon seit Wochen genauso aufgeregt wie ich und wartete auf die erlösende Nachricht. Denn seit ich die fertige Zeichnung für das zweite Album der Band abgegeben hatte, hatte ich noch kein Feedback von der Plattenfirma bekommen. Und dabei waren mittlerweile schon einige Wochen ins Land gezogen.

»Vor dir steht die Urheberin des neuen Covers von Obsidian«, sagte ich und konnte mir jetzt ein dickes Grinsen nicht mehr verkneifen.

Eric schlang seine Arme um mich und hob mich hoch. »Herzlichen Glückwunsch! Ich habe doch gewusst, dass sie es nehmen!«

»Da wusstest du mehr als ich«, gab ich zurück.

»Du bist viel zu bescheiden.«

»Ja, ich weiß …«

Eric küsste mich und ließ mich dann wieder runter. Dann sah er mich ernst an. »Hast du dich schon entschieden?«

Ich wusste genau, was er meinte. Seit ich denken konnte, zeichnete ich und verdiente seit ein paar Jahren auch mein Geld damit. Dank Eric und Jake, der mir einen festen Job im *Skinneedles* angeboten hatte, war ich nach jahrelangem Umherziehen in San Francisco sesshaft geworden und lernte neben dem Zeichnen das Tätowieren. Es machte mir auch Spaß, und ich hatte wirklich Freude daran, Bilder auf Haut zu bringen, durfte schon eigenen Kunden kleine Motive im Black-and-Grey-Stil stechen, was mir auch wirklich Spaß machte. Und doch – die absolute Erfüllung war es nicht.

Bisher hatte ich mit niemandem außer Eric meine Bedenken geteilt, aber ich merkte immer mehr, wie sehr mir das eigentliche Zeichnen, die Kreativität an der Leinwand, Hausmauer oder auf Papier fehlte. Ich ahnte tief in mir, dass ich keine Tätowiererin war, sondern Malerin. Und trotzdem – ich wollte Jake, der so viel für mich getan hatte, nicht enttäuschen und hatte mich bisher immer gewunden.

»Jake wird es verstehen«, sagte Eric, ohne dass ich meine Gedanken laut ausgesprochen hatte, und strich mir sanft über die Wange.

»Meinst du?«

Er nickte. »Er wird dir schon nicht den Kopf abreißen, wenn du nicht mehr tätowieren willst.«

Ich schluckte, dann nickte ich. »Das wäre gut, denn die Plattenfirma hat mir noch ein Angebot gemacht.«

Eric neigte den Kopf. »Welches?«

»Es gibt etliche Cover für verschiedene Bands zu zeichnen, und ich könnte Folgeaufträge bekommen.«

»Das ist großartig!«

»Allerdings müsste ich dafür nach L.A. zurück. Zumindest für eine Weile.«

Eric legte die Stirn in Falten. »Wieso kannst du nicht hier zeichnen?«

»Das kann ich. Aber erst wollen sie mich mit den einzelnen Künstlern bekannt machen. Ich müsste vor Ort sein, um mich einzubringen. Sie wollen wissen, mit wem sie es zu tun haben.«

»Ab wann? Und wie lange?«

Ich zuckte mit den Schultern. »Ich habe ja noch nicht zugesagt, daher kenne ich noch keine genauen Abläufe.«

Eric trat näher. Seine blauen Augen nahmen mich eindringlich unter die Lupe, sodass mir ganz heiß wurde. »Aber du möchtest zusagen?«

»Wäre das ... schlimm?«

Er senkte seinen Kopf und legte seine Stirn an meine. »Nein. Das wäre großartig. Ich meine, nicht dass ich dich loswerden will, aber ... Hey, das ist eine tolle Chance für dich. Und ich möchte, dass du das, was du tust, aus ganzem Herzen tust. Und wenn es das ist, was du möchtest, bin ich der Letzte, der etwas dagegen hat. Alles andere kriegen wir dann auch hin. Ich liebe dich, Schneewittchen.«

Unendliche Erleichterung durchströmte mich, und es war, als würde ein ganzer Felsbrocken von meinen Schultern rollen. Ich hatte so sehr gehofft, dass Eric mich in meinem Wunsch unterstützen würde. Und hätte er es nicht getan … Ich hatte mich bereits entschieden, das Angebot der Plattenfirma anzunehmen, denn wie Eric sagte war das eine großartige Chance. Jetzt war ich aber unglaublich froh, dass wir deswegen keine Meinungsverschiedenheit hatten.

»Ich liebe dich auch, Eric. Und wer weiß, was uns die Zeit bringt, in der wir getrennt sind.«

»Telefonsex?«, feixte er.

Ich kicherte. »Wenn es hilft?«

»Ich werde dich vermissen, aber hey – L.A. ist nicht das andere Ende der Welt.«

»Danke«, sagte ich schlicht.

Und als Eric mich küsste, wusste ich, dass keine Entfernung der Welt uns jemals wirklich trennen konnte.

Epilog Kyle und Peg –
wieder zwei Wochen später
Peg

»Reich mir doch mal die Chips rüber«, bat ich Kyle, der neben mir auf dem Sofa lag und sich irgendwelche Aufzeichnungen von Baseball-Spielen ansah. Er hatte am Wochenende ein Spiel mit seiner Jugendmannschaft und wollte sich die gegnerischen Spielzüge einprägen, wie er mir gesagt hatte. Seit über einer Stunde spulte er verschiedene Szenen immer wieder zurück, um sie immer wieder genauestens zu analysieren. Ich verstand – wie immer – kein Wort. Aber ich war ja froh, dass er in seinem Job als Trainer so aufging und es ihn glücklich machte.

Mein Magen knurrte wie aufs Stichwort, und ich merkte erst jetzt, dass ich den ganzen Tag nicht zum Essen gekommen war. Seit Tagen beschäftigte ich mich neben der Arbeit im Shop mit der Planung der Brautparty für Carrie. Liv und ich hatten das in die Hand genommen, als Carrie uns das Datum für den Tag der Hochzeit genannt hatte. Aber irgendwie kamen wir nicht voran. Liv hatte alle Hände mit Lunea zu tun – sie bekam gerade ihre ersten Zähne. Tess hatte diese Woche ein paar Fotoshootings, bei denen sie nachts arbeitete, und Joyce weilte gerade in L.A., um dort ihre neuen Auftraggeber kennenzulernen. Carrie war als Braut bei der Planung natürlich außen vor. Aber es waren nur noch sechs Wochen bis zur Hochzeit im August, und langsam wurde es Zeit für die Einladungen zur Brautparty, die in zwei Wochen stattfinden sollte.

Ja, wir waren wirklich verdammt spät dran. Liv hatte mir die Adressen aller Damen gegeben, an die ich nun die Einladungen verschicken sollte. Jetzt saß ich bereits seit einer Stunde in Schlafshorts und T-Shirt am Couchtisch und hatte erst die Hälfte der Kuverts beschriftet.

Wir freuten uns alle schon sehr auf die Hochzeit der beiden. Das Ja-Wort wollten sie sich an dem Strandstück geben, an dem sie sich das erste Mal begegnet waren. Wie romantisch. Gefeiert werden sollte im Anschluss bei Phoebe im Beach Rocks, einer Strandbar. In Abendgarderobe, aber barfuß. Das würde witzig werden. Und die Brautparty auch. Dafür würden wir schon sorgen.

»Wie wäre es mal mit etwas Nahrhaftem?« Kyle sah mich streng an, aber nach einem Augenrollen meinerseits ließ er die Chips endlich rüberwandern. Ich griff mir eine Handvoll und stopfte sie mir in den Mund. Nachdem ich diese Prozedur viermal wiederholt hatte, beruhigte mein Magen sich ein wenig.

»Wein?«, fragte Kyle mich. Als ich nickte, hielt er die Aufzeichnung an, stand auf, küsste mich aufs Haar und schlurfte barfuß in die Küche. Dort hörte ich, wie er die Weinflasche öffnete und Gläser aus dem Schrank holte. Kurz darauf setzte er sich wieder zu mir. Ich lächelte verstohlen, als ich ihn ansah. Er hatte ebenfalls nur Shorts und ein Shirt an, hatte die ganze Zeit auf dem Sofa gelümmelt, und seine Haare standen wild in alle Richtungen ab. Ich liebte es, wenn er so verschlafen aussah.

»Wo wollt ihr eigentlich feiern?«, fragte er, als er uns Wein einschenkte.

»Hier bei uns. Habe ich dir das nicht gesagt?« Ich warf ihm einen unschuldigen Blick zu.

Er rieb sich über das unrasierte Kinn. »Nein ...«

»Ups. Sorry. Aber du hast doch nichts dagegen, oder?«

»Und wenn, dann wäre es jetzt sowieso zu spät, um Einwände zu erheben, richtig?«

»Die Frage war rhetorisch gemeint, oder?«

Kyle seufzte theatralisch, dann lachte er. »Womit habe ich dich bloß verdient?«

»Mit Recht!« Ich krabbelte zu ihm rüber und setzte mich auf seinen Schoß. »Hey, hab ich dir heute schon gesagt, dass ich dich liebe?«

Er tat, als überlegte er angestrengt. »Nein, ich glaube, das hast du heute vergessen.«

»Ich liebe dich«, raunte ich.

»Und ich liebe dich.«

Wir küssten uns, und wie immer entfachte Kyle damit ein Feuer in mir. Doch wie gerne ich mich der Lust auch hingegeben hätte – es ging nicht. »Die Einladungen …«, murmelte ich in seinen Mund und versuchte, mich loszumachen.

»Wie wäre es, wenn ich dir damit helfe. Nachdem wir …« Kyle zwinkerte spitzbübisch und fuhr mit seinen Daumen zu meinen Brustwarzen. Ich sog die Luft ein, als ich spürte, wie seine Erektion gegen meinen Schritt drückte, und schloss kurz die Augen, als die Erregung mich zu übermannen drohte.

»Ein verlockendes Angebot …«

»Das ich nicht wiederholen werde«, flüsterte er heiser und schob nun seine Hände unter mein T-Shirt. Innerhalb von Sekunden hatte er den Verschluss meines BHs geöffnet und knetete meine Brüste. »Ich liebe deine Twin Peaks«, knurrte er leise. Ich stöhnte auf, als er meine Nippel zwirbelte und konnte mich nun nicht mehr gegen die Erregung zur Wehr setzen. Nachdem ich Kyle aus seinem T-Shirt geschält hatte, zog er erst mir den Slip beiseite und dann sich selbst die Shorts runter. Und dann spürte ich, wie er mit einem Stoß in mir versank. Ich krallte mich in seine muskulösen Oberarme und bog meinen Rücken durch, während ich ihn tief in mir aufnahm.

»Gott, ich komme gleich«, japste ich, weil ich schon nach wenigen Stößen kurz vor dem Explodieren war.

»Du darfst mich auch Kyle nennen«, erinnerte er mich an den ewigen Running Gag zwischen uns.

»Gott passt schon …«

»Lass dich nicht aufhalten, ich fang dich auf.« Ja, das würde er. Das tat er immer. Und während ich auf seinem Schoß unaufhaltsam dem Orgasmus entgegenritt, öffnete ich die Augen und fand Kyles Blick.

»Wenn du nicht schon meine Frau wärst«, keuchte er, »dann würde ich dich spätestens jetzt fragen, ob du es werden willst. Du bist so wunderschön, wenn du mich reitest.«

Ich war nicht mehr dazu in der Lage, ihm zu antworten, denn schon trug mich die Welle der Ekstase mit sich. Ich stöhnte auf, krallte mich an ihm fest, kniff die Augen zusammen und explodierte so gewaltig, dass ich nur noch Sterne und Blitze in der Dunkelheit zucken sah. Wenige Stöße später kam auch Kyle mit einem lauten Keuchen.

Mein Puls raste, und mein Atem ging stoßweise. Ich öffnete vorsichtig die Augen. »Und ich würde dich immer wieder heiraten«, flüsterte ich noch immer atemlos.

»Das solltest du auch, Kleines, denn ich gebe dich nie wieder her.«

»Wenn man uns reden hören könnte, würde man denken, wir wären ein altes Ehepaar«, sagte ich und lachte auf, als sein Schwanz langsam kleiner wurde und aus mir herausrutschte.

»Wenn wir dann auch noch so scharf aufeinander sind, dann ist mir das auch recht.«

»Ich wüsste nicht, was dagegenspricht?« Er sah mich nachdenklich an, und ich ahnte im selben Moment, woran er dachte. »Nein, Kyle. Noch nicht. Lass es uns langsam angehen. Bitte«, kam ich ihm zuvor. Ich wusste, dass Kyle sich ein Baby wünschte. Eines mit mir. Sein Sohn Doyle war mittlerweile acht Jahre alt, und so wunderbar Kyle als Vater auch war, so sehr ich ihn auch liebte und mir wünschte, mit ihm eine Familie zu gründen, so sehr sträubte sich alles in mir dagegen, es zu überstürzen.

Doch Kyle grinste nur und schüttelte den Kopf. »Ich dachte eher an eine Auszeit als an die Familienplanung, Kleines.«

Ich versteifte mich. »Eine Auszeit?« Was meinte er damit?

»Oh Mann, mein Hirn ist noch voll vernebelt. Ich meine eine gemeinsame Auszeit. Vom Job, von San Francisco, von allem. Urlaub nennt man das auch, glaube ich.« Jetzt grinste er mich entschuldigend an, und ich entspannte mich wieder. Ein freies Wochenende würde uns sicher guttun, da wir unsere Hochzeitsreise doch schon wieder hatten verschieben müssen.

»Oh, klar. Das hört sich wunderbar an. Aber erst nach der Hochzeit von Carrie und Jake. Es gibt noch so viel zu tun, ich muss ...«

Kyle stoppte meinen Redeschwall, indem er mir den Finger auf die Lippen legte. Dann griff er mit der anderen Hand auf den kleinen Tisch, der neben dem Sofa stand, und zog einen Umschlag hervor. »Ich habe da mal was vorbereitet.« Er hielt ihn mir unter die Nase, und ich runzelte die Stirn.

»Was ist das?«

»Mach's auf«, forderte er.

Ich nahm den Umschlag, öffnete ihn, ohne Kyle aus den Augen zu lassen. Und als sein Grinsen immer breiter wurde, sah ich nach, was genau ich da eigentlich rausgezogen hatte. Dann blieb mir die Luft weg.

»Das ... Das sind ja ...« Ich wusste nicht, was ich sagen sollte, mir fehlten wirklich die Worte.

»Zwei Flugtickets nach Thailand, richtig.«

»Oh mein Gott ... Aber ...?« Fragend sah ich ihn an. Eine Reise nach Thailand war unser Traum, aber dadurch, dass Doyle nun genau in der Zeit zu uns kommen würde, war er in weite Ferne gerutscht.

»Lindas Geschäftsreise fällt aus. Sie und Doyle verbringen den Sommer nun doch zusammen. Sie hat mich gestern angerufen. Unserer Hochzeitsreise steht nichts mehr im Weg. Zwei Tage nach der Hochzeit von Carrie und Jake geht es los. Zwar nur drei Wochen statt der geplanten vier, aber ...«

Der Rest seiner Worte ging in dem Kuss unter, den ich Kyle aufdrückte. Ich war überglücklich, dass wir endlich unsere Reise antreten würden, von der wir schon so lange träumten. Und was danach kommen würde, würden wir sehen. Ich war mir sicher, dass Kyle und ich bald eine eigene Familie gründen würden, doch erstmal wollte ich die Liebe mit ihm in vollen Zügen genießen.

Wir zwei.

Allein …

Epilog Scott und Olivia –
wieder zwei Wochen später
Olivia

»Herzlich willkommen, Carrie!«

Peg, Tess, Linda, Joyce und ich standen in einer Reihe vor Kyles Haus und warfen Carrie Unmengen Konfetti entgegen, als sie aus der extra angemieteten weißen Stretch-Limousine ausstieg. Die Verblüffung stand ihr ins Gesicht geschrieben, und damit war klar, dass alle dichtgehalten hatten.

Peg und Kyle hatten ihr Haus in Sea Cliff für die heutige Brautparty von Carrie zur Verfügung gestellt. Es war einfach die größte und schönste private Location, und da Kyle gerade mit Jake und den Jungs in Las Vegas feierte, waren wir unter uns.

Lunea hatte ich bei meiner Mom abgegeben, die sich das ganze Wochenende um sie kümmern würde. Da die Kleine ihre Großmutter abgöttisch liebte – und umgekehrt –, hatte ich auch kein schlechtes Gewissen, sondern freute mich auf die Zeit mit meinen Freundinnen.

»Was ist denn hier los?« Carrie schlug lachend die Hände vors Gesicht.

»Ohne angemessene Brautparty wirst du nicht heiraten, meine Liebe«, sagte ich zu ihr und umarmte sie herzlich. Ich sah, wie es in ihren Augen glitzerte, und musste selbst schlucken, so gerührt war ich. Aber seit Lunea auf der Welt war, war ich sowieso viel zu nahe am Wasser gebaut. Ich setzte also ein strahlendes Lächeln auf und hakte mich bei Carrie unter, um sie zu den anderen zu führen. Nach der Begrüßung lotsten wir sie in den Garten, wo schon die anderen Gäste warteten. Wir hatten Freunde, Familienmitglieder und Stammkunden aus dem *Skinneedles* eingeladen. Alles nur Mädels. Zudem hielt sich die Kidsgruppe aus dem Tanzstudio im Haus versteckt. Sie hatten noch eine Überraschung für Carrie geplant.

Wir hatten in den letzten Tagen mit vereinter Kraft den Garten und das Haus geschmückt, uns um ein abwechslungsreiches Büffet und eine Cocktailbar gekümmert und einen DJ engagiert, der uns den Abend über alle Musikwünsche erfüllen würde. Als Carrie die fast einhundert Gäste im Garten sah, brach sie in Tränen aus.

»Ihr seid verrückt«, presste sie heraus, wobei sie immer wieder den Kopf schüttelte. Die nächste Stunde verbrachte sie damit, unzählige Hände zu schütteln und Umarmungen über sich ergehen zu lassen. Der Geschenketisch bog sich bereits unter den vielen fantasievoll eingepackten Überraschungen für das Brautpaar, und ich stapelte sie neu, um etwas Platz zu schaffen.

»Wow, das sind echt viele.« Joyce und Carrie waren neben mich getreten, und Carrie hielt mir ein Glas Champagner hin. »Ich dachte, du möchtest bestimmt auch was trinken.«

»Oh, ja. Alkohol. Endlich! Danke.« Ich führte das Glas zum Mund und kostete das Prickeln auf meiner Zunge richtig aus. Die letzten Monate hatte ich Lunea gestillt und deswegen auf alles verzichtet, was ihr hätte schaden können. Besonders auf Alkohol. Doch seit ein paar Tagen war die Kleine nun abgestillt und trank aus dem Fläschchen, sodass ich heute beherzt zugreifen konnte. Doch ich musste mich beherrschen, denn nach der monatelangen Abstinenz vertrug ich nichts mehr, und ich hatte nicht vor, in einer Stunde betrunken in einem der Schlafzimmer zu liegen und Carries Party zu verpassen.

»Danke, Liv«, sagte Carrie nun und sah mich aus glänzenden Augen an.

»Hey, das ist nicht allein auf meinem Mist gewachsen. Die anderen waren mindestens genauso daran beteiligt. Ich habe nur organisiert, Peg hat das meiste davon umgesetzt.«

»Bei den anderen habe ich mich auch schon bedankt.«

»Na, wenn das so ist …« Ich drückte sie noch einmal innig. »Ich wünsche dir alles Glück der Welt, Carrie.« Ich schluckte den Kloß in meinem Hals runter und spülte mit Champagner nach.

»Wie war es in L.A.?«, lenkte ich ab, indem ich mich an Joyce wandte. Sie war erst vorgestern aus L.A. zurückgekommen. Wir hatten schon befürchtet, sie würde es gar nicht zu Carries Party schaffen, aber das hatte sie sich auf keinen Fall entgehen lassen wollen.

»Ich habe ein paar neue Aufträge an Land gezogen und kann mich in den folgenden Wochen ganz dem Zeichnen widmen.«

»Das freut mich sehr, Joyce.«

»Ja, mich auch. Ich bin froh, dass Jake nicht sauer auf mich ist.«

Carrie lachte auf. »Warum auch? Dass er dich ins Team geholt hat, war doch sowieso in erster Linie wegen Eric«, sagte sie und zwinkerte ihr zu.

Verblüfft sah Joyce sie an. »Was? Wegen Eric?«

»Nichts gegen dein Talent, Schätzchen, aber wenn er dich nicht eingestellt hätte, dann wärst du aus San Francisco wieder abgehauen und Eric und du wärt immer noch kein Paar.«

»Aber -«

Carrie sah sie streng an. »Stimmt's, oder hab ich recht?«

Sie überlegte, dann lächelte sie vorsichtig. »Wer weiß … Wusste Eric -«

»Nein!«, fuhr Carrie ihr ins Wort. »Der weiß davon bis heute nichts. Und vermutlich hättest auch du nichts davon wissen sollen, aber verpfeif mich nicht, ja?«

Joyce kicherte und schüttelte den Kopf. »Meine Lippen sind versiegelt.«

»Hey, Mädels!« Peg und Tess gesellten sich zu uns und grinsten in die Runde. Peg hielt ihr Handy hoch, auf dessen Display ich ein paar Geldscheine sehen konnte. »Die Männer haben fünfhundert Dollar beim Black Jack gewonnen.«

»Wer war der Glückspilz?«, wollte ich wissen.

»Kyle«, gab sie lachend zu. »Aber ich fürchte, sie werden es in der nächsten Runde gleich wieder verspielen.«

»Wie gewonnen, so zerronnen«, seufzte Carrie.

»Ach, lasst ihnen doch den Spaß. Immer noch besser, als wenn sie all ihre Kohle für irgendwelche Stripperinnen ausgeben würden«, wandte ich ein. Ich sah aus dem Augenwinkel, dass Tess' Miene sich verdunkelte. »Hey, mach dir keine Sorgen, Riley ist so in love mit dir, der würde eine andere Frau nicht mal wahrnehmen, wenn man sie ihm nackt um den Bauch bindet«, versuchte ich sie zu beruhigen. Doch irgendwie schien das nicht zu funktionieren, denn kurz darauf verließ sie die Runde. Angeblich, um auf die Toilette zu gehen. Peg ging ihr nach. Ich sah ihnen verwirrt nach und dann Carrie und Joyce an. »Was hab ich verpasst?«

Carrie sah mich betreten an und strich sich ihre dunklen Haare nach hinten. »Tess hat in Las Vegas ziemlichen Mist gebaut und ist deswegen nicht so gut auf Stripperinnen zu sprechen.«

»Oh ...« Ich hatte zwar mitbekommen, dass es zwischen Riley und Tess Stress gegeben hatte und auch, dass er sie aus Vegas abgeholt hatte, aber wusste nicht, worum es genau gegangen war. Letztlich ging mich das ja auch nichts an, aber es war schon blöd, dass ich mit meiner unbedarften Äußerung nun wieder Salz in ihre scheinbar noch offene Wunde gestreut hatte. »Das tut mir leid. Ich werde mich später bei ihr entschuldigen«, murmelte ich.

»Mach dir keine Gedanken, du konntest das ja nicht wissen.«

»Hey, wer will noch Champagner? Und Carrie, bald wird es Zeit für die Geschenke!«, rief Joyce und klatschte in die Hände. Ich wusste, sie wollte nur ablenken, und dankbar ging ich darauf ein.

»Genau. Ich bin gespannt, was du zu all deinen kleinen Haushaltshelfern sagst.«

»Ihr habt mir keine Kochtöpfe oder Mixer gekauft, oder?«

»Lass dich überraschen«, sagte ich nur lachend.

Joyce schwirrte ab zur Bar, um uns noch mehr Champagner zu holen, und Carrie und ich schlenderten über den Rasen in Richtung der Klippen.

»Wie läuft es bei euch?«, wollte sie wissen, als wir am Rand standen und auf das glitzernde Meer hinausschauten.

»Du meinst, außer dass ich dauermüde bin und Sex-Entzugserscheinungen habe? Gut.«

»Auweia.«

Ich lachte leise. »Nein, es ist okay. Weißt du, seit die Kleine da ist, haben sich meine Prioritäten verschoben. Sie steht jetzt im Mittelpunkt. Zwar bin ich immer noch scharf wie ein Rasiermesser auf meinen Mann, aber wenn Lunea schreit … Tja, so ist das eben mit dem Mutterinstinkt. Hätte ich nie für möglich gehalten, du weißt das, du kennst mich. Aber ich bin froh, dass alles so gekommen ist.«

»Du bist glücklich, oder?«

Ich wandte den Blick vom Meer ab und sah meine Freundin an. »Ja, Carrie. Das bin ich. Sehr sogar. Und hier hat alles angefangen.« Ich zeigte auf das Grundstück von Kyle und Peg. Hier hatten sie vor über einem Jahr ihre Hochzeit gefeiert, und hier hatte ich Scott wiedergesehen.

Carrie nahm meine Hand. »Ich finde, es könnte uns schlechter gehen, oder?«

»Oh ja! Definitiv«, stimmte ich zu.

Gleichzeitig sahen wir wieder aufs Meer raus, und auch wenn ich nicht wusste, was Carrie in dem Moment dachte, so glaubte ich zu wissen, dass unsere Gedanken in dieser Sekunde ziemlich ähnlich waren.

Wir waren glücklich, weil wir beide Männer an unserer Seite hatten, die wir liebten und die uns liebten. *Bis das der Tod uns scheidet.*

Epilog Nolan – zeitgleich Nolan

»Die Bank gewinnt.«

Der Croupier strich die fünfhundert Dollar ein, die Kyle gesetzt hatte, doch anstatt sich zu ärgern, lachte er. »Hey, ich bin mit nichts gekommen und gehe mit nichts. So what?«

Ich beneidete ihn fast um sein sonniges Gemüt.

»Was jetzt? Ich könnte einen kräftigen Drink vertragen, und wie wäre es mit ein paar netten Bräuten?«, fragte Eric in die Runde.

»Ja, da hinten ist ein edler Tabledance Club«, meinte Hank und zwinkerte uns verschwörerisch zu.

Jake zuckte nur grinsend mit den Schultern. »Wenn du das sagst.«

Ich folgte den Jungs, als sie das Casino verließen und in die Nacht von Los Angeles traten. Eigentlich hatten wir ja geplant, Jakes Junggesellenabschied in Las Vegas zu feiern, aber weder Jake noch Riley hatten Lust, so schnell wieder einen Fuß in diese Stadt zu setzen, nach allem, was dort passiert war. Wir wussten zwar nicht jedes Detail, aber genug, um unsere Pläne zu ändern und umzudisponieren. Und als L.A. als Austragungsort feststand, hatten wir auch gleich noch Hank, einen alten Freund von Jakes verstorbenem Vater, und Freddy, den Besitzer des Hot Chocolate, der Bar, in der Eric damals ein paar Auftritte mit seiner Band hatte, ins Boot geholt.

Die Luft war angenehm warm, und es herrschte um diese Uhrzeit noch geschäftiges Treiben in der Stadt der Engel. Wir waren am Mittag mit dem Flieger gelandet, hatten in unser

Hotel eingecheckt und waren als Erstes ins Hot Chocolate gefahren, um Hank und Freddy einzusammeln. Seitdem waren wir zu acht durch die Stadt gezogen, hatten in einem der Casinos ein paar hundert Dollar verspielt und in verschiedenen Bars einige Drinks gekippt. Aber auch die hoben meine Laune nicht wirklich.

Ich war seit Tagen ziemlich down. Taylor hatte sich entschieden, nach Chicago zu gehen, nachdem ich ihm gesagt hatte, dass ich noch nicht bereit war, mit ihm zusammenzuziehen. Das Letzte, was ich wollte, war, dass er mir die Pistole auf die Brust setzte oder wir uns an eine Fernbeziehung klammerten und daran kaputtgingen. Deswegen hatten wir uns schließlich getrennt. Klar, es tat weh, denn ich liebte ihn wirklich. Aber es war das Beste für uns beide. So konnte er ohne Altlasten weit weg von mir neu anfangen, und ich würde auch irgendwann darüber hinwegkommen.

»Ey, No, lass den Kopf nicht hängen.« Jake legte mir die Hand auf die Schulter. Sein Blick war mitfühlend.

»Nein, alles gut«, gab ich zurück und bemühte mich um ein fröhliches Lachen. »Ich habe nur Durst.«

»Vielleicht überlegt er es sich ja doch noch mal.«

»Jake, danke, dass du dir Gedanken machst. Aber ich komme klar. Außerdem ist es dein Tag, und ich denke gar nicht daran, jetzt Trübsal zu blasen. Weißt du eigentlich, wie lange wir auf diesen Tag gewartet haben?«

»Ist schon klar«, antwortete er grinsend. »Also los, dann lass uns feiern gehen.«

Wir folgten den anderen über die Straße, die bereits auf den Club zusteuerten, von dem Hank erzählt hatte. Laute Musik empfing uns, und auf mehreren Tischen tanzten leicht bekleidete Mädchen für die Männer, die drumherum saßen und ihnen Dollarscheine in die Slips steckten. Mein Geschmack war das nicht, aber es war ja auch nicht mein Abend. Wir setzten uns in eine der Nischen, und während die Jungs bei den Mädchen die Brüste oder schlanken Schenkel bewunderten, ließ ich meinen fachmännischen Blick über ihre Körper wandern und fragte mich, wo sie tanzen gelernt hatten.

Eric bestellte Drinks, und ich bekämpfte meinen Kummer damit.

Wir blieben etwa eine Stunde in dem Club, dann zogen wir weiter. Wir nahmen noch ein paar Drinks und besuchten noch einen anderen Strip Club, aber nichts davon brachte mich auf andere Gedanken. Wie sollten das auch ausgerechnet halbnackte Frauenkörper schaffen? Später kehrten wir noch in ein Restaurant ein, um was zu essen. Gegen Mitternacht verabschiedeten wir uns schließlich von Hank und Freddy und wankten zum Hotel. Und als ich in die Lobby kam, traute ich meinen Augen nicht. Auch Eric stutzte. Er blieb stehen, und als ich gegen ihn stolperte, rammte er mir unkoordiniert seinen Ellenbogen in die Seite.

»Ist das nicht …?«

»Taylor …«, flüsterte ich tonlos. Ich konnte es nicht fassen, rieb mir über die Augen und erwartete, einer Alkoholvision, einem Wunschdenken aufgesessen zu sein. Aber als ich noch mal zur Couch in der Nähe der Rezeption blickte, saß dieser Typ immer noch da. Er trug Jeans und Sneakers. Die blaue Jacke hatte Aufnäher auf der Vorderseite, und auch das Gesicht kam mir sehr bekannt vor. Dieselben buschigen Augenbrauen, dieselbe Nase, die etwas zu breit war, und dieselben wunderschön geschwungenen, vollen Lippen. Das markante Kinn lag auf seiner Brust, die dunklen Haare fielen ihm in die Stirn. Er schien zu schlafen. Ja – es war tatsächlich Taylor. Wie lange saß er schon da? Was machte er überhaupt hier? Sollte er nicht bereits auf dem Weg nach Chicago sein?

Als ich auf ihn zuging, öffnete er die Augen und sah verwirrt hoch. Dann trafen sich unsere Blicke, und in meinem Bauch begann ein Spektakel, das jedem großen Feuerwerk über Amerikas Himmel den Rang abgelaufen hätte.

»Nolan!« Taylor erhob sich verschlafen vom Sofa und kam zögernd auf mich zu. Ich sah ihm an, dass er unsicher war, aber genau das war ich jetzt auch.

»Mach das Richtige«, raunte Eric mir zu, bevor er den anderen folgte, die bereits in Richtung Aufzug verschwunden waren und von Taylors Dasein gar nichts mitbekommen hatten.

»Danke«, murmelte ich und schluckte schwer. Obwohl ich den ganzen Abend fast ohne Unterbrechung an Taylor hatte denken müssen, hatte ich mir dabei immer gesagt, dass der Schmerz über unsere Trennung irgendwann weniger werden würde. Dass ich es schaffen würde, ihn zu vergessen und ihm irgendwann ohne Hintergedanken ein schönes Leben wünschen konnte. Ein Leben ohne mich. Doch als er nun auf mich zukam, war es, als wären all diese Gedanken weit in den Hintergrund gerückt. Alles, was ich wollte, war, diesen Mann in meine Arme zu schließen, ihn zu küssen, bis uns die Luft wegblieb, und zu hören, dass er nicht gehen würde. Und allein weil er so unvermutet in L.A. aufgetaucht war, obwohl er schon auf dem Weg nach Chicago sein sollte, konnte ich den winzigen Funken Hoffnung nicht ignorieren.

»Was machst du hier?«, fragte ich, als er vor mir stand, und wusste nicht, wie ich mich verhalten sollte. Wir waren kein Paar mehr. Wir hatten Schluss gemacht. Und dieses Gefühl war einfach schrecklich.

»Ich habe dich gesucht.«

»Und gefunden. Aber warum?«

»Ich … No, hör zu. Ich habe Mist gebaut. Das habe ich erst begriffen, als du gegangen bist. Ich dachte, ich könnte in Chicago neu anfangen, aber …« Er sah mich an, mein Herz stolperte, und ich erinnerte mich in dieser Sekunde an mein Vortanzen in der Juilliard School in New York. Ich war damals genauso nervös gewesen, dass ich auf der Bühne gestolpert war. Ich hatte gedacht, damit hätte ich meine Chance vertan, aber dann hatte ich mich gefangen und letztlich Jahre später sogar meinen Abschluss dort gemacht. Würde es diesmal auch ein Happy End geben?

Taylor kam näher. »Ich habe gemerkt, dass das nicht funktioniert. Dass es so nicht funktioniert. Nicht ohne dich.«

Ich schluckte. Dann schüttelte ich den Kopf. »Nein, Taylor, ich habe dir doch schon -«

»Ich will auch nicht, dass du mit mir zusammenziehst«, unterbrach er mich. »Ich will, dass du mit mir nach Hause kommst. Nach San Francisco.« Ein verhaltenes Lächeln umspielte seine Mundwinkel. »Natürlich erst, wenn Jakes Abschied hier vorbei ist, aber … Ich liebe dich, No. Und ich will nicht mehr ohne dich sein.«

»Aber … Was ist mit Chicago? Das ist eine Riesenchance für dich, die du -«

»Ach, scheiß auf Chicago«, unterbrach er mich erneut. Seine Hände legten sich auf meine Schultern, und selbst durch das dicke Leder meiner Jacke spürte ich die Wärme seiner Finger auf meiner Haut. »Dort würde ich nicht glücklich werden, denn … Mein Glück ist da, wo du bist. Egal, ob wir nun zusammen wohnen oder getrennt. Es war falsch, dich so unter Druck zu setzen. Es tut mir leid«, sagte er leise. Ich sah Tränen in seinen Augen schimmern. Oder waren es meine eigenen Tränen, die mir den Blick verschleierten?

»Meinst du das wirklich ernst?«, flüsterte ich. Ich wollte es so sehr. Wünschte mir nichts mehr, als dass er die Worte auch so meinte, wie er sie gesagt hatte.

»Ich habe noch nie etwas ernster gemeint als das. Ich liebe dich, No. Ich will bei dir sein. Wenn du mich noch willst …«

Ich wusste nicht mehr, wie ich in seinen Armen gelandet war, aber als ich seinen Körper so dicht bei mir spürte, die Vertrautheit, die uns beide verband, und die Liebe, erkannte ich, dass man manchmal stolpern musste, um weiterzugehen.

»Ich liebe dich auch, Taylor.«

Und als wir uns küssten, spürteich das Feuerwerk, das in mir explodierte und uns in den schönsten Regenbogenfarben in unsere Zukunft katapultierte.

In unsere gemeinsame Zukunft.

Epilog Riley und Tess – vier Wochen später
Tess

»Ich bin so nervös!«

Carrie quengelte schon herum, seit wir heute Morgen aufgestanden waren. Entweder war ihr schlecht, sie musste aufs Klo – was sich in dem langen Brautkleid als nicht so einfach herausgestellt hatte –, oder sie schob Panik, dass Jake es sich im letzten Moment anders überlegt hatte. Wobei dieser Punkt nur mit allgemeinem Augenrollen und Kopfschütteln quittiert wurde.

»Solange du nicht wieder aufs Klo musst, ist alles okay«, sagte Liv, ebenfalls mit einem Augenrollen. Carrie streckte ihr die Zunge raus.

Wir Mädchen hatten die letzte Nacht gemeinsam in Rileys Haus in Sea Cliff verbracht, weil Carrie und Jake sich einig waren, dass unbedingt eingehalten werden musste, dass das Brautpaar sich erst vor dem Altar gegenübertreten durfte. Riley hatte ohne zu murren sein Haus, in das ich mittlerweile eingezogen war, zur Verfügung gestellt und hatte die Nacht bei Eric geschlafen. Auch wir würden uns erst heute kurz vor der Trauung wiedersehen, und ich hoffte, dass er mich in meinem zartrosa Brautjungfernkleid, das sich erstaunlicherweise nicht mit meiner Haarfarbe biss, überhaupt erkennen würde.

Carrie, Liv, Peg, Joyce und ich hatten uns wirklich bemüht, die Nacht nicht zum Tag zu machen, aber das hatte natürlich nicht geklappt. Wir hatten bis weit nach Mitternacht zusammengesessen und gequatscht, was das Zeug hielt. Heute Morgen hatten daher erstmal Augencremes und Anti-Falten-Gadgets herhalten müssen.

Nach einem Frühstück mit viel Kaffee kamen die zwei Hair-stylisten, die Carrie beauftragt hatte, um unsere Frisuren braut-beziehungsweise brautjungferntauglich zu machen. Ich hatte mich bereit erklärt, allen ein Make-up aufzutragen. Pünktlich, als die weiße Stretchlimousine vor der Tür hielt, waren wir fertig gewesen. Jetzt saßen wir zu fünft in der Limo und ließen uns das kurze Stück zu Kyles Haus kutschieren, in dem die Hochzeit stattfinden sollte. Und ich war glücklich, ein Teil dieser Gemein-schaft zu sein und in den Mädels wirkliche Freundinnen gefun-den zu haben.

Nachdem ich aus Vegas zurück gewesen war, hatte ich nicht gewusst, wie es weitergehen sollte. Ich hatte geglaubt, alles verlo-ren zu haben. Doch dann war Peg da gewesen und hatte mich aufgefangen. Hatte dafür gesorgt, dass Riley mich gefunden hat-te, und damit nicht unerheblich zu unserer Versöhnung beige-tragen. Sie war Rileys beste Freundin und im Laufe der letzten Monate auch meine Vertraute geworden.

Ich sah aus dem Fenster und dachte an meine Schwester. Yuna wohnte immer noch bei Mom und war dort auch gut auf-gehoben. Vor fünf Tagen hatte die kleine Hope das Licht der Welt erblickt. 3080 Gramm, 51 Zentimeter, strahlend blaue Au-gen und einen blonden Flaum auf dem Kopf. Mitten in der Nacht hatte ich den Anruf von Mom bekommen, und Riley und ich hatten uns sofort auf den Weg nach Idaho Falls gemacht.

»Ich habe sie Hope genannt, weil sie die Hoffnung auf ein neues Leben ist«, hatte Yuna mit Tränen in den Augen gesagt und dabei glücklich gelächelt. Und als ich meine kleine Schwes-ter mit meiner kleinen Nichte im Arm sah, wusste ich, dass nun alles gut werden würde. Sie konnte sich dort ein neues Leben aufbauen. Von Alec hatte sie nie wieder was gehört, aber Yuna war aufgrund der ganzen Sache mit diesem Iwan auch nicht scharf darauf. Dass Carrie geholfen hatte, diesen Kerl dingfest zu machen, der Yuna bedroht hatte und immer noch hinter Git-tern saß, würden wir ihr nie vergessen.

Mit meiner Mom hatte ich mich ausgesprochen. Mehr oder weniger zumindest. Ich hatte ihr endlich verständlich machen können, warum ich damals so früh von zu Hause ausgezogen war. Sie hatte begriffen, dass sie mich mit ihren ständigen Bevormundungen von sich weggetrieben hatte und ich meine eigenen Erfahrungen hatte machen müssen. Von meiner Zeit als Escort-Dame wusste sie nichts, und das sollte auch so bleiben. Wir wollten von nun an in Kontakt bleiben, und wer weiß – vielleicht würde sich unser Verhältnis, jetzt wo Hope bei uns war, bessern. Einen Versuch war es wert, denn durch den Besuch bei Rileys Familie und das Zusammensein mit der kleinen *Skinneedles*-Familie hatte ich gemerkt, dass mir meine eigene Familie sehr gefehlt hatte. Aber jetzt bestand Hoffnung, dass sich das ändern würde. Hope war da …

Riley und ich hatten uns lange ausgesprochen. Für ihn war es nicht leicht gewesen zu verstehen, warum ich nach Vegas gegangen war, um mich zu verkaufen. Im Nachhinein verstand ich es ja selbst nicht mehr. Schon gar nicht, warum ich ausgerechnet Colton angerufen hatte. Ich hatte doch gewusst, dass seine Vorlieben ziemlich speziell waren und das Ganze kein gutes Ende nehmen würde. Schon damals, in meiner Zeit bei Dinah, war er besessen von mir gewesen. Aber er hatte eben auch gut gezahlt. Und das war in dem Moment das Einzige gewesen, was ich gesehen hatte. Damals wie heute. Aber vielleicht hatte ich mich damit selbst bestrafen wollen, weil die Sache mit Riley mich getroffen und ich mir eingeredet hatte, dass ich einfach nicht glücklich sein durfte. Was für ein ausgemachter Irrsinn! Ich konnte froh sein, dass alles so glimpflich ausgegangen war.

Riley hatte gesagt, ich hätte damit zu ihm kommen sollen, dann hätten wir uns einiges erspart. Womit er recht hatte. Aber jemanden um Hilfe zu bitten war mir immer schwergefallen. Ich stand schon so lange auf eigenen Beinen, musste seit ich ausgezogen war, für mich selbst sorgen, sodass es mir gar nicht in den Sinn gekommen war, ihn damit zu behelligen. Es war mir einfacher erschienen wegzulaufen und meinen Kopf durchzusetzen. Und das hätte mich fast das Wichtigste gekostet, was ich besaß: Rileys Liebe.

Colton hatte sich nicht wieder gemeldet. Ich hatte ja die Befürchtung gehabt, dass er mich über Riley ausfindig machen würde, aber es blieb ruhig. Trotzdem verblasste die Furcht vor einem unfreiwilligen Aufeinandertreffen nur langsam. Und wenn ich manche Nacht aus einem quälenden Albtraum hochschreckte, dann war Riley da und nahm mich einfach schweigend in den Arm.

Ich war froh, dass er versuchte, mich zu verstehen, und obwohl ich damit gerechnet hatte, dass dieses Thema noch lange Bestandteil unserer Gespräche sein würde, überraschte Riley mich. Er verlor kein Wort mehr über die Nacht in Vegas. Ich war ihm mehr als dankbar dafür, denn so konnte ich diesen wunden Punkt hoffentlich irgendwann überwinden.

Nach der Sache mit dieser Emily und dem Aufruhr, den er mit seinem Tweet im Internet veranstaltet hatte, gab es noch einiges an Pressearbeit für ihn zu tun. Aber sein Manager Keith hatte ihn dabei unterstützt und wie versprochen dafür gesorgt, dass ich nach den anfänglichen neugierigen Artikeln soweit es ging aus den Medien rausgehalten wurde. Bei Emily hatte er sich für sein Verhalten entschuldigt, und sie wollten bald einen gemeinsamen Song aufnehmen, um ihre Fans zu versöhnen. Obsidian würde ebenfalls weiterbestehen. Riley und die Jungs hatten viele Gespräche mit dem Management geführt, aber letztendlich war auch der Plattenfirma samt ihrer Bosse klar, dass nur zufriedene Musiker gute Musik machen und damit Geld in die Kassen bringen würden. Und dazu gehörte auch, dass die Band ihre Songs jetzt in dem Studio von Rileys Freund Jacob aufnahm. Riley hatte mir erzählt, dass Jacob einen finanziellen Engpass hatte, weil immer mehr

Musiker zu dem großen neuen Studio wechseln würden. Seit dem Einzug von Obsidian in Jacobs Tonstudio war sein Name wieder in aller Munde und, nachdem er seine Technik nun auch auf den neuesten Stand gebracht hatte, kamen auch neue Musiker und brachten langsam auch wieder Geld in die Kasse.

Riley hatte wirklich daran gedacht auszusteigen, und nicht nur ich hatte eine ganze Weile mit Engelszungen auf ihn eingeredet, nicht aufzugeben. Er liebte die Musik, und sie würde immer ein Teil von ihm sein. Gott sei Dank hatte er nicht aufgegeben, sondern saß bereits schon wieder an neuen Songs für ein weiteres Album und an der Planung für eine neue Tour im nächsten Jahr. Vielleicht würde ich die Jungs dann wieder begleiten. Wir würden sehen. Aber was mich ganz besonders glücklich machte, war, dass er aus dem Text, den er mir damals auf mein Handy geschickt hatte, schon ein Lied gemacht hatte. Es war eine Ballade geworden mit dem Titel *Cause you know me.* Und es klang einfach wundervoll.

Die Limousine wurde langsamer, und Carries Aufseufzen holte mich aus meinen Gedanken. Ein Blick aus den getönten Scheiben zeigte mir, dass unsere Männer bereits vor dem Beach Rocks auf uns warteten. Bis auf Jake natürlich, der bereits mit dem Pfarrer am Strand, wo die Trauung stattfinden sollte, auf die Braut wartete. Wir anderen würden paarweise vorweggehen und für die Braut Spalier stehen. Da Carrie keinen Dad mehr hatte, der sie führen konnte, würde Nolan als ihr bester Freund diese Aufgabe übernehmen.

»Auf geht's, Mädels!«, gab Liv den Startschuss zum Aussteigen, nachdem der Chauffeur im schwarzen Anzug uns die Tür geöffnet hatte. Carrie stieg als Letzte aus, und als sie ihre Beine aus dem Wagen schwang, kicherte ich. Sie hatte sich ihre Schuhe ausgezogen und war nun barfuß.

»Was? Wer glaubt, dass man auf diesen Schuhen wirklich laufen kann, der muss bekloppt sein«, sagte sie mit einem

Schulterzucken und warf ihren Stilettos im Fußraum einen missbilligenden Blick zu. »Und am Strand läuft man nun mal barfuß.«

Recht hatte sie. Wir grinsten, streiften uns alle gleichzeitig unsere Schuhe von den Füßen und kickten sie zurück in die Limousine.

Carries weißes Brautkleid hatte eine Art Carmen-Ausschnitt mit einem breiten roséfarbenen Rand, bestickt mit kleinen Perlen und weißen Rosen, die sich auch in ihrer Hochsteckfrisur wiederfanden. Über die linke Seite des Kleids floss das bestickte Rosé über die Taille bis zum Boden. Der fließende Rock endete mit einer kleinen Schleppe und lag nun, nachdem sie die Schuhe ausgezogen hatte, tiefer auf dem Boden auf als geplant. Aber das und Livs Unwillen darüber tat sie ebenfalls mit einem Schulterzucken ab.

Während Liv Carrie die Schleppe des Brautkleids richtete und damit erneut seine ganze Pracht entfaltete, kam Nolan dazu. Sie drückte ihm kurz ihren Brautstrauß in die Hand, und er wirkte mindestens genauso aufgeregt wie Carrie. Ich grinste beim Gedanken daran, dass Pegs Brautstrauß irgendwie den Anstoß zu dieser Hochzeit heute gegeben hatte, und ich hoffte inständig, dass ich so schnell keinen Brautstrauß fangen würde. Ich liebte Riley, aber heiraten? Nein. Noch nicht. Wir waren noch jung, hatten Pläne und noch alle Zeit der Welt. Mir reichte es vorerst, Tante für Hope und Freundin und Geliebte für Riley zu sein.

»Du siehst wunderschön aus, Cookie.« Riley war zu mir getreten und legte seine Hand auf meinen nackten Rücken. Der Vorteil des Kleids war, dass es tief ausgeschnitten, sehr leicht auf der Haut und damit nicht zu warm für dieses herrliche Wetter war. Allerdings stieg bei seiner Berührung eine enorme Hitze in mir auf.

»Danke. Du aber auch«, gab ich das Kompliment zurück. So wie wir Brautjungfern alle die gleichen Kleider trugen, hatten unsere Männer sich alle für dunkelgraue Chinohosen und passende Westen über weißen T-Shirts entschieden. Und – ich konnte mir nur schwer das Lachen verkneifen – sie waren ebenfalls alle barfuß.

»Dann passen wir ja gut zusammen«, raunte er mir zu und hauchte mir einen Kuss auf den Mund. »Ich liebe dich.«

»Und ich liebe dich.«

»Alle fertig?«, rief Liv und trat an Scotts Seite. Sie würden vorweggehen, danach Eric und Joyce, Kyle und Peg, und Riley und ich bildeten den Schluss. Wir stellten uns auf, und Riley nahm meine Hand, als wir an der bereits geschmückten Strandbar vorbei durch die Dünen runter zum Strand gingen. Dann durch den Mittelgang zwischen den unzähligen Stuhlreihen hindurch, die bis auf den letzten Platz mit Gästen besetzt waren. Während alle Augen auf uns gerichtet waren, sah ich zu Jake.

Er trug das gleiche Outfit – und war ebenfalls barfuß – wie unsere Männer und wirkte sichtlich nervös. Ich lächelte ihm aufmunternd zu, als unsere Blicke sich kurz begegneten, und ich fragte mich, was es wohl für ein Gefühl sein mochte, dort zu stehen.

Riley drückte noch mal meine Hand, löste sich dann von mir und stellte sich mir gegenüber auf. Als wir unsere Plätze eingenommen hatten, begann die Musik mit einem langen Intro, und ich bekam Gänsehaut. Und als dann Carrie an Nolans Arm die Treppen hinunterstieg, hatte ich Tränen in den Augen. Während sie mit einem glücklichen Lächeln und den Blick fest auf Jake gerichtet auf uns zu schritt, veränderte sich die Luft um uns herum. Ich spürte förmlich das Knistern, die Liebe, die sie füreinander empfanden. Nun stahl sich doch eine Träne aus meinem Augenwinkel, und vorsichtig tupfte ich sie weg.

Es war zuckersüß, wie Nolan Carrie an Jake übergab und die beiden Männer sich noch einmal herzlich umarmten.

Auch Nolan wischte sich verstohlen über die Augen, als er sich dann neben Taylor in die erste Reihe setzte. Wir anderen setzten uns ebenfalls, nur Liv und Eric als Trauzeugen traten zum Brautpaar vor. Jake konnte die Augen nicht von seiner Braut wenden, und man konnte erkennen, wie überwältigt er war.

»I knew I loved you before I met you, I think I dreamed you into life, I knew I loved you before I met you, I have been waiting all my life.«

Als die letzten Töne von Savage Gardens *I Knew I Loved You* verklangen und Carrie dabei erst Liv, dann Joyce, Peg und zuletzt auch mich ansah, wusste ich, dass sie dieses Lied nicht nur für sich selbst ausgesucht hatte, sondern für uns alle. Denn dieser Song sagte das aus, was uns allen widerfahren war: Wir alle hatten nicht mehr an die Liebe geglaubt, sie nicht gesucht, aber dennoch gefunden. Und keiner von uns würde von nun an mehr allein sein. Denn wir hatten uns. Für immer.

ENDE

Danke

Wow … Das war er nun, der letzte Band der San-Francisco-Ink-Reihe.

Bisher habe ich jede Danksagung mit einem fetten Grinsen im Gesicht geschrieben, weil ich einfach so froh und dankbar war, wieder eine Geschichte fertiggestellt zu haben, um sie in die Welt hinauszuschicken und mich dann gleich dem nächsten Band widmen zu können. Doch diesmal wird es keinen nächsten Band der Reihe geben. Diesmal verlasse ich die Crew rund um das *Skinneedles* endgültig. Nach fast genau drei Jahren Zusammenarbeit. Und das mit einem lachenden und einem weinenden Auge.

Weinend, weil ich Jake und Carrie, Eric und Joyce, Kyle und Peg, Scott und Olivia, Riley und Tess und Nolan sehr, sehr, sehr vermissen werde, aber …

Lachend, weil ich mich freue, dass die heißen Tätowierer so gut bei euch angekommen sind, dass ich ganze sechs Geschichten über sie erzählen durfte.

Lachend, weil mir jede einzelne Figur ans Herz gewachsen ist und ich nun jederzeit wieder bei ihnen sein kann – ich muss mir doch nur das passende Buch aus dem Regal ziehen.

Lachend, weil ich während des Schreibens der Reihe so viele Menschen kennen- und liebengelernt habe. Menschen, die mich bei der Entstehung der Geschichten oder einzelner Szenen begleitet, unterstützt und motiviert haben. Menschen, die ich sonst vielleicht nie kennengelernt hätte. Und sogar zwei Babys sind während dieser Zeit zur Welt gekommen!

Lachend, weil ich so viel Spaß beim Schreiben der Reihe, sowie beim Promoten der Bücher auf den verschiedenen Veranstaltungen wie der Frankfurter Buchmesse, der LoveLetter Convention oder auf den vielen Lesungen, die ich geben durfte, hatte.

Lachend, weil ich jeden einzelnen dieser Herzensmomente und Herzensmenschen jetzt in meinem Herzen trage und sie mir niemand mehr nehmen kann.

Lachend, weil ich nun den Kopf für neue Figuren und neue Geschichten frei habe.

Ich danke allen lieben Menschen, die mich auf meinem Weg durch San Francisco begleitet haben. Ganz besonders bei »be« – dem eBook-Imprint der Bastei Lübbe AG, bei dem meine heißen Tätowierer ein so wundervolles Zuhause gefunden haben. Danke für das starke, kreative Team, das mir zur Seite steht – ich könnte mir kein besseres wünschen. Danke für eure Unterstützung in jeglicher Form! Ich freue mich schon sehr auf die nächsten Projekte mit euch!

Danke, Diana, für deine Geduld, deine Motivation und dein immer offenes Ohr!

Danke, Clarissa, für die unermüdlichen Säuberungsaktionen durch meine Manuskripte.

Danke an meine Mädels vom Team Skinneedles für euer Feedback, eure Motivation, eure Unterstützung, eure spürbare Freude an den Geschichten und das Brennen für das *Skinneedles!* Ich hoffe, dass ihr wisst, dass ihr ALLE gemeint seid, auch wenn ich keine einzelnen Namen nenne. Und dass wir – trotz des Endes dieser Reihe – noch viele weitere Geschichten zusammen durchstehen werden.

Danke Sina, Tanja, Pea und Karina – ihr wisst wofür. Ich hab euch lieb und bin froh, dass unsere Freundschaft mehr wert ist als alles andere!

Danke, Daniel und Judith, für euer Insiderwissen, das mich über alle Bände begleitet hat.

Danke, Nicole und Detlef, vom Kino Center Rendsburg für eure Unterstützung und die tollen Lesungen, die ich bereits bei euch machen durfte.

Danke an meine Familie, die mir alles bedeutet und mich immer unterstützt und mir den Rücken freihält. Ich liebe euch!

Danke an all meine Freunde, die meine Launen während der heißen Schreibphasen einfach so hinnehmen, obwohl ich echt manchmal doof bin.

Und DANKE an jeden Einzelnen, der meine Bücher kauft, leiht, liest, rezensiert und sogar weiterempfiehlt. DANKE für eure Worte, für eure Motivation und für euer Feedback. Danke für euer Interesse an meinen Geschichten und an mir als Autorin und als Person. Ich weiß, ich wiederhole mich, aber – ohne EUCH wäre ich nichts. DANKE.

Und jetzt bleibt mir nichts weiter, als zu sagen:
Wir lesen uns wieder – in einem anderen Universum.
Love,
Amy